크노소스 궁전

크노소스 궁전

니코스 카잔차키스 장편소설 | 박경서 옮김

일러두기

1. 번역은 모두 영어판을 대본으로 했다. 번역 대본의 서지 사항은 각 권의 〈옮긴이의 말〉에 밝혀 두었다.

2. 그리스 여성의 성(姓)은 남성과 어미가 다르다. 엘레니가 결혼 후 취득한 성 〈카잔차키〉는 〈카잔차키스〉 집안의 여인임을 뜻한다. 〈알렉시우〉나 〈사미우〉도 마찬가지로, 〈알렉시오스〉와 〈사미오스〉 집안에 속함을 뜻하는 것이다. 외국 독자들을 배려하여 여성의 성을 남성과 일치시키는 관례는 영어판에서 흔히 찾아볼 수 있으나 여기서는 그리스식에 따랐다.

3. 그리스어의 로마자 표기와 우리말 표기는 그리스어 발음대로 적되 관용적으로 굳어진 일부 용어는 예외를 두었다. 고대 그리스, 신화상의 인명 및 지명 표기는 열린책들의 『그리스·로마 신화 사전』을 따랐다.

이 책은 실로 꿰매어 제본하는 정통적인 사철 방식으로 만들어졌습니다. 사철 양장본은 오래 보관해도 손상되지 않습니다.

크노소스 궁전　7

옮긴이의 말　337
니코스 카잔차키스 연보　343

1

 어느 한여름 정오였다. 크노소스 위에 걸려 있는 태양은 그 유명한 크노소스 궁전에 빛을 내리비추었다. 청동 양날 도끼, 거대한 정원, 화려하게 채색된 지붕이 이글거리는 햇빛을 받아 눈이 부실 정도로 번쩍거렸다.
 유유히 흐르는 강의 제방을 따라 협죽도가 만발해 있었다. 사람들이 강의 오른쪽, 왼쪽으로 늘어선 사이프러스나무, 무화과나무, 올리브나무 그늘 아래에 앉아 점심을 먹고 있었다.
 그 너머, 평야 지대에는 뜨거운 공기가 하늘로 치솟았다. 추수는 이제 막바지에 접어들어, 크노소스 시민들의 신성한 양식이 될 옥수수와 황금빛 밀 다발이 타작을 기다리며 마당에 높이 쌓여 있었다. 농부들은 올리브나무 아래에서 다리를 쭉 뻗고 올리브와 딱딱한 빵 조각을 힘없이 씹으며 타작을 기다리는 밀 더미를 슬픈 얼굴로 멍하니 바라보았다.
 큼지막한 벌집 앞에서 윙윙거리는 소리처럼 시끌시끌한 소음이 궁전 안에서 들려왔다. 노예들이 궁전의 지하실에서 나타나 통로를 분주하게 왔다 갔다 했다. 왕족들이 먹을 점심을 나르느라 길고 좁은 통로 아래로 급히 달려가기도 하고 대리석 계단 위로 올라오기도 했다. 그들의 모습은 열심히 일하는 벌처럼 보였다.

한 남자가 큰 정원으로 통하는 청동 대문 안으로 들어섰다. 깡마르고, 머리카락은 잿빛인 그 남자는 조그마한 북을 손에 들고 뭔가 볼일이 있는 듯 뜰 한복판으로 성큼성큼 걸어 들어왔다. 그리고는 북채를 들어올려 북을 힘껏 친 다음, 날카로운 소리로 목청껏 외쳤다. 「조용히 해, 모두! 왕족들께서 휴식을 취하고 계신다!」

시끄럽던 소리가 즉시 사라졌다. 궁전의 문들이 닫히고 노예들은 조심조심 걷고 궁전은 침묵 속에 빠져 들었다.

하녀들은 발끝으로 궁전의 침실을 조심스럽게 오가며 두 공주의 낮잠을 위해 창문 아래에 잠자리를 준비했다.

장녀 파이드라 공주는 키가 크고 숱이 많은 검은 고수머리에 목소리는 낮았다.

동생 아리아드네 공주는 몸매가 가냘프고 금발이며, 피부는 매끈했다. 사람들이 그녀에게 어디 아픈 게 아니냐고 물어 올까 봐 그녀는 파리한 입술과 창백한 뺨에 짙은 화장을 하고 있었다. 그녀는 창가에 앉아 부채질을 하며 뜰을 바라보았다. 정원을 가로질러 저 멀리 황금빛 들판을 응시하다가 하늘을 향해 거대한 머리를 거꾸로 처박은 모습의 신성한 죽타스 산을 바라보았다.

「안 잘 거야?」 이미 흰 침대보 위에 길게 누운 파이드라 공주가 물었다.

「잠이 안 와. 여기 앉아서 바깥 구경이나 할 거야.」 아리아드네가 머뭇거리며 말했다.

파이드라 공주가 웃었다.

아리아드네 공주는 고개를 돌려 언니를 잽싸게 쳐다보았다.

「아무것도 아니야. 어떤 생각이 떠올라서 그래.」 그러나 파이드라 공주의 목소리는 빈정거리는 투였다.

아리아드네는 입술을 깨물며 말없이 앉아 부채질을 했다. 파이드라는 눈을 감고 곧 잠이 들었다. 아리아드네는 〈좋아, 이제 혼자가 됐군〉이라고 중얼거리며 안도의 한숨을 쉬었다. 그런 뒤 창문 밖으로 고개를 다시 내밀었다.

작은 동물 한 마리가 기둥 위에서 뛰어놀며 돌아다니다가 번쩍거리는 양날 도끼 위에 걸터앉아 과일 껍질을 정신없이 벗기고 있었다. 그때 공주의 눈이 번쩍 뜨였다. 이 동물은 이집트에서 온 귀여운 애완동물인 새끼 원숭이였다. 그녀는 조용히 웃으며 원숭이를 잡으려고 창문 바깥으로 손을 내밀었다. 「키츠! 키츠!」 그녀는 원숭이를 달래듯 불렀다. 그러나 원숭이는 즐거운 비명을 질러 대며 바나나 속에 주둥이를 감추었다.

「이리 와…… 이리 와…….」 아리아드네가 부채를 살랑살랑 부치며 유혹했지만 원숭이는 시큰둥한 반응만 보일 뿐이었다. 원숭이는 그녀를 못 믿겠다는 눈길로 잠시 쳐다보다가 꼬리를 쳐들어 살살 흔들며 그녀의 흉내를 냈다. 공주는 즐겁게 웃으며 창밖으로 손을 내밀어 오라고 손짓했다. 그러나 버릇없는 원숭이는 계속 바나나만 먹을 뿐 그녀의 유혹에 넘어오지 않았다.

창문에 몸을 기대고 원숭이의 장난스러운 익살을 바라보던 아리아드네는 갑자기 몸을 바로 세웠다. 한 남자가 궁전 아래 한적한 정원에 모습을 나타냈기 때문이다. 몸이 호리호리하고 머리카락이 갈색인 그 남자는 스무 살쯤 되어 보이는 청년이었다. 그는 붉은 허리띠를 매고 있었는데, 거기엔 손잡이가 금으로 된 단검이 매여 있고 가는 금색 끈으로 머리를 동여매고 있었다.

「또 그 사람이잖아.」 아리아드네는 소리를 낮춰 중얼거리곤 언니 파이드라가 자고 있는지 알아보기 위해 급하게 뒤로 몸을 돌렸다.

그 젊은이는 햇살 가득한 궁전의 뜰을 천천히 돌아다니며 주의 깊게 관찰했다. 그의 두 눈이 좁은 통로와 계단, 그리고 궁전에 고정되었다. 그러곤 3층으로 된 궁전의 한 층 한 층, 창문들, 발코니, 테라스 등을 호기심 어린 표정으로 꼼꼼히 쳐다보았다. 마치 쳐다본 모든 것을 머릿속에 새겨 두기라도 할 것처럼…….

아리아드네는 묘하게 흥분되어 그 남자를 계속 내려다보았다. 낯선 옷을 입은 저 이상한 남자는 벌써 사흘째 궁전을 살피고 있었다. 〈저 남자는 도대체 누굴까? 하루 종일 궁전을 돌아다니며 누구와도 말 한마디 안 하고 말이야. 그저 하는 것이라곤 궁전을 살피는 것밖에 없어. 사나운 말리스가 항상 그의 뒤를 쫓는 건 아닐까…….〉

정말로 어떤 사람이 기둥 뒤에 몰래 숨어서 그 젊은이의 뒤를 밟고 있는 모습이 보였다. 아리아드네는 뒤를 쫓는 남자가 왕의 근위대장임을 알았다. 윗옷을 입지 않았으며 쇠로 만든 칼이 허리에 매달려 있었다. 눈매가 교활하고 날카로우며 수염을 깎은 턱은 뾰족해 보이는 근위대장이 갑자기 모습을 드러냈던 것이다. 근위대장은 반짝거리는 검은 두 눈을 그 이방인을 향해 쏘아붙였다. 그 눈에선 야만적인 증오심이 불타올랐다. 아리아드네는 그 젊은이 걱정에 몸이 부르르 떨렸다. 「오 여신이시여, 그를 보호해 주소서!」 그녀는 조용히 중얼거렸다. 「말리스가 그를 살해하지 못하게 해주소서!」

젊은 이방인은 정원을 가로질러 공연장의 계단을 내려간 뒤 궁전 대연회장 입구로 이어지는 넓은 대리석 길로 향했다. 말리스는 어깨는 움츠리고 머리를 앞으로 내민 채 먹이에게 다가가는 야생 고양이처럼 살금살금 그의 뒤를 밟았다.

「어디로 가는 걸까?」 공주는 가슴이 두근거리기 시작했다. 「항구로 가는 것은 아닐까? 떠나는 걸까?」 그녀는 걱정이 되어 조용히 외쳤다. 그리고 〈말리스, 그를 붙잡아! 떠나게 해서는 안 돼!〉라고 외치고 싶은 생각이 순간적으로 들었다. 그러나 곧 마음을 억제했다. 그녀는 공주였다. 감정을 함부로 노출할 수는 없는 노릇이었다.

그녀는 다시 부채질을 하기 시작했다. 태양은 불타듯 이글거렸다. 농부들이 키질을 하는 탈곡장에서 부드러운 산들바람이 불어왔다. 그녀는 창문에 다시 몸을 기대 농부들이 나무 쇠스랑으로 묵묵히 일하는 모습을 바라보았다. 쇠스랑을 하늘 높이 들면 바람이 겨를 날려 버리고 밀은 바닥에 떨어져 쌓였다. 〈가엾은 농부들…… 죽도록 일만 하고 있어. 쟁기질하고, 씨 뿌리고, 추수하고, 타작하고…… 그러면 궁전의 병사들이 거두어들인 곡식을 모두 가져가고, 저들에게 남는 것이라고는 밀기울밖에 없지……〉

공주는 들판에서 일하는 농부들의 모습을 보며 그런 생각을 하고 있었다. 그때 거대한 곡식 저장 창고의 문이 열리더니 궁전의 노예들이 빈 망태기를 등에 지고 나타났다. 「저들이 밀을 빼앗으러 가고 있어.」 그녀는 중얼거렸다. 그녀의 슬픈 가슴은 농부들에게 쏠렸다.

젊은 이방인 또한 넓은 대리석이 깔린 길을 따라 성큼성큼 걷다가 몸을 돌렸다. 10여 명의 궁전 노예들이 곡식 저장 창고에서 나타났다. 그들은 수염을 기르지 않았으며 허리에 누더기 같은 천만 둘렀을 뿐 거의 벌거벗은 것이나 다름없었다. 그들은 들판에 있는 탈곡장을 향해 발걸음을 맞추며 걸어가기 시작했다.

말리스는 올리브나무 뒤에 숨어 땅바닥에 책상다리를 하고 앉아 이방인 젊은이를 노려보았다. 그는 이 젊은이가 누구인지, 무엇을 원하고 있는지 궁금해하며 사흘째 젊은이 뒤를 밟고 있었다. 그는 숨을 죽이며 으르렁거렸다. 「네놈이 누구든지 간에, 나한테서 벗어날 순 없어.」

그 순간 왁자지껄한 목소리가 들판에서 들려왔다. 고함 소리, 욕설, 위협적인 말들이 튀어나왔다. 말리스는 나무 뒤에서 잽싸게 일어섰다. 어느 탈곡장에서 싸움이 벌어진 것이었다. 그는 귀를 세웠다. 농부들이 밀을 주지 않겠다고 버티고 있었다. 그들은 나무 쇠스랑을 손에 들고 궁전 노예들을 위협했다. 여자들의 째지는 듯한 비명 소리도 들려왔다. 그들은 자기들이 씨를 뿌렸으니 자기들 것이라고 외쳤다. 주먹질을 할 태세였다. 그러자 궁전 근위병들이 창을 들고 탈곡장으로 쏜살같이 달려갔다.

주변 도로를 살펴보고 있던 젊은이는 이 장면을 의미 있게 바라보았다. 그는 〈때가 왔어!〉라고 중얼거렸다. 그의 두 눈은 불타올랐다. 탈곡장으로 가려고 걸음을 옮길 때 누군가가 그의 어깨를 꽉 움켜쥐었다. 몸을 돌려 보니 말리스의 야수 같은 얼굴이 그 앞에 버티고 있었다.

근위대장은 그를 위협에 찬 눈초리로 노려보았다. 「어디 가려는 거야?」 그가 물었다.

젊은이는 자기 어깨를 잡은 말리스의 손을 뿌리쳤다. 「난 누구에게도 보고할 의무가 없소. 나는 자유인이오.」

「이곳에선 누구도 자유롭지 못해! 모두가 왕의 노예야.」 근위대장이 으르렁거렸다.

「난 이곳 사람도 아니고 노예도 아니오.」

「어디서 왔어? 그리고 이곳에 온 이유는 뭐야?」 말리스가 외쳤다.

「왕을 만나러 왔소.」 젊은이가 대답했다.

「나는 왕의 눈이자 귀이다. 왕이 부재중일 때는 내가 명령한다.」

젊은이는 근위대장을 경멸하듯 쳐다보며 말했다. 「난 노예들하고는 이야기하지 않는다.」

말리스는 젊은이를 노려보았다. 그가 목에 걸려 있는 호루라기를 힘껏 불자 여섯 명의 경비병이 궁전 문에서 튀어나와 창을 겨누며 그에게 돌진해 왔다.

「저놈을 체포해!」 그가 명령했다.

그러나 경비병들이 그를 붙잡으려는 순간 젊은이는 단검을 꺼내 들고 뒤로 재빨리 물러나 궁전의 커다란 바깥문을 등에 지고 섰다. 두 명의 경비병이 다가와 붙잡으려 하자, 그는 궁전 문에 몸을 기대 균형을 잡고 단검을 높이 쳐들고 휘둘렀다. 경비병 두 명이 땅바닥에 고꾸라졌다.

말리스가 소리쳤다. 「창을 사용해! 놈을 죽여 버려!」

그러나 다시 뒤로 살짝 물러나 궁전으로 들어가는 거대한 입구로 후퇴했다. 젊은이는 일전에 거대한 뿔이 있는 제단을 보았던 궁전의 안뜰을 향해 뒷걸음쳤다. 거기에 도착해 뿔을 손에 잡기만 한다면 신의 보호 아래 놓이게 돼 어느 누구도 그에게 손을 대지 못할 것이다.

경비병들은 조심스럽게 그를 쫓아갔지만 바싹 다가갈 엄두를 내지 못했다. 병사들이 머뭇거리자 말리스는 욕설을 퍼부은 뒤 직접 젊은이에게 돌진했다. 젊은이는 안뜰에 이르러 신성한 황소의 뿔이 있는 곳으로 달려갔다. 그는 제단을 향해 번개처럼 내달려 햇빛을 받아 반짝거리고 있는 뿔을 잡기 위해 두 팔을 뻗었다. 그 순간 그의 뒤를 쫓고 있던 말리스가 단검을 손에 쥐고 뛰어올라 그를 잡으려고 했다.

「말리스!」 한 여자의 목소리가 공기를 갈랐다. 근위대장은 단검을 쥔 손을 허공에 그대로 둔 채 몸을 움츠렸다.

「말리스!」목소리가 다시 한 번 울렸다. 궁전의 높은 창문으로부터 꾸짖는 목소리가 들려왔다.

말리스는 눈을 치켜떴다. 그는 그 목소리의 주인공이 누군지 잘 알고 있었다. 아리아드네 공주가 창가에 서서 위협하듯 부채를 흔들고 있었다. 공주의 황금빛 머리카락은 어깨 주위에 늘어져 있고, 눈은 분노로 가득 차 있었다.

말리스는 머리를 떨어뜨리고 알아들을 수 없는 말을 중얼거리고는 한 발 뒤로 물러났다. 경비병들 역시 겁에 질려 뒷걸음치더니 근위대장과 함께 궁전의 어두운 통로로 사라졌다.

젊은이는 고개를 들어 창문 쪽으로 눈을 옮겼다. 그러나 창문은 닫혀 있고, 궁전에는 싸늘한 정적만 감돌 뿐이었다.「아테나 여신께서 나를 보호해 주시는군.」이마의 땀을 닦으며 젊은이가 중얼거렸다. 그는 단검을 다시 칼집에 넣고 제단의 그림자 아래에 앉았다. 이곳은 안전했다. 얼마 동안은 이곳에서 쉴 수 있었다. 극도의 피로가 몰려와 그는 몸을 기댔다. 그가 세운 계획은 위험으로 가득 찬 엄청난 것이었다. 고요한 이 성역에 혼자 있다고 생각하니 안심이 되어 눈이 슬며시 감겼다. 그는 바다 저 멀리 있는 자신의 조국으로 돌아가 있었다. 청춘 남녀들이 눈물을 흘리고 그의 손에 입을 맞추었던 그 바닷가에 가 있었다.「안전한 여행이 되길! 우리를 구해 주소서!」그들은 그에게 외쳤다. 그런 뒤 그들은 사라지고 그 앞에는 오직 바닷물만 출렁이며 돌고래떼가 고요한 물속에서 즐겁게 뛰놀고 있을 뿐이었다.

「이보세요, 이봐요! 일어나세요!」어떤 목소리가 꿈을 내쫓고 있었다. 젊은이는 눈을 뜨고 앞에 서 있는 소년을 바라보았다. 소년은 수를 놓은 노란색 허리띠를 감고, 오른쪽 발목에는 청동 고리를 차고 있었다.「일어나세요!」그는 친절한 미소를 짓고 손을 내밀며 재촉했다. 「저를 따라오세요.」

 그러나 젊은이는 그를 호기심 있게 바라볼 뿐 움직이려 하지 않았다. 「누구지? 무엇을 원해?」

 「묻지 마세요. 그저 저를 따라오세요.」 소년이 말했다.

 젊은이는 조금도 움직이려 하지 않았다.

 「당신을 위해서입니다. 자, 어서 따라오세요!」

 그는 여전히 머뭇거렸다.

 「겁나세요?」 소년이 웃었다.

 젊은이가 얼굴을 붉히며 일어섰다. 「그래, 가자!」

 소년은 몸을 돌려 길을 안내했다. 둘은 곧 궁전의 거대한 안쪽 문을 가로질러 걸어가 궁전 내부로 들어가는 통로에 이르렀다. 그곳은 어두컴컴하고 시원했으며 공기는 이상야릇한 향기로 가득했다. 첫 번째 통로를 지나 넓은 나무 계단을 올라, 2층으로 올라갔다. 높은 천창에서는 빛이 새어 들고 좌우 벽에는 벽화가 그려져 있었다. 이런 희미한 빛 속에서 젊은이는 화려한 바다 그림과 파도를 타며 뛰어노는 돌고래와 물고기들에 대한 기억을 떠올렸다. 그들은 조그마한 격자창에 이르렀는데 그 너머에 작업장이 보였다. 여기에서 소년은 걸음을 잠시 멈추고 두꺼운 청동 빗장 사이로 안을 엿보았다. 이방인 또한 가까이 다가가 안을 들여다보았다. 희미한 불빛 속에서 그는 이곳이 조그만 방이란 걸 알 수 있었다. 그곳에 한 늙은이가 꾸부정하게 몸을 숙이고 앉아 깊은 생각에 잠겨 있었다. 「죄수?」 그가 속삭였다.

 「저분은 다이달로스 씨예요. 그리고 아들이 하나 있는데 이름은 이카로스이고 제 친구랍니다. 왕이 비밀을 누설하지 못하도록 저분을 가두어 두었답니다. 미로를 만든 분이지요.」

 「미로라고?」 젊은이가 몸을 부르르 떨며 말했다.

소년은 놀라며 그를 쳐다보았다.「미로에 대해 들어 보지 못했나요?」

「그래. 나는 먼 나라에서 왔어. 그러니 내가 어찌 알겠니?」

「그곳에 미노타우로스가 갇혀 있어요.」 소년은 자기가 한 말에 겁이 나 더듬거렸다.

이방인은 숨을 가다듬고 아무 말도 하지 않았다. 〈조심해……. 어떤 의심도 사서는 안 돼……. 일순간이라도 방심하면 만사가 허탕이 되고 말 거야.〉

「미노타우로스. 매년 아테나이에서 데려오는 일곱 명의 청년과 일곱 명의 처녀를 먹어 치우는 끔찍한 괴물이에요.」

「나도 들어 봤어…….」 젊은이는 관심이 없는 듯 머뭇거리며 말했지만 혼란스러운 생각으로 가슴이 터질 것만 같았다.

「들은 적이 있다고요! 모든 사람이 그렇게 쑤군거리는…….」 그는 하던 말을 멈추고 멈칫했다. 그는 주위를 둘러보며 머뭇거리더니 목소리를 낮추었다.「모든 사람이 왕의 횡포에 쑤군대고 있어요!」

젊은이는 움직이지 않고 서 있었다.「횡포라고?」 부드럽게 속삭였다. 그는 소년의 어깨에 손을 얹었다.「크레테 사람인 네가 횡포라고 말했단 말이지?」

소년은 말이 없었다.「저는 크레테 사람이 아니에요.」 소년은 힘차게 말하고 다시 자랑스럽게 덧붙였다.「전 아테나이 사람이에요!」

소년의 어깨를 짚고 있던 젊은이의 손이 떨렸다.「아테나이에 대한 이야기는 많이 들었지만 처음으로 아테나이인을 이렇게 만났구나.」 그는 떨리는 목소리를 억제하며 말했다. 그는 잠시 말을 멈추었다. 이윽고 호기심 있는 체하며 다시 물어보았다.「너는 어떻게 해서 크레테에 살게 되었지?」

「저희 아버지는 아테나이에서 오셨어요. 다이달로스 씨와 일한 적도 있고요. 아버지는 대장장이시며 이곳에서 결혼을 하셨고, 그래서 저는 이곳에서 태어났습니다만…… 제 몸엔 아테나이의 피가 흐르고 있습니다.」 소년이 말했다.

「그렇다면 왜 아테나이로 돌아가지 않지? 가고 싶지 않니?」 이방인이 물었다.

「저도 돌아가고 싶어요. 하지만 그렇게 할 수 없어요. 왕이 아버지를 놓아주지 않아요.」

「무엇 때문에?」

「지하 작업장에서 뭔가 비밀스러운 일을 하고 있기 때문입니다.」

「어떤 비밀인데?」 젊은이가 무심코 물었다.

「철이에요.」

「네 이름이 뭐니?」 이방인이 재빨리 물었다.

「하리스예요.」 소년이 대답했다.

「나를 어디로 데려갈 거니?」

「아리아드네 공주님에게로요.」

「왜? 공주가 나에게 무슨 볼일이라도 있어?」

「전 몰라요.」 소년이 속삭였다. 「공주님께서 제 누나 크리노에게 당신을 모셔 오라고 시키셨어요. 누나는 다시 나에게 부탁했고요. 누나는 공주님의 시녀예요.」

〈여신 아테나가 나를 보호해 주고 있다.〉 젊은이는 다시 한 번 속으로 생각하며 미소를 짓곤 발걸음을 빨리했다.

2층에 이르는 계단을 올라가자 귀에 금귀고리를 달고 있는 흑인 경비병들이 긴장하며 다가왔다. 그들은 두 사람을 위협적으로 노려보았는데 희미하게 빛나는 통로에서 눈동자가 반짝거렸다.

그러나 하리스를 알아보고는 몸을 옆으로 비켜 그들이 지나가도록 했다.

이곳의 향기는 더 자극적이었다. 닫힌 방문 뒤에서 가늘고 높은 웃음소리와 팔찌가 부딪치는 소리가 들려왔다. 또 벽은 최고의 벽화들로 덮여 있는데 머리를 풀고 춤을 추는 여인들, 화원에서 크로커스를 꺾고 있는 푸른색 옷을 입은 소년, 흰 비둘기, 초록색 앵무새…….

그들은 큼지막한 흰 백합이 그려져 있는 낮은 문에 도달했다.

「다 왔어요. 전 밖에서 기다릴게요.」하리스가 목소리를 낮추어 말했다.

젊은이가 조심스럽게 문을 두드리자 즉시 문이 열렸다. 문 뒤에 서 있던 아리따운 소녀가 밝게 미소를 지으며 조용히 고개를 숙여 인사를 했다. 그녀는 푸른색의 백합이 수놓인 노란색 옷을 입고 있었다.

젊은이는 아무 말도 하지 않았지만 그녀가 크리노일 거라고 생각했다. 그는 안쪽으로 걸음을 옮겼다. 처음에는 아무것도 분간할 수가 없었다. 연분홍빛의 반투명한 가죽 커튼이 창문에 드리워져 있어 방은 어둑어둑했다. 백합의 진한 향기가 실내에 가득했다. 그는 안으로 발걸음을 계속 옮겨 주위를 둘러보았다. 아무도 없었다. 그를 데리고 온 시녀도 보이지 않았다. 그는 기다리다 못해 말했다. 「아무도 없소?」그의 애타는 목소리가 실내에 울려 퍼졌다.

창문 옆 구석에서 여자의 맑은 웃음소리가 들렸다. 불빛 아래로 나지막한 소파 침대에 웅크리고 있는 여성의 형체가 보였다. 금발의 여인이 희미한 방 안에서 창백한 얼굴을 하고 큼지막한 검은 두 눈을 반짝이며 그를 지켜보고 있었던 것이다.

「당신은 누구요?」 그는 그녀에게 다가가며 물었다. 그녀의 손가락에는 커다란 금반지가 번쩍이고 있었다.

「공주에게는 질문하는 법이 아니에요.」 그녀가 대답했다. 목소리에 여전히 웃음이 묻어 나왔다. 「당신은 누구세요?」

「왜 나를 이곳에 불렀소? 당신이 크레테 왕의 딸 아리아드네 공주이십니까?」

공주는 짐짓 귀찮아하며 다시 말했다. 「말하지 않았습니까, 공주에겐 질문하는 법이 아니라고. 당신은 누구세요?」

젊은이는 머뭇거렸다. 「키프로스에서 온 상인입니다.」

「그렇다면 우리에게 어떤 물건을 팔러 왔나요?」 공주는 빈정거리는 투로 미소 지으며 말했다.

「청동입니다.」

「청동이라고!」 아리아드네는 웃었다. 「우리는 당신네 청동이 필요 없어요. 우린 이제 보다 강력한 신(神)을 가지고 있어요. 들어 보지 못했나요?」

「어떤 신 말입니까?」

「철!」

젊은이는 긴장했다. 그는 단단하고 가공할 만한 신무기를 만들어 내는, 강하며 엄청난 힘을 가진 이 새로운 금속에 대한 이야기를 수도 없이 들었다. 금발의 야만인들이 이 금속을 북쪽에서 들여왔지만, 그것을 제련하는 방법을 아는 사람이 없었다. 야만인들은 그들의 비밀을 철저히 감추고 있었다.

「그러면 당신네들 중에선 누가 그 일을 할 수 있습니까?」

「세 번째이자 마지막으로 말하겠어요, 이방인. 공주에겐 질문하는 법이 아니에요. 자, 내 맞은편 이곳에 앉으세요. 피곤해 보이는군요. 당신에게 물어볼 게 많아요.」 말을 마치고 그녀가 손뼉을 치자 즉시 크리노가 나타났다. 「크리노, 손님을 위해 오래된 포도주를 가져오너라. 아라비아에서 온 과일도 함께.」 그런 뒤 다시 젊은이에게로 고개를 돌리고 한층 부드러운 목소리로 말했다. 「앉으세요. 당신께 물어볼 게 많아요.」

젊은이는 상아로 장식된 낮은 의자에 앉았다.

「어디서 왔어요?」 공주가 다시 물었다.

「말하지 않았습니까.」

「당신은 진실을 말하고 있지 않아요. 당신은 키프로스 출신이 아니고…… 상인도 아니에요. 상인들은 당신처럼 머리를 똑바로 쳐들고 걷지도 않고, 태도도 당신처럼 당당하지 않아요. 그들은 당신처럼 왕자 같은 기품으로 말하지 않고 간사하게 말하죠. 어디서 왔어요?」

「당신을 속일 수 없음을 알았소, 미노스의 위대한 딸이여. 아닙니다, 저는 상인이 아닙니다. 전 왕의 아들입니다.」

「어느 나라지요?」

젊은이는 잠시 망설였다. 「시칠리아.」 그가 대답했다.

「시칠리아?」 아리아드네는 조롱하듯 눈썹을 치켜세웠다. 「우리 조상님 중 한 분이신 위대한 미노스께서 그곳에서 살해되었다고 하던데…… 목욕 중에 살해되었다지요.」 그녀는 엷은 황갈색 눈을 번쩍거리며 미소 지었다.

「당신은 우리의 오랜 원수군요. 이곳에서 무슨 짓을 하려는 거예요?」

「난 세계를 돌아다니며 새로운 땅을 보고 새로운 사람들을 만나고 있습니다.」

「왜요?」

「나는 젊고 또 시칠리아는 나에게 너무 좁은 땅이기 때문입니다.」

아리아드네는 한숨을 지었다. 그녀 또한 젊었다. 그리고 크레테는 그녀에게 만족을 주지 못했다! 하지만 그녀는 여자였다. 여자가 어디를 간단 말인가? 그녀는 일어서서 햇빛이 들어오도록 창문을 열었다. 그녀의 목에 걸려 있는 세 줄의 진주가 반짝거리고 머리카락 또한 황금빛 햇살을 받아 빛났다. 그녀는 젊은이에게 고개를 돌렸다. 그녀의 입술은 엷은 심홍색으로 칠해져 있었다.

「당신이 타고 온 배는 우리 항구에 정박되어 있나요?」

「네.」

「그럼, 지금 당장 이곳을 떠나세요.」

「왜 그런 말을 하시죠?」

「당신에 대한 연민 때문입니다. 그 말을 하려고 당신을 이곳으로 불렀지요.」

「그럴 순 없습니다. 나는 당신의 아버지를 기다리는 중입니다.」

「아버지가 돌아오시기 전에 떠나세요. 아버지께선 위대한 여신과 이야기를 나누어 은총을 얻기 위해 머나먼 동굴로 가셨습니다. 그분은 넘치는 힘을 지닌 야만인이 되어 돌아오실 겁니다. 하늘이 당신을 도와주시길!」

「전 두렵지 않습니다. 무엇이 그리 두렵습니까?」

아리아드네는 그를 빤히 쳐다보았다. 「당신을 죽이려 했던 근위대장 말리스가 당신에 대해 모두 일러바칠 겁니다.」

「나에 대해서요?」

「그래요. 당신은 첩자예요. 당신은 우리 궁전을 몰래 돌아다니며 모든 것을 살펴보았어요. 당신이 무슨 마음을 먹고 있는지 아무도 모르죠. 당신의 생명이 귀하다면 이곳을 떠나세요.」

젊은이는 고개를 흔들었다. 「난 아직 떠나지 않을 겁니다.」

「생명이 귀중하지 않으세요?」

「귀중하죠. 그렇지만 그것보다 더 중한 것이 있습니다.」

「무엇인데요?」

젊은이는 대답을 하지 않았다.

아리아드네가 손뼉을 치자 크리노가 즉시 나타났다.「산투르[1]를 가져와 노래를 불러라.」공주가 명령했다. 그녀는 다시 젊은이 쪽으로 고개를 돌렸다.「오늘 밤 보름달이 뜰 거예요. 안뜰에서 성스러운 제전이 있습니다. 오늘 밤 아바마마께서 여신의 동굴로 들어가십니다. 만약 제전을 보고 싶다면 그대로 머물러 계세요. 당신은 크레테 사람들이 경배 드리고 춤추는 의식을 보았다고 평생 동안 자랑할 수 있을 거예요. 제전을 보고 난 뒤, 다시 한 번 말하는데 이곳을 떠나세요. 젊고 위대한 일을 성취하기 전에 죽어서는 안 되지요. 제 말을 이해하시겠어요?」

「이해합니다. 그래서 제가 이곳에 머물러 있는 것입니다.」그가 말했다.

크리노가 산투르를 가지고 돌아와 공주 앞에 무릎을 꿇고 앉았다.「어떤 노래를 부를까요?」크리노가 수줍게 물었다.

「미노타우로스의 노래를 불러라.」아리아드네는 젊은이의 얼굴을 똑바로 응시하며 말했다.「매년 아테나이에서 우리에게 잡혀 오는 열네 명의 청년과 처녀를 어떻게 먹어 치우는가를 노래하는 그 곡 말이야.」

젊은이는 자신의 눈 속에서 활활 타오르고 있는 분노의 빛을 공주가 보지 않도록 고개를 숙여 딴 곳을 응시했다.

공주는 미소를 지었다. 〈내 추측이 맞았어……. 그 사람이야.〉

---

[1] 두 개의 구부러진 발목(撥木)으로 연주하는 고대의 현악기.

크리노는 연주를 하기 시작했다. 산투르에서 구슬픈 소리가 울려 퍼졌다. 이보다 더 슬픈 소리는 없어 보였다. 열네 명의 청년과 처녀들이 장송곡처럼 울부짖었다. 크리노는 머리를 뒤로 젖히고 하얀 목을 드러낸 채 노래를 부르기 시작했다. 노래는 일곱 명의 청년과 일곱 명의 처녀 사이의 대화로 이루어져 있었다. 일곱 명의 청년이 세상을 하직하면서 울었다. 그리고 일곱 명의 처녀가 청년들에게 용기를 북돋워 주면서 응답을 했다. 노련한 손가락 아래에서 산투르는 크리노가 부르는 애가(哀歌)와 더불어 인간의 몸에 황소의 머리를 한 으르렁거리는 괴물이 된 것이었다.

크리노가 노래를 부르고 있는데 갑자기 젊은이가 몸을 벌떡 일으켰다. 뺨으로 눈물이 흘러내렸다.「그만 해!」그가 소리쳤다.

공주 역시 자리에서 일어났다. 얼굴에는 만족한 빛이 역력했다. 그녀는 크리노에게 몸을 돌렸다.「고마워. 노래를 잘 불렀어. 이제 물러가거라.」

시녀는 주인에게 허리를 굽혀 인사를 한 뒤 두꺼운 커튼 뒤로 사라졌다.

둘만 남자, 공주는 젊은이를 다시 쳐다보았다.「내가 알고자 했던 것을 알았어요.」그녀가 말했다.

「무엇을 알았단 말씀입니까?」

「당신이 키프로스 상인도 아니고 시칠리아의 왕자도 아니라는 것을 알아냈죠.」

「그렇다면 어떤 사람이오?」젊은이는 소리 내어 웃었다.

「조용히 해요! 이 궁전엔 벽에도 귀가 있어요.」아리아드네가 속삭였다.

「난 감출 것이 하나도 없습니다.」

「당신은 모든 것을 감추고 있어요. 아니면 생명이 위험하지요.」

공주는 응수했다. 그녀는 창문 쪽으로 다시 가 밖을 쳐다보았다. 태양은 서산으로 지기 시작했으며 죽타스 산은 장밋빛으로 물들고 들판에는 어스름한 땅거미가 내려앉았다. 탈곡장에서는 궁전 노예들이 수확한 밀을 망태에 담아 쉬지 않고 나르고 있었다. 어깨에 망태를 메고 일렬로 줄을 지어 궁전으로 들어오는 모습을 멀리서 보니 개미 떼 같았다. 흰 비둘기 두 마리가 뜰을 가로질러 제단 위로 솟구치더니 신성한 황소의 뿔 위에 내려앉았다. 아리아드네는 하루가 끝나는 모습을 보며 창가에 조용히 서 있었다. 그녀는 생각에 잠겼다. 〈벌써 옷 입을 시간이 됐어……. 성스러운 뱀을 준비할 시간도 되었고……. 보름달이 뜨기 전에 언니와 함께 춤을 추어야 해.〉 그녀는 어스름한 풍경을 오랫동안 응시했다. 그녀의 두 눈에 슬픔이 가득해 보였다.

젊은이는 공주를 걱정스레 쳐다보았다. 〈공주가 나의 정체를 알아차린 것은 아닐까? 공주가 나를 고발하지는 않을까? 나와 내 나라의 운명은 공주의 손아귀에 있다.〉 얼마 동안 그는 그녀 발밑에 조아려 애원해 볼까 생각도 해보았지만 그렇게 할 수는 없었다. 〈어떤 일이 일어나더라도 비굴한 행동을 해서는 안 돼!〉

아리아드네는 창가에서 몸을 돌려 젊은이를 오랫동안 유심히 쳐다보았다. 그녀의 두 눈은 물기로 촉촉이 젖어 있었다. 「떠날 건가요?」 그녀는 다시 한 번 물었다. 이번에는 애원하는 듯한 목소리였다.

「아니요.」 젊은이는 조용히 대답했다.

「테-세-우-스 왕자님!」 그녀는 한 음절 한 음절 끊어서 발음했다. 「당신은 목숨을 가지고 유희를 벌이고 있어요!」

젊은이의 얼굴이 창백해졌다. 그는 놀라서 공주를 똑바로 쳐다보았다.

공주는 미소를 지었다. 「보세요, 난 당신이 누군지 짐작하고 있었어요. 당신은 아테나이의 왕자고 우리 궁전을 염탐해 비밀을 알아내려고 이곳에 왔어요. 봄에 군사들을 데리고 다시 돌아와 미노타우로스를 죽일 방법을 찾겠죠. 제 말이 틀렸나요? 말해 보세요!」

「사실이오.」

「좋아요, 저한테 물어보고 싶은 게 있지요? 당신도 역시 왕자이시니, 저한테 질문하도록 허락해 드릴게요.」

「이제 어떻게 할 겁니까? 제가 누군지 알게 된 이상······.」

아리아드네는 대답을 하지 않았다. 그녀는 몸을 일으켜 세워 바닥을 응시했다. 그런 다음 창가로 가 다시 밖을 바라보았다. 노예들이 협죽도와 월계수로 궁전 뜰을 장식하기 시작했고 양날 도끼에 기다란 붉은 리본을 걸어 놓았다. 말리스는 중앙에 서서 야수 같은 소리를 질러 대며 명령을 내리고 있었다. 이따금씩 그는 공주 침실의 창을 몰래 힐끗힐끗 쳐다보았다. 증오에 찬 그 이방인이 거기에 있을지도 모른다는 의심을 하는 것 같아 보였다.

「이제 어떻게 하실 작정입니까?」 테세우스는 조용하지만 조급하게 다시 물었다.

「아직 결정을 내리지 못했어요. 너무 안달하지 마세요.」 그녀의 목소리는 무관심하고 마지못해 대답하는 것 같았다. 그녀는 하늘색 꽃병에 고개를 숙여 백합 향기를 맡고 조그마한 상아로 조각된 여신이 감추어져 있는 벽장으로 걸어갔다. 그 여신은 이상한 치마를 입고 가슴을 드러내고 있었으며, 검은 뱀 두 마리가 여신의 두 팔을 감고 있었다. 아리아드네는 그 작은 여신상 앞에 서서 아무 말 없이 그것을 쳐다보았다.

테세우스는 그녀 뒤를 조용히 따랐다. 그녀는 기도를 드리는 것 같았다. 〈공주가 무슨 결정을 내리더라도 난 그 결정에 따를 것이다.〉 그는 체념하듯 생각했다.

마침내 공주는 조각상에서 몸을 돌려 젊은이에게 다가왔다. 「이 반지를 받으세요. 그리고 그걸 잘 보세요.」 그녀는 커다란 금반지를 가운뎃손가락에서 빼면서 말했다.

테세우스는 그녀가 내민 반지를 들고 밝은 데서 보기 위해 창가로 갔다. 반지의 중앙에는 가슴을 드러낸 여신이 활시위를 당기고 있고, 그 양쪽에는 사자 두 마리가 꼬리를 치켜세운 채 서 있었다. 그리고 한쪽 옆에는 한 남자가 겁에 질려 두 손을 들고 기도하는 모습이 새겨져 있었다.

「잘 봤습니다.」 테세우스는 반지를 다시 건네주면서 말했다.

「간직하세요. 당신께 드리겠어요. 혹시 도움이 필요하면, 밀랍으로 이 반지의 도장을 찍어 저에게 보내 주세요. 당신이 어떤 위험에 처해 있더라도 당신을 도와드리겠어요.」

테세우스가 입을 열어 말을 하려는 순간 문이 열리더니 어린 하리스가 급하게 들어왔다. 「말리스가 오고 있어요!」 그는 다급하게 속삭였다.

「자리를 뜨세요!」 공주가 말했다.

테세우스는 문 쪽으로 재빨리 뛰어갔다.

「아니! 그쪽이 아니에요.」 아리아드네는 그의 팔을 붙잡으며 외쳤다. 「크리노!」 소녀는 이미 방에 들어와 있었다. 「이분을 비밀 통로로 모시고 가거라.」 그녀는 테세우스를 가리키며 말했다. 곧 두 사람은 커튼 뒤로 사라졌다.

그 순간 말리스가 문턱을 넘어섰다. 그는 노려보듯 방 안을 이리저리 살피며 입술을 깨물었다. 그는 공주 앞에서 머리를 숙이며 생각했다. 〈녀석이 벌써 피했어.〉

「무슨 일인가, 말리스?」 아리아드네가 부드럽게 물었다.

「준비하실 시간입니다, 공주님. 보름달이 곧 떠오를 것입니다.」 궁전 근위대장이 대답했다.

「난 위대한 여신께 기도를 드리고 있었어. 준비 다 되었어.」 공주는 구석에 놓여 있는 상아 조각상을 손으로 가리키며 말했다.

2

 넓은 안뜰에서는 노예들이 커다란 기둥을 협죽도와 월계수 가지로 장식하느라 분주했다. 저녁 제전에 참가하기 위해 숭배자들이 이미 가득 모여 있었다. 크노소스 항구는 미노스 왕의 유명한 수도를 순례하기 위해 크레테의 모든 마을에서 온 길고 빠른 배들로 가득 찼다. 대부분의 순례자들은 바닷가에서 한 시간 동안 걸어 올라갈 준비를 했다. 어떤 사람들은 어깨에 어린 양을 짊어지고 있었고, 또 어떤 사람들은 비둘기나 자고새를 가지고 왔으며, 가난한 사람들은 꽃과 과일을 가지고 왔다. 모두 크레테 사람들이 옛날부터 숭배해 오고 있는 위대한 여신에게 바칠 제물을 저마다 준비하고 있었다. 그 여신은 인간들의 여신이자 식물, 동물 들의 여신이기도 해 크레테 사람들은 여신을 어머니라고 불렀다.
 어린 하리스 역시 푸른 나뭇가지를 한 아름 안고 뜰을 왔다 갔다 하며 친구 이카로스와 함께 기둥 장식하는 것을 돕고 있었다. 이카로스는 하리스보다 나이가 약간 많고 몸집이 호리호리하고 갈색 머리카락과 푸른 눈을 가진 침착하지 못한 소년이었다. 오늘 저녁 이카로스는 뒤를 쫓아다니며 하리스를 성가시게 하고 하리스가 기둥에 만들어 놓은 장식물을 흩뜨려 놓는 등 겉보기에는 장난치는 데만 열중하는 것 같았다. 기둥에 열심히 장식을 하고 있던 하리스가 이카로스에게 좀 가만있으라고 했지만 그는 이리저리 성가시게 뛰어다녀 제물을 가지고 온 농부들의 눈살을 찌푸리게 했다. 마침내 젊은 친구는 참다못해 폭발했다.

「이봐, 이카로스. 가만히 있어! 달이 곧 떠오를 거라는 걸 모르니? 그런데 아직 할 일이 많이 남아 있잖아!」

「나는 노예가 아니야. 난 나뭇가지나 옮기고 춤을 추는 공주들을 위해 뜰을 장식하는 노예가 아니야!」

「아니라고! 그러면 뭔데?」 하리스가 조롱하듯 물었다.

「자유인이지!」

「그렇다면 네 마음대로 궁전을 떠나! 자유인이라고 네 입으로 말했으니, 떠나면 될 것 아니야. 어서!」

이카로스는 얼굴이 붉어졌다. 「그렇게 할 거야! 두고 봐! 언젠가 아버지와 함께 떠날 거야!」

「어떻게! 새가 되면 몰라도!」 하리스가 웃었다.

「우린 새가 될 거야! 두고 봐……」 이카로스는 약이 올라 소리를 질렀다. 그러나 말을 끝내기도 전에 큼직한 손이 이카로스의 목을 잡고 몸을 이리저리 돌렸다. 그는 놀라며 올려다보았다. 포악한 근위대장 말리스였다.

「조용히 해!」 그는 이카로스를 거의 넘어뜨릴 정도로 한 대 갈기며 으르렁거렸다. 그런 다음 기둥 꼭대기에 있는 하리스를 노려보고는 창을 흔들며 위협조로 말했다. 「너, 썩 내려와!」

하리스가 기둥에서 내려오자 말리스는 하리스의 팔을 잡았다. 「이리 와! 오늘 오후에 그 이방인을 궁전 안 어디로 데려다 주었지?」

하리스는 대답이 없었다.

「어서 말해! 그놈을 어디로 데려다 주었어?」 근위대장이 소리를 질렀다.

그래도 아무런 대답이 없었다.

「말해, 아니면 때려 주겠어!」

「때리세요, 그래도 말하지 않겠어요.」

말리스는 창을 높이 들었다. 그의 얼굴은 분노로 붉으락푸르락했다. 그는 하리스를 때리려고 창을 공중으로 휘둘렀다. 그때 이카로스가 그 뒤에서 뛰어올라 그의 손에서 창을 낚아챘다. 무기를 뺏겨 화가 머리끝까지 치밀어 오른 말리스는 그 용감한 소년을 향해 돌진했다. 하리스는 이때다 싶어 몸을 돌려 냅다 달리기 시작했다. 광분한 말리스는 쫓아가던 이카로스를 놔두고 하리스를 쫓아갔다. 하나를 쫓으면 다른 하나가 도망치는 형국이었다.

근처에서 낄낄거리는 웃음소리가 들려왔다. 「토끼 두 마리를 잡으려고 하면…… 한 마리도 못 잡는 법이지.」

「뭐라 했어, 이 늙은이?」 말리스는 이 광경을 지켜보고 있던 한 늙은 농부에게 화풀이할 태세로 주위를 둘러보았다.

「아무 말도, 대장님…… 아무 말도…….」 농부는 고개를 조아리며 말했다. 그런 다음 용기를 내 덧붙였다. 「제가 가져온 토끼 두 마리에 대해 생각하고 있었습니다. 위대한 여신께 바치려고 이놈들을 가져왔습죠.」

말리스는 인상을 찌푸리며 몸을 돌려 궁전을 향해 급히 걸어갔다.

제전용 긴 옷으로 치장한 궁전의 시녀들이 거대한 계단에 모습을 보이기 시작했다. 그들은 공작처럼 사뿐사뿐 계단을 내려왔다. 꽃, 포도송이, 조개껍데기로 화려하게 수를 놓은 종 모양의 치맛단에서 빛이 반짝거렸다. 부드러운 밤의 미풍이 불어와 그들의 머리카락이 어깨 위에서 넘실거렸다. 입술은 빨갛게 칠해져 있고 화려한 빛의 보석으로 만든 목걸이가 목에서 빛났다. 그들 앞에서 걷고 있는 소년들은 값비싼 향이 타고 있는 조그만 청동 향로를 들고 있었는데, 그로 인해 주변의 저녁 공기는 향기로 가득 찼다.

  젊은 남자들이 여자들의 양쪽에서 위대한 여신에게 바칠 젖과 꿀이 가득 담긴 원뿔 모양의 성스러운 항아리 몇 개를 들고 걸어 나왔다. 이 젊은이들은 천을 허리에 두르고 은으로 만든 허리띠를 허리에 단단히 졸라매고 있었다. 또한 모두 귀고리를 하고, 오른팔에 화려한 팔찌를 차고 있었다.

  그들의 머리 위 동쪽 산 뒤에서 불그스레한 보름달이 서서히 솟아올랐다. 그러자 환희의 함성이 군중으로부터 터져 나왔다. 공주들이 궁전의 문에서 모습을 드러냈다. 그들은 눈부신 의식용 정장을 입고 커다란 문지방을 건너왔다. 파이드라 공주는 키가 크고 활동적인 반면, 아리아드네는 연약하고 근심이 가득해 보였다. 두 공주는 각각 두 마리의 뱀을 팔에 휘감고 있었다.

  군중은 고개를 한껏 내밀어 넋을 잃고 두 공주를 바라보았다. 어떤 사람들은 더 잘 보기 위해 나무로 올라갔다. 테세우스 또한 기둥에 몸을 기댄 채 묘한 흥분을 느끼며 이 장엄한 광경을 바라보았다. 너무나 웅대하고 매력적인 장면이었다. 그는 지금까지 이런 장엄한 제전을 한 번도 본 적이 없었다. 얼마나 황홀하고 웅대한가! 이런 부는 아버지의 왕국에서는 상상조차 할 수 없었다. 아테나이는 단지 최근에 몇 개의 마을이 모여 왕국을 형성한 그저 소박하고 가난한 집단에 불과했다. 그러나 그들은 그리스 해를 넘어 북으로는 북해, 남으로는 이집트까지 항해할 배를 건조하기 시작했다. 언젠가 그들 또한 부유해질 것이다. 그는 이 장엄한 광경을 놀라워하며 바라보고 있었다. 그때 누군가 그의 팔을 당기는 것이 느껴졌다.

어린 하리스였다. 소년은 군중에서 빠져나와 이름도 모르는 새 친구 옆에 서 있었던 것이다. 「이 제전을 어떻게 생각하세요?」 그는 자랑하듯 화려한 축제 행렬을 손으로 가리키며 물었다.

테세우스는 아무 말도 하지 않고 소년의 머리를 쓰다듬을 뿐이었다.

「당신네 나라에도 이런 화려한 축제가 있나요?」 소년이 계속 물었다.

테세우스는 방긋 웃고 있는 소년을 내려다보았다. 그의 눈가에 근심이 깃들어 있었다. 그는 하리스에게 몸을 가깝게 숙이고 나직이 말했다. 「너도 아테나이 사람이란 걸 잊지 마라.」

하리스의 얼굴이 붉어졌다.

테세우스는 미풍에 흩날리는 하리스의 머리카락을 쓰다듬어 주었다. 「내 말을 잊지 마.」 그는 미소를 지었지만 준엄한 목소리로 말했다.

궁전의 여인들은 이제 뜰의 중앙에 이르러 원을 만들기 시작했다. 서로 손을 잡고 느릿느릿 춤을 추며 여신을 위한 신성한 노래를 부르기 시작했다.

두 공주는 원의 중앙에 들어와 서로를 바라보며 움직이지 않고 서 있었다. 군중은 기대감에 차 환호성을 질러 댔다. 공주들이 갑자기 팔을 쭉 뻗자 뱀들이 놀라 움찔했다. 두 공주가 날카로운 소리를 질러 대자 뱀들이 고개를 치켜들고 쉭쉭 소리를 내기 시작했다.

사람들은 소스라치게 놀라 뒷걸음쳤다. 테세우스도 가슴이 두근두근해 자기도 모르게 한 걸음 뒤로 물러났다.

하리스는 웃었다. 「무서우세요?」

테세우스는 그 광경을 계속 지켜보았다. 두 공주는 조용한 춤을 느릿느릿 추기 시작했다. 그들의 드러난 하얀 발목이 달빛을 받은 포석 위에서 반짝거렸다. 그들은 잔잔한 리듬에 맞춰 우아하게 움직이다가 연주가 점점 빨라지자 거기에 맞추어 손과 발을 빠르게 움직였다. 몸뚱이를 공주들의 목에 감은 채 뱀들은 공주들의 벌거벗은 팔 위에서 대가리를 곧게 세우고 있다가 순간적으로 흩날리는 머리카락 속으로 숨더니 공주들의 머리 위로 대가리를 다시 치켜들어 춤의 리듬에 맞추어 앞뒤로 심하게 몸을 흔들었다.

「이렇게 아름답고 놀라울 수가!」 테세우스는 뱀을 머리에 얹고 춤을 추는 두 공주에게서 눈을 뗄 수가 없었다. 도대체 크레테 사람들은 어떤 사람들일까? 문명화되긴 했지만 또한 얼마나 야만스러운가?

파이드라 공주는 동쪽으로 몸을 돌리고 달을 향해 두 손을 들면서 위대한 여신을 불렀다. 「오, 어머니여! 우리의 기도를 들어주소서.」 그녀는 굵은 목소리로 애원했다. 「오늘 저녁, 왕께서 당신의 은총을 찾을 것입니다. 그분에게 힘을 주소서! 그것이 곧 우리를 강하게 하는 것이옵니다. 그분에게 영광을 주소서! 이는 곧 우리에게 영광을 주는 것입니다. 오, 어머니여, 저희의 말을 귀담아들어 주소서!」 그녀는 기도를 한 다음 그녀의 팔에 다시 감겨 있는 뱀을 부드럽게 어루만졌다.

그러고 난 다음 아리아드네 공주가 한 걸음 앞으로 나와 달을 향해 두 손을 치켜들었다. 군중은 입을 다물고 숨을 죽였다. 아리아드네는 애정 어린 목소리로 가늘고 길게 외치기 시작했다. 「오, 인간과 식물과 동물의 어머니여, 크레테가 당신을 부릅니다! 당신의 손을 펼쳐 우리의 들판에 축복을 내리시고, 가축들을 번성

케 하시옵소서! 햇살과 비를 주시어, 땅이 초목으로 뒤덮여 나무에 과일이 영글도록 해주소서! 우리의 배에 바람을 주시옵소서! 그대의 사랑하는 딸인 크레테의 공주가 어머니에게 기도를 드리나이다. 기도를 들어주소서!」

마치 바다에서 폭풍우라도 치듯 웅성웅성 술렁이는 소리가 뜰 전체에 울려 퍼졌다. 모든 사람이 달을 향해 손을 하늘 높이 들고 있었다. 조그만 원뿔 모양의 신성한 항아리를 들고 있던 잘생긴 소년들이 거대한 뿔 아래 제단에 무릎을 꿇고 젖과 꿀을 대지에 뿌리기 시작했다. 다 붓고 나자 군중의 웅성거림은 진정되었다.

「이제 모두 춤을 출 거예요.」 하리스는 테세우스의 팔을 당기며 설명했다. 「여기요…… 손을 내미세요.」

「난 춤추지 않아!」 테세우스는 퉁명스럽게 말하고 아까부터 기대 있던 기둥에 다시 몸을 기댔다.

군중은 둥글게 모이기 시작했다. 손과 손을 서로 잡고 두 공주를 에워싸며 원을 그렸다. 중앙에서는 두 공주가 이미 춤을 추기 시작했다. 두 공주는 각각 드러낸 가슴에 손을 얹고 눈을 땅에 고정한 채 머리카락을 휘날리며 춤을 추었다. 궁전의 시녀들 또한 두 번째 원을 이루어 두 공주 주위에서 느릿느릿 춤을 추었다. 그리고 군중이 세 번째이자 마지막 원을 크게 그리며 춤을 추었다. 그들은 시녀들 둘레에서 발을 땅에 끌고 눈은 땅에 고정한 채 신성한 노래를 합창하며 몸을 천천히 움직였다.

연분홍 치마를 입고 있는 소녀들이 화려한 색깔의 성수(聖水) 살포 물뿌리개를 손에 들고 거대한 무리 속을 이리저리 돌아다니며 장미 향기가 나는 물을 뿌렸다. 공기는 장미 향기로 가득 찼다.

한 아리따운 소녀가 검은 두 눈에 웃음을 가득 머금고 테세우스에게로 걸어와 뭔가를 속삭이며 그에게 향수를 뿌려 주었다.

테세우스는 몸을 숙여 달빛 속에서 반사되는 그녀의 얼굴을 쳐다보았다. 그는 크리노임을 알아보고 미소를 지어 보였다.

「안전한 여행이 되시기를!」 소녀는 그의 미소에 화답하며 속삭였다.

테세우스는 그녀의 목소리를 듣기 위해 몸을 더욱 굽혔다.

「안전한 여행이 되시기를!」 그녀는 다시 낮은 목소리로 말했다.

「이해하지 못하겠는데……」 테세우스는 당황하며 말했다.

「저도 그래요. 공주님께서 그렇게 전해 드리라고 말씀하셨어요.」

테세우스는 이제 춤이 끝난 뜰을 훑어보았다. 두 공주는 뜰에서 걸어 나와 궁전으로 다시 돌아가려 하고 있었다. 테세우스는 그들에게로 다가가려고 앞으로 나갔다.

「이방인이다! 두 공주에게 접근하지 못하게 해!」 그가 다가가자 경계하는 듯한 목소리가 들려왔다.

아리아드네 공주가 머리를 돌렸다. 그녀는 군중 속에서 키가 큰 금발의 테세우스가 팔로 군중을 헤치며 자기에게 다가오는 것을 보았다. 그녀는 미동도 하지 않고 마치 한 번도 본 적이 없는 것처럼 냉정하고 매몰찬 눈길로 그를 쳐다보았다. 테세우스는 걸음을 멈추었다. 〈도대체 어찌 된 사람일까? 다정한 친구 같다가도 다음엔……〉 그는 공주가 자기에게 준 금반지를 손으로 더듬거렸다. 〈사실이야, 하지만……〉 공주는 쌀쌀맞고 냉혹한 눈길로 그를 계속 쳐다보았다. 테세우스는 그 냉혹한 눈길을 견딜 수 없어 고개를 숙여 눈을 내리깔았다. 그는 부끄러움에 사로잡혀 생각했다. 〈난 졌어.〉

아리아드네 공주는 다시 고개를 돌려 언니와 함께 계단 위로 올라갔다. 궁전 여인들이 그들 뒤를 공작새처럼 따라 올라가더니 모두 궁전 안으로 사라져 버렸다.

3

 테세우스 또한 궁전 뜰을 급히 벗어나 바닷가로 향했다. 그는 혼자서 신선한 바닷바람을 쐬고 싶었다. 〈뭔가 결정을 내리기 전에 혼자 좀 있어야겠어……. 오늘 보고 들은 것들을 신중히 생각해야겠어…….〉

 그가 북쪽으로 몸을 돌려 항구로 이어지는 대로로 접어들었을 때 뒤쪽에서 큰 소리가 들려왔다. 어떤 사람이 급히 따라오며 그에게 발걸음을 멈추라고 고함을 질렀다.

 「난 하리스의 아버지요!」 그 사람은 테세우스에게 다가와 말했다. 「당신의 어린 친구의 아버지 되는 사람이오.」

 테세우스는 기분이 좀 언짢았다. 그는 바다로 가서 혼자 조용히 이런저런 생각을 하고 싶었다. 「죄송합니다만, 전 혼자 있고 싶습니다.」

 마흔 살쯤 되어 보이는 그 사람이 테세우스의 손을 덥석 잡았다. 「내 이름은 아리스티데스입니다. 괜찮으시다면 당신과 함께 걷고 싶습니다.」 그는 단호하고 진지한 어조로 말했다.

 테세우스는 마음이 누그러졌다. 그는 여전히 혼자 있고 싶었다. 「이름으로 보아 당신은 크레테 사람이 아니군요.」

「난 크레테 사람이 아닙니다. 난 아테나이 사람이오.」 그 남자가 말했다.

「아, 그렇죠.」 테세우스는 기억이 났다. 「제가 잠시 잊었군요. 당신의 아들이 말했소.」 그는 그 남자의 손을 잡았다. 「갑시다. 같이 걸읍시다.」

그들은 오랫동안 말없이 걸었다. 두 그림자가 달빛이 비치는 크레테의 대로를 걷고 있었다. 테세우스는 땅에 던져진 그들의 그림자를 보고 미소를 지었다. 〈두 명의 아테나이 사람이, 두 명의 동포가 우리 조국을 정복한 왕국에서 나란히 길을 걷고 있다……. 얼마나 오랫동안…… 얼마나 오랫동안 이 영광스러운 왕국이 우리 조국을 지배할 것인가?〉

「당신 역시 이방인이죠.」 아리스티데스가 침묵을 깨며 말했다. 「내 아들놈이 당신에 대해 이야기를 많이 했답니다. 당신이 꼭 왕자처럼 보인다고 하더군요…….」

테세우스는 미소를 지었다.

「왕자님이신가요?」 남자가 과감하게 물었다. 그의 목소리는 긴장감에 떨고 있었다.

테세우스는 말이 없었다. 그의 머리는 수많은 생각들로 가득차 있었다. 〈혹시 끄나풀 아닐까? 나를 함정에 빠뜨리려고 이자를 보냈는지도 몰라. 이 나라 사람들은 교활하니까. 남을 속이는 데 재주가 많은 간사한 장사치들이야. 이자에 대해 경계심을 늦추어선 안 돼.〉 그는 아무렇지 않은 듯 말했다. 「무슨 말을 하는 겁니까? 난 당신과 같은 인간입니다.」

「노예.」 아리스티데스는 쏘아붙이듯 중얼거렸다.

「아니요! 난 자유인이오!」 테세우스는 당당하게 말했다.

「그렇다면 왜 당신은 당신이 나와 같은 인간이라고 말했소?」

테세우스는 말이 없었다.

그들은 서로 말없이 길을 걸었다.

「우리 모두는 이곳에서 노예요.」 아리스티데스가 다시 침묵을 깨며 말했다.

「왜 이곳을 떠나지 않소?」 테세우스가 물었다.

「나를 떠나게 내버려 두지 않고 있소. 난 철을 다루어 무기를 만드는 법을 알고 있소. 저들은 내가 다른 나라로 가서 그곳 사람들에게 이 위험한 기술을 가르쳐 줄까 봐 두려워하고 있소.」

테세우스는 그를 넌지시 쳐다보았지만 대답은 하지 않았다. 그는 여러 가지 생각으로 머리가 혼란스러웠다. 〈내가 이자를 아테나이로 데려가면 우리에게 철 다루는 법을 가르쳐 줄 테지……. 그러면 우리 또한 강력한 신무기를 가져 크레테와 전쟁을 벌여 그들로부터 해방될 수 있을 거야.〉

「왜 나를 그렇게 쳐다보시오?」 그 남자가 물었다.

「이곳은 이야기할 장소가 못 되오. 항구로 갑시다.」

그들은 걸음을 재촉했다. 밤의 부드러운 공기에는 추수가 끝난 뒤의 곡식 냄새가 배어 있었다. 포도밭에는 아직 익지 않은 포도송이가 덩굴에 주렁주렁 매달려 있었고 올빼미가 어딘가 올리브나무 위에 앉아서 나뭇가지를 흔들고 있었다. 저 멀리 보이는 잔잔한 바다는 달빛을 받아 우윳빛으로 반짝거렸다. 그들은 항구의 불빛을 보았으며, 바다에서 내륙으로 불고 있는 미풍도 느낄 수 있었다. 미풍은 소금기 젖은 바다 냄새로 그들의 코를 자극했다.

「아름다운 밤이오.」 테세우스는 향긋한 공기를 깊이 들이마시며 말했다.

「바다도 아름답소. 바다는 여행하기에 멋지죠.」 아리스티데스가 중얼거렸다.

「지금 항구에서 당신을 데려가 줄 배를 한 척 발견한다면, 떠나 겠소?」 테세우스가 물었다.

그 남자는 한숨을 쉬며 근심 어리게 말했다. 「아무도 나를 태워 주지 않을 거요. 사람들은 왕을 두려워하오.」

그들은 이윽고 항구에 도착했다. 뱃머리를 항구 쪽으로 대놓은 수많은 배들이 달빛을 받아 반짝거렸다. 야간 파수병들이 번쩍이는 창을 어깨에 메고 항구 이쪽 끝에서 저쪽 끝까지 왔다 갔다 했다. 이 시각까지 열어 놓은 선술집에서 뱃사람들이 술을 마시며 부르는 노랫소리가 나직이 들려왔다.

「어디 들어가 술이라도 한잔합시다.」 아리스티데스가 제의했다.

「난 선술집은 별로 안 좋아합니다. 누구도 우리의 이야기를 듣지 않는 곳을 찾아봅시다.」

그들은 부두 끝 쪽으로 가서 바위에 앉았다.

「이제, 철에 대해 당신이 알고 있는 것을 말해 보시오. 난 이야기는 많이 들었지만, 지금까지 철을 다룰 줄 아는 기술자는 만나본 적이 없소. 당신은 철로 단검도 만들 수 있소?」

「만들 수 있소. 게다가 대검과 창과 화살촉까지도 만들 수 있소. 내가 만든 무기로 무장한 군대는 누구한테도 지지 않을 것이오.」

테세우스는 머리를 숙여 깊은 생각에 잠겼다. 〈말을 해야 할까? 하지 말아야 할까? 이자가 첩자라면 어떻게 하지?〉

그는 고개를 들고 그 남자를 오랫동안 똑바로 쳐다보았다. 그는 달빛 속에서 그 남자의 얼굴을 분명히 볼 수 있었다. 얼굴은 정직하고 진지해 보였으며 두 눈에는 형언할 수 없을 정도의 깊은 슬픔이 깃들어 있었다.

「나와 함께 떠날 수 있겠습니까?」 마침내 그는 겨우 들릴 만큼 작은 목소리로 말했다.

「떠날 수 있소!」

「큰 소리 내지 마시오!」 테세우스는 그를 날카롭게 쏘아보았다.

「떠날 수 있소!」 아리스티데스는 젊은이의 손을 잡고 흥분이 되어 속삭였다. 「나를 데려가 주시오. 즉시 떠나겠소!」

「당신의 어린 하리스와 크리노가 걱정되지 않소?」

「아니요. 아리아드네 공주가 잘 보살펴 주실 거요. 누구도 아이들에게 나쁜 짓을 하진 못할 거요. 둘 다 공주의 시종이니까요.」

「부인은 없습니까?」

「없소, 죽었소. 난 자유인이오.」

「내가 어디로 가는지 알고 있소?」

「크레테에서 멀리 떨어진 곳으로. 그것만으로 난 족하오.」 그 남자의 목소리는 감정에 북받쳐 떨고 있었다.

두 명의 파수병이 어슬렁어슬렁 걸어오다가 바위에 앉아 있는 두 사람을 목격하고는 걸음을 멈추었다.

아리스티데스는 목소리를 높였다. 「우리의 존경하옵는 왕께서 위대한 여왕의 동굴에서 돌아오실 거요, 내일이면……」 그가 테세우스에게 말했다.

파수병들은 가던 길을 계속 갔다.

「당신은 참 재치 있는 사람이군요.」 테세우스가 머뭇거리며 말했다.

「노예가 되면 다 필요하죠.」

달이 중천에 떠 있었다.

「갑시다.」 테세우스가 일어나며 말했다.

그들은 바위에서 내려와 해안을 따라 계속 걸어가 절벽 아래에 있는 커다란 동굴 앞에 당도했다. 아리스티데스가 보아 온 크레테 배와는 다른 조그만 카이크[1] 한 척이 바닷물 위에서 흔들거리고 있었다. 단순한 모양에 긴 돛과 네 개의 노가 달려 있는 이 배는 온통 흰색이었으며 두 개의 커다란 눈이 뱃머리에 그려져 있었다.

테세우스는 어둠 속에서 나직이 휘파람을 불었다. 그러자 즉시 두 남자가 그 조그만 배의 선창에서 뛰어나와 부동자세로 섰다.

「우리는 떠난다!」 테세우스가 목소리를 낮추어 그들에게 말했다.

「준비 완료되었습니다!」 그들이 대답했다.

테세우스는 갑자기 어두워진 하늘을 올려다보았다. 구름 한 조각이 지나가며 달을 가리고 있었다. 「아테나께서 우리를 보살펴 주시는구나! 바로 이때다!」 그는 중얼거리더니 배 위로 뛰어올랐다.

아리스티데스도 지체 없이 배에 뛰어올랐다.

「이자는 누구입니까?」 두 명의 뱃사람이 대장장이를 붙들고 사납게 노려보았다.

「놓아주게. 우리와 함께 갈 사람이야.」

「알겠습니다, 왕자님.」 그들은 대답하고는 잡고 있던 손을 놓았다.

〈왕자라고?〉 아리스티데스는 머리를 돌렸다. 「왕자님이라고요?」 그가 중얼거렸다.

「조용히 하고 노를 잡으시오!」 테세우스가 날카롭게 말했다.

아리스티데스는 가슴이 부풀어 올라 노를 잡았다. 두 명의 뱃사람은 다른 노를 잡았다. 테세우스는 키를 잡았다. 「아테나의 이름으로! 출발!」 그가 명령했다.

항구에서 조용히 벗어나기 위해 세 명은 말없이 노를 젓기 시

---

1 지중해에서 사용되던 좁고 긴 노 젓는 배.

작했다. 달은 여전히 구름에 가려져 있어 항구는 어둠에 잠겨 있었다.

「조심해! 노 젓는 소리를 내서는 안 돼!」테세우스가 소리를 낮추어 주의를 주었다. 그들은 조심스럽게 노를 저어 항구 입구에 거의 당도했다. 그때 등대에서 어떤 목소리가 들렸다.

「거기 누구냐?」

테세우스는 몸을 숙이고 속삭였다.「노 젓는 것을 멈추어라!」

카이크가 멈추었다. 그들은 기다렸다. 1분, 2분……

「거기 누구야?」목소리가 또다시 들려왔다. 그들은 목소리가 나는 등대에서 횃불이 움직이는 것을 보았다.

「아무도 없어! 소리 지르지 마!」반대편 등대에서 두 번째 목소리가 들려왔다.

「내 생각으로는……」처음에 내질렀던 목소리가 희미하게 들렸다.

「술 취했군! 잠자코 있어!」또 다른 사람이 웃으며 말했다.

테세우스는 기다렸다. 구름이 하늘을 가로질러 또다시 달을 가렸다.

「출발!」그는 조용히 명령했다.

카이크는 물살을 가르며 쏜살같이 앞으로 나아가 어둠 속으로 가볍게 사라졌다. 얼마 후 그들은 광활한 바다로 미끄러져 갔다.

「돛을 올려라! 우리는 자유다!」왕자의 목소리가 울려 퍼졌다.

아리스티데스는 얼굴의 땀을 닦아 냈다.「신이여, 감사합니다! 우리는 해냈습니다!」그가 테세우스에게로 고개를 돌리며 말했다. 그의 눈에는 눈물이 괴어 있었다. 그는 왕자의 손을 잡고 입을 맞추었다.「어디로 가고 있습니까, 왕자님?」그는 감정이 북받쳐 목이 메었다.

테세우스는 그의 손을 잡았다. 「아직 짐작하지 못했소?」 그가 웃으며 말했다.
 「네, 어디로 가고 있습니까?」
 승리의 미소가 테세우스의 입술에 묻어 나왔다. 「아테나이로, 나의 친구여!」

4

다음 날 새벽 하리스는 누나와 친구 이카로스를 찾기 위해 울면서 궁전으로 급히 뛰어갔다.

「아버지가 떠나셨어!」 그는 울먹이며 누나와 이카로스에게 말했다. 「아버지를 밤새도록 기다렸지만 집에 돌아오지 않으셨어!」

「떠나시기 전에 너한테 아무 말씀도 하지 않으셨어?」 하리스의 누나가 믿지 못하겠다는 듯 소리쳤다.

「응, 아무 말씀도 하지 않으셨어. 어젯밤 제전에 아버지와 함께 있었는데, 그 후론 아버지를 보지 못했어. 아버지는 떠나겠다고 언제나 말씀하셨어…… 결국 떠나신 거야!」

「네 아버진 분명히 그 이방인과 함께 계실 거야. 제전이 끝난 뒤 그 이방인과 함께 있는 걸 보았어. 네 아버지는 그 이방인과 함께 이야기를 나누며 항구로 가셨어.」 이카로스가 말했다.

「네 말이 맞을 거야!」 크리노가 울먹이며 말했다. 「아버진 그 이방인과 함께 가셨어! 분명해! 어젯밤 공주님께서 춤추러 가시기 전에 나를 불러 나에게 그 이방인을 찾아 안녕히 돌아가시라고 말하라고 했어. 그분이 아버지를 데리고 가셨어!」

하리스는 또다시 울음을 터뜨렸다.

「무사히 가시라고 빌자!」 이카로스는 하리스를 팔로 감싸며 말했다. 「우리 차례도 곧 올 거야!」 그는 회랑을 내려다보았다. 거기엔 탈곡장에서 온 노예들로 가득했다. 「다른 데로 가자. 너희에게 할 말이 있어.」 이카로스가 나직이 말했다.

하리스와 크리노는 눈물을 닦고 이카로스를 따라 회랑을 지나 노예들이 모여 있는 뜰로 걸어갔다. 많은 남자들과 여자들이 모여 왕이 도착하기를 기다리고 있었다.

이카로스는 계단을 급히 내려가 크레테에 처음 오는 사람들이 궁전을 방문하기 전 멈추어 발을 씻는 샘이 있는 커다란 남쪽 대문으로 향했다. 커다란 기둥이 떠받치고 있고 화려한 색깔의 벽화가 그려진 거대한 대문 밑에는 왕에게 경의를 표하기 위해 이웃 도시에서 몰려든 사람들로 붐볐다.

세 명은 군중을 헤치고 나아가 강 제방의 후미진 곳에 도착했다. 그곳은 한적하고 고요해, 물 흐르는 소리와 협죽도 덤불에서 작은 새 한 마리가 찍찍대는 소리만 들릴 뿐이었다.

「여기가 좋겠다. 여기서 쉬자.」 이카로스가 말했다.

그들은 꽃이 만발한 협죽도 밑에 앉아 긴장감 어린 눈빛으로 서로의 얼굴을 쳐다보았다. 「너희도 알듯이 난 너희 빼고는 친구가 없어.」 이카로스가 긴장된 목소리로 말했다. 「내 생명에 무슨 일이 닥치더라도 난 너희에게 말해야겠어.」

남매는 그의 말을 주의 깊게 들었다. 이카로스가 이처럼 진지해 보이긴 처음이었다.

「귀담아들어. 너희도 알다시피 우리 아버진 위대한 기술자야. 아버지의 기술을 능가하는 사람은 이 세상에 아무도 없어.」 이카로스가 그들에게 몸을 가까이 붙이며 말했다.

「알고 있어.」 그들이 중얼거렸다. 모든 사람이 이카로스의 아버지 다이달로스를 잘 알고 있었다. 그는 미노타우로스가 갇혀 있는 새로운 미궁을 만든 사람이었다.

「아버지는 처음으로 조각에 생명을 불어넣으신 분이야.」이카로스는 계속했다. 「지금까지 모든 조각물은 그저 몸뚱이에 팔과 다리가 붙어 있기만 했지. 미라처럼 말이야. 그런데 아버지가 조각들의 팔과 다리에 자유를 부여해 주었고 눈에다 생명력을 불어넣었어.」

「알고 있어. 그 이유로 너희 아버지가 만든 조각물은 도망가지 못하게 모두 밧줄로 단단히 묶어 놓았지.」크리노가 말했다.

「그건 아무것도 아니야.」이카로스가 어깨를 으쓱거리며 말했다. 「내가 지금 말하고자 하는 것은 정말로 기적이야!」그는 목소리를 낮추었다. 「내가 말하기 전에, 너희 둘은 이 비밀을 누구한테도 이야기하지 않겠다고 맹세해 줘.」

「맹세해!」그들이 속삭였다.

「고문당하고…… 심지어 죽음을 당하더라도!」

「절대로 누설하지 않을게!」둘은 다짐했다.

「그렇다면 들어 봐. 우리 아버진 3년째 사람의 어깨에 달 날개를 만들어 오고 계셔. 내 어깨에 달 날개도 만들고 계셔. 날개가 완성되면 우리는 자유로운 곳으로 날아갈 거야!」

남매는 믿기지 않아 입이 딱 벌어졌다.

「날개라고?」크리노가 두렵기도 하고 믿지 못하겠다는 눈길을 보내며 말했다. 「날개라고? 제정신이야, 이카로스? 아니면……」

「……아니면 우리 아버지가 미치셨단 말이지?」이카로스가 말의 끝을 맺었다.

크리노는 얼굴을 붉혔다.

「아니야, 크리노.」그가 조용히 말했다. 「이 세상에서 우리 아버지처럼 뛰어난 두뇌를 가진 사람은 없어. 처음 두 날개는 이미 완성했어. 실험까지 다 마쳤어.」

두 사람은 친구의 말에 감히 의심을 품을 새도 없이 경탄하며 그를 응시했다.

「아버진 나의 다른 한쪽 날개도 만들기 시작했어.」

「그럼 떠날 거니?」 하리스가 슬픈 얼굴로 소리쳤다.

「우리 모두 떠날 거야. 우리 모두 다! 아버지께 우리 각자의 날개를 다 만들어 달라고 부탁했어. 아버지께 내 친구들을 두고는 떠날 수 없다고 말했어.」 이카로스가 일어섰다. 「……그러나 입조심해야 해. 누구에게도 말해선 안 돼! 때를 기다려야 해. 축복의 시간이 오면 알려 줄게. 그리고 그때가 되면…… 푸드덕…… 새처럼 하늘을 날겠지!」

그들은 일어나 이카로스에게 무릎을 꿇고 희망의 눈물을 흘리며 그를 껴안았다. 「우리는 아테나이로 날아갈 거야!」 하리스가 외쳤다. 「우리 아버지가 태어나신 아테나이로 말이야!」

「또한 내가 태어난 곳으로. 우리 모두 자유롭게 살 수 있는 아테나이를 향해…….」 이카로스가 말했다.

군중이 몰려오는 요란한 소리가 났다. 세 명의 음모자는 제방의 후미진 곳에서 급히 나왔다. 멀리서 사람들이 웅성거리는 소리, 노래 부르는 소리, 금속 탬버린이 짤랑거리는 소리가 들려왔다. 그러나 왕이 돌아오는 행렬은 아닌 듯했다. 여신의 동굴은 걸어서 예닐곱 시간 걸리는 딕투스 산 높은 곳에 있었다. 왕은 오후 늦게야 도착할 것이었다.

그들은 근처 언덕 위로 올라갔다. 저 멀리서 사람들이 무리를 지어 빠른 걸음으로 오고 있었다. 염소 가죽으로 차려입은 승려가 무리를 이끌고 있었는데, 그는 금속 막대로 금속 트라이앵글을 치면서 박자를 맞추었다.

그것은 추수가 끝났음을 축하하는 의례적 행사인 합창 행렬이었다. 앞장서 걷고 있는 승려가 큰 소리로 인류에게 밀을 내려 주신 위대한 여신에게 감사의 찬가를 불렀다. 나무 쇠스랑을 어깨에 멘 농부들이 그 뒤를 따랐다. 그들이 지나간 자리엔 뽀얀 먼지가 일었다. 행렬은 세 친구가 서서 지켜보고 있는 언덕을 지나 빠른 속도로 나아가더니 궁전으로 향하는 도로 모퉁이에서 사라졌다.

「가엾은 농부들. 저들에게도 날개가 있다면 자유민이 될 텐데.」이카로스가 말했다.

「너희 아버지가 만드는 날개는 충분치 못해. 또 다른 날개가 필요해……. 영혼의 날개가.」생각이 깊은 크리노가 조용히 말했다.

「가자.」이카로스가 말했다.「그리고 날개에 대한 이야기는 두 번 다시 해서는 안 돼. 누군가가 듣는다면 우린 끝장이야!」그들은 언덕을 내려온 즉시 가난한 사람들이 살고 있는 초라한 마을을 지나 크노소스의 길로 향했다. 여기저기에서 사람들이 왕을 맞이할 준비를 하고 있었다. 여자들은 집을 청소하고 가재도구를 정리하고 창문에 화려한 덮개를 걸어 놓았다. 소녀들은 현관 계단에 올려놓은 화분에 물을 주고, 닭에게 모이를 주고, 고양이들에게 붉은 리본을 달아 주느라 분주히 움직였다. 오늘 모든 식물, 동물, 사람 들은 즐거워할 것이다.

돌로 포장된 도로를 따라 양쪽에 늘어선 가게와 작업장에는 사람들로 북적거렸다. 시골에서 올라온 사람들이 좁은 도로에 꽉 들어차 있었다. 얼굴이 검은 사람, 머리를 길게 땋은 사람, 매부리코를 가진 사람 등 모든 사람의 눈은 열정과 정열로 불타올랐다.

이카로스는 궁전 밖으로 한 발짝도 나가 보지 못한 크리노를 위해 안내라도 하듯 군중을 헤치며 친구들을 이끌었다. 눈을 동

그렇게 뜨고 주변을 둘러보던 크리노는 너무 붐벼 사람들과 몸이 부딪치자 깜짝깜짝 놀랐다. 「오늘이 장날이야.」 이카로스가 군중 속을 노련하게 헤치고 나가며 말했다.

그들은 양쪽에 크노소스의 유명한 작업장들이 늘어서 있는 좁은 길로 발길을 돌렸다. 크리노는 코를 킁킁거렸다. 「향기가 좋구나!」 사이프러스에서 나는 달콤한 향기가 공기를 가득 메우고 있었다. 그들은 크노소스에서 유명한 삼나무 가구를 제작하는 작업장들이 있는 공예사들의 거리에 들어섰던 것이다. 줄지어 있는 여러 작업장에서 공예가들이 작업대에 몸을 구부리고 정교한 서랍장이나 가구를 만들고 있었다. 여기서 만들어진 물건들은 먼 지역까지 팔려 나갔다.

세 사람은 모루 위를 내리치는 육중한 망치 소리가 나는 곳으로 걸어갔다. 「귀를 막아. 우린 대장간으로 가고 있어.」 이카로스가 웃으며 말했다.

그들 눈앞에 펼쳐진 어두컴컴한 작은 작업장들이 좁은 도로의 양편에서 희미하게 빛을 냈다. 불빛은 조그만 용광로에서 나오는 것이었다. 대장간 안에서 흑인 노예들이 풀무질을 해 불꽃이 계속 반짝거렸다. 작업장 가운데에서 고참 대장장이로 보이는 사람이 가죽 앞치마를 두르고 근육질의 팔을 걷어 올리고 얼굴엔 숯검정을 묻힌 채 청동을 두드리고 있었다.

「여기선 무엇을 만들고 있지?」 크리노가 놀라며 물었다.

「저들이 뭘 만들겠어? 괭이, 부삽, 쟁깃날, 도끼, 칼, 창, 방패 따위를 만들지.」 이카로스가 우쭐대며 말하고는 칼, 양날 단도, 묘하게 생긴 반짝거리는 방패 등과 같은 무기들이 벽에 주렁주렁 매달려 있는 한 대장간으로 걸어갔다. 이곳은 이카로스의 아버지의 친구인 명장(明匠) 투르시스가 일하는 대장간이었다. 이 대장간에서 만든 칼은 명성이 자자했는데 투르시스가 만들었다는 표시로 불꽃을 쥐고 있는 손 모양의 인장이 새겨져 있었다. 이카로스는 언젠가 훌륭한 대장간을 가지는 게 꿈이었다.

「서두르자. 공주님께서 깨어나시기 전에 궁전으로 돌아가야 해.」 크리노가 말했다. 그녀는 궁전으로 돌아가기 전 시장을 빨리 둘러보고 싶었다.

이카로스는 황홀한 물건들이 진열된 작업장에서 발길을 돌려 크리노와 하리스를 도로로 급히 데리고 나왔다. 그들은 도자기 만드는 공방, 그림방, 구둣방과 같은 많은 작업장을 지나 크레테의 유명한 천이 매매되는 화려해 보이는 넓은 길에 들어섰다. 「문장이 그려져 있는 옷을 좀 봐. 거미가 거미집을 치고 있는 그림이야.」

「정말로 정교해!」 크리노가 걸음을 멈추고 화려한 천을 보며 감탄했다. 천 짜는 기술이라면 어느 정도 자신 있었던 그녀는 너무 섬세하게 짜여진 천을 바라보며 놀라고 있었다.

「너도 겉옷에 문장을 새긴다면, 뭘 새기겠어?」 하리스가 물었다.

「난 두 개의 커다란 날개를 새길 거야. 너는 어때, 크리노?」

「난 두 개의 황소 뿔을 새기고 싶어.」 크리노가 얼굴을 붉히며 말했다.

「누나는 정말로 투우를 좋아하나 보지?」 하리스가 걱정스럽다는 듯 누나를 보며 말했다. 「응.」 소녀가 대답했다. 그녀는 작년 대축제 때 투우 경기에 얼마나 참가하고 싶었는지, 그리고 자기의 안전을 위해 동생이 얼마나 자기를 말렸는지 그때의 기분을 회상해 보았다. 그녀는 커다란 황소와 결투해서 길들이는 것을 좋아했다. 그녀 생각에 굉장한 뿔을 지닌 무시무시한 짐승 앞에 자신의 연약한 몸을 던져 지혜를 발휘해 엄청난 힘을 제압하는 것보다 더 스릴 넘치는 일은 없어 보였다.

이카로스는 두 사람을 이끌며 계속 걷다 드디어 도시의 끝에 당도했다. 주변이 나무들로 둘러싸여 있는 높고 둥근 마당 같은 것이 그들 앞에 펼쳐졌다. 그곳은 시장이 서는 광장이었다. 중앙엔 거대한 황소 뿔 모양의 제단이 서 있고 그 옆에 위대한 여신의 동상이 서 있었다. 여기저기서 시끄러운 소리가 들렸다. 사람들은 땅바닥에 물건들을 벌여 놓고 시장에 나온 사람들에게 흥정을 하고 있었다.

세 사람은 밀, 깨, 보리, 병아리콩, 강낭콩 등 잡다한 농산물 옆에 쭈그리고 앉아 있는 상인들을 지나 소란스러운 광장으로 들어섰다. 농부들이 독한 술, 치즈, 꿀을 팔고 있는 가게를 지나가는데, 술이 들어 있는 항아리에는 보리 모양의 이삭이 새겨져 있었다. 또 다른 사람들은 샐비어, 백리향, 세이보리, 박하 등의 약초를 팔고 있었다. 크리노가 향기를 내뿜고 있는 약초 앞에 서서 냄새를 맡았다. 크레테에서 향기를 내거나 질병을 치료하는 데 약초보다 더 좋은 것은 없었다.

이카로스는 계속 걸어갔다. 그는 위대한 여신상 밑에 전을 차려 놓고 생선을 팔고 있는 어부들을 보았다. 어부들은 얼굴이 햇볕에 그을려 험상궂어 보였고 귀에 거슬리는 쩌지는 듯한 소리를 질러대며 바다에서 잡은 생선을 팔고 있었다. 게, 굴, 오징어, 문어, 성게 등 바다의 보물들이 위대한 여신의 발아래 놓인 널찍한 바구니 위에 펼쳐져 있어 바다 냄새가 물씬 났다. 이카로스는 가까이 다가가 바다 냄새가 밴 공기를 들이쉬었다. 그는 바다를 얼마나 좋아하는지! 구릿빛 어부들이 생선 옆에 서서 자기가 잡은 생선이 최고라며 서로 목소리를 높이고 있었다. 어느 나이 든 어부 한 명이 어부들 틈바구니에서 해면과 조개들이 가득 찬 바구니를 들고 서 있었다. 큼지막한 나선형 소라가 해면 사이에서 마치 진주처럼 반짝거렸다. 이카로스는 바싹 다가가 굉장해 보이는 소라를 바라보았다.「돈이 있다면……」 그는 탐이 나는 눈빛으로 그것들을 뚫어져라 바라보았다.

나이 든 어부는 미소 지었다.「이름이 뭐니, 애야?」

「전 다이달로스 씨의 아들이에요.」

어부는 놀라며 그를 쳐다보았다.「그 위대한 기술자 말이니?」

「네, 아버지를 아세요?」 이카로스가 대답했다.

「알고말고!」 나이 든 뱃사람의 눈이 반짝거렸다.「어느 날 그분이 항구에 오셨지. 난 잡은 물고기를 정리하며 배에 앉아 있었어. 내가 두 뼘이 넘는 큼지막한 불가사리를 잡은 날이었지. 나는 배에 앉아 그놈을 내려다보며 흐뭇해하고 있었어. 그때 〈이보시오……〉 하는 목소리를 들었단다. 그래서 고개를 들어 보니 이국적인 옷을 입은 한 남자가 서 있더구나. 〈무슨 일이십니까, 어르신?〉 내가 물었어.

〈그 불가사리를 내게 팔 수 있겠소?〉 그분이 물었지.

〈팔 물건이 아닙니다. 이놈이 마음에 들어 제가 간직하려고 합니다. 눈에 잘 띄는 뱃머리에 박아 놓으려고요.〉 내가 대답했어.

〈나에게 파시오. 그러면 절대로 변하지 않는 더 아름다운 불가사리를 하나 조각해 주겠소.〉

〈이보다 더 아름다운 불가사리를 조각해 주겠다고 자신만만해 하는 어르신은 도대체 누구십니까?〉

〈난 국왕의 수석 건축가 다이달로스요.〉

나는 그분에게 존경을 표하기 위해 일어났어. 난 그분에 대해 일찍이 알고 있었거든. 〈여기 있습니다. 당신은 위대한 장인이시니 이것을 받을 자격이 있습니다.〉 그리고 그분에게 불가사리를 드렸지.

〈기다리시오.〉 너희 아버지가 말했단다. 그러곤 내 배에 올라

타고 뱃머리로 가 조그만 연장 두 개를 허리띠에서 끄집어 내더니 무릎을 꿇고 바닥에 불가사리를 놓고 그 불가사리를 조각하기 시작했지. 불가사리와 조각할 뱃전을 번갈아 보면서 작업을 하셨단다. 얼마 후 내 두 눈은 휘둥그레졌어. 다섯 개의 촉수가 달린 큼지막한 불가사리가 뱃머리에 붙어 있지 않겠니. 마치 살아서 움직이는 것 같았어.

〈오직 신만이 이런 기적을 만들 수 있습니다.〉 나는 그분께 이렇게 말하고 그분의 손을 잡고 입맞춤을 했단다.」

나이 든 뱃사람은 하던 말을 멈추었다.「항구로 내려가면, 올린토스 노인의 배를 찾아보거라. 거기에 불가사리가 조각되어 있단다.」그는 세 명의 친구에게 미소 지으며 말했다. 그는 들고 있던 바구니를 쳐다보더니 소라를 꺼내 이카로스의 손에 쥐어 주었다.「네 거다. 돈은 필요 없단다. 그냥 갖거라. 그리고 올린토스 노인이 감사드린다고 아버지께 말씀드리렴.」

이카로스는 소라를 집어 들며 따뜻하게 말했다.「이 소라를 불 때마다 아저씨를 생각할게요!」

두 명의 친구는 말없이 이 장면을 지켜보면서 빨리 가야겠다는 생각으로 마음이 급해졌다.

「서두르자, 이카로스! 늦었어!」이카로스가 그 뱃사람에게 고마움을 표시하고 고개를 돌렸을 때 그들이 소리쳤다.

「궁전으로 가야 해!」크리노가 말했다.

「난 아버지를 찾아 항구로 갈 거야!」하리스가 말했다.

「그럼 난 아버지 작업장으로 가 아버지를 도와드려야겠어.」이카로스가 말했다. 그의 아버지는 날개를 제작하고 있기 때문에 아들을 제외한 다른 사람의 도움은 바라지 않았다.

세 사람은 각자의 길을 달려갔다. 하리스는 항구로 직행했고 이카로스와 크리노는 궁전으로 향했다. 크리노는 쉬지 않고 계속 달렸다. 그녀는 공주 생각에 마음이 급했다. 〈지금쯤 깨어나셔서 옷 시중을 기다리고 계실 거야.〉

「걱정 마! 제시간에 도착할 거야······. 지금 새처럼 날아가고 있잖아!」 좁은 도로를 질주하며 이카로스가 그녀에게 말했다.

둘이 궁전에 도착했을 때 태양은 하늘에 솟아올라 있고 노예들은 궁전 뜰을 분주히 오가고 있었다. 망루 위에는 청동 무기를 든 파수병들이 들판과 바다를 보며 부동자세로 서 있었다. 둘은 남문으로 달려가 시원한 샘이 있는 손님맞이 방을 지나 궁전의 구불구불한 서늘한 통로 쪽으로 사라졌다. 「여기서 헤어지자.」 이카로스가 나직이 말했다. 「오늘 밤 다시 봐.」 그는 그녀를 남겨 두고 아버지의 작업장으로 쏜살같이 달려갔다.

크리노는 그 자리에 서서 잘생긴 소년이 통로로 뛰어 내려가는 모습을 지켜보았다. 그녀는 그의 건강미 넘치고 유연한 육체를 부드럽고 따뜻한 눈길로 얼마 동안 쳐다보았다. 그런 뒤 몸을 돌려 한 번에 두 계단씩 뛰어올라 다시 기다란 통로 아래로 내려가 공주의 처소에 도착했다.

공주 침실의 장밋빛 창문이 닫혀 있었다. 아침 햇살이 창문을 통해 화려한 방 안으로 희미하게 들어와 푸른색 꽃병에서 하얗게 반짝거리고 있는 백합을 부드럽게 비추었다. 공주는 눈을 뜬 채로 금발의 머리카락을 폭신한 하얀 베개에 파묻고 침대에 누워 있었다.

「들어오너라. 늦었구나.」 공주가 크리노를 부드럽게 불렀다.

크리노는 얼굴을 붉혔다. 「주무시고 계신 줄 알았습니다, 공주님.」

「잠을 잘 수가 없었어. 내 말은 잘 전달했겠지?」 그녀는 크리노를 보며 걱정스레 말했다.

크리노는 무슨 말인가 싶어 잠시 공주를 쳐다보았다. 「그럼요, 공주님. 그분께 장미 향수를 뿌려 드리고 〈안녕히 가세요〉라고 말했습니다.」 크리노는 공주의 말뜻이 무엇인지 재빨리 눈치 채고 말했다.

「그랬더니 그분이 뭐라고 말했니?」

「이해가 되지 않는다고 말했어요.」

공주는 화가 나 일어나 앉았다. 「이해 못한다고? 그가 그렇게 말했단 말이지?」

「네, 공주님. 하지만 제 생각으론 그분이 충분히 이해한 것 같았어요. 그러나 공주님께 할 말이……」 크리노가 머뭇거렸다.

「무엇인지 말해 봐! 어서!」

「그분은 떠났습니다.」

공주의 창백한 얼굴에 진홍빛이 감돌기 시작했다. 그녀는 자제하는 듯 잠시 말이 없었다. 「어떻게 알았지?」 공주는 겨우 입을 열었다.

크리노는 모든 사실을 공주에게 털어놓았다. 말을 마치자 아리아드네 공주는 침대에서 일어나며 말했다. 「옷을 입혀 다오.」

〈공주님은 기뻐하고 있는 걸까? 아니면 슬퍼하고 있는 걸까?〉 크리노는 공주에게 옷을 입혀 주면서 조용히 지켜보았다. 아리아드네는 조그만 황금 거울을 집어 들고 얼굴을 비춰 보며 말했다. 「화장을 해다오.」

크리노는 공주의 머리를 빗질하던 빗을 내려놓고 상아로 만든 조그만 상자를 가져와 공주의 뺨과 입술에 화장을 해주기 시작했다. 그녀는 크로커스꽃에서 추출한 황금빛 물감이 들어 있는 또 다른 상자를 열고 그것을 공주의 속눈썹과 눈꺼풀에 능숙한 솜씨로 바르기 시작했다.

아리아드네는 그녀를 멍하니 쳐다보았다. 「그분이 너희 아버지하고 떠났다고?」 크리노가 화장을 마치자 공주가 물었다.

「제 생각으론 그렇습니다. 공주님. 하리스가 자세한 것을 알아보기 위해 항구로 내려갔습니다.」

아리아드네는 눈을 창가로 돌렸다. 「문을 열고 그분이 거기 있는지 없는지 살펴보거라.」

「누구를요? ……네, 공주님.」 크리노는 그분이 누구를 가리키는지 순간적으로 눈치 챘다. 그녀는 급히 창가로 걸어가 창문을 열었다. 햇살이 방 안으로 내리비치고 신선한 공기가 가득 들어왔다. 방 아래에 모여 있는 군중으로부터 시끄러운 소리가 들려왔다. 크리노는 창문 밖으로 고개를 내밀어 뜰 주변을 샅샅이 살펴보았다. 제단, 계단, 문, 기둥 어디에도 그의 모습은 없었다. 아무도 없었다.

「아무도 없습니다.」

아리아드네는 대답이 없었다. 〈그분은 분명히 가셨어. 잘된 일이야.〉 그녀는 얼마 동안 아무 말도 하지 않았다.

「크리노! 귀여운 크리노, 나를 사랑하지?」 마침내 그녀는 시녀를 불러 손을 마주 잡았다.

크리노는 얼굴을 붉혔다. 「공주님을 위해 목숨을 바치겠습니다.」 그녀는 감정에 목이 메어 말했다.

「그렇게 할 것까진 없어. 내가 너에게 원하는 것은 누가 이방인에 대해 심문하면, 아무것도 모른다고 대답해야 한다는 것뿐이야. 넌 그가 누군지 알고 있지? 넌 내가 그분과 이야기하는 것을 엿들었니?」

「아닙니다, 공주님. 전 아무것도 엿듣지 않았어요. 단지 공주님이 큰 소리로 말씀하신 것만 들었어요. 그분이 누군지 알고 있어요.」

「어느 누구에게도 말하면 안 돼. 내 말 알아듣겠느냐?」

「알겠습니다, 공주님.」

「그리고 네 동생 하리스도 마찬가지야. 어느 누구에게도 입을 열어선 안 된다고 말해. 네 동생은 용기 있는 소년이라 안심이 된다만.」

「네, 안심해도 좋습니다.」 크리노가 자랑스럽다는 듯 말했다.

「언니는 아직 일어나지 않았어?」

「잘 모르겠습니다, 공주님. 가서 알아볼까요?」

「아니, 가지 않는 게 좋아. 누구도 알아선 안 돼. 그 누구도……. 알아듣겠니?」

「네.」

「팔찌 넣어 둔 보석함을 가져와.」

크리노는 낮은 탁자로 가 진주층으로 만든 새가 조각되어 있는 사이프러스 상자를 집어 들었다. 공주는 그 상자를 열어 황금 팔찌를 꺼내 들었다. 그 팔찌엔 한 청년과 처녀가 꽃이 만발한 정원에서 즐겁게 놀고 있는 모습이 새겨져 있었다. 「네 팔 좀 내밀어 보거라.」

공주는 그 소중한 팔찌를 크리노의 팔에 채워 주었다. 「네게 주겠다.」

「제 것이라고요! 무엇 때문에요?」 크리노가 소리쳤다.

「나를 기억하라고. 나도 떠날지 몰라. 어쩌면 떠날지도…….」 공주는 열어 놓은 창문으로 고개를 돌려 바다 쪽을 쳐다보았다.

5

하리스는 항구로 이어지는 대로를 달렸다. 강렬한 햇볕이 따갑게 내리쬐었다. 푹푹 찌는 날씨였다. 길에는 항구 여기저기에서 짐을 실어 나르는 수레 행렬로 먼지가 짙게 일었다. 크레테의 풍부한 물자를 배에 실어 저 멀리 바다 건너로 수출하기 위해, 혹은 전 세계에서 온 보물을 궁전으로 실어 나르기 위해 황소나 말이 끄는 수많은 수레들이 도로를 가득 메우고 있었다.

하리스는 천천히 움직이는 수레 행렬을 뒤로 따돌리고 아버지가 떠나신 어떤 단서라도 입수할 수 있을까 해서 항구로 달려갔다. 항구에 도착하니 배의 큰 돛들이 눈에 보였다. 돛이 두 개인 배, 세 개인 배, 정박 중인 배, 물건을 싣고 있는 배, 기적을 울리는 배, 돛을 내리고 항구로 다가오는 배 등 수많은 배들이 보였다. 온 천지가 배로 가득했다. 그리고 사방에서 엄청난 소음이 들려왔다.

그는 항구로 다가가 주위를 살폈다. 바다는 온통 배뿐이었다. 아테나이가 어찌 이들과 견줄 수 있을까? 그는 가슴이 갑자기 무거워짐을 느꼈다. 누가 감히 이곳을 정복할 수 있을까? 왕은 나라를 보호할 군대나 성벽이 필요 없다. 왕은 바다에 떠 있는 무수히

많은 배들을 보루로 삼아 적이 크레테에 접근도 하기 전에 물리칠 수 있을 것이다. 크레테는 이 세계를 영원히 지배할 것이다.

그는 주눅이 들어 주변을 쳐다보았다. 항구는 사람들과 물건들로 넘쳐났다. 배의 기적 소리와 하역꾼들의 고함 소리가 시끄럽게 뒤섞였다. 망루에선 명령하는 소리가 날카롭게 들려왔으며, 여기저기에서 왁자지껄한 고함 소리가 터져 나왔다. 하리스는 막연히 부둣가를 따라 거닐기 시작했다. 화물이 산처럼 하역되어 있는 곳을 지나고 또 외국 항구로 가져갈 거대한 항아리와 통이 수북이 놓여 있는 곳을 지났다. 누구에게 물어볼까? 어디로 가서 물어볼까? 전부 모르는 사람들뿐이었다. 그는 항구 끝자락의 튀어나온 바위 앞에 앉아 정신을 가다듬었다. 머리가 어질어질해 잠시 앉아 정박해 있는 배들을 바라보았다. 그가 앉아 있는 자리에서 멀지 않은 곳에 정박해 있는 한 키프로스 선박에서 거대한 빵 덩어리처럼 생긴 둥그스름한 구리 덩어리가 하역되고 있었고 이집트 선박들은 닻을 내리고 바나나, 대추야자, 상아를 내리고 있었다. 또 다른 배들에서는 원숭이, 흑인 노예 따위가 내리고 있었고 항구 저 아래쪽에 있는 알 수 없는 머나먼 곳에서 온 배에서는 금발의 노예들을 쏟아내고 있었다. 또 다른 배는 주석과 호박 같은 것을······.

일순간 하리스는 자신을 잊어버리고 눈앞에 펼쳐진 이 광대한 부의 전시에 마음이 사로잡혀 버렸다. 이 세계는 얼마나 큰가! 얼마나 부유하고, 얼마나 아름답고, 얼마나 많은 것들로 가득 차 있는가! 이카로스의 말이 옳았다. 나무 밑에 앉아 있는 것보다 배를 타고 세상을 돌아다니는 게 훨씬 신 난다는.

그는 앞에 펼쳐진 경이로운 광경을 넋 놓고 우두커니 바라보았다. 그때 갑자기 익숙한 목소리가 들렸다. 「아니! 너 하리스 아니냐!」 외삼촌 카피소스가 걸어왔다. 그는 배의 선장으로 로도스에서 방금 돌아왔는데, 항구 변두리 바위에 혼자 앉아 있는 조카를 발견하고는 놀라 하리스를 부르며 급히 달려온 것이었다.

「외삼촌!」 외삼촌임을 알아보고 하리스는 눈시울을 붉히며 달려갔다. 외삼촌이 입을 열기도 전에 소년은 그의 팔에 와락 안겨 아버지에 대한 이야기를 하기 시작했다. 외삼촌이 그를 힘껏 껴안자 소년은 안심이 되어 울음을 터뜨렸다. 그리고 이야기를 다 마치자 외삼촌은 믿지 못하겠다는 듯 고개를 옆으로 흔들었다.

「불가능한 일이야! 누가 감히 대장장이를 자기 배에 태워 주겠어? 왕이 목을 베어 버릴 텐데! 다른 일이 있을 거야.」

「하지만 무슨 일요?」

「나와 함께 가자. 이곳은 너무 시끄럽구나. 내 배로 가서 이야기하자.」 그는 조카를 데리고 배가 정박해 있는 멀지 않은 선착장으로 갔다. 그들은 선착장과 배 사이에 놓여 있는 다리 구실을 하는 널빤지를 밟고 배 안으로 들어가 뱃머리에 앉았다.

「자, 처음부터 이야기해 보렴. 내가 이해할 수 있도록 차근차근, 모두 다 말이야.」 선장이 말했다.

하리스는 그 이방인에 대해, 즉 그가 매일 궁전을 어떻게 살피고 다녔는지, 이카로스가 그 이방인과 하리스의 아버지가 함께 항구로 내려가는 것을 보았다고 하는 것까지 다 말했다. 외삼촌에게 알고 있는 것을 죄다 이야기하자 마음이 가벼워졌다.

카피소스는 손으로 턱을 괴고 오랫동안 앉아 있었다. 「네 말이 맞구나. 너희 아버지가 그 이방인과 함께 떠난 게 분명해. 급하게 떠날 만한 사정이 있었을 거야. 아버진 분별없이 행동하는 분이 아니잖니. 아버지를 믿어 보자꾸나.」

「아버지를 믿어요. 하지만 아버지가 어디로 가셨는지…… 무엇을 하고 계시는지…… 언제 돌아오실 것인지 알면 좋겠어요.」

「걱정하지 말거라. 사정이 되면 너한테 편지를 보낼 거야. 이제 궁전으로 돌아가렴. 나도 사람을 시켜 아버지의 행방을 알아보겠다. 이곳에 친구가 많아.」 외삼촌은 조카의 머리를 쓰다듬으며 말했다. 「용기를 잃지 마! 넌 이제 열두 살 난 소년이야. 더 이상 어린애가 아니야. 이번 일이 너에게 가장 참기 힘든 일이란 걸 나도 알아. 하지만 사나이처럼 당당히 맞서거라. 아버지를 믿는 것도 중요하지만 너 자신에 대한 확고한 신념을 가져야 한다. 훌륭한 선장은 태풍 속에서 자신의 용기를 발휘한다는 사실을 잊지 말거라.」

하리스가 외삼촌과 헤어져 궁전으로 돌아오자 이카로스가 그를 기다리고 있었다. 이카로스는 궁전 문앞 올리브나무 밑에 앉아 간단한 점심을 먹으며 하리스가 항구에서 돌아오는 먼지 날리는 도로를 바라보고 있었다. 아침 내내 그는 몹시 불안해하며 친구에 대해 골똘히 생각했다. 만약 그의 아버지가 그 이방인과 함께 떠났다면 그와 크리노에게도 안 좋은 일이 일어날 것이다. 왕이 분노해 그들에게까지 화가 미칠 것이기 때문이다.

정오를 훨씬 넘기고서야 그는 먼지 나는 도로를 따라 급하게 돌아오는 하리스를 볼 수 있었다.

「어떻게 되었어? 뭘 좀 알아봤어?」 그는 하리스가 나타나자 달려가 물어보았다.

하리스의 얼굴은 창백하고 굳어 있었다. 그는 그늘에 앉아 한숨 돌린 뒤 친구를 진지하게 쳐다보았다. 「아버진 그 이방인과 함께 떠나셨어. 확신할 수 있어.」

이카로스는 말없이 그의 말을 들었다. 그는 어떤 예감이 들었다. 그는 하리스가 보고 들은 것을 이야기할 때 묵묵히 듣고만 있다가, 이야기를 다 마치자 뭔가를 골똘히 생각하기 시작했다.

「왜 그리 조용해?」 하리스가 불안한 듯 물었다.

이카로스는 대답이 없었다. 그는 친구에게 자기의 불안감을 말해야 할지 어떨지 망설였다.

「넌 나에게 말하지 않은 것이 있어. 말해 봐! 다 들어 줄게!」 하리스가 말했다.

이카로스는 잠시 동안 자기의 생각에 대해 숙고해 보았다. 그는 또 하리스가 용기 있는 친구임을 알고 있었다.

「좋아.」 마침내 그가 입을 열었다. 「내 마음속에 담고 있는 것을 말할게. 그 야수 같은 말리스 말인데, 그 작자가 오늘 밤 왕한테 가서 이방인에 대해 보고할 것이 분명해. 이방인이 지난 사흘 동안 궁전을 어떻게 염탐했으며 또 어떻게 사라졌는지 말이야.」

「나 역시 네 생각과 같아.」 하리스가 말했다.

「……하지만 그것은 아무것도 아닐 거야. 더 심각한 것은 그가 너희 아버지를 데리고 갔다는 것이야. 그것이 무슨 뜻인지 알고 있지?」

「그래, 끔찍한 일이야!」

「그건 반역이야!」

「반역! 왜?」

「왜냐하면 너희 아버진 국가의 비밀을 알고 있거든. 너희 아버진 철을 다루는 비밀을 알고 계셔. 이제 떠나 버렸으니, 왕은 너희 아버지가 다른 나라, 다시 말해 청동 제련법만 알고 있는 나라 사람들에게 그 기술을 가르쳐 줄 거라고 의심하겠지. 다른 사람들이 그 기술을 배운다면……」

「알아듣겠어.」 하리스가 말했다.

「……왕이 분노할 거야. 왕은 배를 모든 곳에 보내 너희 아버지를 찾으려고 혈안이 될 거야. 그리고 어쩌면…….」

하리스는 두려움에 차 그를 쳐다보았다.

이카로스의 말은 사실이었다. 왕은 그의 아버지에 대해 분노할 것이고 그들에게 복수를 할 것이다. 하리스는 그 끔찍스러운 사실을 말없이 곰곰이 생각해 보았다.

「말해줘서 고마워.」 하리스가 조용히 말했다.

「그래, 위험을 아는 게 최선이지. 그리고 그 위험에 대처해야 해.」

두 소년은 함께 그늘에 앉아 앞으로 일어날 일을 생각해 보았다.

마침내 이카로스가 일어섰다. 「아버지 작업장으로 가봐야 해. 거기 가면 해결책이 나올지 몰라.」

「그렇게 생각해?」 하리스는 이카로스의 꿈을 그다지 믿지 않았다.

「그럼! 어느 날 우리는 날개를 달고 노예 생활을 하고 있는 이 궁전에서 벗어나 훨훨 날아갈 수 있을 거야.」

하리스는 생각했다. 〈어느 날…… 그러나 지금은 이 시련을 뛰어넘을 용기를 가지는 게 중요해!〉 「네 바람대로 되기를!」 그는 울적한 기분이 들어 중얼거린 뒤 이카로스를 따라 궁전으로 향했다.

6

두 친구가 오후 늦게 다시 만났을 때, 왕이 도착했다는 나팔 소리가 울려 퍼졌다. 왕의 행차가 멀리서 보이자 군중은 월계수 가지와 야자수 잎을 흔들며 도로로 나와 왕을 환영했다.

이카로스와 하리스는 왕의 행렬이 왕실의 대로를 따라 다가오는 것을 보려고 궁전 입구에서 기다렸다. 그들은 올리브나무 위로 올라가 대로에 늘어서 있는 군중을 내려다보았다. 왕의 행렬이 한눈에 들어왔다. 왕의 근위병들이 선두에서 행진하고 있었다. 그들은 다리와 가슴을 드러내고 허리에는 가죽으로 된 앞치마 같은 것을 꽉 졸라매고 있었고, 귀에는 귀고리가 달려 있었고, 머리엔 커다란 깃털이 장식되어 있었다. 그들은 모두 붉은 창과 8자 모양으로 묘하게 만든 조그만 청동 방패를 들고 있었다.

궁전의 귀족들이 그들의 뒤를 따랐다. 귀족들은 아프리카 흑인 노예들이 지고 있는 가마를 타고 있었다. 그들 또한 화려한 깃털과 귀고리와 황금 팔찌로 몸을 장식하고 있었다. 이카로스와 하리스는 귀족들의 이름을 모두 알고 있었다. 뺨에 흉터가 있는 간사하면서도 포악하게 생긴 사람은 왕의 수렵장인 니므로드이고, 커다란 푸른색 목걸이를 걸고 있는 살이 찌고 수염이 없는 늙은이는 왕의 꿈을 해몽하는 신하였다. 모든 사람이 값비싼 목걸이를 계급에 따라 한 개, 두 개, 심지어 세 개씩 달고 있었다. 그들은 지나가면서 손을 천천히 들어올려 환호하는 군중을 향해 무관심하게 흔들어 보였다.

귀족들의 뒤를 이어 흰색 황소 네 마리가 황금으로 장식되어 있고 값비싼 자주색 천이 드리워진 거대한 마차 한 대를 끌고 있었다. 깃털과 영롱한 진주로 장식된 마차 안의 황금 옥좌에는 쭈글쭈글한 늙은이가 앉아 있었다. 무기력해 보이는 그의 대머리에는 일곱 개의 흰 타조 깃털로 장식되어 있는 번쩍이는 황금 왕관이 씌워져 있었다. 그리고 손잡이가 세 송이의 황금 백합으로 장식되어 있는 은지팡이를 손에 들고 있었다.

군중이 〈대왕 만세! 만수무강하소서!〉라고 환호성을 지르기 시작했다. 마차가 앞으로 지나가자 그들은 올해 수확한 밀을 한 움큼씩 마차 위로 뿌렸다. 그러나 늙은 왕은 마차 안에서 움직이지도 않고, 그들에게 눈길도 주지 않은 채 앞만 바라볼 뿐이었다.

왕이 궁전 입구에 이르자 행진은 멈추었다. 노예들이 가마를 내려놓고 귀족들에게 땅을 밟도록 했다. 가마에서 내리자마자 귀족들은 왕이 마차에서 내리는 것을 보기 위해 왕이 탄 마차 주변에 모였다. 그들은 땅에 값비싼 양탄자를 깔고 팔로 왕을 조심스럽게 부축해 내리게 했다. 움직이지 않고 도열해 있던 사람들은 궁전 쪽으로 고개를 돌렸다. 왕의 두 딸이 대리석 계단에 나타나 천천히 춤을 추면서 계단을 하나씩 하나씩 내려오기 시작했다.

두 공주는 제전용 옷을 입고 머리카락을 어깨까지 늘어뜨린 채 여신처럼 계단을 내려왔다. 검은 머리카락의 파이드라 공주는 밤의 여신, 금발의 아리아드네 공주는 낮의 여신 같아 보였다. 두 사람은 천천히 마지막 계단을 내려와 아버지에게로 걸어가 공손하게 몸을 숙였다. 장녀가 먼저 몸을 숙여 아버지의 손에 입을 맞추었고, 뒤이어 아리아드네 공주도 그렇게 했다.

군중은 환호성을 질렀다. 이제 나팔 소리도 멈추고 아무 소리도 들리지 않았다. 오직 두 공주의 치마가 살랑거리는 소리와 귀족들의 팔찌와 귀고리가 짤랑거리는 소리만 들릴 뿐이었다.

왕은 앙상하게 뼈만 남은 쭈글쭈글한 두 손을 두 딸의 머리에 얹어 축복을 빌어 주었다. 그런 다음 왕홀을 들어 궁전으로 들어가자는 신호를 했다. 그러자 즉시 두 명의 귀족이 달려와 양쪽에서 그를 부축했다. 말리스가 갑옷으로 완전 무장을 하고 양날 도끼를 들고 앞장섰다. 귀족들이 왕을 부축해 계단 위로 올라갈 때는 왕의 발이 대리석 계단에 닿을 듯 말 듯 했다.

안뜰에 이르자 행렬은 멈추었고, 왕이 신성한 뿔 모양의 제단 앞에 서서 두 팔을 앞으로 뻗었다. 그의 입술이 씰룩거리는 것 같았다. 기도를 하는 듯했지만 아무 말도 들리지는 않았다. 중얼거리는 듯한 말을 다 마치고 그는 새로 수확한 밀이 가득 담긴 청동 그릇이 놓여 있는 제단 위로 몸을 굽혀 밀을 한 움큼 쥐고 손을 하늘 높이 들었다. 군중은 요동치며 앞으로 다가왔다. 「물러나라! 뒤로 물러나!」 근위병들이 외치자 군중이 뒤로 물러났다.

왕은 밀을 움켜쥔 손을 하늘 높이 쳐들고 북쪽으로 몸을 돌려 공중으로 힘껏 뿌렸다. 왕은 세 번이나 더 밀을 집어 동쪽, 남쪽, 서쪽으로 똑같이 뿌렸다. 그럴 때마다 군중은 다투어 앞으로 나와 궁전 뜰 대리석 위에 뿌려진 밀 이삭을 주워 들었다. 백성들은 이 밀을 신성한 것으로 여겨 1년 내내 소중하게 간직했으며 액운을 막기 위해 밀 이삭을 조그만 주머니에 넣어 목에 걸고 다녔다.

하리스도 이삭 몇 개를 주웠다. 「누나에게 갖다 줘야지. 행운을 가져다주는 부적을 만들어 머리에 꽂고 다닐 거야.」 그는 웃고 있는 이카로스에게 말했다.

「그런 미신을 믿다니, 부끄럽지 않아?」 이카로스가 끼어들었다.

「풍습이야.」 하리스가 얼굴을 붉히며 중얼거렸다.

왕은 궁전의 거대한 정문으로 들어갔다. 왕이 문으로 들어가면서 황금빛이 문간에서 잠시 반짝거리는가 싶더니 이내 어둠 속으로 사라졌다.

해가 지고 있었다. 라임과 협죽도 향기가 저녁의 미풍을 타고 강둑과 반대쪽의 산에서 궁전으로 스며들어 왔다.

「걷자.」 이카로스가 신선한 저녁 공기를 가슴 깊이 들이쉬며 말했다.

둘은 사람들로 가득 찬 궁전 광장을 따라 느릿느릿 걷다가 낮게 드리워진 발코니 밑에서 발걸음을 멈추고 귀족들이 하는 말을 엿듣기도 했다. 뜰과 발코니는 활기 넘치는 대화로 시끌시끌했는데, 궁전에 남아 있던 귀족들은 왕을 수행했던 운 좋은 귀족들이 감정에 한껏 도취되어 부풀려 하는 이야기를 진지하게 듣고 호기심에 가득 찬 질문을 던졌다.

동쪽에 있는 작은 뜰에서 말리스는 왕의 수렵장인 그의 친구 니므로드 옆에 앉아 온갖 질문을 퍼부어 댔다. 사람들이 모이기 시작했다.

「오로지 세 명의 귀족만 동굴에 들어가도록 허락을 받지요.」 니므로드는 자랑스럽게 말하기 시작했다. 그가 그 세 명에 포함되었기 때문이다.

「당신도 동굴 안에 들어갔지요?」 말리스가 물었다.

「물론이오, 친애하는 근위대장. 보름달이 산 위로 떠오르자 우리는 전하를 들어 올려 어깨에 메고 동굴로 들어갔죠. 동굴 안은 칠흑같이 어두웠어요……. 우린 안으로 계속 걸어갔죠. 군데군데

종유석도 있고 물이 흐르는 개울도 있었죠. 가도 가도 끝이 없었어요. 그때 갑자기 끔찍한 울부짖음이 들리고 동굴 전체가 흔들렸소······. 아시다시피 그것은 바로 타우로스 신의 목소리였소······.」

「지어낸 옛날 동화를 듣는 기분이군.」 이카로스가 시큰둥하게 말했다.

「쉿! 계속 들어 보자고!」 하리스가 소곤거렸다.

「그만 가자. 할머니가 저런 이야기를 수도 없이 들려주셨어.」 이카로스가 웃으며 말했다.

「알고 있어. 하지만 난 끝까지 들어야겠어.」

「이야기의 마지막이 어떻게 되는지 알고 싶어? 이리 와, 내가 말해 줄게. 옛날 옛적에······.」 이카로스가 웃으며 말했다.

「장난치지 마! 난 동굴에서 벌어진 일을 듣고 싶을 뿐이야.」 하리스가 이카로스를 못마땅한 듯 쳐다보며 따라갔다.

「내가 뒷부분을 다 이야기해 줄게.」 이카로스가 말했다. 「우리 아버지한테서 들은 이야긴데, 아버지는 그 동굴에 대한 이야기를 모두 알고 계셔. 옛날에 왕이 아버지를 총애하셨을 때 왕과 함께 그 동굴에 가셨었거든.」 그는 하리스를 놀리듯 쳐다보았다. 「우리 아버지가 해주셨던 이야기를 잘 들어 봐. ······왕의 수렵장이 타우로스 신이라고 말하는 그 울부짖고 있는 황소는 신이 아니고 진짜 황소야. 그놈은 동굴 안 큼지막한 구덩이 안의 바위에 매여 있어. 사람들이 두 뿔에 금장식을 해놓고 뿔 사이에 양날 도끼를 매달아 놓았다는 거야. 그리고 그 구덩이 안 바위 밑에 늙은 여사제가 앉아 있다는데, 너도 그 여자를 알고 있잖니······.」

「제전 때 보았던 그 백발의 여자 말이니? 입에 게거품을 물고 있는 그 여자?」

「맞아. 그 여자는 위대한 여신처럼 주름 장식을 한 긴 치마를 입고, 머리에는 뱀을 올려놓고 손엔 양귀비와 곡식을 들고 거기에 앉아 있지. 왕이 그녀에게 다가가 〈위대한 여신이여, 인간과 동물과 식물의 어머니여, 저에게 축복을 내려주소서. 크레테를 계속 지배할 수 있도록 힘을 내려주소서〉라고 말한다는 거야. 그러면 그 늙은 여자가 손을 내미는데 왕이 그 손에 금을 쥐여 준다는 거지. 〈금을 더 원하시나요?〉라고 왕이 물으면 그녀는 〈그렇다〉라고 대답하고, 그러면 왕은 또 한 번 그녀의 손에 금을 쥐여 준다지. 〈만족하시오니까?〉라고 왕이 또 물으면 〈그렇다〉라고 말하지. 그러면 왕이 〈그럼 저에게 은총을 내리소서〉라고 말한대. 늙은 여자는 두 손을 왕의 머리에 얹고 〈위대한 여신의 은총이 그대에게 내렸도다. 크레테를 지배할 새로운 힘을 받으라〉라고 말한대.」

「그러면 왕은 새 힘을 얻어 네 마리의 흰색 황소가 끄는 마차를 타고 궁전으로 돌아오는 거야. 그게 전부야.」

하리스는 진지하게 들었다. 「왕이 돌아와서는 왜 한마디 말도 하지 않는다고 생각해?」 그가 중얼거렸다. 「……마치 자기의 권력을 잃어버릴까 두려워하고 있는 것처럼 말이야.」

「그런 이유 때문에 왕은 하루 종일 그 일을 입 밖에 내서는 안 되는 거지.」 이카로스가 말했다.

「그러나 내일이 되면……」

「신이 우리를 보살펴 줄 테지!」

7

 어둠이 궁전을 덮고 있었다. 노예들은 긴 통로를 분주히 오가며 커다란 석등에 기름을 채워 불을 붙였다. 활활 타오르는 불빛이 거대한 궁전의 창문에 비쳤다. 귀에 익숙한 파수병들의 고함소리가 궁전의 망루에서 들려왔다. 「파수병들은 경계하라! 경계심을 늦추지 마라! 경계심을 늦추지 마라! 파수병들이여!」
 시끄러운 말소리와 웃음소리가 여기저기에서 울려 퍼졌다. 노예들이 묵직한 접시에 왕족들의 저녁 식사를 담아 들고 지하실에서 올라오는 어수선한 저녁 시간이었다.
 왕은 왕좌의 방에 불을 환하게 밝혀 놓고 호출해 놓은 말리스를 기다리고 있었다. 왕은 부재중이었던 사흘 동안 궁전에서 일어났던 일들에 대해 무척 듣고 싶어 했다. 이카로스가 걱정스럽게 예상했던 대로 왕은 돌아온 즉시 그가 신임하는 근위대장을 불렀던 것이다.
 사납기 그지없는 근위대장이 통로를 서둘러 걸어왔다. 빠른 걸음으로 걸어 샌들이 대리석 바닥에 부딪히는 소리가 요란하게 났다. 그가 얼마나 긴장하고 있는지 충분히 짐작할 수 있었다. 왕좌의 방에 이르자 그의 이마에서 굵은 땀방울이 줄줄 흘러내렸다.

잠시 동안 그는 닫힌 문 옆에 긴장한 듯 서서 얼굴의 땀을 닦았다. 그는 기침을 하고 숨을 가다듬은 뒤 문을 열기 위해 손을 내밀었지만 잠시 망설이다가 손잡이에서 손을 떼었다. 그는 머리에 장식한 두 개의 붉은 깃털을 똑바로 세우고 허리띠를 졸라매고 다시 한 번 숨을 깊게 들이마시고 나서 다시 손잡이를 잡았다. 문을 열고 조심스럽게 안으로 들어갔다.

왕이 기거하는 황금으로 장식된 널찍한 방은 여기저기에 놓여 있는 수많은 등불의 불빛으로 환했으며 공기는 향기로 가득했다. 왕은 방의 맨 끝 높다란 옥좌에 앉아 있었다. 그의 발밑에 놓인 거대한 두 개의 청동 향로에서 향불이 피어올랐다. 왕은 피곤한 듯 눈을 감고 있었다. 우리가 짐작할 수 있다면 그의 생각은 다음과 같은 골칫거리였을 것이다. 〈이런 일을 계속하는 것이 정말 지겹다……. 산속의 동굴까지 힘들게 올라가고, 아무리 많은 금을 주어도 결코 만족할 줄 모르는 그 교활한 할망구……. 다시 궁전으로 돌아오는 일도 무척 피곤하다……. 하지만 달리 방법이 있는가? 이런 속임수를 계속해야 해. 내가 신과 이야기를 나눈다고 백성들이 계속 믿도록 해야 해……. 달리 백성들을 굴복시킬 방법이 없단 말인가…….〉

말리스가 다가가자 왕은 눈을 떴다. 「그댄가!」 왕은 근위대장임을 알아보았다.

「오, 만수무강하시옵소서……. 바다의 지배자여……..」 말리스는 장황한 수식어를 갖다 붙였다.

「그런 형식적인 말은 그만두고, 보고부터 하라.」

말리스는 긴장되어 목소리를 가다듬고 보고하기 시작했다. 그는 추수에 관한 이야기부터 시작해 타작을 무사히 마치고 궁전의 창고 안 항아리에 곡식을 가득 담아 저장해 놓고 거기에 왕실 인장을 봉해 놓았다는 보고를 했다.

 말리스가 잠시 침묵을 지키자 왕은 〈모든 일이 아무 탈 없이 진행되었느냐?〉라고 물은 뒤 〈특별한 일은 없었겠지?〉라고 덧붙였다.

「약간의 사소한 문제가 있었습니다, 전하…….」 말리스가 신중하게 대답했다. 「밀을 다 거둬 간다며 노예들이 폭동을 일으켰습니다만, 군대를 보내 곧 진압했습니다.」

「몇 명쯤 죽였어야 했는데, 그렇게 했겠지!」 왕이 말했다. 〈곡식은 나의 것이다……. 땅도 나의 것이다……. 백성들도 나의 것이다……. 저들은 일을 하고 왕인 나는 내 마음대로 나누어 준다. 그것이 법이다. 그것이 바로 조상들로부터 내가 이어받은 방식이며 내가 사용하는 방식이다…….〉 「그 밖에 다른 일은 없었느냐?」

 말리스는 극도의 긴장감에 사로잡혀 떨고 있었다. 두려운 순간이 찾아온 것이었다. 어떻게 하면 왕의 분노를 사지 않고 그 이방인에 대한 이야기를 할 수 있을까?

「전하께서 떠나시던 날…….」 그는 목구멍에서 나올 듯 말 듯한 목소리로 중얼거렸다.

 왕은 그를 쏘아보았다. 「말하라! 엄청난 것을 숨기고 있느냐?」 그가 으르렁거렸다.

 말리스는 숨을 가다듬고 이야기하기 시작했다. 그는 궁전에 찾아와 왕을 만나기를 원했던 젊은 이방인에 대해 이야기했다. 그는 그 젊은이의 외모, 뺨에 난 모반, 귀족 가문의 자제임을 풍기는 태도 등에 대해 자세히 보고했다. 그리고 그가 궁전 뜰을 배회하며 망루, 문, 작업장 등 모든 것을 상세히 살펴본 사실과, 작업장을 염탐하다가 결국 투르시스의 대장간으로 가 황금 장식이 된 칼을 주문했다고 이야기했다. 또 그가 그 이방인의 행동을 수상히 여겨 계속 미행하던 중 궁전의 뜰 안으로 도망을 쳤는데, 쫓아가 제단 앞에서 칼을 내리쳐 그를 죽이려던 찰나 창문에서 이 광경을 지켜보던 아리아드네 공주가 그 이방인을 놓아주라고 명령했다는 것까지 보고했다.

왕은 입술을 깨물고 계속 들었다.

「저는 계속 그자를 비밀리에 미행했습니다. 얼마 후 한 소년이 그자가 앉아 있는 제단으로 다가와 그를 궁으로 안내했습니다. 공주 처소로 말입니다.」

왕은 자리에서 일어나 말리스에게 가까이 다가가 그를 노려보며 말했다. 「그다음은……?」

「그만 그자를 놓쳐 버렸습니다. 전 그들이 궁전 뜰 뒤쪽에 있는 계단으로 간 것으로 생각하고 그곳으로 달려가 보았지만 아무도 없었습니다. 통로, 창고, 작업장 등 모두 다 뒤져 보았지만 그들은 사라져 버렸습니다. 그런데 끔찍한 생각이 제 머리를 스쳐 지나가 저는 아리아드네 공주님 방으로 뛰어갔습니다…….」

왕은 신음 소리를 냈다.

「……그러나 공주님은 혼자 계셨습니다. 공주님은 저녁 제전을 준비하고 계셨습니다.」

「그 소년이 누구냐?」 왕이 물었다.

「대장장이의 아들입니다. 이름은 하리스이고 또 아리아드네 공주님이 가장 아끼는 노예인 누나가 하나 있습니다.」

「그 녀석을 당장 불러 와!」 왕이 명령했다. 말리스가 몸을 돌려 나가려고 하는데 갑자기 왕이 손을 들고 말했다. 「잠깐! 먼저 그 이방인을 데려와!」

말리스의 몸이 얼어붙었다. 등에 식은땀이 주르륵 흘렀다.

「즉시! 지금 당장 그자를 보고 싶다!」 왕이 노발대발하며 소리쳤다.

「불가능합니다, 전하. 그자는 떠났습니다.」

「떠나?」

「사라졌습니다, 전하. 제전 동안 그자를 계속 감시하고 있었는데, 밤에 갑자기 사라졌습니다. 경비병을 도시와 시골, 항구 등 사방에 보냈지만 그자를 찾지 못했습니다.」

「이 어리석은 놈! 멍청한 놈! 당장 썩 나가!」 왕은 손을 들며 소리쳤다.

「전하, 한 가지 더 말씀드릴 게 있습니다.」 말리스는 무릎을 꿇고 더듬거렸다.

「더 있다고! 내가 자리를 비운 사흘 동안 궁전이 난장판이 되었군! 그게 뭐야? 어서 말해!」 왕은 으르렁거렸다.

「그 대장장이가……」 말리스가 더듬거렸다.

왕이 말리스에게 걸어가 그의 어깨를 움켜쥐었다. 「일어나! 내 눈을 똑똑히 봐……. 그리고 차근차근 이야기해 봐. 그 대장장이가…… 어쨌다고…….」

「그자 역시 사라졌습니다.」 말리스가 더듬거리며 말했다.

「그 이방인과 함께?」

「그건 잘 모르겠습니다…….」

왕은 주위를 두리번거렸다. 눈빛으로 보아 손에 잡을 창이나 칼 아니면 이 멍청한 놈을 내리칠 물건을 찾고 있는 듯했다. 청동 등이 왕의 옥좌 옆 커다란 등잔대에 매달려 있었다. 왕은 불타고 있는 그것을 말리스의 얼굴에 집어 던졌다.

말리스는 감히 피하지 못했다. 머리를 바닥으로 숙인다든지 손을 들어 올려 등을 막을 엄두도 내지 못했다. 청동 등잔이 그의 얼굴에 정면으로 날아들어 기름이 그의 얼굴과 목, 가슴을 타고 발까지 흘러내렸다. 그는 그 자리에 말없이 서 있었다. 이마에서 피가 솟아 나왔다.

「어리석은 놈! 바보 같은 놈! 네 손으로 풀어 준 거나 마찬가지야! 이제 어떻게 할 거냐?」 왕은 몹시 화를 냈다.

「명령만 기다리겠습니다, 전하.」 말리스는 얼굴에서 흘러내리는 기름을 닦으며 기어 들어가는 목소리로 대답했다.

「물러가라!」 왕이 신음하듯 소리를 질렀다. 「그리고 궁전 주변의 경비를 더 강화해. 아무도 빠져나가지 못하도록. 그놈들이 어디 지하실에 숨어 있을지도 모르니까. 내 말 알아듣겠느냐?」

「네, 전하.」

「내 앞에서 썩 물러가. 네 문제는 내일 다루겠다.」

「전하의 발에 입을 맞추겠습니다, 만수무강하시길.」 말리스가 더듬거리며 말하고 늙은 왕의 다리 밑에 떨며 무릎을 다시 꿇었다.

「물러가!」 왕이 다리를 들어 말리스의 머리를 내리치면서 소리질렀다. 「내일 너에게 문책이 있을 것이다!」

기름을 흠뻑 뒤집어쓰고 모욕을 당한 사나운 근위대장은 네 발로 뒷걸음치며 문으로 기어 나왔다. 문을 열고 나와 긴 통로 좌우를 살펴보다 아무도 없자 벽을 따라 재빨리 밖으로 나왔다. 어둠 속에서 그의 눈빛이 분노로 이글거렸다.

왕은 밤새 한숨도 잘 수 없었다. 그는 눈을 뜬 채 침대에 누워 침대 위 휘장에 그려진 그림을 쳐다보았다. 무수한 의혹들이 그의 머리를 스쳐 지나갔다. 그 이방인은 아시아…… 아니면 키프로스, 아니면 시리아, 아니면 이집트의 왕자일지도 몰라. 아니면 북쪽 마케도니아, 트라키아 야만인들의 왕자일지도 모르지. 아니면 더 북쪽의 헬레스폰토스에서 온 자일지도 몰라. 그 모든 나라의 왕들이 나의 부와 영광을 시샘하고 있으니까.

갑자기 어떤 생각이 그의 머리를 스쳤다. 만약 그 이방인이 늙은 아이게우스가 보낸 아테나이의 사신이라면……? 왕은 아테나이 문제로 골치를 앓고 있었다. 최근에 아테나이인들의 반기에 대한 소문을 들은 터였다. 아테나이는 이웃 부족을 정복해 강력한 왕국을 건설할 계획을 세우고 있었다. 첩자들이 전하는 바에 따르면 아테나이는 그림자처럼 드리워진 크레테의 속박에서 벗어나려는 생각을 하고 있다고 하지 않던가. 끔찍한 일이다! 게다가 더 이상 미노타우로스에게 매년 일곱 명의 청년과 일곱 명의 처녀를 제물로 바칠 수 없다고 반기를 들지 않았던가!「바로 그거야!」

왕은 초조감에 사로잡혀 침대에서 일어났다. 날은 이미 밝았다. 그는 열어 놓은 창문 사이로 여명을 맞아 푸른색을 띠고 있는 죽타스 산을 쳐다보았다. 산 위에 걸려 있는 샛별이 반짝거렸다. 저 멀리 이다 산의 봉우리들이 서서히 붉은 색조를 띠기 시작했다. 그는 창문에 몸을 기댔다. 막 추수를 끝낸 들판에서 향긋한 냄새가 솟아올랐다.「난 이제 늙었어.」그는 깊은 한숨을 쉬며 중얼거렸다.「이 세상의 아름다움을 얼마나 더 누릴 수 있을까?」그는 북쪽의 바다를 응시하며 새벽의 고요함을 관조했다. 오랫동안 그는 창문가에 기대서서 바다를 쳐다보며 깊은 생각에 잠겼다.

8

 바다는 고요했다. 부드러운 파도가 산토리니…… 밀로스…… 낙소스…… 파로스 섬의 해안가를 부드럽게 어루만져 주었다. 이들은 모두 크레테 섬의 북쪽 푸른 바다에 흩어져 있는 아름다운 섬들이었다. 그리고 고요한 물살을 가르며 북쪽 아테나이를 향해 질주하는 배가 있었으니, 커다란 두 개의 눈이 뱃머리에 그려져 있는 흰색의 조그만 카이크였다. 그리고 그 카이크를 타고 멀리, 멀리 바다와 하늘이 서로 맞닿아 있는 수평선 속으로 사라지는 자는 바로 하리스의 아버지였다…….
 딱딱한 매트에서 잠을 잔 어린 하리스는 새벽녘에 광활한 푸른 바다에 대한 꿈을 꾸었다. 아침에 깨었을 때는 간밤에 꾼 꿈이 기억나지 않았지만, 가슴이 무거웠다. 그는 아버지에 대한 생각으로 잠이 깼다. 침대에 누워 우울한 생각에 잠겨 있는데 문 열리는 소리가 들려 생각을 멈추었다. 크리노였다. 얼굴이 어두웠다. 크리노는 방에 들어오자마자 문을 닫았다.
 크리노는 하리스가 누워 있는 조그만 침대로 살금살금 다가와 다급하게 속삭였다. 「하리스, 왕이 모든 걸 알고 있어! 간밤에 말리스가……」

「그래, 나도 알고 있어. 지난밤에 말리스가 왕에게 갔지.」

「이제 왕은 우리를 찾을 거야!」 크리노는 얼굴이 하얗게 질려 떨면서 말했다.

하리스는 누나의 손을 잡으며 단호하게 말했다. 「걱정할 필요 없어. 나하고는 아무 관계도 없는 일이야.」

「아니야. 왕은 네가 그 이방인이 누구인지 알고 있다고 생각할 거야……」

「하지만 난 몰라!」

「말리스가, 네가 그분을 공주님 방으로 데려갔다고 고했어. 게다가 그분이 누군지, 또 어디로 갔는지 네가 다 알고 있다고 생각해!」

「누나는 그것을 어떻게 알았지?」

「왕이 공주님에게 말하는 걸 들었어. 오늘 새벽녘에 왕이 공주님 방에 와서 공주님을 깨웠어. 노발대발하신 왕과 공주님이 다투는 소릴 들었어. 왕은 공주님을 위협했고 공주님은 모르는 일이라고 잡아뗐어. 왕이 방에서 나가자 공주님은 나를 불러 나도 호출될 테니 자기를 배신하지 말라고 부탁하셨어.」

「난 배신하지 않아, 맹세코! 절대 공주님을 배신하지 않아!」 하리스가 힘주어 말했다.

하리스가 말을 막 끝내자마자 밖에서 격렬하게 발길로 문을 차 열고 사납게 생긴 근위병이 방 안으로 후다닥 들어왔다. 그는 조그만 방에 성큼 들어와 하리스의 목덜미를 잡고 밖으로 끌어냈다. 그가 놀란 소년에게 으르렁거리며 말했다. 「가자! 전하께서 너를 데려오라고 하셨다!」 크리노가 소리를 지르자 근위병은 팔을 들어 올려 크리노를 때리려 했다.

「제 동생에게 손대지 마세요! 그 애는 아리아드네 공주님의 시중을 드는 아이예요. 당신은 공주님 앞에 가서 해명을 해야 할 거예요!」크리노가 동생에게로 달려가며 울부짖었다.

근위병은 어깨를 으쓱거린 뒤 팔을 내려놓았다.

순간적으로 크리노가 동생에게로 달려갔다. 「용기를 잃지 마!」 크리노는 하리스의 손을 잡으며 속삭였다.

「알았어.」 소년은 침착하려고 애를 쓰며 중얼거렸다.

동생이 잡혀간 사실을 알리려고 크리노는 공주에게 뛰어갔다.

한편 근위병은 하리스를 붙잡고 왕의 처소 쪽으로 난 굽은 통로를 빠르게 걸어갔다. 공예가들이 작업하고 있는 작업장을 지나갈 때 하리스는 잠시 걸음을 멈추고 다이달로스의 작업장 위의 작은 창문을 통해 안을 유심히 보았다. 안에 이카로스가 보였다.

「이카로스!」 그가 친구를 불렀지만 근위병이 그를 가로막았다. 「계속 걸어!」

조그만 작업장 안에서 이카로스는 이 소리를 듣고 의자에서 일어나 문으로 달려갔다. 이카로스는 통로 아래쪽으로 하리스가 궁전 근위병과 함께 급히 가는 것을 보고 모든 것을 알아차렸다. 그는 〈용기를 잃지 마!〉라고 조용히 내뱉었다.

근위병은 창을 위협적으로 세워 하리스에게 겨누며 앞장서 걷게 하고 자기는 뒤따라 걸어 모퉁이에서 사라졌다.

왕은 옥좌에 앉아 있었다. 값비싼 대리석을 정교하게 깎아 만든 옥좌는 한 사람만 앉도록 되어 있었다. 옥좌는 구름과 백합이 화려하게 그려져 있는 두 개의 벽화 사이에 위치해 있었다. 두 벽화 중 하나에는 사자 크기 정도의 이상하게 생긴 동물이 그려져 있었는데 갈기는 공작새의 털 같았고 꼬리는 둘둘 말려 있었다. 이 이상하게 생긴 짐승은 백합 사이에 엎드려 앉아 머리를 똑바로 세우고 옥좌를 쳐다보고 있었고, 사이프러스로 만든 세 개의 육중한 검은색 기둥이 방의 천장을 떠받치고 있었다.

왕은 화려한 옥좌에 앉아 발을 신경질적으로 떨고 있었다. 그는 열어 놓은 문을 통해 방 너머를 바라보았다. 들판 너머에 있는 산은 아침 햇살을 흠뻑 받고 있었고, 숲 속에서는 올리브나무들의 은빛 잎들이 미풍에 살랑거리고, 하늘에는 제비들이 바람을 가르며 날고 있었다. 왕은 열린 문을 통해 밖을 응시하고 있었지만 아무것도 눈에 들어오지 않았다.

공주 처소 어딘가에서 새장 속에 갇힌 앵무새 한 마리가 목쉰 소리로 노래하고 있었다. 「안녕하세요! 안녕하세요!」

왕은 옥좌에서 내려와 기둥에 기대섰다. 〈그놈들은 절대 도망치지 못할 것이다!〉 그는 주먹을 불끈 쥐며 중얼거렸다. 〈내 끝까지 쫓아갈 것이다……. 산 채로 가죽을 벗기리라!〉 그는 문에서 나는 소리를 듣고 몸을 돌렸다. 근위병이 하리스의 팔을 붙잡고 나타났다.

「이리 와!」 왕은 손가락으로 하리스를 신경질적으로 가리키며 말했다. 그러곤 근위병에게 말했다. 「물러가 있어!」

근위병이 물러나고 하리스는 옥좌에서부터 네 계단 아래까지 걸어갔다.

왕은 분노를 가라앉히고 소년을 쳐다보았다. 「네가 대장장이의 아들이냐?」 왕은 하리스가 가까이 다가오자 물었다.

「네, 전하.」 소년은 고개를 들고 말했다.

「네 아버진 어디 있느냐?」

「모르옵니다.」

「너와 이야기를 나눈 그 이방인은 누구냐?」

「모르옵니다.」 하리스는 다시 중얼거렸다.

「그에게 무슨 일이 일어났느냐? 그잔 떠났느냐?」

「모르옵니다.」

〈모른다! ……모르옵니다! ……오늘 아침 아리아드네도 나한테 똑같은 대답을 했지.〉 왕은 분노가 치밀어 올랐다. 〈공주에겐 노예처럼 매질을 할 수도 없었지만 이 꼬마 녀석과 이 녀석의 누나는 달라!〉 그는 하리스의 어깨를 거머쥐고 벽으로 밀어붙였다. 「똑바로 말해! 아니면 피가 나도록 매질을 해줄 테다!」 그는 신음하듯 말했다.

「정말 모르옵니다, 전하.」

왕은 붙잡고 있던 손을 놓았다. 「근위병!」 왕은 손뼉을 급히 치며 큰 소리로 불렀다.

두 명의 근위병이 붉은 창을 들고 나타났다.

「아리아드네의 몸종인 크리노를 즉시 데려와!」

그들은 머리를 숙이고 물러났다.

「기다려!」 그는 근위병들을 다시 불렀다. 「이놈은 데리고 가 매질 1백 대를 하라!」 그는 하리스를 쏘아보았다.

「이제 사실대로 말하겠느냐?」

「이미 말씀드렸습니다.」

「뼈가 으스러지도록 매질을 해주겠다! 내가 명령한 말 듣지 못했느냐?」

「이미 진실을 말씀드렸습니다.」 하리스가 중얼거렸다.

「이놈을 끌고 가! 그리고 말하겠다고 하면 다시 데려와!」 왕이 명령했다.

근위병들이 하리스를 끌고 나간 뒤 왕은 다시 바닥을 골똘히 내려다보았다. 머릿속에는 분노와 의심이 부글부글 끓고 있었다. 〈이것이 여신이 나에게 내린 은총이란 말인가!〉 그는 냉소적인 웃음을 터뜨렸다. 〈여신이 나의 머리에 손을 올려놓고 있는 순간, 이방인이 이곳을 돌아다니며 내 궁전을 염탐하고 있었어. 그리고 나의 대장장이와 함께 도망을 쳤어.〉「모두 말리스의 잘못이야!」 그는 신음하듯 소리쳤다. 그는 내려다보고 있던 천장이 낮게 드리워진 방의 바닥에서 눈을 뗐다.

「말리스를 찾아와! 지금 당장 보고하라고 해!」

근위병이 즉시 사라졌다.

왕은 문에 몸을 기대어 대머리에서 흘러내리는 땀을 닦았다. 「모두 그놈 잘못이야! 즉시 그 이방인을 체포해 감옥에 처넣어야 해.」그는 분노했다.

1분, 2분이 흘러갔다. 왕은 문설주에 몸을 기대고 기다렸다. 3분이 지나갔다. 그는 초조하게 시간을 재고 있었다.

말리스가 나타났다.

근위대장을 보자 왕은 폭발했다. 「오늘부터 너희 근위대장 직을 파직한다.」

「전……하…….」 파랗게 질린 말리스가 더듬더듬 말했다.

「조용히 해! 넌 그놈을 잡아 구덩이에 가두어야 했어! 당장 나가!」

「전……하…….」 말리스는 다시 한 번 애원하듯 왕을 불렀다.

「물러가!」

말리스는 머리가 땅에 닿도록 허리를 숙이고 비틀거리며 사라졌다.

「나는 왕이다!」 미노스의 왕은 주먹으로 기둥을 치며 소리쳤다. 「내 궁전은 견고하다. 붕괴되지 않을 것이다!」

가벼운 발걸음이 들렸다. 왕은 고개를 돌렸다. 온화해 보이는 아리따운 소녀 하나가 방에 들어오고 있었다.

미노스 왕은 그녀가 다가오는 것을 보고 물었다. 「크리노냐?」

「네, 전하.」

「말하거라. 궁전으로 들어와 공주와 이야기한 그 이방인이 누구냐?」 왕이 크리노를 노려보며 말했다.

크리노는 대답이 없었다.

「그자가 누구냐니까?」

여전히 대답이 없었다.

「말하라!」 왕은 소녀의 두 어깨를 움켜쥐고 벽에 내동댕이치며 소리쳤다. 「말하라! 아니면 죽여 버릴 테다!」

「저를 죽여 주시옵소서, 전하.」 크리노가 중얼거렸다.

「근위병!」 미노스의 왕은 격분했다.

두 명의 새로운 근위병이 나타났다.

「저 아이를 데리고 가 구덩이에 처넣어! 가장 깊은 구덩이에!」

근위병들이 크리노에게 다가갔다.

「붙잡지 마세요! 나 혼자서도 걸어갈 수 있어요.」 크리노가 일어나며 부드럽게 말했다.

왕은 옥좌에 주저앉았다. 왕은 당당한 크리노가 근위병들과 함께 방에서 나가는 것을 지켜보며 힘없이 몸을 옥좌 깊숙이 파묻었다. 「피곤해…… 난 너무 지쳤어.」 때는 거의 정오에 가까웠으며 매미들이 더위에 시끄럽게 울고 있었다. 왕은 물을 마시러 강으로 내려가는 소 떼의 울음소리를 들었다. 왕은 눈을 감았다. 〈현기증이 나는군…… 현기증이 심해……〉 대리석 옥좌에 머리를 기대자마자 늙고 힘없는 왕은 졸기 시작했다.

9

 밤이었다. 궁전 안의 모든 사람이 잠들어 있었다. 거센 바람이 불어 나뭇가지가 심하게 흔들거렸다. 저 멀리서 개 한 마리가 짖고 있었다. 그리고 이 나무 저 나무를 날아다니며 울어 대는 올빼미의 소리가 적막한 밤을 더욱 구슬프게 만들었다.

 궁전의 한쪽 끝에 있는 물이 말라 버린 우물 주변에서 한 소년이 어둠 속에 몸을 웅크리고 한 구덩이 안을 들여다보고 있었다. 주변에는 구덩이가 많았다. 궁전의 감옥으로 사용되는 말라 버린 우물이었다. 소년은 구덩이 둘레에 몸을 바싹 기대고 안에 누가 있는지 다급하게 불러 보았다.

 아무 대답이 없었다. 소년은 깜깜한 구덩이 속으로 머리를 더욱 깊숙이 파묻었다. 어둡고 좁은 구덩이의 깊이가 적어도 여섯 길은 되어 보였다. 아무것도 보이지 않았다.

 「크리노! 내 말 들려?」 그가 외쳤다.

 희미한 소리가 깊숙한 곳에서 들려왔다.

 소년은 온 정신을 집중해 귀를 기울였다. 「크리노! 나야! 이카로스야!」

 「이카로스!」 희미한 울음 섞인 목소리가 들였다. 그런 뒤 들릴 듯 말 듯한 애처로운 소리가 깊은 곳에서 올라왔다. 「하리스는 어때?」

이카로스는 구덩이 안으로 몸을 굽혔다. 「침대에 누워 있어. 내가 재워 놓았어.」 그가 컴컴한 구덩이 안을 들여다보며 말했다.

고통스러워 보이고 힘없는 목소리가 다시 위로 올라왔다. 「고통스러워하고 있지?」

「약간.」 이카로스가 다시 대답했다.

「심하게 다치지 않았어?」 구덩이 안에서 다시 말소리가 들렸다.

이카로스는 머뭇거렸다. 「약간 멍이 들었어.」 그는 거짓말을 했다.

사실 하리스의 몸에는 온통 매질한 자국과 피멍이 나 있었다. 근위병들이 그를 무자비하게 때렸던 것이다. 그들은 그를 때리며 사실대로 말하라고 협박했다. 「난 이미 다 말했어요!」 가련한 소년은 입술을 덜덜 떨면서 외쳤다. 그러자 근위병들은 매질을 계속해 그의 살점이 떨어져 나갔다. 1백 대 정도 매질을 당한 뒤 하리스는 바닥에 그대로 내팽개쳐져 기절해 버렸다. 그래서 이카로스가 그를 데려와 침대에 눕혔다. 그날 밤 이카로스는 하리스 옆에 앉아 몸에 기름을 발라 주고 등을 문질러 주었다. 다행히도 하리스가 잠들어 이카로스는 잠시 그의 곁을 떠나 음식을 가지고 크리노에게 온 것이었다.

「뭐라도 좀 먹었어?」 그가 말했다.

「아니.」

「배고프지?」

다시 힘없는 목소리가 들려왔다. 「그래.」

「먹을 걸 좀 내려 보내 줄게.」 그는 밧줄에 꾸러미를 매달아 아래로 내리며 말했다. 꾸러미 속에는 빵과 올리브와 무화과, 그리고 조그만 물병이 들어 있었다. 「손을 뻗어 봐.」

크리노는 손으로 꾸러미를 더듬어 보았다. 「잡았어. 이제 가! 누가 보겠어!」

「이제 갈게. 하리스에게 가봐야 해. 잘 있어……」

「이카로스!」

「여기 있어, 크리노.」

「공주님도 잘 계시지? 공주님을 보았어?」

「잘 계셔. 오늘 오후 공주님이 왕을 만나러 가는 걸 보았어.」

「그래 잘 가. 잡히기 전에 얼른 가.」 컴컴한 구덩이 안에서 다급한 목소리가 다시 들렸다.

「내일 다시 올게, 크리노. 잘 있어.」 이카로스가 아래를 보며 나직이 말했다.

「잘 가, 내 친구. 잘 가!」

구덩이 안엔 다시 침묵이 흘렀다.

궁전에 돌아온 이카로스는 계단을 살금살금 내려가 하리스가 누워 있는 더러운 지하실로 향했다. 그가 방에 들어가자 조그마한 흙으로 만든 등에서 불꽃이 꺼질 듯 깜박거렸다. 이카로스는 친구가 깨지 않도록 살금살금 걸었지만 하리스는 눈을 뜨고 있었다.

「어디 갔다 왔어?」 하리스가 침대에서 힘없이 중얼거렸다.

「크리노에게 갔다 왔어.」 이카로스가 간이침대 옆에 앉으며 말했다.

「누나가 뭐라고 하든? 무섭다고 했어?」

「네 걱정만 하더라. 넌 괜찮다고 말했어.」 이카로스가 말했다. 그는 친구를 걱정스럽게 내려다보았다. 「아프지, 하리스?」

「약간 아프지만 괜찮아. 이제 그만 가서 잠을 좀 자.」 그가 중얼거렸다.

「오늘 밤엔 여기서 잘 거야. 넌 내 친구니까.」

하리스는 있는 힘을 다해 손을 뻗어 이카로스의 손을 잡았다.

「좀 자.」 이카로스가 부드럽게 말했다.

하리스는 눈을 감았다. 이카로스 또한 구석에 웅크리고 앉아 눈을 감았다. 두 소년은 침묵 속에 누워 있었다.

「이카로스……」

「나 여기 있어.」

「넌 정말 좋은 친구야……」

「그만 자.」

하리스는 다시 눈을 감았다. 그는 꼼짝하지 않고 누워 있었다. 움직일 때마다 고통스러웠다. 매질을 심하게 당해 육체적 고통은 엄청났지만 큰 위안 또한 느끼고 있었다. 그는 아버지가 늘 말씀하시던 〈인간은 어려운 상황에 처했을 때 진가를 발휘한다〉라는 말을 떠올리니 용기가 났다. 근위병이 아무리 매질해도 꿋꿋이 맞설 것이다.

이카로스는 구석에 웅크린 채 잠을 자지 않고 있었다. 마침내 그는 하리스가 고르게 숨 쉬는 것을 듣고 난 뒤에야 잠을 이룰 수 있었다.

10

 카피소스 선장은 바닷가 한 술집의 조그만 탁자 앞에 오랜 친구인 체쿠라스 선장과 마주 앉아 있었다.

「안전한 항해가 되기를!」 그는 술잔을 높이 들어 진심으로 외쳤지만 마음속은 분노로 들끓었다. 죽도록 매질당한 하리스와 땅속 깊숙한 곳에 갇힌 크리노를 생각하니 그의 가슴은 터질 것만 같았다. 왕은 이 고아들에게 가한 부당한 행동에 대해 반드시 죗값을 치를 것이다.

 그는 겉으로 친한 척을 했다. 노련한 늙은 선장인 그의 친구가 다음 날 아침 출항하기 위해 준비하는 것을 보고 출발하기 전날 밤 그에게 한잔 사고 있는 중이었다. 사실 그는 친구가 왕이 내린 중요한 임무를 맡고 있을지도 모른다는 생각에 술을 먹여 그 비밀을 캐내려고 그 친구를 술집으로 불러낸 것이었다. 이 늙은 선장이 내뱉은 몇 마디 말 ― 궁전에서 몰래 사라진 어떤 사람을 추적하는 임무를 받았다는 말 ― 을 종합해 볼 때, 카피소스는 이 선장이 하리스의 아버지를 찾기 위해 출항할지도 모른다는 결론을 얻었다.

「즐거운 항해가 되길, 체쿠라스 선장!」 그는 친구에게 환하게 웃으며 말했다. 그는 이 늙은 선장이 술에 약하다는 것을 알고 술잔에 계속 술을 따랐다. 「우린 곧 만나게 될 거라고 확신하지만, 분명히 그런 조그만 배를 타고는 먼 바다에 나가지 못할 것이오.」

이 말이 정곡을 찔렀다. 체쿠라스는 마치 그의 등뼈가 바늘에 찔린 것처럼 등을 똑바로 세웠다. 「아니 잘못 본 거야, 친구! 난 바다가 두렵지 않아!」 그가 소리쳤다.

카피소스는 속으로 웃었다. 「선장님을 공격하려는 건 아니오, 존경하는 선장. 체쿠라스 선장의 용맹함을 그 누가 따르겠소? 난 다만 선장의 작은 배에 대해……」

「이보시오 카피소스, 확실히 말하지만 내 배는 선장이 생각하는 것처럼 그렇게 하찮지 않소.」 체쿠라스가 화를 버럭 냈다.

「확실히 장기간의 항해엔 견디지 못할 거요.」 카피소스가 주장했다. 「내기를 해도 좋소. 기껏해야 멜로스까지는 갈 수 있을 것이오. 그러나 그 이상은……」

「멜로스!」 그는 불쑥 말을 가로막았다. 「멜로스! 내가 어디를 가는지 알고 있소? 그는 탁자를 손으로 쾅 내리치며 소리쳤다.

「모르오, 친구!」 카피소스는 의자를 가까이 끌어당기며 말했다.

체쿠라스는 술잔을 들어 쭉 들이켰다. 「알지도 못하면서!」 그가 경멸하듯 말했다.

「어떤 중요한 임무를 띠고 있다고 나에게 말할 작정 아니었소?」 카피소스가 웃으며 끼어들었다.

그의 붉은 얼굴이 더 달아올랐다. 「당신은 나에 대해 잘 모르고 있군, 선장.」 그는 카피소스에게 바싹 다가앉으며 말했다. 「내 말을 들어 본 뒤 선장 체쿠라스가 어떤 사람인지 잘 알아봐!」 그는 주위를 경계하듯 둘러보았다.

카피소스는 탁자 쪽으로 더욱 다가앉았다. 「내 생각엔 임금님께서 선장에게 임무를 준 것 같은데……」 그가 조심스럽게 말했다.

이 말에 가엾은 늙은 선장은 비밀을 더 이상 지킬 수 없었다. 「옳은 말이오! 전하께서 나를 보냈소!」 그가 날카로운 목소리로 대답했다.

카피소스는 턱을 밑으로 내렸다. 「왕이라고! 전하께서 직접 선장을 보냈단 말이오?」 그가 놀란 척하며 말했다.

체쿠라스는 털어놓기 시작했다. 「누구한테도 말하지 않겠다고 맹세할 수 있소?」 그는 은혜라도 베푸는 사람처럼 카피소스의 어깨를 가볍게 내리치며 말했다.

「그럼 선장의 비밀은 엄청난 것이오?」 카피소스가 그의 질문에 대답하지 않고 소곤거렸다.

「물론이오!」 그가 급히 말했다. 「나는 당신처럼 로도스 섬이나 키프로스에서 화물을 실어 오기 위해 바다로 나가려는 게 아니오. 난 큰 물고기를 잡으러 나간단 말이오. 내 말을 들어 보시오, 친구…… 난 중요한 사람을 추적하러 바다로 나가오. 바로 왕자요.」

「그럴 리가 있겠소, 선장! 왕자라니! 전하께서 선장에게 그런 중요한 임무를 내렸단 말이오?」

체쿠라스는 의기양양해져 얼굴이 벌겋게 달아올랐다. 「난 이집트에서 트라키아에 걸친 온 바다를 이 잡듯 뒤질 것이오.」 그가 우쭐거리며 말했다. 「그 왕자를 찾아 머리채를 잡고 궁전으로 끌고 올 것이오.」

카피소스는 잔에 다시 술을 채웠다. 「선장의 건강을 위해! 선장이 아주 중요한 사람인 걸 알겠소……」 잠시 말을 멈추었다. 「하지만 난 모든 걸 알고 있었소.」 그가 음흉하게 말했다.

「알고 있다고?」 체쿠라스가 벌떡 일어나며 외쳤다.

「앉으시오!」카피소스는 웃었다.「모든 걸 알고 있소……. 며칠 전부터 말이오.」

체쿠라스는 눈을 동그랗게 떴다.「국가의 비밀을 어떻게…….」

「그래서 어쨌다는 겁니까?」카피소스는 더욱더 교활한 눈빛으로 어깨를 으쓱거렸다.「그 이상도 알고 있소. 당신이 모르는 것까지도…….」그가 미소 지었다.

체쿠라스 선장의 눈이 휘둥그레졌다.

「맞소. 난 상세한 것까지 알고 있소. 하지만 전하께선 당신을 신뢰하지 않는 것 같은데…….」

「나를?」체쿠라스는 거의 이성을 잃고 소리 질렀다.「전하께서 나를 믿지 못하신다고? 도대체 당신은 나를 뭐로 보는 거요?」

「내가 무슨 말을 했소, 친구?」카피소스는 느릿느릿 대답했다. 「나는 당신을 매우 존경하오……. 그러나 왕이……. 좋소, 왕이 당신에게 모든 걸 다 말하지 않은 것 같기도 하고…….」

「전하께서! 전하께선 나에게 모든 것을 털어놓았소! 그리고 난 누구에게도 발설하지 않겠다고 맹세했소!」체쿠라스가 폭발하듯 외쳤다.

카피소스는 교활한 웃음을 지으며 약을 살살 올렸다.「그렇게 말하기건 쉽지요. 당신은 누설하지 않겠다고 맹세한 척하면서 그런 식으로 곤란을 모면하려 하고 있소. 난 그런 식으로 쉽게 속아 넘어가지 않소.」

「나를 뭘로 보는 거요.」체쿠라스가 펄쩍 뛰며 외쳤다.「내가 모든 걸 알고 있다는 걸 당신에게 증명해 보이겠소! 당신이 비밀을 다 알고 있으니 내가 맹세해 봤자 아무 소용이 없게 되었군.」 그는 주변을 조심스럽게 둘러보았다. 그런 다음 카피소스의 귀 쪽으로 몸을 가까이 붙이고 소곤소곤 말했다.「나는 그 대장장이를 추격하려고 바다에 나가오. 그자가 사라졌소……. 내가 아까 말했던 그 왕자와 함께 사라졌소. 전하께선 사람들이 이 사실을 아는 걸 원치 않소. 그래서 비밀이란 말이오.」

카피소스는 팔을 내밀어 그의 어리석은 친구의 손을 잡고 말했다. 「브라보, 선장! 왕이 당신을 신뢰하고 있다는 걸 이제야 알겠소! 당신의 건강을 위해 마지막 잔을 듭시다.」 그는 잔 두 개에 술을 따르고 자신의 잔을 입술에 엄숙히 갖다 댔다. 「당신의 건강을 위해 마십시다, 체쿠라스 선장!」 그가 말했다. 「전하께서 당신을 중히 여겨 국가 기밀까지 다 말해 주었다니 난 무척 기분이 좋소. 왕이시여, 만수무강하소서! 당신이 임무를 무사히 마치고 안전하게 돌아오길!」

「고맙소, 좋은 친구여! 다시 만날 때까지…….」 그는 중얼거렸다. 그의 가슴은 자부심으로 한껏 부풀어 올랐다.

「행운을 빕니다.」 카피소스가 식탁에서 일어서며 말했다. 얻을 게 더 이상 없음을 안 그는 바삐 떠나려고 했다. 「크레테의 위대한 여신이 밤낮으로 당신을 보살펴 주시길!」 말을 마치자마자 그는 체쿠라스와 작별을 고하고 술집을 빠져나왔다.

앞바다에 있는 작은 디아 섬이 장밋빛 노을을 받아 반짝이고, 고요한 바다는 지는 햇살을 받아 포도주 빛을 띠고 있었다.

카피소스는 미소를 머금고 항구를 따라 걸어갔다. 단순한 체쿠라스가 그의 덫에 걸려든 것이었다. 그는 자기가 왕의 신임을 받고 있다는 것을 보여 주려는 욕심에 그만 비밀을 누설하고 말았던 것이다. 불그스레한 구름이 바다 위에 뭉게뭉게 떠 있었다. 「내일 바람이 심하게 불겠군. 바다로 나가기엔 엄청난 바람이야.」 카피소스는 중얼거렸다. 그는 항구 끝 쪽 바위에 얼마 동안 앉아 있었다. 〈왕이 아리스티데스를 잡으러 배를 보내려 하는구나……. 신이여 도와주소서! 왕은 가엾은 대장장이를 갈기갈기 찢어 죽일 거야! 아리스티데스의 행방을 내가 알기라도 한다면 그 어리석은 체쿠라스를 반대 방향으로 보낼 수 있으련만.〉

11

 다음 날 새벽 체쿠라스 선장은 돛을 펼치고 바다로 나아갔다. 바람이 심하게 불어 배가 파도에 흔들거리고 배 밑바닥에서 삐걱거리는 소리가 크게 들렸다.
 크레테인들은 불굴의 뱃사람인지라 어떠한 폭풍우도 겁내지 않았다. 바다가 그들의 놀이터였다. 바다에서 그들은 소년 시절부터 수영하고, 배를 손쉽게 다루고, 노를 젓고, 돛을 펼치는 법을 배우므로 아무리 큰 폭풍우가 휘몰아쳐도 두려워하지 않았다. 그들은 바다에서 즐거움을 찾았으며, 이 세상에서 가장 훌륭한 뱃사람이 되었다.
 카피소스는 선창에 서서 넘실거리는 파도에 흔들거리는 친구의 배를 쳐다보았다. 그는 친구의 배가 난파하기를 바라지는 않았다. 그렇다. 그는 가엾은 크레테인 체쿠라스 선장에게 그런 일이 일어나기를 절대 원하지 않았다. 단 어느 누구도, 그 외국의 왕자도, 그의 친한 친구인 대장장이 아리스티데스도 찾지 못하고 그저 빈손으로 돌아오기를 바랄 뿐이었다. 그는 빙그레 웃었다. 〈만약 왕이 나를 호출해 두 명의 도망자를 잡아 오라고 한다면 얼마나 재미있을까! 멋진 게임이 될 것이다. 그 교활한 늙은 여우에

게 복수할 수 있을 텐데!〉

　그는 마치 왕의 의중을 꿰뚫어 보고 있는 것 같았다. 왜냐하면 한 시간도 채 지나지 않아 선창에 근위병이 나타났기 때문이다. 카피소스는 선원들과 함께 배 뒤쪽에 앉아 돛을 수리하고 있었다. 근위병은 카피소스의 배 맞은편에 서서 그에게 손을 흔들었다.

　「당신이 카피소스 선장이오?」

　「그렇소, 내가 카피소스요! 무슨 일이시오?」

　「전하께서 당신을 부르십니다.」

　「나를? 왕께서 나를 왜 부르시지요?」

　「나는 모릅니다. 함께 가시지요!」

　선장은 왕이 왜 자기를 부르는지 짐작했다. 그는 급히 일어났다. 〈지금까진 일이 잘되었어.〉 은근히 웃음이 나오려고 했다. 〈왕이 나더러 추적하라고 말하겠지! 사람들이 크게 웃겠군!〉 그는 최고급 허리띠를 졸라매고 새 신발을 신고 축제 때 사용하는 두 개의 커다란 황금 팔찌를 차고 배에서 뛰어내렸다. 「갑시다!」 그의 눈이 이글거렸다.

　정오가 되기 전에 그들은 궁전의 커다란 북문을 통과했다. 그들은 포장된 대로를 건너 왼쪽으로 왕실 관람석이 있는 석조 공연장을 지나고, 다시 넓은 궁전 뜰을 가로질러 궁전의 서늘하고 구불구불한 통로로 들어가 왕이 거주하는 구역으로 향했다.

　왕은 테라스에 앉아 있었다. 머리 위엔 그늘을 만들기 위해 거대한 벨벳 차양이 쳐져 있었다. 그 옆에는 자개로 장식된 낮은 탁자가 놓여 있고, 그 위엔 포도와 무화과가 가득 담긴 큼지막한 황금 쟁반이 놓여 있었다. 왕은 우울한 생각에 빠져 있는 것 같았다. 그는 북쪽 바다를 바라보고 있었다. 지금까지 그는 도망자들을 찾기 위해 다섯 척의 배를 보냈으며, 지금은 명망 있는 카피소스 선장을 불러 놓은 상태였다. 그는 카피소스가 매부를 무척 좋아한다는 것을 알고 있었다. 왕은 카피소스의 모든 것을 알고 있었다. 그의 첩보병들이 모든 걸 보고했다. 그들은 이 왕국에 살고 있는 사람들의 일을 낱낱이 기록해 왕궁에 보고했다. 왕은 서류를 봄으로써 모든 사람의 장점과 단점을 한눈에 알 수 있었다. 오늘 아침 그는 카피소스의 기록을 검토했다. 기록에는 〈용맹하며 훌륭한 선장. 로도스 섬, 키프로스, 이집트로 자주 항해함. 150여 개의 항아리를 선적할 수 있는 배를 지휘함. 영리하여 쉽게 속아 넘어가지 않음. 술과 금을 좋아하지만 성격이 곧은 사람임. 뇌물 통하지 않음〉이라고 적혀 있었다. 왕은 미소를 지으며 중얼거렸다. 「좋아, 두고 보자. 그가 영리하다면 나도 그만큼 영리해. 겨뤄 보면 누가 이기는지 알겠군!」

근위병이 테라스에 나타났다. 「전하, 카피소스 선장 대령했사옵니다!」 근위병이 두 팔을 치켜들며 말했다.

근위병이 사라지고 카피소스 선장이 들어왔다. 그의 작고 검은 눈이 웃고 있었다. 「전하! 명령을 받고 왔사옵니다.」

왕은 그가 다가오자 조심스럽게 뜯어보았다. 탄탄한 몸, 교활해 보일 정도로 빛나는 작은 눈, 높다란 이마. 〈아주 영리해 보이는군⋯⋯. 조심해야겠어!〉

「어서 오시오, 카피소스 선장! 그대에게 중요한 임무를 맡기려고 이렇게 불렀소. 그대 개인적으로도 관심을 가질 임무요.」

「분부만 기다리겠습니다, 전하.」 카피소스는 웃음을 억지로 참으면서 대답했다.

「궁전에 커다란 불행이 닥쳤소. 또한 그대의 불행이기도 하고, 선장.」

「전하의 불행이 곧 저의 불행입니다. 우리 모두는 전하의 노예가 아닙니까?」 카피소스가 말했다.

「내 말은 그대의 가정에 닥친 불행을 의미하는 것이오.」 늙은 왕이 설명했다.

「전하! 저를 두렵게 하십니다. 저의 가정에 불행이라니요? 저로선 모르겠습니다.」

「곧 알게 될 것이오. 나의 대장장이인 아리스티데스가 그대 누이의 남편 아니오?」

「네…… 전하. 그에게 무슨 일이 있사옵니까?」

「한 해적이 우리 바닷가에 침입해 밤에 선창을 산책하던 그를 잡아 배에 태워 끌고 갔소.」

「무슨 말씀이십니까? 해적들이 아리스티데스를 잡아갔단 말씀이십니까?」 카피소스가 손바닥을 치며 깜짝 놀란 체 말했다.

왕은 슬픈 듯 머리를 흔들고 한숨 쉬며 말했다. 「난 그의 자식들을 염려하고 있소. 아이들의 눈물과 슬픔을 생각하니 내 가슴이 아프오.」

「복수를, 전하! 복수를 해야 합니다!」

약삭빠른 왕은 주의 깊게 그를 쳐다보았다. 〈이자가 나를 속이고 있는 것은 아닐까? 아리스티데스에 대한 이야기를 처음 들었단 말인가? 그의 조카가 아무것도 이야기하지 않았을까?〉

「카피소스 선장, 그대 또한 나만큼 대장장이를 사랑하니 기분이 좋소. 가엾게도 그가 해적들의 손에서 고통당하고 있을 걸 생각해 보시오.」

「복수를! 복수를 해야 합니다, 전하!」 카피소스는 눈물을 흘리며 다시 한 번 외쳤다.

「그렇소, 복수를 해야 하오! 그 일로 그대를 호출한 것이오. 그대에게 중요한 임무를 부여하겠소. 배를 타고 나가 그 가엾은 대장장이가 어디 있는지 찾아내 데려오시오.」

「전하, 온 바다와 육지를 샅샅이 뒤져서라도 그를 찾아낼 것을 맹세합니다.」

「그리고 그를 나에게 데리고 와야 하오!」 왕이 말 한마디, 한마디에 힘을 주어 말한 뒤 목소리를 낮추어 덧붙였다. 「이리 가까이 오시오, 더 가까이. 내가 하는 말 잘 들으시오.」

「네, 전하.」

「외국엔 사람들에게 요술 미약을 먹이는 요술쟁이들이 있소. 그들은 로토스라고 하는 요술 과일을 주는 모양인데, 붙잡혀 온 사람들이 그 과일을 먹으면 요술에 걸려 조국으로 다시 돌아가고 싶은 생각이 들지 않는가 보오……. 그들은 조국과 자식, 모든 것을 배반한다고 하오. 내 말 이해하겠소? 가엾은 대장장이도 마술에 걸린 게 분명하오. 그러니 크레테로 돌아오기를 원치 않을 수도 있소.」

「무슨 말인지 잘 알아들었습니다, 전하.」

「요술 미약이 그를 미치게 만들어 그는 자기가 무슨 말을 했는지도 모를 거요. 그대는 영리하니 속아 넘어가지 않을 거요. 또 그가 저항할지도 모르오. 그를 강제로 체포해 그대의 배에 태우시오. 알아듣겠소?」

「알겠습니다, 전하. 전하께서 내린 명령을 틀림없이 수행하겠습니다.」 카피소스가 대답했다.

「즉시 임무를 수행하시오! 빨리 서둘러. 내일 출항하시오. 그대가 어디를 가는지, 그리고 왜 가는지 누구한테도 말하지 마시오. 그리고 몸조심하길!」

카피소스는 허리를 굽히고 뒷걸음치며 물러났다. 방의 다른 끝쪽에 있는 문지방을 넘어서려는 순간 왕이 그에게 위협적으로 손가락질을 했다.

「카피소스 선장! 나를 배반하면 그대의 목이 달아날 거요!」

카피소스는 물러나 한 번에 두 계단씩 내려왔다. 궁전의 뜰에 서서 그는 하리스를 찾아가 대단한 소식을 전하려 하다가 즉시 그 생각을 거두어들였다. 〈몸조심해, 카피소스.〉 그는 속으로 중얼거렸다. 〈왕이 너를 의심하고 있어……. 어리석은 짓 하지 마. 목숨이 위태로울 수 있어!〉 그는 항구로 이어지는 길로 서둘러 갔다.

12

한편 두 도망자는 크노소스 궁전에서 멀리 벗어나 배를 타고 빠르게 바다를 질주하고 있었다. 그들은 눈앞에 아득히 펼쳐져 있는 육지를 응시했다. 저 멀리 아련히 솟아 있는 아티카의 산들 — 히메토스, 펜텔리코스, 파르니타스 — 을 보자 가슴이 벅차올랐다.

「아, 아티카여! 아, 나의 사랑스러운 조국이여!」 테세우스는 한쪽 팔을 들어올리며 소리쳤다.

아리스티데스 역시 그가 태어난 조국을 바라보니 가슴이 울렁거렸다. 얼마나 오랜만인가! 증오 어린 크노소스 궁전에서 조국으로 돌아와 그 얼마나 자유민이 되고 싶어 했던가! 드디어 조국에 왔다! 그러나 가슴은 무거웠다. 한마디 작별의 말도 하지 못하고 남겨 둔 크리노와 하리스를 생각하자 눈에서 눈물이 흘러내렸다.

「인내심을 가지시오, 친구. 오는 봄에 우리의 고통은 끝날 것이오. 내 그대에게 맹세하오.」 테세우스가 중얼거렸다.

아리스티데스는 머리를 옆으로 흔들었다. 「크레테 왕국은 강합니다. 누가 그 나라와 겨룰 수 있겠습니까? 수천 척에 달하는 배와 끝없는 부가 있습니다. 크레테 왕국은 정말 막강합니다. 가지지 않은 것이 없습니다.」

「가장 중요한 한 가지만 빼고.」 테세우스가 말했다.

「그것이 무엇입니까?」

「영혼.」

대장장이는 말이 없었다.

「이전의 크레테 왕국은 막강했소. 그때는 영혼이 있었소. 그러나 지금은 영혼 없는 거대한 괴물의 몰골이 되어 버렸소. 비틀거리는 두 다리로 겨우 서 있을 뿐이오. 영혼을 한번 강하게 몰아붙이면 넘어지고 말 거요.」

「그렇게 희망할 수는 있겠지요.」 아리스티데스가 중얼거렸다.

「확신을 가지시오, 친구. 당신에게 부탁할 게 한 가지 있소. 철을 가져오도록 북쪽으로 배들을 보낼 것이오. 그러면 당신은 지체 없이 무기를 만들어야 하오. 당신에게 가장 유능한 일꾼들을 데려다 줄 테니 그들에게 철 다루는 기술을 가르쳐 주시오. 봄까지 모든 것을 끝마쳐야 합니다. 남녀노소 할 것 없이 내 왕국에 있는 모든 사람이 일할 것이오. 봄이 오면 우리는 자유로워져야 하오!」

배는 아티카 해안으로 빠르게 다가가고 있었다. 루카베토스 언덕 위의 조그만 집들이 소나무 숲 사이에서 선명하게 보였다. 루카베토스를 따라 낮은 언덕이 시야에 들어왔다. 그 언덕 꼭대기에는 성벽으로 둘러싸인 목재 신전이 솟아 있었다. 「아크로폴리스.」 테세우스는 미소를 지었다. 조그만 신전을 둘러싸고 있는 성벽은 노을빛을 받아 장밋빛을 띠면서 마치 미소를 짓고 있는 것처럼 보였다. 「오, 여신이여.」 그는 기도하는 자세로 신전을 향해 팔을 하늘 높이 들고 외쳤다.

해가 서쪽으로 기울어 주변의 산은 부드러운 보랏빛을 띠고 있었다. 올리브 숲이 있는 펜텔리코스는 검푸른색으로 반짝거리고 푸른색 소나무가 들어차 있는 히메토스에는 부드러운 빛이 감돌 았다. 아크로폴리스 신전의 벽은 장밋빛으로 물들고 그 아래 펼쳐져 있는 아테나이는 은은하고 부드러운 빛으로 덮여 있었다.

「정말 아름답구나!」 아리스티데스는 자랑스러움에 가슴이 벅차 중얼거렸다. 「얼마나 소박하면서도 장엄한가!」

테세우스는 말이 없었다. 배가 점점 육지로 다가가자 그는 아버지를 생각했다. 그는 부왕께서 얼마나 간절히 자신을 기다리고 계실지 잘 알고 있었다.

사실 늙은 아이게우스 왕은 며칠 동안 아크로폴리스 언덕으로 올라가 아테나 여신상 앞에 서서 아들이 무사히 돌아오기를 간절히 빌었다. 테세우스가 위험한 임무를 띠고 크레테로 간 이후 매일 아침 왕은 바다가 한눈에 내려다보이는 신성한 언덕 위로 올라가 먼저 왕국의 수호신인 여신에게 기도를 한 다음, 신전 입구에 자리를 잡고 앉아 테세우스의 배를 기다리며 저 멀리 바다를 계속 쳐다보았다. 며칠을 그렇게 보내도 눈에 익은 배는 지나가지 않았다. 왕의 걱정과 초조함은 점점 심해져 이레째 되던 날에는 드디어 참을 수 없는 지경에까지 이르게 되었다. 만약 왕자에게 안 좋은 일이라도 일어난다면 그의 왕국은 끝나고 말 것이다. 왕국을 누구에게 맡긴단 말인가? 그는 너무 늙었다. 게다가 다른 아들도 없다. 테세우스를 제외하고 누가 아테나이의 국경을 위협하는 거친 야수들의 무리를 무찌를 수 있단 말인가? 아테나이인 가운데 누가 매년 미노타우로스에게 제물을 바치는 이 끔찍한 일을 그만두게 할 수 있겠는가?

7일째 되던 날 아침, 이런 생각을 하자 늙은 왕은 가슴이 터질 듯 아파 왔다. 미풍이 내륙에서 살랑살랑 불기 시작했다. 그때 눈에 익은 카이크 한 척이 수평선에서 가물가물 보였다. 그 배는 붉은 돛에 바람을 한껏 안고 육지로 다가오고 있었다.

해가 질 무렵 배가 항구로 들어왔다. 아테나이 시민들이 모두 항구에 몰려와 있었다. 왕, 대신들, 시민들은 배가 항구로 다가오자 모두 환호성을 질렀다. 젊은이가 신과 같은 모습으로 뱃머리에 서서 손을 흔들자 해안가에 빽빽이 모여 있는 군중은 격렬하게 함성을 질러 댔다. 실제로 그가 더 가까이 다가오자 잘생긴 얼굴 주변의 갈색 머리카락이 마지막 황금빛 석양을 받아 붉게 불타는 듯 보였다. 그들에게 왕자는 신처럼 보였다. 그가 해변으로 훌쩍 뛰어내리고 아버지를 껴안은 뒤 시민들에게 인사를 하자 환호성이 하늘을 찔렀다. 아들을 기다리며 고통스러운 날을 보냈던 늙은 왕은 테세우스의 가슴을 어루만지며 무슨 말을 하려고 했지만 목이 메어 눈물만 흘릴 뿐이었다. 그러자 사람들도 따라 울었다. 왕은 오직 〈내 아들아! 내 아들아!〉라고만 중얼거릴 뿐이었다.

13

아테나이에서 이렇게 즐거움을 만끽하고 있을 때 바다 건너 크레테에선 가을 수확을 준비하고 있었다. 노예들이 잘 익은 포도를 따 포도 짜는 틀에 집어넣고 발로 밟아 으깨어 즙을 내 거대한 항아리에 퍼 담았다. 궁전 안은 온통 포도즙 향기로 가득했다.

크노소스의 공기는 점점 차가워지고 해도 짧아져 날이 빨리 어두워졌다. 나뭇잎들도 노란색으로 변해 떨어지기 시작했다.

어느 날 하늘에서 천둥소리가 들리더니 어두워졌다. 구름이 동쪽 하늘에 낮게 깔리더니 저녁에 가을비가 내리기 시작했다. 비는 밤새도록 내렸다. 물이 산에서 폭포처럼 쏟아져 내렸고 강물이 불어 으르렁거리며 바다로 흘러 들어갔다.

하리스는 잠에서 깼다. 아버지가 사라지고 누나가 구덩이에 갇힌 지도 두 달이 지났다. 누나는 추위와 비를 어떻게 견디어 낼까? 하리스는 걱정이 되어 잠에서 깨어나 자기가 할 수 있는 일이 무엇인지 곰곰이 생각해 보았다. 내일 공주님을 찾아가 발밑에 꿇어 엎드려 누나를 살려 달라고 빌 것이다. 공주님은 크리노를 잊은 것처럼 보였다.

그러나 공주는 사랑스러운 어린 시녀를 잊어버린 것이 결코 아니었다. 기회가 날 때마다 공주는 아버지에게 크리노를 풀어 달라고 하소연했지만 왕은 여전히 노여움을 풀지 않고 자기가 보낸 배가 크리노의 아버지를 꽁꽁 묶어 데리고 올 때까지 깊은 구덩이에 그대로 가두어 놓겠다고 말했다.

공주는 침대에 누웠지만 잠을 이루지 못하고 첫 가을비 소리를 밤새도록 듣고 있었다. 이른 새벽에 그녀는 침대에서 일어나 노예를 불렀다. 그 노예에게 큰 꾸러미 하나를 들게 하고 궁전을 빠져나와 어두컴컴한 구덩이로 걸음을 재촉했다. 공주는 크리노가 갇혀 있는 구덩이 옆에 앉아 몸을 구부려 안을 들여다보았다. 「크리노!」 그녀는 컴컴한 구덩이 안을 들여다보며 부드럽게 불렀다. 「음식과 따뜻한 옷을 가져왔어.」

구덩이 안에서 크리노가 움직였다. 희미한 감사의 말이 위로 솟아 올라왔다.

「용기를 잃지 마, 나의 예쁜 친구 크리노. 너를 꼭 풀어 줄게.」 공주가 속삭였다.

떨고 있는 소녀는 꾸러미를 받고 눈물을 흘렸다. 공주는 지금까지 수도 없이 그녀를 찾아와 이런 용기의 말을 해주었다.

「용기를 잃지 마! 내일 다시 올게.」 공주는 다시 아래를 향해 말하고는 궁전으로 서둘러 돌아갔다.

가을이 깊어 가고 있었다. 들판의 일도 끝나고 곡식과 포도주가 궁전의 모든 항아리에 넘쳐흘렀다. 추수가 끝나 이제 대축제의 시간이 다가오고 있었다.

궁전은 오랫동안 기다려 왔던 축제 준비에 떠들썩했다. 왕족 부인들은 재봉사들을 불러 화려한 의식에 입고 갈 새로운 옷을 만들게 해, 손놀림이 좋은 노예들은 밤낮으로 값비싼 천에 붉은 아마실로 백합, 돌고래, 이삭 등을 수놓는 데 여념이 없었다.

사람들은 모두 황소 축제가 빨리 시작되기를 고대했다. 들판에서는 커다란 황소들이 풀을 뜯고 있었다. 번질번질한 몸뚱이가 햇빛을 받아 번쩍거렸다. 노예들은 훈련받은 젊은 남녀들이 거친 짐승과 싸우게 될 넓은 마당을 준비했다. 매일 목동들이 소 떼를 끌고 강으로 내려가 목욕시키고 뿔에 광택을 내고 발목을 붉은색으로 칠했다.

하리스와 이카로스는 이 모든 즐거운 과정을 무거운 마음으로 지켜보았다. 크리노가 구덩이에 갇혀 있는 한 그들은 즐거울 수가 없었다.

아리아드네는 떠들썩한 축제 준비를 바라보며 웃었다. 그녀에게 계획이 있었기 때문이다.

시간이 지나고 왕이 대장장이와 외국인을 잡아 오라고 보냈던 배들이 돌아오기 시작했다. 왕의 명령을 받고 키프로스, 이집트, 시칠리아 등지로 갔던 사람들이 하나 둘씩 돌아와 부리나케 궁전으로 달려가 왕의 발밑에 떨면서 엎드렸다. 그들의 보고를 들은 왕은 노발대발하며 얼굴을 찌푸렸다. 결국 늙은 선장 체쿠라스도 빈손으로 돌아와 왕의 발밑에 꿇어 엎드려 겁에 질린 채 보고를 하고 겨우 목숨을 부지한 채 궁전을 빠져나왔다.

그러던 어느 날 바다로 나갔던 마지막 배가 항구로 들어왔다. 선장은 육지로 뛰어내려 왕을 알현하기 위해 궁전으로 급히 뛰어 올라갔다. 「그 이방인이 누군지 알아냈사옵니다!」 그가 자랑스럽게 말하고 아테나이에서 본 모든 것을 보고하기 시작했다. 그는 늙은 아이게우스 왕과 그의 아들 테세우스에 대해 상세히 설명했다 「잘생기고 몸이 튼튼하고 갈색 머리카락에 뺨에는 모반이……..」

왕은 지팡이로 바닥을 때리며 소리쳤다. 「바로 그놈이야! 말리스가 말했던 그놈이야……. 갈색 머리카락에 얼굴에 모반이 있는 녀석.」

「말리스가 저한테도 이야기했사옵니다. 그자를 만나 몇 가지 질문을 해본 뒤 저는 그자가 분명 먼 항해를 마치고 막 아테나이에 도착했다는 사실을 알아냈습니다.」 선장이 말했다.

「그놈이야! 그리고 대장장이는? 그놈에 대해서도 물어보았느냐?」

선장은 몸을 떨며 머뭇거렸다. 「네, 그러나 더 이상은 알아 오지 못했습니다.」

「그만하면 충분하다! 오늘 저녁 다시 오라. 그리고 다시 출항할 준비를 하라. 오늘 저녁 출항할 것이다.」 왕은 말을 마치고 다시 근위병을 불렀다. 「즉시 대장장이의 아들을 데려와! 그리고 서기에게 필기도구를 챙겨 들라 일러라.」

근위병이 사라지자 왕은 두 손을 비비댔다. 「이젠 나를 피하지 못할 거야! 이번에는 빠져나가지 못할 테지.」

왕이 계속 손을 비비고 있을 때 하리스가 문에 나타났다. 왕은 표독스럽게 입술을 오므리고 있었다. 「준비를 하도록 하라!」 소년이 계단을 내려와 왕좌가 있는 방으로 들어가자 왕이 외쳤다. 「넌 오늘 떠난다!」

하리스는 어리둥절한 채 그를 쳐다보았다.

「오늘 저녁에 출항한다! 이제 물러가라!」

소년의 얼굴이 창백해졌다. 「어디로 말씀입니까?」 소년이 겁에 질려 중얼거렸다.

「내가 보내는 곳으로!」 왕이 즉시 되받아 말했다. 「이제 물러가라!」

서기는 왕이 가리키는 사이프러스 기둥 밑에 앉아 상자를 열었다. 그 상자에는 다시 여러 개의 작은 상자들이 들어 있고, 또 그 안에는 이상한 글자들이 가득 들어 있었다. 왕은 받아 적으라며 불러 주었다.

나의 시종, 아테나이의 왕 아이게우스에게.
크레테의 왕, 미노스 33대, 대지와 바다의 주인!

서기는 나무로 된 글자를 하나하나 집어서 놀랄 만한 손놀림으로 부드러운 밀랍에 눌러 찍었다. 글자들이 밀랍 가장자리에서 동심원을 그리며 선명하게 나타났다. 큰 글자들은 바깥에, 작은 글자들은 안에 배치되었다.

나, 왕 중의 왕이 그대에게 명하노라.
오는 봄에 일곱 명의 청년과 일곱 명의 처녀를 미노타우로스의 제물로 보낼 때 그대의 아들 테세우스를 일곱 명의 청년에 포함시킬 것을 요구하도다. 내가 명령했노라!

「이리 가져오너라!」 왕은 서기가 일을 다 마치자 명령했다. 서기가 다가가 왕이 옥새를 찍도록 밀랍판을 내밀었다. 왕은 그의 가운뎃손가락에 끼고 있던 반지를 빼내 밀랍판의 중앙에 꾹 눌러 찍고 밀랍판을 천천히 집어 들었다. 옥새는 선명하게 찍혔다. 거대한 야생 황소 한 마리가 두 뿔을 서로 감고 있는 모습이었다. 그 뿔 사이엔 양날 도끼가 세워져 있고, 황소의 발밑에 한 인간이 쓰러져 있는 그림이었다.

14

「이카로스! 이카로스!」

늙은 다이달로스는 작업대에 허리를 굽히고 일에 열중하느라 작업대 위 조그만 창살문에서 들려오는 소리를 듣지 못했다.

「이카로스!」 하리스는 까치발을 하고 창문가에 서서 절박하게 친구를 불렀다.

다이달로스가 고개를 들어 보니 하리스가 창가에 몸을 바싹 붙이고 놀란 얼굴로 안을 들여다보고 있었다. 「무슨 일이냐, 하리스?」 늙은 장인이 걱정스러운 표정으로 물었다. 하리스는 몹시 겁에 질려 있는 듯했다. 〈저들이 이 소년을 괴롭혔는가? 저들이 또다시 고문을 한 것인가?〉 다이달로스는 창문가로 갔다. 「이카로스는 여기에 없단다. 왜 찾는 거니?」

「이카로스를 꼭 만나야 해요! 어디 있어요?」 하리스가 뺨에 눈물을 흘리며 말했다.

「어쩌면 궁전의 비둘기 집에 있을지 몰라. 비둘기를 한 마리 가져오라고 시켰거든……」

하리스는 비둘기 집으로 쏜살같이 달려갔다.

이카로스가 비둘기 집에서 비둘기 한 마리를 두 손으로 잡고 나오고 있었다.

이카로스는 하리스가 다가오는 것을 보고 의기양양해져 잡고 있던 비둘기를 높이 쳐들었다. 「잡았어!」 그는 기뻐하며 웃었지만 즉시 입가에서 웃음을 거두었다. 「무슨 일이야?」 하리스의 창백한 얼굴을 보며 물었다.

「나 떠나!」 하리스가 말했다.

「떠난다고! 어디로?」 이카로스가 걱정스럽게 물었다.

「나도 몰라.」

「도무지 무슨 말인지 모르겠군…….」

「왕이 나를 불러 떠나라고 말했어. 나를 배에 태워 보낼 작정인가 봐…….」

「배를 타고! 배를 타고 떠난단 말이지?」

「그런가 봐.」

「그래서 울고 있구나?」 이카로스가 하리스를 부러운 듯 쳐다보았다. 「그건 우리가 항상 바라던 바가 아니었어? 크레테를 떠나 자유를 향해…….」

「그래…….」 하리스의 목구멍에서 흐느끼는 소리가 났다. 「그치만 크리노는 어떻게 해? 내가 누나를 두고 혼자 떠날 수 있겠어?」

「내가 크리노를 돌봐 줄게. 네 누나 옆에 있어 줄게! 걱정하지 말고 떠나. 내가 오빠처럼 네 누나를 보살펴 줄게. 게다가 혹시 네가 누구를…….」

「뭐라고?」

「……네 아버지를 찾을 수 있을지도 모르잖아.」

「하지만 왕이 날 죽이려고 보내는 거면 어떻게 하지?」

「어리석은 생각 하지 마. 왕이 너를 죽이려고 한다면 지금 당장 그렇게 할 거야. 누가 왕을 막을 수 있겠어? 분명 널 먼저 죽이진 않을 거야.」

「네 말이 맞아. 넌 나보다 머리가 좋아.」 하리스가 중얼거렸다.

「왕이 언제 떠나라고 했어?」 이카로스가 물었다.

「오늘 밤 늦게. 하지만 난 지금 가봐야 해……. 크리노에게 작별인사를 해야 해.」

「기다려, 아직 시간이 있어. 어두워지면 함께 가자. 근위병이 있으면 공주가 보냈다고 말하면 되겠지. 진정해, 걱정하지 마. 모든 게 잘될 거야.」

「잠시 걷자. 작별 인사를 하고 싶어. 언제 다시 오게 될지!」 하리스가 다소 진정이 되어 말했다.

「우선 이 비둘기부터 아버지께 갖다 드리자. 아버지는 비둘기를 관찰해서 날개를 만들려고 해.」 그들이 작업장으로 돌아가는 동안 이카로스는 아버지가 어떻게 해서 날개를 만들 생각을 하게 되었는지 하리스에게 말해 주었다. 「어느 날 아버지는 뜰에서 비둘기를 보시고 비둘기도 공기보다 무거운데 어떤 구조 때문에 하늘을 날 수 있을까 곰곰이 생각하셨어. 아버진 그것을 밝혀내려고 연구하시는 중이야. 인간도 날개가 있다면 날 수 있으리라는 게 아버지 생각이셔.」

두 친구는 다이달로스에게 비둘기를 갖다 준 뒤 손을 잡고 널찍한 계단 쪽으로 발길을 돌렸다. 그들은 계단을 내려와 도로를 따라 걷다가 조그마한 가옥들을 지나 황소들이 풀을 뜯고 있는 초원으로 들어섰다. 그곳에서 잠시 걸음을 멈추고 황소 축제에 참가할 동물들을 지켜보았다. 그런 뒤 계속 걸음을 옮겨 강둑에 도착했다.

해는 벌써 서산으로 기울기 시작했다. 새들은 둥지를 향해 즐겁게 날아가고, 공작새 두 마리가 추수가 끝난 포도밭을 거닐며 눈부신 꼬리털을 펼쳐 자태를 뽐내고 있었다.

「이곳은 정말 아름다워! 어떻게 이곳을 떠날 수 있겠어!」 하리스가 중얼거렸다.

「모든 곳이 다 아름다워. 네가 어디를 가더라도 넌 새로운 아름다움을 찾을 거야. 내가 자유의 몸이라면 난 여행을 할 거야. 이 세상 구석구석을 돌아다니면서 곳곳에 있는 모든 것을 알아보고 싶어.」

「난 정원이 있는 조그만 집이 하나 있었으면 좋겠어. 아버지와 누나와 함께 살 수 있는 집 말이야. 하루 종일 일하며 아버지의 기술을 배우고 저녁이면 정원이 딸린 집에 와 괭이질을 하고 나무에 물을 주고 가지를 칠 거야. 나한텐 그게 바로 행복이야.」

「난 아니야! 난 여행을 하고 싶어. 새로운 세계와 새로운 사람들을 만나 보고 싶어. 어디에도 묶여 있어선 안 돼! 그게 행복이야! 인간의 영혼은 바위에 붙어 있으려는 조개가 아니야. 날기를 원하는 새 같은 거야! 나에게 약속해 줘……」 그가 하리스를 걱정스럽게 쳐다보았다.

「약속!」

「나에게 소식 전하겠다고 약속해 줘. 네가 어딜 가더라도, 어디 있는지 꼭 소식을 보내 줘. 언젠가 우리 아버지와 크리노와 나를 다시 만날 수 있을 거야. 우리 셋은 비둘기처럼 훨훨 날아 이곳을 빠져나갈 거야.」

「그날이 온다면 얼마나 좋을까! 그날까지 꼭 살아 있을 테야!」 하리스는 눈물을 흘리며 말했다.

「우린 네가 살아 있길 간절히 바라. 네가 죽는다면 무슨 소용이 있겠어? 넌 살아 있어야 해! 우리 세 사람도 꼭 살아 있을 거야.

그래서 언젠가 자유롭게 함께 살 날이 올 거야! 하리스, 우린 함께 일해야 해. 가게를 열고…… 날개를 만들고…… 모든 사람에게 날개를 달아 줄 거야!」

하리스가 웃었다.

「웃지 마.」 이카로스가 차분하게 말했다. 「사람들이 새처럼 날 수 있는 날이 반드시 올 거야. 발을 질질 끌며 걸어 다니거나 당나귀나 황소가 끄는 수레를 타고 다닐 필요가 더 이상 없을 거야. 사람들은 날개를 달고 독수리처럼 이 산 저 산을 날아다니거나 바다 위를 마음대로 비상할 수 있을 거야.」

「꿈이야.」

「지금은 꿈일지도 모르지만 꿈이 현실로 바뀌는 날이 꼭 올 거야. 반드시 보게 될 거야.」 이카로스가 말했다.

두 소년은 작별의 말을 나누며 손을 잡고 강둑을 따라 걷고 또 걸었다.

초저녁 별이 나타났다.

「저녁 별이다. 돌아갈 시간이야.」 하리스가 중얼거렸다.

「그래.」 이카로스가 한숨 쉬며 대답했다. 작별의 시간이 다가오자 가슴이 아파 오기 시작했다.

15

 선장은 미노스 왕의 옥좌 앞에 서서 주의 깊게 듣고 있었다.
「이 밀랍 판을 받으라. 내가 아테나이 왕에게 보내는 전갈이다. 그대는 오늘 밤 출항해 아티카를 경유해 아테나이로 가라. 아테나이 궁전으로 가서 노예 아이게우스 앞에 그대를 소개하고 이 편지를 주어라. 내 말 알아듣겠는가?」
「잘 알아들었사옵니다, 전하.」
「그리고 그대는 대장장이의 아들과 함께 갈 것이다. 괘씸한 테세우스가 납치해 간 그 대장장이도 분명 아테나이에 있을 테니 그를 찾아내야 한다. 미끼로 사용하라고 대장장이의 아들을 그대와 함께 보내는 것이다. 알아듣겠느냐?」
「잘 모르겠습니다, 전하.」
「멍청한 사람! 들어 보아라. 새를 어떻게 잡는지 알고 있는가? 사냥꾼은 그물 밑에 새를 한 마리 놓아두지. 그러면 그 새는 울고 또 울어 다른 새들이 가까이 다가오게 해. 그때 팍! 그물을 덮치는 거야. 알아듣겠느냐?」
「알 것 같사옵니다, 전하.」
「그대가 그 애를 데리고 아테나이에 머물러 있으면 대장장이는 반드시 자기 아들을 보게 될 것이고, 그러면 그를 데려가려 할 것이다. 그대는 아이게우스 왕을 방문해서 〈대장장이를 돌려주시오. 그러지 않으면 크레테의 배들이 출동해 아테나이의 들판과 궁전을 쑥대밭으로 만들 것이오〉라고 말하라. 알아듣겠느냐?」

「알아들었사옵니다. 전하의 명령을 수행하겠습니다.」

「지금 떠나라. 그 소년을 불러 데리고 가라. 만약 성공하지 못하면 내 그대의 목을 베리라!」

선장은 무릎을 꿇고 왕의 발에 입을 맞추고 겁에 질려 급히 물러났다. 그가 물러나자 왕은 손뼉을 쳤다. 문 입구에 서 있던 근위병이 즉시 들어왔다. 근위병은 청동색 갑옷을 입고 투구에는 커다란 깃털을 꽂고 있었다. 그는 왕 앞에 부동자세로 섰다.

「가까이 오너라. 위대한 왕이 오늘 저녁 같이 먹잔다고 두 공주에게 전하라. 제전 때 입는 가장 화려한 옷을 입고 오라고 말하라. 그리고 수석 정원사도 호출하라.」

근위병이 몸을 숙이고 물러났다.

얼마 후 정원사가 도착했다. 머리에 푸른 깃털을 꽂은 영리해 보이는 몸이 마른 노인이었다.

「정원사, 정원에 있는 가장 화려한 꽃들을 꺾어 식탁을 장식하도록 하라. 내 오늘 밤 공주들과 만찬을 하려 한다.」

그런 뒤 왕은 근위대장을 불렀다. 「오늘 밤 근위병들에게 음식과 술을 배불리 먹이도록 하라. 기분이 좋구나. 그리고 내 궁전의 모든 사람이 기분이 좋았으면 한다.」

때는 온화한 가을 저녁이었고 훈훈한 미풍이 불어왔다. 왕실 정원에 만발하게 피어 있는 재스민과 인동덩굴이 달콤한 향기를 내뿜었고, 밤새들의 나지막한 울음소리가 올리브나무에서 부드럽게 들려왔다. 왕은 창문을 통해 하늘에 떠 있는 저녁 별을 보았다. 그는 불이 밝혀진 두 개의 큰 창문을 응시했다. 그곳은 두 공주의 처소였다. 〈오늘 밤 만찬은 늦어지겠구나.〉 왕은 생각했다. 그는 두 딸의 허영을 잘 알고 있었다. 지금쯤 딸들은 화려한 옷을 입으며 치장하고 있을 것이다. 왕은 체스라도 한 판 두면서 시간을 보내야 할 것이다. 왕은 손뼉을 쳐 근위병을 불렀다.

「해몽가를 들라 해라.」

근위병은 급히 물러나고 왕은 옥좌에 다시 앉아 기다렸다. 곧 살이 찐 늙은이가 들어와 옥좌 가까이 다가가 왕 맞은편에 말없이 자리를 잡았다.

그들 사이 조그만 탁자 위에 체스 판이 놓였다. 천장에 매달린 대리석 등잔에 담겨 있는 세 개의 횃불이 그들을 비추었다.

두 사람은 말을 포진시키기 시작했다. 왕의 말은 상아로, 해몽가의 말은 금빛이 칠해진 사이프러스로 만들어져 있었다. 체스 판은 테두리가 모두 은빛 데이지로 장식되어 있고, 안쪽에는 상아와 수정으로 된 널따란 줄무늬가 두 부분을 나누고 있었다. 한쪽 끝에는 열두 개의 황금빛 원이, 또 다른 끝엔 상아로 된 네 개의 탑이 새겨져 있었다.

「오늘 밤 기분이 좋아. 그대를 이길 것 같아.」 왕이 말을 배열시키며 말했다.

「전하와 제가 체스 두는 꿈을 꾸었는데, 제가 이겼습니다. 그건 곧 제가 진다는 것을 의미합니다.」 늙은이가 영악하게 말했다.

「그거 공평하군. 그대는 꿈속에서 이기고 난 실제로 이기고. 우리가 왕국을 양분하고 있군.」 왕이 껄껄 웃으며 말했다.

「그렇습니다. 저는 그림자를 택하고 전하께서는 실체를 택하십시오.」

「자, 그럼 해봅시다. 내가 공격하오!」 오른쪽에 있는 탑으로 말을 이동시키며 왕이 명령했다.

바깥뜰에서는 노예들이 만찬을 준비하고 있었다. 하인들은 음식이 담긴 접시를 들고 주방과 식탁을 바삐 오가며 음식을 준비했으며 정원사들은 싱싱한 꽃들을 식탁 주변에 화려하게 장식했다.

밤이 무르익어 갔다. 별들이 하늘에 총총 박혀 있었다. 미노스 왕의 손 밑에 있던 말들이 전진해 탑을 둘러싸게 되었다. 한 발 한 발 전진하여 곧 성이 함락될 것 같아 보였다. 갑자기 왕은 게임을 멈추고 노예를 불렀다. 「공주에게 가 서둘지 말라고 일러라. 천천히 오라고 말하라.」 왕이 명령했다.

공주 처소에서 두 공주는 치장을 끝내 가고 있었다. 시녀들은 무릎을 꿇고 공주의 몸에 화려한 치마를 단정히 입혀 주고 치맛단에 조그만 은방울을 달아 주었다. 파이드라 공주는 기분이 들떠 아리아드네 공주에게 말을 걸며 짓궂게 장난을 치고 있었다. 다른 생각에 정신이 빠져 심각해 보이는 아리아드네는 언니의 말에 거의 대답을 하지 못했다. 두 공주는 각각 시녀들이 들고 있는 커다란 거울 앞에 서 있었다. 파이드라 공주의 시녀인 미르토가 파이드라의 허리에 예쁜 나비매듭을 매주었다. 「산호가 세 개 있는 목걸이를 가져와. 검은 치마와 잘 어울릴 거야.」 파이드라가 시녀에게 말했다.

「신성한 뱀을 준비해!」 아리아드네가 말했다.

파이드라가 몸을 돌려 그녀를 보며 놀란 듯 큰 소리로 말했다. 「오늘 밤 춤출 거니?」

「그래.」 아리아드네가 말했다.

「왜?」

「아버지를 기쁘게 해드리려고.」

「전에는 그렇게 하지 않았잖아.」

「오늘 밤엔 춤을 추고 싶어.」

「너 아버지께 부탁할 게 있구나. 아버진 네가 춤추는 것을 보시면 넋을 잃으실 거야.」

「어쩜 그럴지도 모르지.」

「무슨 부탁을 하려고 하는데?」

「두고 보면 알아.」

파이드라는 입을 삐죽거렸다. 「요즘 너 많이 변했구나. 누가 너를 그렇게 만들었니?」

「아무것도, 더 이상 묻지 마.」 아리아드네가 짜증스럽게 말했다.

미르토가 커다란 사이프러스 상자를 열고 산호가 세 개 달린 목걸이를 꺼내 공주에게 가져다주었다. 파이드라는 그것을 받아 목에 걸었다. 가슴은 얇은 하얀 망사로 가려져 있기만 할 뿐 아무것도 걸치지 않고 훤히 드러나 있었다. 입술엔 붉은 연지를 바르고, 눈가엔 옅은 푸른색이 칠해져 있어 마치 암사슴의 눈처럼 크고 온화해 보였다.

「언니, 참 아름다워.」 아리아드네는 파이드라를 부러운 듯 바라보며 말했다.

파이드라는 만족스러운 듯 미소를 지으며 대답했다. 「넌 나보다 춤을 더 잘 추잖니.」

노예가 문가에 나타났다. 「전하께서 체스를 다 두셨습니다. 내려오라는 분부이십니다.」

즉시 시녀들이 등잔을 들자 방 안이 환해졌다. 두 공주는 시녀들을 따라 방에서 나갔다. 그들은 천천히 계단을 내려갔다. 시녀들이 앞에서 불을 밝혀 길을 안내했다. 두 공주는 꼬리를 펼친 공작새처럼 우아한 자태로 걸어갔다. 파이드라 공주의 치마는 붉은 새와 황금빛 곡식이 수놓인 검은색이었고, 아리아드네 공주의 치마는 황금빛 물고기가 수놓인 푸른색이었다.

왕은 뜰에서 기다리고 있었다. 왕은 두 공주가 다가오는 모습을 보고 흐뭇하게 미소를 지으며 혼잣말로 중얼거렸다. 「내 딸들은 아름다워. 이제 바다 건너 육지와 섬에서 왕자들을 초청해 신랑감을 고를 때가 되었군.」 왕은 그들이 가까이 오자 다정하게 말했다. 「어서 오너라!」

「저희에게 커다란 영광을 주셨나이다. 아바마마.」 파이드라가 말했다.

아리아드네는 아무 말도 하지 않았다.

세 사람은 식탁에 앉았다. 왕은 높다란 옥좌에 앉고 파이드라가 오른쪽, 아리아드네가 왼쪽에 앉았다.

노예들이 사이프러스 기둥 뒤의 뜰로 이어지는 문간에서 책상다리를 하고 앉아 피리를 불기 시작했다. 왕과 두 공주의 식욕을 돋우기 위해 부드럽고 감미로운 선율이 흘러나왔다.

아리아드네는 왕을 쳐다보았지만 말이 없었다. 그녀는 초조한 듯 아버지를 계속 쳐다보기만 할 뿐이었다. 옥좌 옆에 서 있는 노예들은 왕의 잔에 포도주를 계속 채웠고 왕은 크게 기뻐하며 그 술을 다 마셨다. 그녀는 의아해했다. 〈아버지께서는 오늘 밤 왜 저토록 즐거우신 걸까?〉

왕은 계속해서 술잔을 비웠다. 왕은 아테나이 왕에게 보낸 편지에 대해 생각하고 있었다. 왕은 오만방자한 테세우스가 잡혀와 지하 미궁에 끌려 들어가 미노타우로스에게 잡혀 먹는 모습을 상상하고 있었다. 그는 속으로 낄낄거리며 웃었다. 〈그리고 대장장이 또한…… 그놈 역시 걸려들고 말 거야……. 내 반드시 올가미에 처넣고 말 거야. 어느 누구도 나한테서 빠져나갈 수 없어! 어느 누구도!〉

왕은 두 손을 비볐다. 식사가 끝나고 두 노예가 나와 장미 향수를 공중에 뿌리기 시작했다. 두 명의 다른 노예가 황금 대야와 주전자를 식탁으로 가져와 왕과 두 공주가 손을 씻도록 했다. 왕이 자리에서 일어나 나가라는 신호를 하자 노예들은 사라지고 별빛이 반짝이는 궁전의 뜰에 아버지와 두 딸만 남게 되었다.

왕은 작은딸에게 고개를 돌려 말했다. 「아리아드네, 오늘 밤 나를 기쁘게 할 수 있느냐?」

「분부만 내리십시오, 아바마마.」 공주가 말했다. 그녀의 작은 계획이 순조롭게 진행되었다.

「나를 위해 춤을 춰다오.」

아리아드네는 식탁에서 일어났다. 「어떤 춤을 출까요, 아바마마?」 그녀가 달콤한 목소리로 물었다.

「황소 축제 때 출 인간과 황소의 춤을 추어 보거라. 난 그 춤이 좋더구나.」

아리아드네는 미소를 지어 보였다.

등불이 꺼지고 별들만 하늘에서 초롱초롱 빛났다. 부드러운 미풍이 산들거리고 맞은편 산에서는 두 마리의 올빼미가 단조롭고 구슬프게 울어 댔다. 그리고 망루에서 야간 경비병들의 소리가 들려왔다. 「파수병들은 경계하라! 경계심을 늦추지 마라!」

공주가 머리를 묶고 있던 리본을 조심스럽게 벗겨 내자 숱 많은 머리카락이 어깨 너머로 흘러내렸다. 그녀는 노예가 서 있는 뜰 너머에 있는 기둥 쪽을 쳐다보며 손뼉을 날카롭게 치고 큰 소리로 외쳤다. 「뱀을 가져오너라!」

기둥 뒤에 몸을 감추고 있던 노예는 즉시 두 마리의 뱀을 들고 앞으로 나왔다. 공주는 뱀을 받아들고 부드럽게 어루만지고 쓰다듬어 주었다. 그러자 뱀은 혀를 날름거리며 쉭쉭 소리를 냈다. 그녀는 뱀의 몸뚱이를 잡고 궁전의 커다란 대리석 위를 맨발로 원을 그리듯 조심스럽게 더듬으며 완전히 도취되어 몸을 움직이기 시작했다. 마치 낭떠러지에 서서 떨어지지 않도록 발을 조심조심 내딛는 것 같아 보였다. 그녀는 뿔로 들이받을 준비를 하고 있는 황소처럼 천천히 머리를 숙이더니 갑자기 머리를 위로 들면서 춤을 추기 시작했다.

그녀는 대리석 바닥에서 뛰어올라 소용돌이치듯 돌며 춤을 추었다. 머리카락이 사방으로 휘날렸다. 속도가 점점 빨라지더니 공주가 갑자기 춤을 멈추고 몸을 움직이지 않은 채 마치 튀어나갈 듯한 화살처럼 발끝으로 꼿꼿이 섰다. 또다시 빙글빙글 돌다가, 멈추다가 또 앞으로 돌진하면서 그녀는 격렬한 리듬에 맞춰 신들린 듯 돌고 또 돌았다.

왕은 옥좌에 앉아 눈을 동그랗게 뜨고 춤을 지켜보았다. 그의 대머리는 별빛을 받아 상아처럼 빛났다. 왕이 궁전의 뜰에서 본 것은 자신의 딸이 아니라 한 인간과 격투하고 함께 뛰노는 하나의 빛나는 황소였다. 그 황소는 머리를 숙이고 뿔을 위로 향하고 있었다. 그러다 인간의 모습이 서서히 드러나며 움직이지 않고 화살처럼 꼿꼿하게 섰다. 왕은 넋이 나간 채 공주를 응시하고 있었다. 바싹 마른 잿빛 입술이 감동에 사로잡혀 떨렸다.

「아리아드네! 이제 그만 해라. 그만하면 충분하다!」 마침내 왕이 거칠고 긴장된 목소리로 말했다.

공주는 미소를 머금고 춤을 멈추었다. 그녀의 몸에서 안개 같은 김이 모락모락 솟아올랐다. 기둥 뒤에 있던 노예가 그녀에게 뛰어가 어깨에 외투를 걸쳐 주고 땀이 솟은 그녀의 목과 관자놀이에 장미 향수를 뿌려 주고 그녀의 팔에 감겨 있던 뱀을 받았다.

「오늘 밤 네 춤은 최고야! 이제 아바마마께 네가 원하는 것을 간청해도 좋을 거야.」 파이드라가 그녀를 껴안으며 말했다.

늙은 왕 또한 바닥으로 내려와 딸에게 키스를 했다. 「아리아드네, 오늘 밤 너는 나에게 큰 기쁨을 주었다. 원하는 것이 있으면 무엇이든 말하라.」

아리아드네는 숨을 몰아쉬며 대답을 하지 않았다.

「말하려무나. 원하는 게 있느냐?」

「있사옵니다.」 공주가 공손하게 말했다.

「말하라. 원하는 게 무엇이냐?」

공주는 머뭇거렸다. 「제가 원하는 걸 들어주시겠다고 맹세하시겠나이까?」

「어머니이신 위대한 여신께 맹세하마!」

그러자 공주는 두 팔로 아버지를 사랑스럽게 껴안고 그의 귀에 대고 속삭였다. 「크리노를 풀어 주세요.」

왕은 뜰을 가로질러 두 명의 근위병이 동상처럼 서 있는 계단 쪽을 바라보았다. 「근위병!」 왕이 소리쳤다.

두 명의 근위병이 뛰어와 부동자세로 섰다.

「즉시 가서 구덩이에 갇혀 있는 크리노를 데리고 오너라.」

근위병은 계단으로 내려가 사라졌다.

「고맙습니다, 아바마마.」 아리아드네는 속삭이며 왕을 다시 한 번 껴안았다.

얼마 지나지 않아 근위병이 돌아왔다. 창백하고 여윈 크리노가 다리를 부들부들 떨며 그들 앞에 섰다.

「무릎을 꿇고 너희 주인에게 입을 맞추어라. 공주가 너를 풀어 주었노라.」 왕이 명령했다.

크리노는 무릎을 꿇고 공주의 맨발에 입을 맞추며 가슴에 복받쳐 오르는 감정을 이기지 못하고 울음을 터뜨렸다.

16

 이카로스는 마음이 초조했다. 대축제가 시작되려면 하루밖에 남지 않아 그는 아버지의 작업장에 틀어박혀 있을 수 없어, 밖에 나와 궁전의 정원을 어슬렁거리며 친구 메나스를 찾아보았다.

 크노소스 궁전은 단순한 구조로 지어진 평범한 궁전이 아니었다. 도로와 광장, 사원과 극장이 있는 조그만 도시였다. 그리고 야자수, 마르멜로, 자두나무, 복숭아나무 등 수많은 이국적인 나무, 꽃 그리고 원숭이와 카나리아와 자고새들이 가득 찬 공원을 연상시켰다.

 궁전에는 또한 화가, 조각가, 판화가, 목수를 비롯한 장인들이 일하는 많은 작업장이 있었다. 그중에서도 도자기 작업장은 세계적으로 명성이 자자했다. 꽃, 물고기, 이상하게 생긴 황소, 곡예사들의 모습이 정교하게 새겨진 훌륭한 도자기들은 지중해 전역으로 팔려 나갔다.

 궁전은 또한 직물 작업장, 포도와 기름을 짜는 압착기, 염색 작업장, 금세공 작업장, 구리 공예 작업장 등을 갖추고 있으며 각 작업장은 자체의 인장을 가지고 있었다. 예컨대, 직물 작업장의 인장에는 거미가, 기름 압착 작업장의 인장에는 올리브 잎이 새겨져 있었다.

이카로스는 작업장 이곳저곳을 기웃거리며 둘러보았다. 도공들이 둥근 발판을 돌리며 도자기를 빚고 있는 광경을 보기도 하고 화가들이 꽃이 담긴 화병을 그리는 모습도 지켜보았다. 이카로스는 이리저리 걷다가 궁전의 북동쪽으로 발길을 옮겼다. 그러다 어린 시절 다녔던 학교 앞에서 걸음을 멈추었다. 궁전 안에는 학교도 있었는데, 하나의 커다란 교실 안에 돌로 된 의자가 주변에 놓여 있고 선생님이 앉을 높다란 의자가 하나 있었다.

그는 조그만 학교 문 앞에서 잠시 걸음을 멈추고 안을 들여다보았다. 선생님이 높은 의자에 앉아 있고 그 주변에 학생들이 돌로 된 의자에 앉아 있었다. 선생님은 어린 학생들의 손을 잡고 있었다. 선생님의 의자 앞에 놓여 있는 낮은 교탁 주변에 학생들이 서서 부드러운 찰흙 위에 글씨 쓰는 법을 배우고 있는 모습 또한 보였다. 학생들은 글자를 파내고 있었는데 실수라도 하면 찰흙을 뭉개 반죽해서 다시 시작했다. 그 역시 읽고 쓰는 법을 배우기 위해 매를 얼마나 많이 맞았던가! 선생님한테 매를 맞을 때조차 그의 생각은 항상 다른 곳에 가 있었다. 그의 눈은 항상 창문을 통해 날아다니는 새들과 저 너머의 푸른 들판을 쳐다보곤 했다. 그는 아버지에게 대드는 자신의 모습을 다시 보는 것 같았다. 〈전 읽고 쓰는 것을 배우고 싶지 않아요! 전 건축가가 되고 싶어요……. 전 다리와 배를 만들 거예요……. 문자 따위가 저한테 무슨 필요가 있어요!〉 이카로스는 회상에 잠겨 웃고 있었다. 아버지가 그의 머리에 문자의 중요성을 심어 주려고 얼마나 많은 노력을 기울였던가! 「글자를 모르는 인간은 멍청이에 불과해.」 아버지가 이카로스에게 말했다. 어느 날 그의 아버지가 그에게 나무토막을 보여 주며 말했다. 「보아라, 이 볼품없는 나무토막이 마음에 드니?」 이카로스는 그것을 물끄러미 바라보며 머리를 갸웃거렸다. 아버지가 말했다.「잠깐 기다려. 보면 알 거야.」그는 손도끼, 톱, 대패, 끌과 같은 연장을 집어 들고 나무토막을 깎고 다듬기 시작했다. 얼마 있지 않아 그 형편없는 나무토막은 알아볼 수 없을 정도로 변했다. 허리띠를 졸라매고 곱슬곱슬한 머리카락을 하고 있는 아름다운 조그만 소년이 손에 백합을 들고 있는 모습으로 바뀌었다.「이제 내 말 알아듣겠느냐? 인간의 영혼도 이와 마찬가지다⋯⋯. 다듬지 않으면 이 나무토막과 같은 것이 되지. 그러나 다듬어 놓으니 어떤 모습이 되었는지 보거라!」그의 아버지가 말했다.

이카로스는 빙그레 웃었다. 학생들이 수업 받고 있는 것을 보니 자신의 어린 시절이 떠올랐던 것이다. 그는 아버지가 그런 말씀을 한 뒤로는 착실하게 학교를 다녔다. 그의 아버지는 〈나무토막〉이 인간이 되기 시작했다고 말씀하셨다.

이카로스가 계속 어린 시절의 회상에 빠져 있는데 갑자기 귀에 익은 소리가 들렸다. 크리노였다.

「크리노! 너구나!」이카로스는 소녀의 손을 잡고 말했다.「괜찮아?」그는 그녀의 즐거운 모습을 보고 환하게 미소 지었다.

어두컴컴한 구덩이에서 모진 시련을 겪은 뒤 풀려난 크리노는 햇살을 다시 보았지만 가슴은 여전히 무거웠다.

「이제 난 괜찮아, 하지만⋯⋯.」그녀는 말을 잇지 못했다.

「알아⋯⋯. 알고 있어⋯⋯.」이카로스가 그녀의 손을 잡으며 말했다.「하지만 하리스에 대해 걱정할 필요 없어. 괜찮을 거야. 바다로 나갔으니 너희 아버지를 꼭 찾을 거야. 모든 게 다 잘될 테니 걱정하지 마.」

소녀는 머리를 옆으로 흔들었다.

「걱정 마, 괜찮을 거야. 어젯밤에 꿈을 꾸었는데 우리 셋 모두 돌고래가 되어 바다의 물살을 가르며 즐겁게 놀았어. 그건 우리 셋이 이곳을 빠져나가리라는 것을 의미해.」

「하리스가 어디 있는지, 그리고 무엇을 하는지 직접 듣기 전까지는 마음을 놓을 수가 없어.」

「어디 갈 거니?」 이카로스가 물었다.

「금세공 작업장에. 서둘러야 해. 공주님께서 팔찌를 수선해 오라고 하셨어. 내일 축제 때 사용하실 거야.」

「함께 가자.」 그들은 금세공 작업장으로 발길을 돌렸다. 도로와 좁은 골목길을 서둘러 지나 금세공 작업장이 있는 공예가 거리에 접어들었다.

금세공 작업장은 자그맣고 비좁았는데 머리 위 조그만 창문에는 굵은 청동 창살이 쳐져 있었다. 창문 아래 세공사가 앉아 있는 구석에서 불꽃이 타올랐다. 그는 널따란 금붙이를 조그만 망치로 때리고 있었다. 세공사의 망치 아래에 있는 금판은 차츰 인간의 모습을 닮아 갔다. 두드릴 때마다 금판은 생명력을 가지는 듯했다……. 코, 입, 눈…… 크리노는 놀라움을 감추지 못하고 서서 그 작업을 지켜보았다. 금세공사가 금을 더 두드려 입을 만들어 조심스럽게 살펴본 후 뭉툭한 바늘을 집어 눈썹을 만들기 위해 금판을 긁어 냈다. 만족한 듯 그는 크리노와 이카로스에게 보여 주었다.

「이건 죽은 사람을 위한 가면이야. 바다 건너 한 왕자가 주문한 거지. 미케네에서 왕이 죽었는데 금으로 가면을 만들어 왕의 얼굴을 덮으려고 한단다. 그들의 관습이지.」

이카로스와 크리노는 좁은 골목길을 서둘러 벗어나 이카로스의 친구 메나스를 찾았다. 도로의 공기는 축제의 기대감으로 충만한 것 같았고 이카로스 또한 흥분에 차 있었다. 황소 신을 찬양하는 신성한 축제를 축하하기 위해 크레테의 속국들에서 온 사절단이 크노소스 궁전에 속속 도착했다. 그들은 왕에게 바칠 선물을 가득 안고 특별히 선발되어 훈련된 황소가 크레테의 유명한 투우사와 한판 겨루는 장면을 보기 위해 크레테에서 온 것이었다.

이카로스는 군중을 헤치고 들어가 친구와 만나기로 약속한 궁전 창고 쪽으로 서둘러 걸어갔다. 친구는 문 입구에서 기다리고 있었다. 살이 찌고 피부가 황갈색이고 긴 머리카락은 곱슬거리며 매부리코인 열세 살 정도 되어 보이는 시골 소년이었다. 이 소년은 크레테 섬의 내륙에 있는 라토라는 마을에 살고 있는데, 아버지와 함께 대축제를 보기 위해 크노소스 궁전에 와 이카로스의 집에 머물고 있었다. 하루 종일 돌아다닌 소년은 궁전의 조각상과 벽화의 화려함에 찬탄을 금치 못하고, 개미처럼 새벽부터 이리저리 돌아다니며 일하는 수많은 노예들을 보고, 궁전의 거대함에 눈이 휘둥그레졌다.

「넌 아직 중요한 것을 보지 못했어.」 그의 뒤를 따라오던 이카로스가 웃으며 말했다.

소년은 몸을 돌렸다. 「난 벌써 놀랐는걸!」 그는 친구를 즐겁게 바라보며 외쳤다. 그는 창고 입구 앞에 놀란 모습으로 서서 사절단이 가져온 엄청난 선물을 궁전의 노예들이 끌고 가는 것을 지켜보았다. 거대한 창고 입구에 서기가 앉아서 점토 판에 선물의 수를 기록하고 있었다. 엄청나게 많은 양과 소, 밀과 기름, 황금잔, 대검과 단도, 수많은 노예······.

서기는 판석 위에 책상다리를 하고 앉아 부드러운 점토 판에 신중히 숫자를 새겼다. 조그마한 수직 작대기(│)는 기본 단위를 나타내고, 짧은 수평 작대기(─)는 십 자리 단위를, 원(○)은 백

단위를, 원에 네 개의 선이 사방으로 쳐져 있으면(◇) 천 단위를 나타낸다. 노예들이 창고 안으로 물건들을 옮기는 동안 서기는 점토판에 모든 선물을 기록했다. 노예들은 창고 바닥에 줄지어 있는 거대한 항아리에 밀을 쏟아 붓고 가축들을 외양간으로 끌고 갔다.

「안으로 들어가 보자! 비밀 상자를 열려고 해.」 이카로스가 말했다. 근위병들이 바닥 아래에 파묻혀 있는 상자를 열려고 했다. 이카로스는 거기에 숨어 있는 엄청난 부를 구경하고 싶었다.

창고 안에서 근위 장교들이 이상하게 생긴 큰 열쇠를 들고 거대한 항아리 앞에 무릎을 꿇고 땅속에 보관되어 있는 돌 상자를 열쇠로 열었다. 일렬로 늘어서 있는 여러 개의 상자 위에는 무거운 석판이 얹혀 있었다. 석판을 들어 올리자 큰 상자 안에는 습기를 막기 위해 또 다른 작은 돌 상자들이 가지런히 배열되어 있었다. 그 상자 안에는 궁전에서 평상시에는 사용하지 않는 값진 보물들이 들어 있었다.

두 소년은 장교 뒤를 살금살금 따라가 엿보았다. 열어 놓은 상자 안에서 진기한 보물들이 빛을 냈다. 거대한 유리 항아리엔 값진 보물, 화려하게 수놓은 천, 황금 술잔, 팔찌, 귀고리, 목걸이, 반지 등이 가득했다. 또한 상아 덩어리와 큼지막한 순금 덩어리도 번쩍거렸다.

「굉장한 금은보화야!」 메나스가 숨을 죽이며 말했다.

이카로스는 초조한 듯 근위병을 쳐다보고 메나스의 옆구리를 쳐 조용히 하라는 신호를 보냈다. 그러나 근위 장교가 이미 그들의 속삭이는 소리를 듣고 달려와 두 소년을 노려보았다.

「썩 나가지 못해!」 그가 위협하듯 명령했다.

꾀가 없는 시골 소년은 놀라 바라보며 입을 다시 열려고 했지만 이카로스가 그의 팔을 붙잡고 속삭였다. 「안 돼! 가자!」 그는 친구의 팔을 잡고 뒷걸음쳐 황급히 창고를 빠져나갔다.

뜰로 나와 그들은 멈추어 섰다. 맑은 날씨였다. 가을 햇살이 따스하게 빛나고 저 멀리 바다는 은빛으로 물결치고 있었다. 순례자 행렬이 거대한 계단을 올라가고 있었다. 라토, 프라이소스, 틸리소스, 고르틴 지방을 비롯한 크레테의 전 지역에서 온 순례자들의 사투리가 왁자지껄하게 들려왔다. 심지어 먼 서쪽 해안가에 위치한 키도네아, 동쪽 끝에 있는 팔리오카스트로와 자크로 지역에서 온 순례자들도 있었다.

「모든 크레테가 이곳에 있군!」 메나스가 수많은 사람들의 울긋불긋한 옷을 바라보며 말했다.

「크레테뿐만이 아니야.」 이카로스가 도시의 화려함을 뽐내듯 보여 주며 말했다. 「이것은 아무것도 아니야! 머나먼 나라에서 온 사람들을 구경시켜 줄게. 이리 와.」 이카로스는 친구의 팔을 당기며 거대한 통로 쪽으로 끌고 갔다. 통로의 벽은 크레테의 생활을 묘사하는 거대한 벽화로 온통 덮여 있었다. 줄잡아 5백 점은 되어 보였다. 잘생긴 젊은이들이 크레테의 여신에게 바칠 꿀과 젖이 가득 담긴 원뿔 모양의 단지를 들고 있는 그림도 있고, 아름다운 여인들이 위대한 여신께 바칠 비둘기, 뱀, 공작새 날개, 신기한 꽃 등의 제물을 나르고 있는 그림도 있었다. 긴 통로 양쪽에 있는 두 개의 벽화는 이카로스의 아버지 다이달로스가 그려 놓은 것이었다. 메나스는 가까이 다가가 바라보았다. 첫 번째 벽화는 날개 달린 물고기들이 물결 위를 뛰어오르며 놀고 있는 끝없는 바다 그림이었다. 「제비 같아.」 날개 달린 물고기를 쳐다보며 시골 소년이 중얼거렸다. 「저런 물고기가 진짜로 있어?」

「물론.」 이카로스가 시골에서 온 소년에게 위엄이라도 부리듯 말했다. 「저것들을 나는 물고기라 부르지. 내륙 지방에 살고 있는 너는 잘 모를 거야.」

「진짜로 날 수 있어?」

「물론이지.」

이카로스는 아버지가 그린 다른 벽화 쪽으로 갔다. 이 벽화 역시 수많은 이국적인 푸른 새들이 그려져 있었다. 그들을 덮치는 매 한 마리와 놀란 새들이 날개를 퍼덕거리며 짙푸른 바다가 그려진 다른 벽화 쪽을 향해 날아가는 모습이었다.

「봐, 날개를 가졌다는 게 얼마나 좋은 일일까? 그저 날개를 펼쳐 날아가기면 하면 되니까……. 매로부터 멀리.」 이카로스가 말했다. 하리스를 생각하니 가슴이 저며 왔다.

「이리 와, 가봐야 할 곳을 잊고 있었어.」 이카로스가 갑자기 말했다.

그들은 통로를 지나 계단 입구에 도달했다.

「어디로 가는 건데?」 친구가 물었다.

「이 계단 위에 있는 영빈관으로.」

그들은 한 번에 두 계단씩 뛰어올라 기다란 통로에 이르렀다. 벽을 따라 양쪽에 낮은 문들이 줄지어 있었다. 문은 모두 사이프러스로 만들었으며 노란색, 붉은색, 푸른색 등 각기 다른 색깔로 칠해져 있었다. 그리고 그 문 위에는 조그마한 팻말이 걸려 있었다. 이카로스는 문을 따라 걸으며 그 팻말을 유심히 바라보았다.

「뭐라고 쓰여 있지?」 메나스가 물었다.

이카로스는 놀라면서 친구에게 고개를 돌려 말했다. 「읽을 줄 몰라?」

「물론 읽을 줄 알지! 그러나 궁전의 글씨체라서 읽기가 어려워. 우리가 쓰는 글보다 훨씬 복잡한데.」

이카로스는 노란색으로 칠해진 문으로 다가가 팻말 앞에서 고개를 숙였다. 「이곳은 키프로스 사절단이 묵는 곳이야. 왕에게 줄 선물을 가지고 어제 도착했어. 청동 가마솥과 쟁반, 포르피라가 든 여러 개의 포대를 가져왔어.」

「포르피라?」

「조그만 조개야. 삶아서 구멍을 뚫어 아름다운 자주색 염료를 채취하지.」 그는 다른 문으로 갔다. 그 문은 초록색이 칠해져 있었다. 「이집트 사절단.」 그는 팻말에 쓰인 글자를 큰 소리로 읽었다. 「이들은 상아와 코끼리의 이빨, 바나나와 대추야자 열매가 가득 담긴 커다란 바구니를 가져왔군.」

「바나나와 대추야자도 먹는 거야.」 그가 시골 친구의 놀란 얼굴을 쳐다보며 웃었다.

「그리고 이곳은……」 그가 검게 칠해진 문으로 걸어가 팻말을 보며 말했다. 「이곳은……」

바로 그때 검은색 문이 열리더니 두 명의 흑인 거인이 문간에 나타났다. 머리부터 발끝까지 온통 검었다. 그들은 코와 귀에 청동 고리를, 발에는 작은 종을 달고 있었다. 두 소년은 놀라 뒷걸음쳤다. 그러나 두 거인 중 한 명이 손을 내밀어 메나스의 머리를 쓰다듬어 주자 가엾은 메나스는 움찔하여 뒤로 물러나 놀라며 이카로스를 쳐다보았다. 두 명의 거인은 웃었다.

「이들이 뭐라고 말했어?」 메나스가 놀라 물었다. 키가 큰 흑인들은 이상한 말과 손짓으로 뭐라고 했다.

「모르겠는걸, 하지만 우리보고 기다리라고 하는 것 같은데.」 이카로스가 말했다. 두 명의 거인은 갑자기 몸을 돌려 방 안으로 사라졌다가 이카로스가 그들의 말이 무슨 뜻인지 알아차린 순간 문간에 다시 나타났다. 그들은 대추야자를 한 움큼 가져와 두 소년에게 손바닥을 펴 받으라는 시늉을 했다.

「받아, 내가 아까 말한 대추야자야.」이카로스가 속삭였다.

메나스는 대추야자를 받았다. 메나스가 그중 하나를 먹으며 감사의 말을 중얼거리자 두 사람은 즐거워하며 웃었다. 키가 큰 흑인들은 두 소년에게 고개를 끄덕거리고 웃음을 지어 보이며 문을 닫고 방 안으로 성큼성큼 걸어갔다. 그들은 뒤를 돌아보며 두 소년이 계단 아래로 사라질 때까지 즐거운 듯 계속 웃고 있었다.

「꿀맛이야. 아버지께 갖다 드려야겠어. 평생 이런 것을 맛보시지 못했을 거야.」메나스가 대추야자를 한 개 더 깨물면서 중얼거렸다.

「여기 내 것도 가져가.」이카로스가 말했다.

「넌 어떻게 하고?」

「아, 난 전에 먹어 보았어. 궁전에 사는 우리는 이런 것을 먹어 볼 기회가 많지.」

메나스는 피곤해지기 시작했다.

「이리 와, 저리로 가 우물가에 앉아 쉬자.」이카로스가 말했다.

햇살을 받으며 그들은 우물이 있는 남쪽 입구로 향했다. 거기엔 그늘도 있고, 항구에서 궁전의 남쪽 문으로 들어오는 수십 명의 순례자들이 샘 앞에 멈추어 잠시 쉬는 모습도 볼 수 있었다. 항구에서 길을 따라 올라온 순례자들은 샘 앞에 멈춰 다리의 먼지를 씻어 낸 뒤 궁전을 향해 나 있는 거대한 대리석 계단을 올랐다. 또 계단을 오른 뒤 돌로 된 기다란 의자에 앉아 쉬며 붉은 발의 공작새들이 그려진 화려한 벽화를 쳐다보며 감탄했다.

17

대축제의 날이 밝았다. 파수병들이 망루에 서서 인간이 황소와 겨루는 순간이 다가왔음을 알리는 소라고둥을 불었다.

궁전 귀부인들의 처소는 부산했다. 노예들은 주인의 몸을 치장하느라 바삐 움직였다. 궁전은 귀족들과 귀부인들이 목욕하고 옷 입고 머리 손질하느라 분주한 모습이었다. 그들은 모두 이 위대한 축제를 위해 가장 화려한 옷을 입고 값진 보석을 몸에 달았다.

궁전 아래 아버지의 작업장에서 이카로스는 새벽을 알리는 소라고둥 소리가 울리기 전부터 깨어 있었다. 첫 소라고둥 소리를 듣고 그는 작은 방에서 벌떡 일어나 옆에서 자고 있는 친구 메나스를 흔들어 깨웠다.

맞은편 침대에 누워 있던 다이달로스 또한 잠이 깼다. 그는 두 소년이 자기를 깨우지 않기 위해 조심조심 움직이는 것을 보았다. 그는 눈을 감은 채 누워, 아이들이 세수하고 옷을 입고 발꿈치를 들고 살금살금 밖으로 나가는 소리를 들었다. 그는 자신의 일을 생각하며 깊은 명상에 빠져 있었다. 날 수 있도록 인간의 두 어깨에 날개를 붙이는 이번 일은 대단히 어려운, 거의 초인간적인 작업이었다. 방법을 찾아내기 위해 그는 연구하고 실험하는 등 밤낮으로 그 일만 생각하고 있었다. 분명히 그가 확신하는 한 가지 방법이 있었다. 〈결국 인간의 정신은 신으로부터 나오는 것이다. 인간 또한 마음속에 신을 간직하고 있다……. 사랑과 인내로 방법을 찾을 수 있을 것이다.〉

다이달로스는 눈을 떴다. 아침 햇살이 창문을 뚫고 들어와 벽을 비추어 벽에 걸어 놓은 연장이 반짝거렸다. 이어서 햇살은 한쪽 구석에 조각하다 만 나무를 비추더니 금세 벽을 타고 위로 올라가 이카로스의 침대 위벽에 걸려 있는, 한 가냘픈 소년이 백합 한 송이를 들고 있는 조그만 조각상을 비추었다. 늙은 다이달로스는 미소를 지었다. 〈이 작은 조각상 덕분에 난 이카로스에게 글을 익히도록 설득할 수 있었지. 이제…… 내가 죽기 전에 날개를 다 끝내야 하는데…… 내 아들을 노예에서 해방시켜 주어야 하는데…….〉 그는 한숨을 쉬었다. 〈나에겐 너무 늦었어……. 난 늙었어……. 난 삶을 다 살았어. 그러나 아들만은…….〉

그는 일어나 앉았다. 〈아니야! 내 가슴은 아직 따뜻해…… 내 정신은 강하고 활기차…… 내 손은 확실히 녹슬지 않았어!〉 「일을 시작하자!」 그는 중얼거리며 침대에서 벌떡 일어섰다.

그는 세수를 급하게 하고 옷을 입은 뒤 벽에 걸려 있는 연장을 내려 일하기 시작했다. 그는 창문 밖의 세계에는 아랑곳하지 않고 오직 일에만 몰두했다. 그때 그림자 하나가 창문을 가렸다. 다이달로스는 고개를 치켜들었다.

「오늘도 일하고 있는가?」 한 친구가 손짓을 하며 말했다.

다이달로스는 한 늙은 사람이 창문에 얼굴을 붙이고 부드럽게 인사하는 소리를 들었다. 〈난 휴일에도 시간이 없다네, 늙은 친구.〉 그는 속으로 말하고 다시 작업대 위에 몸을 구부려 일을 계속했다.

그 친구는 조그만 창살에서 얼굴을 떼고는 가던 길을 갔다. 〈저 사람을 방해해선 안 되겠군……. 이번엔 또 저 비상한 머리에서 무엇을 생각하고 있는지 모르겠어!〉

다이달로스의 작업장 바깥은 점점 더 소란스러워졌다. 고함 소리, 웃음소리, 다투는 소리가 여러 방에서 울려 퍼졌다. 노예들은 바삐 계단을 오르내리고 문을 열고 닫으며 장교들이 고함치는 명령을 수행했다. 부엌에서는 화덕에 불을 지피고 요리 준비를 했다. 강가에서는 양과 소를 잡고 있어 동물들의 낮은 울음소리가 들려왔다.

목초지에서는 깨끗하게 목욕시킨 황소들이 햇빛을 받아 미끈하게 번쩍거리며 준비가 다 된 듯 서 있었다. 목동들과 금세공사들은 며칠 전부터 황소의 몸을 씻기고 뿔에 금칠을 하고 발목에는 진홍빛 염료를 발랐다.

사람들은 언덕을 따라 만들어 놓은 돌의자에 앉아 있었다. 그들의 맞은편 원형 극장에는 왕과 귀족들, 귀부인들이 외국 사절단과 함께 앉을 조그만 돌 의자들이 놓여 있었다. 한가운데에 훈련된 투우사들이 황소들과 싸움을 벌일, 커다란 산울타리로 둘러싸인 공간이 있었다. 그 중간엔 꼭대기에 청동 양날 도끼를 걸어 놓은 좁은 기둥이 하나 세워져 있었다.

이카로스와 메나스는 새벽부터 언덕 위 돌계단에 자리를 잡고 앉아 있었다.

「황소가 우리를 완전히 지배해 버릴 거야. 겁먹지 마.」 이카로스가 웃으며 말했다.

「뭐가 무서운데?」 메나스가 겁을 내며 말했다.

「우리에게 미친 듯 달려들지 모르거든.」 바로 그때 군중이 술렁거리고 외침 소리가 들려오더니 사람들이 앞 다투어 일어서기 시작했다.

「저길 봐!」 이카로스가 방금 열린 궁전의 문을 가리키며 말했다. 근위병들의 모습이 먼저 나타났다. 「봐, 이런 장면은 두 번 다시 보지 못할 거야.」

정말로 장엄한 광경이었다. 궁전의 커다란 문이 활짝 열리고 붉은 창과 이상하게 생긴 청동 방패를 쥔 근위병들이 햇빛을 받으며 나타나 귀족들이 앉아 있는 원형 경기장에 이르는 길 양쪽에 쭉 도열해 섰다.

그런 뒤 궁전의 장군, 사제, 근위 장교들이 팔찌, 귀고리 등 값비싼 보석을 주렁주렁 달고 모습을 나타냈다.

그 뒤를 이어 궁전의 귀부인들이 금실로 수놓은 화려한 옷을 입고 공작처럼 한껏 멋을 부리며 걸어 나왔다. 그들이 찬 팔찌와 귀고리에서 나는 딸랑거리는 소리가 신선한 아침 공기를 갈랐다.

소라고둥의 나팔 소리가 요란하게 울려 퍼졌다. 귀족들과 귀부인들은 걸음을 멈추었다. 일어선 모든 군중의 눈은 왕이 눈부신 황금으로 치장하고 나타난 궁전의 커다란 문에 집중되었다. 왕은 움직이지 않고 문에 서 있었다. 왕은 일곱 개의 큰 깃털이 둘레에 꽂혀 있는 황금 왕관을 쓰고 있었는데 깃털이 화려한 무지갯빛을 띠면서 흔들거렸다. 그리고 값비싼 보석으로 번쩍거리는 허리띠를 두르고, 붉은 샌들을 신고 있었다. 왕의 양옆으로 파이드라가 오른쪽에, 아리아드네가 왼쪽에 서 있었다. 두 공주는 모두 여사제의 복장을 하고 있었다. 다양한 색상의 기다란 치마를 몸에 꼭 끼게 입고, 머리에는 황금 조각으로 장식된 고깔 모양의 모자를 쓰고, 맨발에 가슴 또한 드러냈으며 팔에는 뱀이 감겨 있었다.

늙은 왕은 마치 백성들에게 축복을 주기라도 하듯 두 손을 치켜들고 백합으로 장식된 샌들을 앞으로 한 걸음 옮겼다. 왕이 낮은 문턱을 넘어서자 즉시 화려한 행렬이 출발하기 시작했다.

일행이 원형 극장에 도착하자 왕은 옥좌에 앉고 두 딸은 왕의 옥좌 양쪽으로 좀 더 낮은 곳에 각자 자리를 잡았다. 왕과 공주들이 앉자 귀족들과 귀부인들 또한 자리를 잡고 앉았다.

소라고둥 소리가 멈추었다. 이제 산 위에 솟아 있는 태양에서 빛이 쏟아져 내려 벌겋게 달아오른 사람들의 얼굴을 더욱 밝게 했으며 귀족들의 화려한 의상에 붙어 있는 황금 장식물을 눈부시게 했다. 갑자기 조용해졌다. 귀족석에서 귀부인들의 화려한 치맛자락이 스치는 소리만 희미하게 들릴 뿐이었다.

두 사제가 나타나 탈곡장을 가로질러 양날 도끼가 걸려 있는 중앙의 기둥 쪽으로 걸어갔다. 사제들은 기둥 아랫부분에 있는 조그만 제단 앞에 멈추어 기도하는 것처럼 몇 마디 중얼거리고 두 개의 돌로 만든 뿔 사이에서 타고 있는 불꽃 속으로 향 두 움큼을 던졌다. 그러자 순간적으로 연기가 하늘 높이 치솟더니 사방이 온통 향기로 가득해졌다.

왕이 손짓을 하자 두 공주는 자리에서 일어나 계단을 내려갔다. 엄숙하게 눈을 내리깔고 발걸음을 위엄 있게 한 발 한 발 아래로 내디뎠다. 그들은 탈곡장 중앙으로 걸어 들어가 멈추어 섰다.

「이제 공주님들이 춤을 추실 거야.」 이카로스가 속삭였다.

옥좌에 앉아 있던 왕은 목을 앞으로 쑥 내밀었다.

두 자매는 움직이지 않고 서 있었다. 파이드라 공주는 키가 크고 위엄이 있어 보였으며, 아리아드네 공주는 아침 햇살을 받아 더 창백해 보였다. 파이드라가 먼저 빠르고 절도 있는 몸놀림으로 춤을 추기 시작했다. 뱀을 머리에 올리고 발로 땅을 차면서 아리아드네에게로 다가가 마치 도전이라도 하듯 그녀를 가볍게 건드렸다. 그런 뒤 재빨리 뒤로 물러나면서 공중으로 뛰어올라 가볍게 원을 그렸다.

아리아드네는 엄숙하고 조용히 그 장면을 지켜보며 말없이 서 있었다. 파이드라는 다시 맨발로 땅을 차면서 그녀에게로 돌진했다. 그녀는 다시 아리아드네를 툭 건드렸다. 이번에는 강한 외침 소리를 유도하기 위해 가볍게 주먹을 날리는 시늉을 하다가 갑자기 멈추었다.

아리아드네의 어깨에서 긴 금발의 머리카락이 가볍게 흔들거리고 팔에 감겨 있던 뱀들이 대가리를 치켜세우고 쉭쉭 소리를 냈다. 아리아드네는 몰래 잠입해 들어가듯 은밀하게 몸을 움직이기 시작했다. 갑자기 경고도 없이 그녀는 파이드라에게 뛰어올랐다. 파이드라는 날아갈 듯 경쾌하게 뒤로 성큼성큼 세 걸음 물러나 아리아드네 주위를 돌며 춤을 추었다. 아리아드네 또한 파이드라 옆에서 빠르게 움직이며 원무를 추기 시작했다.

군중은 숨을 죽였다. 두 공주의 팔에 감겨 작은 대가리를 똑바로 들고 이리저리 움직이는 뱀의 쉭쉭거리는 소리만 들릴 뿐이었다.

메나스는 황홀감에 빠져 뭔가 중얼거리며 그 광경을 지켜보고 있었다.

「공주들이 무엇을 하는지 알겠어?」 이카로스가 속삭였다.

두 자매는 이제 함께 모여 있었다. 그들은 손을 잡고 하나가 되어 즐겁게 서로 머리를 부딪치며 춤을 추고 있었다.

「파이드라 공주는 황소 역을, 아리아드네 공주는 인간 역할을 하고 있는 거야. 춤을 시작할 때는 적이었는데, 이제는 화해를 해 친구처럼 춤을 추고 있어.」 이카로스가 외쳤다.

소라고둥 소리가 울리자 두 자매는 춤을 멈추었다. 공주들이 왕에게 몸을 돌려 존경심의 표시로 허리를 굽혀 절을 하자 노예들이 뛰어나가 땀이 흐르는 공주들의 몸에 장미 향수를 뿌려 주고 그들을 자리로 다시 데려갔다.

휘둥그레진 눈으로 공주들을 계속 응시하고 있던 메나스는 머리를 흔들었다. 그는 지금까지 이런 춤을 한 번도 본 적이 없었다. 그가 막 말을 하려고 할 때 두 명의 흑인이 갑자기 원형 극장의 단위에 나타났다. 그들이 커다란 소라고둥을 불자 원형 극장 전체에 소리가 울려 퍼졌다. 그러자 즉시 우레와 같은 발굽 소리가 들려왔다. 수많은 야생 동물들이 돌진해 오고 있는 것 같았다.

「황소들이 오고 있어!」 이카로스가 흥분해서 외쳤다. 그는 탈곡장의 문이 열리고 일곱 마리의 황소가 돌진해 들어오자 거의 말문이 막혀 버렸다. 세 마리는 검은색이고 또 세 마리는 적갈색이고 가장 큰 나머지 한 마리는 몸이 온통 하얀색이었다. 이놈들은 문에서 돌진해 들어와 원형 경기장 주위를 나란히 달리기 시작했다. 뿔은 금빛으로, 발목은 붉은빛으로 칠해져 있는 일곱 마리는 모두 햇빛을 받아 번들거렸다. 그놈들은 마치 싸울 인간들을 찾기라도 하듯 땀으로 뒤범벅되어 원을 돌고 또 돌았다. 흰 황소가 멈추어 섰다. 그놈은 원형 경기장의 중앙에 박혀 있는 커다란 기둥 옆에 서서 목을 길게 빼고 울부짖었다.

그 즉시 일곱 명의 투우사는 탈곡장의 돌 층계참 위로 뛰어올랐다. 네 명은 남자였고 세 명은 여자였다. 이들은 모두 똑같은 옷을 입고 있었다. 가느다란 가죽 허리띠가 붙어 있는 몸에 착 달라붙는 옷이었다.

높은 옥좌에 앉아 있던 왕이 손뼉을 치자 그 신호를 기다리고 있기라도 했듯이 일곱 명의 투우사가 원형 경기장으로 즉시 뛰어들었다.

메나스는 숨을 죽였다.

「겁먹지 마, 두고 보면 알 테니까.」 이카로스가 말했다. 그의 눈은 탈곡장을 가로질러 가볍게 뛰어오는 민첩한 소녀에 집중되어 있었다. 몸매가 가냘프고 금발에다 열여섯 살가량 되어 보이는 소녀가 당당하게 경기장 안으로 들어왔다. 순간 이카로스의 얼굴은 잿빛으로 변했다. 크리노! 그녀에게 집중된 그의 눈은 공포로 가득 찼다. 그녀는 이것에 대해 한마디 말도 하지 않았던 것이다.

어린 시절부터 크리노가 줄곧 바랐던 것은 언젠가 황소와 한판 겨뤄 보는 것이었다. 그녀는 훌륭한 투우사가 되기 위해 오랫동안 열심히 연마해 왔다. 작년에도 출전하려고 했지만 하리스와 이카로스가 반대하는 바람에 소망을 이루지 못했다. 이제 하리스도 없고 해서 크리노는 자유롭게 투우 시합에 나섰던 것이다. 그리고 아리아드네 공주도 그녀에게 용기를 주어 공주의 축복 속에 참가하게 되었다. 오늘 새벽에 공주는 그녀를 따로 불러 격려해 주었다. 「조심해. 난 네가 흰 황소를 선택하리라 믿고 있어. 그 황소는 내 것이며 난 그놈을 많이 신뢰해.」

그녀는 두 팔을 앞으로 쭉 뻗으며 경기장 안으로 날렵하게 뛰어가더니 곧장 공주가 숭배하는 황소 쪽으로 갔다. 그녀가 다가오는 것을 보자 황소는 씩씩거리며 앞발로 땅을 파면서 으르렁거렸다. 그녀가 더 가까이 다가가 뿔을 거머쥐자 그놈은 머리를 아래로 숙이고 그녀를 떠받으려고 돌진했다.

이카로스는 숨을 죽였다. 이 장면이 투우에서 가장 위험하고 힘든 순간이다⋯⋯. 그녀는 순간적으로 그놈의 뿔을 거머쥐고 버티고 있었다⋯⋯. 게다가 투우장에 들어간 것도 처음이었다⋯⋯. 〈침착성을 유지할 수 있을까?〉 이런 생각이 그의 머리에 번개처럼 스쳐 지나가고 있을 때 크리노는 황소의 뿔을 잡고 두 발끝으로 땅을 디디며 균형을 잡았다. 분노한 황소가 머리를 치켜들어 흔들기 시작해 상체에서 무서운 힘이 솟구쳤다. 크리노는 황소의 등에 깃털처럼 사뿐히 올라탔다. 그 순간에도 그녀는 온 힘을 다해 뿔을 잡으며 공중으로 뒤꿈치를 두 번 휘저었다. 그런 뒤 또다시 순간적인 힘을 발휘해 황소의 등에서 공중제비를 해 그녀를 잡기 위해 황소 뒤에서 기다리고 있던 한 남자의 팔에 안겼다.

이카로스는 숨을 쉴 수가 없었다. 〈굉장해, 크리노…… 브라보!〉

원형 극장 위 관람석에 앉아 있던 아리아드네는 자리에서 일어나 자신이 총애하는 몸종에게 타조 깃털로 만든 부채를 흔들었다.

다른 투우사들도 황소들과 싸움을 계속했다. 뿔을 거머쥐거나 등에 올라타 뛰어내리기도 하고 방향을 바꾸기도 하며 동작을 계속 반복했다. 군중은 환호성을 지르며 박수갈채를 보냈고, 부인들은 멋있는 동작으로 황소들과 겨루고 있는 투우사들에게 부채를 펴 열렬하게 흔들었다. 투우는 계속되어 황소의 몸에서 땀이 쏟아져 내리고 투우사들은 숨을 헐떡이고 있었다.

정오가 가까워 오자 마침내 왕은 팔을 들어 올려 나팔수들에게 신호를 보냈다. 소라고둥 소리가 울려 퍼지자 일곱 투우사는 결투를 멈췄다. 원형 경기장의 문이 열리고 목동들이 들어와 성난 황소들에게 조심스럽게 다가갔다. 그들은 목덜미를 부드럽게 어루만지며 황소들을 데리고 나가 물과 풀을 먹이고 휴식을 취하게 했다.

군중 또한 흩어져 들판으로 가 몸을 땅에 쭉 뻗고 앉았다. 궁전의 노예들이 그들에게 빵, 음식, 포도주를 날라다 주었다. 이날 왕은 백성들에게 음식을 나눠 주도록 되어 있었다.

두 공주와 함께 음식을 먹던 왕이 아리아드네에게 고개를 돌렸다. 그는 공주의 흰 황소와 겨루었던 소녀에 대해 궁금했다.

「크리노였습니다.」 아리아드네는 미소를 지었다. 그녀의 얼굴엔 자랑스러움이 가득했다. 「아바마마가 풀어 주신 저의 노예 크리노입니다.」

왕은 수염 없는 턱을 꾹 다물었다. 왕은 그 소녀의 아버지를 머리에 떠올렸다. 왕은 이방인과 함께 도망친 대장장이를 잡아오라고 아테나이로 보낸 선박으로부터는 지금까지 아무런 소식도 받지 못했다.

「그 애가 크리노였느냐?」

「네, 아바마마. 황소와 결투를 멋지게 하지 않았습니까?」

「그래, 잘했다.」 그러나 왕은 그녀를 벌줄 방법을 생각하고 있었다. 그녀는 죄가 없지만 왕은 배신한 대장장이를 괴롭히기 위해 그녀를 벌줄 것이다. 왕은 옥좌 뒤에 서서 황금 포도주잔을 들고 있는 노예에게 고개를 돌렸다. 「잔에 술을 채워라!」 왕이 명령했다.

노예는 황금 잔에 술을 가득 따라 왕의 손 앞으로 가져갔다. 왕은 잔을 받아 높이 들고 말했다. 「너희 건강을 위해, 아리아드네! 너희 건강을 위해, 파이드라! 그리고 위대한 여신께서 나의 계획을 성취할 수 있도록 은총을 내려 주시길 빌면서!」 왕은 주변을 둘러보고 나팔을 불 준비를 하며 서 있는 두 흑인 중 한 명을 불렀다. 「이리 오너라.」 흑인이 다가와 무릎을 꿇자 왕은 그의 귀에 대고 뭔가 비밀스러운 말을 속삭였다. 즉시 그 흑인은 어디론가 떠났다.

해는 이제 서산으로 기울고 있었다. 곧 축제의 두 번째 마당이 열릴 예정이었다. 두 번째 마당에서 왕은 오전의 결투에서 가장 용감하게 싸운 일곱 명의 투우사 중 한 명을 골라 혼자서 가장 사나운 황소와 싸우게 했다. 왕은 이들을 유심히 바라보다가 교활한 작은 눈으로 한 명을 쳐다보았다. 갑자기 그는 손을 들어 크리노를 지목했다. 「너!」 그가 명령했다.

크리노가 무릎을 꿇고 왕의 다리에 입맞춤을 하자 왕은 그녀의 머리에 승리의 관을 씌워 주었다. 「가서 흰 황소와 겨루어라!」 왕은 조롱 섞인 목소리로 말했다.

크리노는 기뻐 얼굴을 붉히며 일어서서 원형 극장 계단 아래로 뛰어갔다. 환호성과 고함 소리가 그녀 귓가에 들려왔다. 「브라보, 크리노! 브라보!」 궁전의 귀부인들도 환호성을 지르며 부채를 흔들었다. 왕은 그녀가 뛰어가는 뒷모습을 무서운 눈초리로 노려보았다. 〈배신한 대장장이의 딸 같으니, 넌 이제 빠져나가지 못할 것이다!〉

원형 경기장의 문이 활짝 열리고 흰 황소가 뛰어 들어왔다. 그놈은 투우장 중앙에 있는 기둥 가까이 달려오더니 무시무시한 울부짖음을 토해 내며 갑자기 섰다.

이카로스의 몸은 굳어 버렸다. 〈뭔가 잘못됐어!〉 황소는 눈이 벌겋게 충혈되어 있고 꼬리는 하늘을 향해 꼿꼿이 세운 채 미친 듯 뿔로 기둥을 떠받아 무너뜨리려 하고 있었다.

크리노는 원형 경기장 안으로 들어갔다. 그녀는 두 팔을 앞으로 펼치며 황소를 향해 성큼성큼 걸어갔다. 가까이 다가가 뿔을 거머쥐려는 순간 황소가 날뛰기 시작해 그녀는 급히 뒤로 물러났다. 황소는 머리를 숙이고 으르렁거리며 그녀에게로 무섭게 돌진했다. 그러나 크리노는 잽싸게 오른쪽으로 몸을 움직여 뿔을 피했다. 그러자 육중한 황소는 돌진하던 힘을 제어하지 못하고 바닥에 그대로 나뒹굴었다.

군중은 겁에 질려 소리를 질렀다. 이카로스는 벌떡 일어섰다. 메나스는 두 손을 감싸 쥐며 떨고 있었다. 왕은 수염 없는 턱을 어루만지며 속으로 중얼거렸다. 〈검둥이가 황소에게 술을 먹여

놓았으니…… 이제는 빠져나가지 못할 거야.〉

황소는 온통 먼지를 뒤집어쓰고 일어나 주변을 두리번거리다 크리노를 보자 즉시 앞발로 땅을 파더니 씩씩거리며 그녀에게 다시 돌진해 왔다. 크리노 또한 그놈에게 달려가 뿔을 필사적으로 잡으려 했다. 그녀는 뿔을 잡고 있는 힘을 다해 매달리며 황소가 머리를 쳐드는 순간을 이용해 등에 올라탈 준비를 했다. 그러나 황소는 고개를 들지 않고 울부짖으며 좌우로 흔들어 대기만 했다. 뿔에 매달려 있는 크리노는 한 조각 헝겊처럼 이리저리 흔들거렸다.

소스라치게 놀란 아리아드네는 왕에게 고개를 돌렸다. 「아바마마! 황소는 술에 취했습니다. 결투를 멈추라고 명령하십시오!」

그러나 왕은 경기장을 계속 응시하고 있었다. 「조용히! 축제를 방해하지 마라!」

아리아드네는 아버지를 날카롭게 쏘아보았다. 끔찍한 의심이 그녀의 머릿속에 일렁였다. 「아바마마!」 그녀는 다시 말했다.

「조용히!」 왕은 그녀의 말을 가로막으며 명령했다.

한편 황소는 뿔을 잡고 있는 크리노를 이리저리 흔들면서 원형 경기장을 돌며 날뛰고 있었다. 군중은 모두 일어서서 공포에 사로잡혀 그 장면을 주시했다.

아리아드네도 자리에서 일어나 왕에게 더 이상 애원하지 않고 흑인에게 소라고둥을 불라고 손짓했다. 그러나 흑인은 왕을 쳐다보기만 할 뿐 꼼짝하지 않았다.

크리노의 손이 황소의 뿔에서 떨어질 것만 같았다. 그녀는 기진맥진해 뿔을 잡고 있는 손이 점점 미끄러져 내렸다. 이카로스는 공포에 사로잡혀 지켜보고 있었다. 이제 2분…… 3분만 지나면…… 그녀는 떨어질 것이고 황소는 그녀를 갈기갈기 찢어 놓을 것이다. 그는 절망에 차 주변을 쳐다보았다. 군중은 겁에 질려 소리만 지를 뿐 누구 하나 그녀를 구하려 하지 않았다. 이카로스는 사람들을 찬찬히 살펴보다가 순간 그의 뒤쪽에 있는 어떤 사람에게 눈이 고정되었다. 그 남자는 붉은 앞치마를 두르고 있었다. 그의 머리에 어떤 생각이 번개처럼 스쳐 지나갔다. 「아저씨의 앞치마!」 그가 소리쳤다. 그 남자는 놀라며 그를 쳐다보았다. 「아저씨의 앞치마! 아저씨의 앞치마!」 이카로스는 날카롭게 소리치고, 놀란 그 사람에게 뛰어 올라가 그의 앞치마를 벗기기 시작했다. 당황한 남자는 허리띠를 풀어 앞치마를 흥분한 이카로스에게 건네주었다. 그는 앞치마를 냉큼 받아들고 전광석화처럼 울타리를 넘어 경기장 안으로 들어갔다.

군중은 숨을 죽였다. 숨소리를 내는 사람조차 없었다. 모든 눈이 경기장 안에 들어가 황소를 향해 달려가는 이카로스에게 집중되었다.

이카로스는 붉은 앞치마를 흔들며 황소에게 달려갔다. 크리노를 매단 채 날뛰던 황소는 처음엔 무슨 영문인지 모르다가 이카로스가 가까이 다가가자 자기 앞에 붉은 것이 흔들거리는 것을 눈치 챘다. 그러자 그놈은 붉게 충혈된 눈에서 불꽃을 튀기며 머리를 땅으로 숙이더니 크리노를 내팽개치고 붉은 천이 있는 쪽으로 미친 듯 달려들었다.

「이카로스!」 메나스는 원형 경기장 바깥에서 공포에 질려 소리를 질렀다. 눈물이 뺨으로 흘러내렸다.

이카로스는 옆으로 달렸다. 황소 앞에서 붉은 천을 흔들며 성난 황소의 오른쪽 왼쪽으로 요리조리 움직이며 민첩하게 달렸다. 그리고 크리노에게 소리쳤다.

땅바닥에 내동댕이쳐진 크리노가 가볍게 일어났다.

「달려! 울타리를 뛰어넘어!」 이카로스는 황소에게서 눈을 떼지 않고 외쳤다.

그러나 크리노는 움직이지 않았다. 그녀는 이카로스를 뒤쫓는 미쳐 날뛰는 황소를 보며 이카로스를 걱정하고 있었다.

「크리노! 어서 가!」 이카로스가 다시 외쳤다.

그러나 크리노는 한 걸음도 움직이지 않았다. 의리가 있는 크리노는 위험에 빠진 이카로스를 내버려 두고 도망칠 수 없었다.

「크리노!」 이카로스는 마지막으로 미친 듯 외쳤다. 황소가 이카로스를 거의 들이받기 직전이었다. 그는 황소의 뜨거운 입김을 느낄 수 있었다. 그는 붉은 앞치마를 필사적으로 흔들며 황소보다 단 몇 걸음 앞서 있을 뿐이었다. 그러나 황소가 그를 덮치려는 순간, 황소는 이카로스가 흔들고 있는 천을 향해 성을 내며 돌진하다가 그만 땅바닥에 고꾸라지고 말았다. 이카로스는 크리노에게 달려갔다. 군중은 계속 숨을 죽이고 있었다. 이카로스는 두 팔로 크리노를 잽싸게 안고 뛰어가 울타리를 넘어 그녀를 내려놓았다. 그는 숨을 거칠게 몰아쉬며 기진맥진해 있었다.

군중은 환호성을 질렀다.

왕은 화가 머리끝까지 치솟아 자리에서 벌떡 일어났다. 그가 두 흑인에게 손짓을 하자 그들은 소라고둥을 입술에 갖다 대고 경기가 끝났다는 신호를 울렸다.

자리에 돌아와 다시 앉은 이카로스는 이마에 흐르는 땀을 닦았다. 메나스는 그에게 부채질을 해주고 또 그 주변을 서성거리며 침이 마르도록 찬사를 보냈다. 「넌 대단한 영웅이야!」 그는 경외심에 사로잡혀 말했다.

이카로스는 웃으며 그에게 손을 흔들어 보였다. 그는 원형 극장에 있는 크리노를 보고 그녀를 구했다는 즐거운 내색을 할 수 없었다. 그는 들고 있던 붉은 앞치마를 주인에게 돌려주었다.

「네가 간직해라! 네가 오늘 보여 준 그 영웅적인 행동을 기념하기 위해 간직하려무나.」 그 사람이 웃으며 말했다.

조그만 원형 극장에 있던 아리아드네는 그녀의 아버지를 쳐다보았다.

「누군가 황소에게 술을 먹여 취하게 했어요. 누구의 짓이죠? 그자는 벌을 받아야 해요.」 그녀는 날카롭게 말했다.

왕은 분노가 솟구쳐 올랐다. 「관계없는 일에는 간섭하지 마.」 왕이 소리를 질렀다.

아리아드네는 자리에서 일어나며 말했다. 「피곤하옵니다. 궁전으로 돌아가겠사옵니다.」 그리고 왼쪽에 앉아 있는 크리노를 불렀다.

궁전 입구에서 그녀는 크리노에게 몸을 돌렸다. 「그들이 너를 죽이려 했어, 나의 귀여운 크리노. 그들이 너를 죽이려 했단 말이야! 그러나 난 그자들을 내버려 두지 않을 거야.」 공주는 크리노의 손을 잡으며 속삭였다.

이카로스는 또한 원형 극장을 가로질러 걸어갔다. 그는 붉은 앞치마를 개면서 친구에게 말했다. 「가자, 시합은 끝났어.」

왕도 일어섰다. 왕이 위대한 여신에게 황소를 제물로 바치면 군중도 흩어질 것이다.

궁전으로 돌아오는 길에 왕은 장교 옆으로 가서 물었다. 「그 소년은 누구였느냐?」

「늙은 다이달로스의 아들이옵니다, 전하.」

왕은 더 이상 아무 말도 하지 않고 입을 굳게 다물며 그를 벌줘야겠다고 생각했다.

18

 1주일, 2주일, 시간은 흘러갔다. 비는 축복을 내리는 듯 대지를 적셨다. 하늘에는 구름이 끼어 잔뜩 흐려 있고 차가운 바람이 불어왔다.

 아리아드네는 방의 커다란 청동화로에 불을 지피고 기다란 의자에 머리를 풀고 앉아 붉게 타오르는 석탄을 멍하니 바라보았다. 그녀의 마음은 바다 건너 저 멀리 가 있었다.

 크리노는 그녀 발밑에 앉아 주인이 봄에 입을 푸른 치마에 흰 백합을 수놓고 있었다. 그녀의 마음 또한 바다 건너 멀리 가 있었다. 하리스에게서 아직 편지가 오지 않아 마음이 초조했다. 그에게 무슨 일이라도 일어난 것이 아닐까?

 공주는 불에서 눈을 떼고 자신이 아끼는 시녀에게 고개를 돌렸다. 「무슨 생각을 하니?」 공주가 다정하게 물었다.

 「동생을 생각하고 있었습니다……. 그리고 아버지도요…….」 그녀가 대답했다.

 「걱정하지 마라. 모두 무사할 거다……. 곧 편지가 오겠지.」

 「너무 오랫동안 소식이 없습니다.」 크리노가 중얼거리며 일을 다시 시작했다.

파이드라의 노랫소리가 옆방에서 들려왔다. 경쾌하고 생기 있는 음색으로 노래를 불러 달콤하고 은은한 소리가 공중에 퍼졌다.

「언니는 기분이 좋은가 봐. 아무 걱정도 없어 보여. 아름답고 활기차고 또 밤에는 근심 없이 잠도 잘 자지.」

「공주님도 기분이 좋으셔야 해요. 공주님은 왕의 따님이시고 아름답고 마음씨도 고우시고…… 부족한 게 아무것도 없습니다.」

「그래.」 아리아드네는 중얼거리더니 아무 말도 하지 않았다. 그러다 얼마 후 그녀가 말했다.

「한 가지 부족한 게 있어.」

「무엇입니까, 공주님?」

「행복.」

돗자리에 앉아 있던 크리노는 주인의 발을 부둥켜안았다. 「공주님이 원하시는 것 중 가지지 못한 게 있습니까?」 그녀가 다정하게 물었다.

「나는 떠나고 싶어! 여행을 하며 자유롭게 숨 쉬고 싶어! 그것…… 그것이 내가 원하는 것이야!」 공주가 눈물을 글썽이며 말했다. 「이 웅장한 궁전은 나를 숨막히게 해!」

다시 침묵이 흘렀다. 노예들이 귀부인들에게 대접할 차를 끓이고 있는 통로에서 샐비어와 박하 향이 풍겨 왔다.

「크리노, 필기도구를 가져와.」 그녀가 한참 후에 말했다.

크리노는 일어나 서랍이 숨겨져 있는 벽으로 다가가 서랍을 열고 상아판, 가느다란 갈대 펜, 붉은 잉크 한 병을 꺼냈다. 「여기 있습니다, 공주님.」 그녀는 이것들을 공주에게 조심스럽게 갖다 바치며 말했다.

아리아드네는 필기도구를 받아 긴 의자 위에 놓았다. 크리노는 다시 그녀 발밑에 앉아 바느질을 하기 시작했다. 이따금씩 그녀는 눈을 들어 공주를 호기심 어린 눈으로 쳐다보았다. 뭔가 공주의 마음을 슬프게 하고 있었다. 공주는 마음이 아플 때마다 크리노에게 필기도구를 가져오게 했다. 그녀는 뭔가를 쓰고 또 쓰고. 그런 다음 지우고 또 다시 쓰기 시작했다. 무엇을 쓰고 있는 걸까?

아리아드네는 몸종에게 신경을 쓰지 않고 기다란 의자에 웅크리고 앉아 바다와 여행, 그리고 붉은 돛을 펼치고 머나먼 곳으로 떠나 다시는 돌아오지 않을 배에 대한 구슬픈 노래를 쓰기 시작했다.

방 안에는 적막감이 감돌았다. 상아판에서 사각거리는 펜 소리와 가끔씩 터져 나오는 한숨만 들릴 뿐이었다. 공주와 몸종은 상대방의 일에 신경 쓰지 않고 각자의 일을 하면서 서로 다른 생각에 빠져 있었다. 그때 문을 두드리는 소리가 방 안의 고요함을 깨뜨렸다.

크리노가 일어나 문으로 급히 갔다. 「누구세요?」 그녀가 묻고는 기다렸다.

「나야!」 귀에 익은 목소리가 들렸다.

「이카로스!」 그녀가 기쁘게 외치며 문을 열었다.

문에서 환하게 웃으며 서 있는 사람은 정말로 이카로스였다.

아리아드네는 고개를 들어 쳐다보았다. 「들어오너라! 들어와! 무슨 일이니?」 그녀는 기다란 의자에서 몸을 일으켜 세웠다.

「하리스에게서 편지가 왔습니다.」 이카로스가 대답했다.

「하리스에게서! 잘 있대? 뭐라고 썼니?」 크리노는 기쁨을 주체할 수 없었다.

「무사해……. 잘 있어!」 이카로스가 웃으며 말했다.

아리아드네는 필기도구를 옆으로 치웠다. 그녀 역시 하리스의 아버지가 아테나이의 멋있는 왕자와 함께 떠났다고 확신했기 때문에, 그것을 증명해 줄 편지를 기다리고 있었다.

「그 편지 어디 있느냐? 그들은 지금 어디 있다고 쓰여 있지?」 공주가 초조하게 물었다.

「아테나이에서 왔습니다.」 이카로스가 방 안으로 들어오며 말했다.

아리아드네의 얼굴이 갑자기 붉게 달아올랐다. 「그 편질 가져오너라. 읽어 봐야겠다.」

크리노는 공주가 읽도록 편지를 창문으로 가져가 펼쳤다. 그녀는 가슴이 쿵쿵 뛰었다. 공주는 편지를 큰 소리로 읽었다.

대장장이 아리스티데스의 아들 하리스가 위대한 기술자이신 다이달로스의 아들 이카로스에게 소식을 전한다. 그리고 크리노 누나에게도 소식을 전해.

먼저, 난 잘 있어. 지금까지의 일을 간략하게 전할게. 우리가 크레테를 떠나 바다로 나갔을 때 난 선장에게 어디로 가는지 물어보았어. 선장은 착한 분이며 나를 좋아했어. 그는 우리가 아테나이로 가고 있다고 말했어. 그래서 아테나이에서 무엇을 할 거냐고 다시 물어보았어. 그분은 그건 임금님의 비밀이어서 대답할 수 없다고 말했어. 나를 괴롭히라는 명령은 받지 않았으니까 나보고 걱정하지 말라고 했어. 우린 그저 아테나이에 가서 며칠 동안 돌아다니면 될 거라고 했어. 난 뱃전에 다리를 뻗고 앉아 곰곰이 생각해 보았어.

항해는 즐거웠어. 바다는 잠잠했고 우리는 수많은 섬을 지나 작은 집들이 있는 아름다운 항구 멜로스에 도착했어. 거기에서 많은 크레테 사람들이 우리를 환영해 주었고 우리는 다시 북쪽으로 항해를 했어.

 사흘째 되는 날 아침 우리는 길게 뻗은 대륙을 보았어. 우리는 오두막집이 몇 채 흩어져 있는 조그만 항구에 들어갔지. 이곳이 우리가 정박할 곳이라고 선장이 말해 주었어. 선장과 나는 육지에 내리고 선원들은 배에 머물러 있었어. 도시는 그곳에서 걸어서 두 시간 정도 가야 했어. 선장은 조그만 상자를 허리띠에 단단히 묶으며 만약 이것을 잃어버리면 자기는 끝장이라고 말했어. 후에 나는 그 상자 안에 무엇이 들었는지 알게 되었어.

 우리는 빠른 속도로 걸었어. 날씨는 제법 쌀쌀하고 비가 와 길이 질퍽질퍽했어. 우리는 포도밭과 올리브 숲과 농부들이 쟁기질하는 들판을 지났어. 나는 그들에게 말을 걸었지만 그들은 우리 말을 알아듣지 못했어.

 마침내 우리는 도시에 도착했어. 내가 얼마나 나의 조국 아테나이에 오고 싶어 했던가! 그러나 이제 이곳에 있으면서도 즐거움을 느끼지 못해. 이곳에 아는 사람이라곤 아무도 없어. 게다가 도시는 너무 가난해. 도시라고 말할 수도 없어. 조그만 마을이 서로 붙어 있는 그런 곳이야. 그리고 궁전은 농부의 커다란 집에 불과해.

 우리는 선장의 친구 집에 갔어. 선장은 이곳이 우리가 머무를 집이며 나 혼자 나가서는 절대 안 된다고 명령했어. 나는 약속을 꼭 지키겠다고 선장에게 말했어. 난 더 이상 아무 말도 하지 않았지만 내 가슴은 터질 것만 같았어. 난 이곳에서도 노예나 다름없다고 생각했어. 선장은 조그만 상자를 들고 집 밖으로 나갔어.

 내가 지금 머물고 있는 집에는 노인 부부가 살고 있어. 노파는 쉴 새 없이 중얼거렸지만, 노인은 그 여자가 뭐라고 말하든 신경 쓰지 않고 불 앞에만 앉아 있었어. 그러다가 그는 내 쪽으로 몸을 돌려 궁정 요리사인 그의 손자가 궁전에서 나와 나를 데려갈 거라고 말했어.

나는 피곤해서 머리를 무릎에 얹고 곧 잠이 들었어. 얼마쯤 잠자고 있는데 노인의 손자가 와서 깨웠어. 스무 살쯤 되어 보였어. 팔은 튼튼해 보였고 검은 구레나룻과 턱수염을 기르고 있었어. 그의 이름은 데모스야. 내가 일어서서 공손히 인사를 하자 그는 웃었어. 그는 나보고 편안히 있으라고 말하고는 궁전에서 가져온 아주 맛있는 돼지고기와 야채를 같이 먹자고 했어. 그들과 함께 먹는 동안 데모스가 선장을 잘 알고 있다는 걸 알 수 있었어. 그는 궁전에 식사를 배달하던 중 놀랍게도 오랜 친구인 틸리소스 선장을 만났다고 말했어. 그리고 그가 허리에 차고 있던 조그만 상자를 열고 크레테 왕이 쓴 편지를 꺼냈다는 거야. 그게 바로 상자에 들어 있던 거였어. 크레테 왕이 아테나이 왕에게 보낸 편지였던 거지. 나에 대한 설명도 들어 있었을 거야! 그런데 무슨 수로 알아낸담? 그 내용을 알 수만 있다면!

난 또 왕의 아들이 파르니타타라는 곳에서 내려와 아테나이 국경을 공격한 악당들을 물리치기 위해 멀리 떠나 있다는 얘기도 들었어.

식사를 마치고 데모스는 궁전으로 돌아가야 했는데, 오늘 밤 크레테로 떠나는 배가 있으니 내가 원한다면 소식을 전할 수 있도록 주선해 주겠다고 말하면서 같이 항구로 가자고 했어. 하지만 난 선장의 명령 때문에 그렇게 할 수 없다고 말하고, 크레테에 있는 누나한테 편지를 쓸 테니 그걸 그 배의 선장한테 주면 좋겠다고 말했어. 그가 자정쯤 돌아오겠다고 말해 난 노부부와 함께 남았어. 노부부는 불 옆에서 곧 잠들었고, 나는 이렇게 편지를 쓰고 있어. 왜 내가 이곳에 왔으며, 얼마나 오랫동안 이곳에 머물지는 확실히 모르지만 내가 잘 있다는 것을 전하기 위해 편지를 쓰는 거야. 너무 걱정하지 마⋯⋯.

아리아드네가 편지를 다 읽자 이카로스는 인사를 하고 떠났다. 공주는 크리노에게 고개를 돌리며 물었다. 「그래, 이제 알겠느냐?」

「네, 알겠습니다, 공주님.」

「왕이 하리스를 아테나이로 보낸 이유를.」

소녀는 당황해 보였다. 「아닙니다, 공주님, 잘 모르겠습니다.」

「넌 참 순진하구나.」 아리아드네는 크리노의 머리를 쓰다듬어 주었다. 「왕의 음모를 이야기해 줄게. 우리 아버지는 매우 꾀가 많으셔. 분명히 아버진 궁전에 들어왔던 그 이방인이 왕자라고 생각하고 계셔. 철로 된 새로운 무기를 만들기 위해 우리 궁전에 잠입해 대장장이를 아테나이로 데려갔다고 믿고 계시지. 그리고 이 편지의 결론으로 보아 아버진 계획을 행동으로 옮긴 거야. 아버지가 꾸미신 일을 이제 알겠어?」

크리노는 머리를 흔들며 여전히 의아해했다.

「간단해. 아버진 하리스를 미끼로 보낸 게 분명해.」

「미끼요?」

「그래, 내가 읽은 것을 듣지 못했어? 그는 혼자 밖에 나가지 못한다고 말했잖니. 무엇 때문에? 우리 아버지는 아테나이가 조그만 도시라 하리스와 선장을 아테나이로 보내 함께 돌아다니도록 한다면 언젠가 왕자가 반드시 그들을 보게 될 것이라고 생각하고 계시는 거지. 그러면 선장은 이 사실을 아버지께 보고할 것이고 아버지는 우리 궁전에 와 하리스의 친구가 되었던 그 이방인이 아테나이의 왕자라는 걸 확신하실 거야.」

「알겠습니다.」 크리노는 중얼거렸다. 확실히 알았다는 듯한 표정이 그녀의 얼굴에 역력했다. 「그렇게 되면 하리스는 아버지를 만날 수 있겠네요!」

「그렇지. 그리고 나의 영리한 아버지는 너희 아버지를 체포하시겠지. 속담에서처럼 한 번에 두 마리의 토끼를 잡는 셈이지.」

「겁이 납니다.」 크리노가 몸을 떨며 말했다.

「겁내지 마. 내가 그들이 함정에 빠지도록 내버려 두지 않을 테니.」

「어떻게 하실 겁니까?」

「내게 계획이 있어.」

19

다음 날 이카로스는 궁전 출입구 바깥에 있는 그가 좋아하는 올리브나무 밑에 앉아 점심을 먹었다. 부드럽고 달콤한 바람이 불어왔다. 비가 많이 온 뒤로 날씨가 온화해졌다. 태양도 청명한 하늘에서 다시 빛났다. 첫겨울에 피는 수선화가 짙은 향기를 내뿜으며 꽃봉오리를 터뜨렸다. 가운데가 샛노란 사각형의 하얀 꽃들이 왕실 정원에 만발했다. 파이드라 공주는 수선화를 무척이나 좋아해 이 꽃을 보기 위해 매일 정원을 산책했다.

이카로스는 몇 송이 꺾어 코에 갖다 대고 향기를 맡았다. 이카로스는 할머니가 들려주었던 수선화에 대한 이야기를 생각했다. 〈나르키소스[1]는 꽃이 아니었고 멋있는 청년이었지. 그는 매우 잘생겨 모든 사람이 그를 좋아했어. 그러나 나르키소스는 너무 자만심이 강해 자신 외에는 누구도 사랑하지 않았단다. 목욕을 하면서, 빗질을 하면서, 향수를 바르면서, 옷을 입으면서 그는 더욱 아름다워졌지. 매일 아침 잠자리에서 일어나자마자 그는 연못으로 달려가 물속에 비친 자기의 얼굴을 바라보며 흐뭇해했어.

---

[1] 그리스 신화에 나오는 미소년으로 수선화를 일컫는다.

그러던 어느 날 물속을 들여다보며 자기 얼굴을 찬양하다가 현기증을 일으켜 물에 빠져 익사하고 말았단다. 사람들이 그를 물에서 끌어내 땅에 묻어 주었어. 그랬더니 그의 무덤가에서 꽃이 피어났지. 그 꽃이 바로 나르키소스란다.〉

이카로스는 수선화의 달콤한 향기를 들이마신 후 벌떡 일어나 앉으며 오래된 신화를 생각했다. 어떤 사람이 두 명의 왕궁 근위병의 호위를 받으며 항구 쪽에서 길을 따라 올라오고 있었다.「그 사람이야!」이카로스는 왕이 하리스의 아버지를 찾으라고 보낸 선장임을 알아차리고 소리쳤다.「그 사람이 오고 있어.」이카로스는 벌떡 일어나 길로 뛰어갔다.

카피소스 선장은 최고의 옷을 입고 있었는데 얼굴에는 즐거운 표정이 가득해 보였다. 이카로스가 그에게로 뛰어가 팔을 흔들며 인사를 했지만 그는 이카로스가 누군지 모른다는 듯 쌀쌀맞게 바라보고는 가던 길을 계속 갔다.

이카로스는 걸음을 갑자기 멈추었다. 〈날 모른 체했어〉. 그는 당황하며 생각했다. 그러나 즉시 그는 그 생각을 거두어들였다. 〈뭔가 잘못된 게 틀림없어〉. 카피소스 선장은 분명히 그를 보았다. 그러나 어떤 이유에서인지 모른 체했다. 〈왜 그랬을까?〉

물론 선장은 이카로스를 잘 알아보았다. 그는 그 소년이 질문을 하리라는 것을 알고 있었다. 그러나 그에게 무슨 말을 할 수 있겠는가? 그가 왕에게 보고할 것과 다른 이야기를 할 수 있을까? 그건 너무 위험한 일이었다. 왕에게 보고하려고 준비해 놓은 것은 거짓말이기 때문에 그에게 말하지 않는 게 상책이었다. 그래서 그는 이카로스를 보고도 모른 체했던 것이다. 그는 위험한 게임을 하고 있었다. 성공할 수 있을까?

왕은 식탁에 앉아 식사를 하고 있었다. 그때 선장과 두 명의 근위병이 궁전에 도착해 옥좌가 있는 계단으로 올라왔다. 네 명의 노예가 식사 시중을 들고 있었다. 첫 번째 노예가 음식을 왕좌의 방으로 날라 오면, 두 번째 노예가 그것을 왕 앞에 놓고, 세 번째 노예가 그 음식에 독이 들었는지 맛을 보며, 네 번째 노예는 왕의 황금 잔에 포도주를 따라 주었다.

카피소스를 호위하던 두 명의 근위병이 왕좌의 방 문을 열고 도착을 알렸다. 「만수무강하시옵소서, 카피소스 선장이 중요한 소식을 가지고 왔습니다.」 그들은 들뜬 목소리로 말했다.

왕은 즉시 식사를 멈추고 노예에게 손 씻을 물을 가져오라고 명령했다. 그는 급히 손을 씻고 입을 헹구었다. 금세 식욕이 사라졌다. 장미향이 나는 물로 손을 씻고는 선장의 소식에 조바심을 내며 고개를 돌려 문에 서 있는 근위병에게 고개를 끄덕거렸다. 「들어오게 해! 그리고 다른 사람들은 물러가라!」

노예들은 서둘러 방에서 나갔고 카피소스 선장은 집무실로 의기양양하게 들어왔다. 「전하, 성은에 감사드리옵니다!」

「어서 오시오! 얼굴을 보니 좋은 소식을 가져왔나 보구려, 카피소스 선장.」 왕이 대답했다.

「더 이상의 좋은 소식은 없을 것입니다, 전하! 전하께서 그토록 사랑하시는 대장장이를 구출할 방법을 찾았사옵니다.」

〈늑대가 염소를 사랑하듯이…… 난 그놈을 내 발톱으로 할퀼 것이다……〉 왕은 간교한 웃음을 띠었다. 「그래, 그렇군, 선장. 그럼 말해 보시오!」 왕이 말했다.

「만수무강하시기를! 전하의 궁전에 침입해 가엾은 대장장이를 데려간 해적에 대해 제가 입수한 정보에 따라, 저는 그자가 키프로스 사람이라는 결론을 얻어 냈습니다. 전하, 키프로스 사람들은 우리가 철기 제작을 못하게 하려고 합니다. 그렇지 않으면 누가 그들이 만든 청동 제품을 사려고 하겠습니까? 그들은 구리 광산에서 나는 것을 빼고는 아무런 자원도 가지고 있지 않습니다. 그리고 우리는 그들의 최고 고객이기도 하고요……」

왕은 카피소스 선장을 날카롭게 쳐다보았다. 왕의 눈빛으로 보아 그는 이런 가능성에 대해 생각하고 있지 않은 것 같았다. 〈물론! 그럴 수 있다! 이 선장의 두뇌는 비상하다……. 그가 한 말은 맞다. 그들이 대장장이를 잡아간 것은 철을 다루는 법을 배우기 위해서가 아니라 다른 사람들이 그것을 배우지 못하도록 하기 위함이다……. 이런 식으로 그들은 그들의 청동 제품을 계속 팔려 하고 있다…….〉

카피소스는 미소를 지었다. 〈지금까진 잘되어 가는군. 미끼가 괜찮았어.〉

「그렇다면, 우리의 가엾은 대장장이는 위험에 처해 있을 것이오. 그를 죽이지 않겠소.」

영리한 선장은 머리를 옆으로 흔들었다. 「이미 그를 죽였을 것입니다.」 그는 눈물을 흘리는 척하면서 말했다.

왕은 초조해졌다. 「눈물을 거두시오. 키프로스에 갔었소? 어서 말해 보시오.」

「전하, 전하께서는 제가 그 지역을 정기적으로 여행하고, 또 키프로스와 그곳의 상인들, 귀족들, 그리고 일반인들을 잘 알고 있다는 것을 아실 것입니다. 키프로스에 많은 친구들이 있어, 저는 전하의 명령을 받자마자 그 아름다운 섬으로 갔습니다. 바람이 알맞게 불어 출발한 지 며칠 만에 그곳에 도착했습니다. 친구들이 저를 환영해 주었고 상인들은 저를 자기네들의 대장간으로 데려가 물건들을 보여 주었습니다. 그러나 저는 조그만 계획을 준비하고 있었습니다. 저는 청동을 보며 웃는 척했습니다. 〈청동으로 무엇을 하겠소? 크레테는 이제 철을 가지고 있소. 우린 철을 가지고 무기를 만들고 있소. 난 내 친구들과 작별 인사를 나누려고 왔을 뿐이오. 난 이곳에서 더 이상 거래를 하지 않을 것이오. 크레테로 철을 실어 나르기 위해 이제 북쪽으로 떠날 것이오〉라고 말했습니다.

제 이야기를 듣고 난 그들의 얼굴이 창백해졌습니다. 그들은 걱정을 하며 흩어졌습니다. 키프로스에서 가장 큰 광산을 소유하고 있는 귀족 한 사람만 남아 있었습니다. 그는 다른 사람들이 다 간 후 조롱 조로 나를 쳐다보며 웃었습니다. 그리고 하는 말이 〈저희 집에 가서 저녁이나 같이합시다. 당신에게 할 이야기가 있습니다〉라는 것이었습니다.

〈기꺼이 그렇게 하지요.〉 그자로부터 들을 만한 이야기가 있을 것 같아 제가 말했습니다.

우리는 그의 집까지 함께 걸어갔습니다. 출입문이 번쩍거리는 청동으로 만들어져 있었습니다. 집 안 정원의 바닥에도 청동이 깔려 있었습니다. 노예들이 매일 집 안을 닦아 집은 황금처럼 빛이 났습니다. 우리는 식사를 하면서 술을 마셨습니다. 식사가 끝날 때쯤 그 사람이 저에게 술잔을 치켜들었습니다. 〈친구, 당신이 철에 대해 했던 말을 듣고 이곳의 가엾은 상인들은 크나큰 충격을 받았소. 그러나 난 두렵지 않소. 난 앞으로 수년 동안 당신네 나라에 계속 청동을 팔 수 있소. 당신 나라의 배들은 계속해서 키프로스에 와 우리의 청동을 사갈 것이오. 당신에게 맹세할 수 있소.〉

저는 미소를 띠었습니다.

〈웃지 마시오. 난 내가 한 말을 알고 있소. 비밀을 한번 들어 보겠소?〉

〈물론이오.〉 제가 말했습니다.

〈당신네들은 철을 가지고 있소. 하지만 대장장이가 없소.〉

〈아니, 있소. 세계에서 가장 훌륭한 기술자를 가지고 있소!〉 제가 말했습니다.

〈그 사람이 누구요?〉 그가 물었습니다.

〈아리스티데스라는 사람이오.〉

그는 웃으며 물었습니다. 〈크레테에서 나온 지 얼마나 되었소?〉

〈수개월 되었소.〉 제가 거짓말을 했습니다.

〈오, 그렇다면 모르겠군요. 당신네 나라는 한때 훌륭한 대장장이를 가지고 있었지만, 지금은 그렇지 않소.〉

〈무엇이라고요? 그가 죽기라도 했습니까?〉 제가 물었습니다.

그는 다시 큰 소리로 웃기 시작했습니다. 〈난 그 사람에게 어떤 일이 일어났는지 잘 모르오. 그러나 이것만은 확실히 알고 있소. 그는 더 이상 크레테에 없소!〉

〈해적에게 납치되었소?〉 제가 물었습니다.

〈잘 모른다고 말하지 않았소. 더 이상 묻지 마시오. 그자가 납치되어 살해되었는지 나로선 모르지만 대장장이가 누구든 간에 똑같은 일이 당신네 나라의 대장장이들한테 계속 일어날 것이오. 그러니 잘 생각해 보시오. 친애하는 카피소스 선장, 내 창고에 있는 청동을 사 가져가시오. 값싸게 팔겠소. 당신도 큰돈을 벌 수 있을 것이오.〉

이상이 그 귀족이 저한테 한 이야기의 전부이옵니다, 전하. 어쩌면 그 사람이 더 많은 사실을 알고 있을지도 모른다는 생각이 들어 제가 온갖 노력을 다 해보았지만, 그로부터 더 이상의 정보는 얻어 내지 못했습니다. 제가 그의 술잔에 술을 계속 채웠지만 헛수고였습니다. 하지만 제가 알아낸 것도 중요한 사실이라 생각되어 전하게 보고하기 위해 이렇게 달려왔습니다.」

왕은 주의 깊게 듣고 있었다. 그 소식은 확실히 중요했지만 왕은 그 이상의 것을 기대하고 있었다.

카피소스는 왕의 눈치를 살폈다. 그는 왕이 실망하고 있음을 눈치 채고 실망감을 달래기 위해 재빨리 이야기를 다시 시작했다. 「전하, 제가 알아낸 사실은 대단히 중요한 것입니다. 대장장이는 비밀을 누설하기 위해 떠난 게 아니었습니다. 그는 적에 의해 잡혀간 것이며 그를 잡아간 사람이 누구든지 간에 분명코 그가 철을 다루거나 다른 사람들에게 그것을 가르치도록 내버려 두지 않을 것입니다.」 영리한 선장이 한숨을 쉬었다. 「하지만, 전하, 그는 지금 위험에 처해 있습니다. 전하가 아끼는 대장장이는 살해당할 위험에 처해 있습니다.」

왕은 한참 동안 생각에 잠겼다. 그는 생각하고 또 생각했다. 〈어떻게 해야 한단 말인가? 키프로스와 전쟁을 벌인다? 그럴 생각은 없어. 다른 대장장이를 찾아내고 경계를 더욱 철저히 하는 게 좋을 것이야. 걱정할 만한 수준은 아니니 다행이야……. 적은 철로 된 무기를 만들기 위해 대장장이를 납치해 간 것이 아니니까…….〉

「좋아. 고맙소. 카피소스 선장. 당신은 내 명령을 어느 정도 완수했소. 물론 내가 아끼는 대장장이를 데려왔더라면 더 좋았겠지만, 그대가 가져온 소식은 지금으로선 충분하오. 이제 물러가시오. 그리고 그대가 한 말이 모두 사실이라고 확인되면 내 그대의 노고에 후한 상을 내리겠소.」

이카로스는 문밖에서 그를 기다렸다. 그는 무엇이 어찌 되었는지 물어볼 작정이었다. 선장이 나타나자 소년은 그에게 다가가 말했다. 「잘 오셨습니다, 카피소스 선장님. 전 하리스의 친구 이카로스라 합니다.」

「여기선 안 돼! 네가 앉아 있던 올리브나무 밑에 가서 기다려. 내 곧 가마.」 카피소스가 황급히 말했다.

조금 후에 선장이 올리브나무를 지나 항구 쪽으로 걸어갔다. 그는 나무 그늘에 앉아 있는 이카로스를 보고 고개를 끄덕거리며 따라오라는 신호를 했다.

카피소스 선장이 어떤 중요한 비밀을 털어놓을 것임을 확신한 이카로스는 그가 어느 정도 앞서간 뒤에 거리를 유지하며 뒤따라갔다.

항구에 도착하자 선장은 그의 배 옆으로 다가가 잽싸게 배 위로 올라갔다. 그가 뱃머리에 앉자, 얼마 안 있어 이카로스가 나타나 배 곁으로 가 주변을 두리번거리더니 역시 잽싸게 배 위로 뛰어올랐다.

뱃전에 앉아 선장은 두 팔을 뻗어 이카로스를 따뜻하게 맞이했다. 「하리스는 어디 있지? 왜 함께 오지 않았지?」 그가 놀라 물었다.

「지금 크레테에 없어요.」 이카로스가 대답을 한 뒤 즉시 그동안 있었던 일을 자세히 설명했다. 왕이 하리스를 보냈고, 아테나이에서 편지가 왔으며, 공주가 그 편지를 읽은 사실까지…….

선장은 소년의 설명을 귀담아듣고 기분이 좋은 듯 두 손을 비볐다. 〈내가 왕을 잘 조종했군……. 이제 왕은 모든 배를 키프로스로 보낼 테지.〉 그는 비밀을 말하고 싶은 충동을 누르며 마음속으로 웃음을 지었다.

이카로스가 이야기를 다 마치자 선장은 선실로 들어가 상자를 열고 수가 아름답게 놓여 있는 거미줄처럼 가늘게 짜여진 면사포를 꺼냈다. 그것을 이카로스에게 주면서 말했다. 「키프로스에서 작은 선물을 가져왔다. 크리노에게 전해 주거라. 그리고 이것을 쓰고 나를 기억해 주길 바란다고 전해 주어라.」 그는 이카로스의 손을 잡으며 말했다. 「이제 가거라. 들키지 말고 조심해서 가. 그리고 내 말 잘 들어, 모든 게 잘 될 거야! 알아듣겠니? 크리노에게 말해, 모든 게 잘 될 거라고!」

20

 카피소스 선장은 배 안에서 마음 편히 잠을 잤다. 그러나 인간의 마음이 한 가지를 도모하면 운명이 또 다른 것을 결정하게 마련이다.
 비가 내리고 날씨는 쌀쌀했다. 왕은 벽난로 옆에 앉아 불을 쬐고 있었다. 그의 마음은 먼 과거에 가 있었다. 그는 젊었을 때 전쟁에서 승리해 백성들의 환호를 받으며 귀환하던 자신의 모습을 회상했다……. 그러다 머리를 구슬프게 흔들었다. 그는 늙어 가고, 그의 왕국도 노쇠해졌다. 그는 종말이 다가옴을 느낄 수 있었다. 그러나 그에게 위안이 되는 게 단 하나 있었다. 철이었다. 그러나 어디서 철을 다루는 기술자를 찾는단 말인가? 아리스티데스에 대한 소식은 아직 없다. 「어쩌면 그들이 그를 죽였을지도 모르지. 그리고 내 생각엔…….」 그는 한숨을 쉬며 중얼거렸다.
 그러나 왕좌의 방 문이 열리고 사자가 급히 뛰어오는 소리에 왕은 고뇌 어린 생각을 멈추었다.
 「전하!」 사자가 숨을 헐떡이며 늙은 왕의 발밑에 무릎을 꿇었다. 「전하께 편지를 가져왔습니다! 아테나이에서! 틸리소스 선장으로부터 온 편지입니다.」

「읽어라!」 왕이 명령했다.

늙은 서기가 편지를 받아들고 이상하게 보이는 기호를 읽기 시작했다.

왕 중의 왕이시여, 미천한 종 틸리소스가 바치옵니다.

전하, 전 전하의 명령을 수행했습니다. 저는 아테나이의 왕에게 전하의 편지를 전달했습니다. 그리고 편지를 읽은 후 아테나이의 왕은 전하께서 명령하신 대로 수행하겠다고 말했습니다.

전하, 내일부터 저는 전하께서 저에게 주신 미끼를 가지고 낚시를 하러 갈 것입니다. 전하께서 명령하신 두 마리를 잡는 즉시 연락을 드리겠습니다.

무릎을 꿇고 전하의 발에 입을 맞추겠나이다.

크레테 왕의 미천한 종 틸리소스 선장

왕은 미소를 지었다. 〈유능하군.〉 그는 속으로 생각했다. 〈성공할 거야. 두 마리의 물고기가 아테나이에 있다면 미끼를 보고 물테지. 그러나 저 멀리 키프로스에 있다면…… 걱정이 되는군.〉

서기가 나가고 혼자 남자 왕은 옥좌에서 일어나 백합과 이상한 동물들이 그려진 벽을 한참 동안 바라보다 힘없이 창문으로 가 밖을 쳐다보았다. 비가 오고 있었다. 하늘엔 구름이 잔뜩 끼어 있고 나무는 잎이 거의 떨어져 가지만 앙상하게 남아 있었다. 크레테 산맥 중심부에 우뚝 솟아 있는 이다 산은 눈으로 덮여 있었다. 그는 몸을 부르르 떨며 중얼거렸다. 「겨울이군.」

왕은 옥좌 옆에서 벌겋게 타고 있는 커다란 화로 곁으로 다시 와 쭈글쭈글한 손을 내밀어 추위를 녹였다. 「난 이제 늙었어.」 그는 탄식했다. 그는 젊은 시절을 다시 생각했다. 〈그 시절 나는 황소와 너무나 멋지게 한판 겨루었었지! 멧돼지 사냥을 하면서 얼마나 활기찬 생활을 했던가! 라토가 반란을 일으켰을 때는 군대를 이끌고 가 사흘 만에 도시를 쑥대밭으로 만들기도 했지. 그런데 이제는? 내가 할 수 있는 일이라곤 과거에 이룩해 놓은 것을 힘들게 유지하는 것뿐이야. 이제 전쟁은 고사하고 군대를 동원할 힘도 없어. 나에겐 두 딸이 있지만 아들은 없어. 누가 나의 왕국을 물려받겠는가? 사위…… 이방인……〉

왕좌의 방 너머에 있는 여러 방에서 귀족들의 목소리와 웃음소리가 희미하게 울려 퍼졌다. 귀부인들은 타오르는 화로 주변의 푹신한 소파에 앉아 귀족들과 놀이를 하고 먹고 마시며 겨울을 즐겁게 보내고 있었다. 산투르의 구슬픈 소리가 노예들의 노랫소리와 함께 들려왔다.

궁전 지하실에서는 노예들이 잠을 자기 위해 각자의 방으로 돌아가고 있었다. 그들은 청소, 세탁, 밀가루 반죽, 빵 굽기, 나무 베기, 물 긷기, 작업장이나 들판에서의 일 등과 같은 하루 일과를 모두 끝마치고 이제 지하실에 모여 피곤해 늘어진 채 빵 조각을 먹으며 친구들과 이야기를 나누고 있었다.

그들 중 체격이 좋고 키가 큰 노예가 큰 소리로 불평을 늘어놓았다. 그는 북쪽에서 크노소스로 끌려와 왕에게 노예로 팔린 금발의 턱수염이 난 사람이었다. 그는 자신과 마찬가지로 크노소스에 끌려와 노예가 된 옆에 있는 코가 뭉툭한 키프로스 출신의 노예에게 소리를 질렀다. 「이건 사는 게 아니야! 자넨 이것이 사는 것이라 생각해?」 그가 목소리를 높이기 시작하자 키프로스인은 불안한 듯 그를 쳐다보았다. 「왜 그러는 거야?」 그가 문 쪽으로 고개를 돌리며 조심스럽게 속삭였다.

「우린 인간도 아니야! 우린 고삐 달린 동물이나 다름없어.」

지하실에 침묵이 흘렀다. 시끄럽던 잡담이 갑자기 멈추고 노예들은 고개를 떨어뜨리고 서로 눈치를 살피기 시작했다. 누구도 말을 하려 들지 않았다. 누구도 자기 의견을 말하지 않았다. 그 가운데 첩자가 있어 왕에게 고자질할지도 모른다는 생각에 누구 하나 입을 떼려고 하지 않았다.

그중 몸은 몹시 야위었지만 불같은 눈을 지닌 한 노예가 고개를 들고 노란 수염이 난 그 노예를 쳐다보았다. 「어제 외국 배 한 척이 이상한 소식을 가져왔나 보던데, 당신 그것에 대해 아는 것이라도 있나?」

「알고 있소. 난 이미 그 배의 선장과 이야기를 나누었소.」 노란 수염이 퉁명스럽게 말했다.

야윈 노예는 그를 꿰뚫어 보았다. 「그 선장이 뭐라고 말했소?」

노란 턱수염은 대답하지 않았다.

「말하지 않을 거요?」

여전히 노란 수염은 대답을 하지 않은 채 한참 동안 주변의 노예들을 둘러보았다. 그는 일어서서 문을 닫았다. 「외국 배의 선장은 나와 같은 고향 사람이었소.」 그는 길게 이야기했다. 「그는 내가 태어난 다뉴브 근처 북쪽에서 온 사람이었소. 내 조국 사람들은 그들의 배를 맡아 주고 있소. 그들의 땅은 너무 좁아 배를 정박해 놓을 곳이 없소. 그들은 정착할 새로운 땅을 찾고 있는 중이오. 그들은 이미 타소스, 사모트라키, 스키로스, 스코펠로스 등과 같은 북쪽의 조그만 섬들을 장악했소. 그리고 남쪽으로…… 에우보이아도 점령했소. 선장은 바로 그곳에서 왔다고 나한테 말했소.」 그는 잠시 말을 멈추고 말을 더 이상 할지 그만둘지 망설이며 주변을 둘러보았다.

「그들이 이곳으로 오고 있소?」 야윈 사람이 물었다.

「난 모르오.」

「더 이상의 말은 없었소?」

「그렇소!」 노란 수염이 갑자기 고개를 옆으로 돌리며 말했다.

야윈 노예는 노란 수염을 계속 뚫어져라 바라보았다.

얼마 후 다른 노예가 서서 화롯불을 쳐다보며 〈콩이나 구워 먹읍시다〉 하며 화제를 바꾸었다.

「그렇게 할 수 없소. 창고가 잠겨 있소. 경비병이 열쇠를 가지고 있소.」 야윈 사람이 말했다.

「그렇다면 잠이나 잡시다. 자면서 구운 콩 먹는 꿈이나 꿉시다.」 노란 수염이 말했다.

「적어도 밤에 잘 때만큼은 자유롭지.」 야윈 노예가 말했다.

노란 수염은 바닥에 누워 천장을 올려다보았다. 〈이것은 충분하지 못해!〉 그는 조용히 울부짖었다. 〈······충분하지 못해!〉

노예들은 하나 둘씩 누더기를 걸치고 바닥에 등을 대고 눕자마자 코를 골며 곯아떨어졌다. 노란 수염은 잠이 오지 않았다. 그의 푸른 눈은 반짝거렸다. 그는 그 외국 배와 선장이 그에게 속삭인 말을 생각하고 있었다. 그의 가슴은 쿵쿵거렸다.

「이봐, 친구!」 그는 옆에서 자고 있던 야윈 사람의 목소리를 들었다. 「모두 자고 있소······. 아무도 듣지 않을 거야······. 말해 봐, 그 선장이 당신한테 무슨 말을 했소?」

노란 수염은 아무 대답이 없었다. 시간이 흘렀다. 그는 희미한 등불 속에서 주변을 휙 살펴보고는 들릴 듯 말 듯 말했다. 「가까이 오시오.」

야윈 사람은 그에게 몸을 바싹 붙이고 귀를 그 사람의 입에 갖다 댔다.

「얼마 안 있어 그들은 크레테로 쳐들어올 것이오.」

21

 틸리소스 선장은 며칠 동안 하리스와 함께 아테나이의 좁은 골목길을 돌아다녔다. 궁전 주변의 도로를 왔다 갔다 했다. 휴일의 행사나 축제에도 반드시 참석해 하리스가 눈에 잘 띄도록 맨 앞에 앉혔다.

 「언젠가는 대장장이가 나타나겠지.」 틸리소스는 혼잣말로 지껄였다. 「그가 우리를 보면 반드시 아들에게 달려오겠지. 그러면 왕의 이름으로 그놈을 잡아 배에 싣고 크레테로 떠날 것이다.」

 며칠이 지났지만 대장장이는 나타나지 않았다. 그가 어느 지하실에 갇혀 있는지 누가 알겠는가! 그리고 왕자에 대한 소식도 없었다. 그는 도적 떼를 소탕하기 위해 산에 올라가 있었다.

 1주일이 지나고 2주일이 지났다. 틸리소스 선장은 초조해지기 시작했다. 빈손으로 크레테로 돌아간다는 것은 상상도 할 수 없는 일이었다. 포악한 늙은 왕이 그의 머리를 베어 버릴 것이 확실했다.

 어느 날 틸리소스는 왕자가 산에서 악당들을 소탕하고 궁전으로 돌아왔다는 소식을 들었다. 좋은 생각이 하나 떠올랐다. 〈하리스를 궁전으로 데려가 왕자에게 보여 준다? 서로가 알아보는지를 살펴보면 될 것이다.〉 이렇게 하면 대장장이가 궁전 어딘가에 숨어 있는 걸 눈치 챌 수 있을지도 모를 일이었다.

그는 즉시 하리스를 불렀다. 「하리스, 내게 계획이 하나 있다.」

하리스는 불안해 보였다. 그는 아테나이의 보잘것없는 도로를 매일같이 돌아다녀 피곤했다. 또 이곳에 아는 사람이라곤 한 명도 없었다. 게다가 그는 왜 이곳에 왔는지, 그와 관련된 모든 일에 걱정이 되었고 또 선장이 어떤 사악한 음모라도 꾸미고 있는지 의심이 들었다.

「걱정하지 마. 다 너에게 좋은 일이니까. 잘 들어 봐. 난 너를 남겨 두고 크레테로 돌아가야 해. 더 이상 이곳에 머무를 수가 없어.」 틸리소스가 달래듯 그에게 말했다.

「저를 데려가 주세요.」 하리스가 애원했다.

「그럴 수 없어. 너는 이곳에 머무르라고 왕이 명령했어. 그러나 좋은 생각이 있어. 너를 궁전에 데려가 왕자를 만나게 해줄게. 그는 젊은이들을 선발해 훈련시키고 있는 중이야. 네가 튼튼하고 용감하고 명령에 복종한다는 것을 보여 주고, 또 위험에서도 용기를 발휘한다면, 왕자가 너를 좋아할 것이고 언젠가 너는 틀림없이 위대한 인물이 될 거야.」

하리스는 주의 깊게 계속 듣고만 있었다. 〈선장 말이 옳을지도 몰라. 아테나이는 나의 조국이야……. 나의 진정한 왕을 위해 충성하지 못할 이유가 있겠는가? 난 훌륭한 군인이 될 수도 있어. 언젠가 크레테 궁전으로 쳐들어가 내 조국을 해방시킬 수도 있겠지…….〉

선장은 그를 유심히 쳐다보았다. 「내 생각 어때?」

「좋아요.」

선장은 미소 지었다. 「즉시 궁전으로 가서 왕자를 만날 허락을 받아 오겠다. 이곳에서 기다려. 한 시간 안에 돌아올 테니.」

하리스는 선장을 따라 문까지 갔다. 틸리소스는 문을 열고 밖으로 나갔지만 몇 걸음 가지 않아 불길한 예감이 들어 갑자기 걸음을 멈추고 돌아와 문간에 서 있는 하리스를 쳐다보았다.

「절대로 밖에 나가지 마라!」 그가 근엄하게 경고했다.

「네, 그럴게요.」 하리스가 대답하자 선장은 몸을 돌려 다시 성큼성큼 걸어갔다.

틸리소스 선장이 서둘러 궁전으로 가고 있을 때, 왕자는 방에 앉아 바다 건너 알지 못하는 어떤 사람으로부터 온 짧은 편지를 읽고 있었다.

아테나이의 왕자님께.

존경하옵는 테세우스, 당신이 알고 있지만 이름은 밝힐 수 없는 어떤 사람이 이 편지를 씁니다. 대장장이의 아들이자 당신의 어린 친구 하리스가 지금 크레테의 선장과 함께 아테나이에 있습니다. 그를 찾아서 구해 주십시오.

테세우스는 편지를 읽고 난 뒤 미소를 지었다. 〈얼마나 기쁜 소식인가! 하리스가 이곳 아테나이에 있다니! 아리스티데스에게 이 사실을 전해 주어야겠다······.〉 그러고는 대장장이가 일하고 있는 지하실로 급히 내려가다가 갑자기 멈추었다. 〈먼저 하리스를 만나 보는 편이 낫겠어. 우선 하리스를 만나 본 뒤 아리스티데스에게 데려가 놀라게 해주어야겠군!〉 이런 생각을 하면서 그는 다시 몸을 돌려 근위병을 불렀다.

근위 장교가 나타났다. 그는 청동 갑옷을 입고 깃털로 장식된 커다란 투구를 쓴 햇볕에 검게 탄 늙은이였다.

「크레테의 선장이 한 소년을 데리고 아테나이에 도착했다. 그들을 보았소? 그들이 어디 있는지 알고 있소?」

「네, 알고 있습니다, 왕자님.」 그는 아테나이에서 일어나고 있는 모든 것을 알고 있다고 우쭐대면서 말했다. 「크레테에서 온 선장과 소년에 대해 알고 있습니다. 그들은 14일 동안이나 궁전 주변을 배회하고 있습니다. 그들을 추적해 보았습니다. 그들은 데모스라고 하는 궁전 요리사의 집에 머물고 있습니다. 사실 그 선장이 전하께 서신을 가져왔었습니다.」

「편지? 누구로부터?」

「크레테 왕이 보낸 것입니다.」

「뭐라고 적혀 있었소?」

「그건 모릅니다, 왕자님.」

「그래…… 내가 알아보겠다. 지체 말고 당장 근위병 두 명을 그 소년이 묶고 있는 집으로 보내 소년을 데려오시오!」

「즉시 데려오겠습니다, 왕자님. ……물론 소년이 집에 있다면 말입니다.」 장교가 말하고는 인사를 하고 문밖으로 사라졌다. 그러나 곧바로 다시 들어왔다. 「왕자님, 크레테의 선장이 대기실에서 기다리고 있습니다. 왕자님을 뵙고 싶어 합니다.」

「그 사람 혼자서?」

「그렇습니다.」

「그럼 그 소년은 지금 집에 있겠구나. 가라! 즉시 그를 데려오도록 해. 그리고 선장에게는 내일 오라고 말해. 난 오늘 바빠.」

장교가 급히 나가고 잠시 후 두 명의 군인이 데모스의 집에 나타났다. 하리스는 아직까지 문간에 서서 선장이 돌아오기를 기다리고 있었다.

군인들이 하리스에게 다가와 물었다. 「네가 크레테에서 온 하리스냐?」

「네.」

「우리와 함께 가자! 궁전에서 널 기다리는 분이 계신다!」

선장이 자기를 데리러 보낸 사람들이라 생각하고 하리스는 문간에서 내려와 군인들을 따라 궁전으로 갔다.

한편 테세우스는 고개를 숙여 방바닥을 응시하고 있었다. 그의 가슴에 격한 감정이 요동치기 시작했다. 그는 편지를 보낸 사람이 금발의 공주가 아닐까 생각하며 그녀의 궁전에서 있었던 그 잊을 수 없는 밤을 회상했다. 그녀는 얼마나 밝은 미소를 지었던가……. 얼마나 부드럽게 말했던가……. 〈테세우스 왕자님, 이 반지를 간직하세요. ……당신이 어떤 위험에 처해 있더라도 당신을 도와드리겠어요.〉 그는 방 안을 서성거렸다. 근위병이 하리스를 찾았을까? 선장이 돌아가기 전에 근위병들이 그를 만났을까? 그는 소년을 빼내 선장의 계략을 따돌리고 싶었다. 아테나이인들은 아직 전쟁을 치를 준비가 되어 있지 않았다. 크레테의 왕과 대적할 준비가 되어 있지 않았다.

문이 열리고 장교가 들어왔다

「데리고 왔느냐?」

「네.」

장교가 몸을 돌려 신호를 했다.

하리스가 문간을 넘어 안으로 들어왔다.

「장교는 그만 나가도 좋아.」 왕자가 장교에게 말했다.

하리스는 눈을 멀뚱거렸다. 그는 입을 열고 말하려 했지만 아무 말도 나오지 않았다.

왕자는 빙그레 웃었다. 「나야, 하리스. 나를 못 알아보겠어?」

「당신! 당신! 아테나이의 왕자?」 하리스가 겨우 입을 열었다.

「그래!」 테세우스는 웃으며 꼬마 친구를 안으려고 두 팔을 벌렸다. 하리스는 너무 놀라 말이 나오지 않았다. 왕자의 품에 안기며 겨우 입을 떼었다. 「이런 행운이! 어떻게 이런 다행한 일이!」 그는 기쁜 감정을 억제하지 못했다.

「더 큰 즐거움이 너를 기다리고 있다.」 테세우스가 그를 따뜻하게 껴안으며 말했다. 하리스는 그의 숨결을 느끼자 마음이 다소 진정되었다. 왕자는 그의 손을 잡고 방에서 나와 통로로 내려가 궁전의 지하실로 향하는 어두운 계단에 접어들었다. 하리스는 여기저기에 보초를 서고 있는 군인들의 모습을 희미하게 보았다. 그리고 벽에 걸려 있는 청동 무기가 어렴풋이 보였는데, 눈이 어둠에 익숙해지자 그것이 갑옷, 대검, 창이라는 것을 알아차렸다.

두 사람은 계속 걸어갔다. 쇠를 두드리는 소리가 들려오고 한쪽 구석에서 불꽃이 피어올랐다. 어느 작업장에 도착하니 어떤 사람이 등을 돌리고 불 앞에 서서 모루 위에 망치질을 하고 있었다. 그 옆에서는 흑인 한 명이 풀무질을 하고 있었다. 더 가까이 다가가자 망치를 든 대장장이가 외치는 소리를 들을 수 있었다. 「서둘러! 서둘러!」 그는 풀무질을 하고 있는 흑인을 향해 소리쳤다.

하리스는 그 목소리를 듣고 깜짝 놀랐다. 심장이 쿵쿵 뛰기 시작했다. 그들이 좁은 작업장의 문지방을 넘자 테세우스가 하리스 앞을 가로막으며 그를 숨겼다. 「안녕하시오, 위대한 기술자! 고개를 돌려 우리를 쳐다보시오!」 왕자가 대장장이를 불렀다.

대장장이는 고개를 돌렸다. 「어서 오십시오, 왕자님!」 대장장이는 망치를 내려놓고 앞치마로 손을 닦으며 왕자를 맞이했다. 바로 그 순간 하리스는 아버지를 알아보고 앞으로 나와 〈아버지! 아버지!〉라고 소리치며 뛰어가 품에 안겼다.

하리스가 아버지와 눈물겨운 재회를 하는 동안 데모스 집으로 돌아온 선장은 소년이 없어진 것을 알았다.

「궁전에서 군인 두 명이 와 그를 데려갔소.」늙은 데모스가 그에게 말했다. 「당신이 군인들을 보내지 않았소?」

「내가?」

「그렇다면 누구요?」

불쌍한 선장은 의자에 털썩 주저앉았다. 「난 이제 죽었어!」그가 신음하듯 말했다. 「그들이 소년을 도둑질해 갔어!」그는 의자에 힘없이 앉아 상황을 곰곰이 생각해 보았다. 마음이 좀 진정되자 그는 일어서서 급히 궁전으로 달려갔으나 왕자가 근위병에게 아무도 방에 들여보내지 말라고 명령해 놓은 터라 왕자를 만날 수가 없었다. 「내일 오시오. 왕자님께서 오늘은 아무도 만나지 않겠다고 말했소.」

「그러나 급한 일이오!」선장이 애원했다.

「내일! 내일 오시오!」근위병이 소리 질렀다.

근위 장교가 밖으로 나와 무슨 소란이냐고 물었다.

「그자들이 나와 함께 온 소년을 납치해 갔소. 궁전에서 온 군인들이 그 애를 데려갔단 말이오. 부당한 일이오!」

「그만두지 못해! 내가 조사해 보겠다.」장교가 명령했다.

「강력히 항의합니다! 크레테 왕의 이름으로 항의하오!」

「크레테 왕은 멀리 있다.」장교가 조롱하며 말했다. 「여기엔 아테나이의 왕이 계신다. 왕자님이 듣겠어. 큰 소리 치지 마. 아니면 대가를 치르게 될 것이오.」

「당신네들이야말로 대가를 받게 될 것이오. 나에게 한 행동에 대해 반드시 대가를 받을 거요.」

장교는 얼굴을 돌렸다. 「저자를 배로 데려가. 그리고 떠나보내! 다시는 이곳에 발을 붙이지 말 것을 명령한다.」

「크레테로 돌아가 이 모든 것을 왕에게 보고할 것이오.」 선장이 고래고래 소리를 질렀다.

장교는 웃었다. 「감히 크레테로 돌아가지 못할걸, 이 가엾은 친구야! 그렇게 하지 못할 거야. 거기 가면 죽음이 기다리고 있다는 걸 누구보다 잘 알 텐데.」

선장의 어깨가 축 처졌다. 장교 말이 맞았다.

「가자!」 두 군인이 명령을 하고 그의 팔을 하나씩 붙잡고 걸어갔다.

22

〈사람에게도 날개가 있어 새처럼 산과 들과 바다 위를 자유롭게 날 수 있다면 얼마나 좋을까〉 하고 하리스는 생각했다. 그도 날개를 달고 크리노가 있는 머나먼 크레테로 날아가 아버지를 만났다고 말해 주면 얼마나 좋을까! 그러나 사람에겐 날개가 없다. 하리스는 편지를 쓴 후 그것을 전달해 줄 크레테로 가는 배를 기다리는 수밖에 없었다. 얼마나 오래 기다려야 할지……. 그는 크리노와 이카로스가 그립기도 하고 어떻게 지내는지 무척 궁금하기도 했다. 또 그들이 자기를 얼마나 걱정하고 있는지도 잘 알고 있었다.

사실 크리노와 이카로스는 걱정의 되어 병이 날 지경이었다. 너무 오랫동안 소식이 없어 그들의 가슴은 다 타 들어갔다.

아리아드네 공주 또한 걱정이 이만저만이 아니었다. 〈테세우스가 편지를 받은 걸까? 누가 보냈는지 알았을까? 하리스를 무사히 구출했을까?〉

왕 또한 깊은 생각으로 괴로워했다. 선장은 대장장이를 잡아오는 데 너무 꾸물거렸다. 왕은 겨울밤을 불면으로 보냈다. 그의 유일한 위안거리는 뚱뚱하고 꾀 많은 해몽가와 체스를 두는 것이었다. 이따금씩 늙은 왕의 교활한 눈이 빛나곤 했다. 〈봄은 올 테지. 아테나이의 왕은 싫든 좋든 나의 명령에 복종해 미노타우로스의 제물로 왕자를 보내겠지.〉

왕은 요즘 미노타우로스를 보고 싶은 충동을 느꼈다. 지하에 갇혀 있는 그 짐승은 요즘 며칠 동안 끊임없이 울부짖어 왕의 잠을 설치게 했다. 왕은 그놈이 뭔가를 요구하고 있다는 생각이 들었다.

어느 날 밤, 왕은 궁전 지하로 내려가 미로로 향했다. 그는 울음소리를 멈추게 하기 위해 미노타우로스를 봐야 했다. 그 울음 때문에 잠을 이룰 수가 없었다. 횃불을 들고 그는 지하 미로 속으로 들어갔다. 그는 이 어두운 나선형의 미로에 들어온 자는 누구도 살아 나갈 수 없다는 사실에 흐뭇해했다. 단지 그와, 이 미로를 만든 다이달로스만 빠져나갈 수 있었다. 미로는 눅눅한 흙냄새가 났으며 공기는 무거웠고 숨이 막힐 것만 같았다. 왕은 숨을 죽였다. 왕은 구불구불하고 마치 물살이 원을 그리며 소용돌이치다가 안쪽이 점점 좁아져 결국 중심부에 남아 있는 것이라곤 모든 것을 빨아들이는 진공 상태가 되는 것처럼 빙글빙글 도는 지하 통로를 비틀거리며 앞으로 나아갔다. 박쥐가 머리 뒤에서 날아다니고 뱀이 그를 보고 쉬익 소리를 냈다.

갑자기 동굴 깊숙한 곳에서 무시무시하고 소름이 오싹 끼치는 울음소리가 들려왔다. 야만스러움과 괴로움이 가득 찬 소리였다. 늙은 왕은 걸음을 멈추었다. 온몸에 한기가 느껴져 턱이 덜덜거렸고 숨을 제대로 쉴 수가 없었다. 저 울음소리를 내는 짐승은 미노타우로스였다. 왕은 그놈을 보러 지하로 내려오는 경우가 거의 없었다. 몸은 인간의 모습을 하고 있고, 머리는 황소의 형상을 하고 있는 그놈은 옛날부터 궁전 지하에 갇혀 있었다. 매년 봄에 일곱 청년과 일곱 처녀를 그놈에게 제물로 바쳐야만 했다. 그놈은 마치 고양이가 쥐와 장난을 치듯 그들을 가지고 놀다가 싫증이 나면 잡아먹었다.

점점 다가가자 왕은 그 짐승의 뜨거운 숨결을 느낄 수 있었다. 공포에 사로잡혀 왕이 돌아서는 순간 거대한 털투성이의 물체가 앞을 가로막았다. 무시무시한 괴성을 듣고 왕은 이제 미노타우로스의 손아귀에 잡혔음을 알았다. 입을 벌려 거대한 이빨을 드러내고 팔을 휘저으며 미노타우로스는 그 앞에 우뚝 서 있었다. 벌벌 떨면서 늙은 왕은 벽에 기댄 채 짐승의 두 눈을 똑바로 쳐다보았다. 괴물도 왕이 빠져나가지 못하도록 두 팔을 벌리고 그를 내려다보면서 웃고 있었다. 그러나 뒤로 몇 걸음 물러서자 왕은 괴물의 눈에서 굵은 눈물이 떨어지는 것을 보았다. 미노타우로스가 울고 있었던 것이다!

실제로 미노타우로스는 무시무시한 이빨을 드러낸 채 그를 계속 내려다보고 있었는데 그의 뺨에서 뜨거운 눈물이 흐르고 있었다. 〈저놈이 왜 울고 있지? 뭔가 잘못되었어……〉 왕은 숨을 가쁘게 몰아쉬었다.

「배가 고프냐?」 왕이 떨리는 목소리로 침울하게 물었다.

미노타우로스는 입을 크게 벌리고 신음 소리를 냈다.

「원하는 게 있어?」 당황한 왕이 다시 물었다.

「가만히 있어. 곧 봄이 되면 일곱 명의 잘생긴 청년과 일곱 명의 아리따운 처녀가 올 거야. 조금만 기다려. 배부르게 해줄게.」 왕은 침착함을 잃지 않고 말했다.

괴물은 입을 더욱 크게 벌렸다. 입에서 붉은 피가 뚝뚝 떨어졌다. 비록 말은 못하더라도 왕의 말을 알아들었다는 뜻인 것 같았다.

왕은 용기를 얻었다. 「만족하느냐?」 왕은 귀에 거슬리는 목소리로 미노타우로스를 달랬다. 「너를 진정시키려고 왔다. 왜 요즘 밤만 되면 그렇게 괴로운 소리를 지르며 나의 잠을 깨우느냐?」

한숨 섞인 울음이 미노타우로스의 입에서 들려왔다.

왕은 다시 초조하게 괴물을 올려다보았다. 〈무엇이 잘못되었지? 이놈이 원하는 게 뭐지?〉 괴물은 고통스러운 눈빛으로 왕을 쳐다보고는 계속 반복해서 입을 벌렸다 오므렸다 하며 필사적으로 인간의 말과 같은 어떤 소리를 내려 하고 있었다. 그러나 그렇게 할 수 없었다. 그래서 눈물만 뚝뚝 흘릴 뿐이었다.

늙은 왕은 엄청난 공포에 사로잡혀 그 광경을 지켜보았다. 〈이놈이 나에게 원하는 게 뭐지?〉 그는 아버지와 할아버지에게서 미노타우로스는 크레테 왕국을 지켜주는 성스러운 동물이며 모든 크레테 왕은 그 동물이 원하는 것이 무엇이든 모두 들어주어야 한다고 배웠다. 만약 미노타우로스가 만족하지 못한다면, 크레테 왕국은 위험에 처할 것이다. 왕은 미노타우로스가 괴로워하는 모습을 보고 겁에 질렸다. 〈나의 왕국이 위험에 처해 있다!〉

「네가 원하는 것이 무엇인지 말해 다오. 네가 원하는 것을 모두 줄 테니!」 왕은 괴물을 달랬다.

미노타우로스는 다시 한 번 깊은 한숨을 토해 냈다.

「원하는 게 뭐야? 아테나이 왕의 외동아들인 테세우스를 너에게 주겠다! 더 원하는 게 있어?」 왕이 절망에 차 다시 물었다.

미노타우로스는 마치 가슴에 비수라도 맞은 듯 괴로운 신음 소리를 질러 댔다. 입에서 피가 흘러나와 왕의 머리에 뚝뚝 떨어졌다.

「왜 그러는 거야?」 왕은 공포심에 사로잡혀 날카롭게 외쳤다. 미노타우로스는 팔을 옆으로 내려놓고 쓰러질 듯 벽에 몸을 기댔다. 〈이놈이 원하는 게 도대체 뭐지? 말을 할 수 있다면 좋을 텐데! 나의 왕국이 위험에 처해 있어!〉 늙은 왕은 정신을 바짝 차리고 한 손을 조심스럽게 내밀어 미노타우로스를 쓰다듬었다. 「자…… 자……」 그는 신경을 곤두세우고 부드럽게 말했다. 「진정해…… 한 달만 지나면 봄이 와. 그러면 검은 돛을 단 배가 우리 항구에 정박해 일곱 청년과 일곱 처녀가 도착할 거야. 그들 중에는 왕의 아들 테세우스도……」

괴물은 살육이라도 당하듯 다시 으르렁거렸다. 마치 궁전 전체가 흔들리는 것 같았다.

왕은 공포에 떨며 뒤로 물러났다. 이제 미노타우로스는 바닥에 쓰러져 움직이지 않았다. 늙은 왕은 떨리는 다리로 찔러 보았지만 꼼짝도 하지 않았다. 「잠이 들었군.」 그는 몸을 벌벌 떨면서 말했다. 「이 틈에 나가야 해.」 그는 조심스럽게 뒷걸음치다가 몸을 획 돌려 구불구불한 통로를 있는 힘을 다해 달려 지상으로 통하는 입구에 도달했다. 그곳엔 근위병과 노예들이 왕을 궁전으로 모셔 가기 위해 기다리고 있었다.

왕이 기진맥진한 상태로 침대에 누웠을 때는 이미 자정을 넘긴 시각이었다. 〈미노타우로스에게 무슨 일이 있는 게 틀림없어!〉 자신의 왕국을 생각하니 두려움이 몰려왔다.

23

 날이 밝았다. 하늘은 맑고 청명했다. 아테나이에 봄이 찾아왔다. 크레테로 보내 미노타우로스에게 제물로 바칠 젊은이들을 뽑는 날이 온 것이다.

 슬픔에 잠긴 아테나이 사람들이 아고라 광장에 모였다. 왕과 열두 명의 원로는 제비뽑기로 희생자를 선택하기 위해 먼동이 트자마자 이곳에 모였다.

 하리스도 일찍 도착해 돌로 만든 옥좌 바로 아래 계단에 앉아 있는 원로들 옆에 서 있었다. 아이게우스 왕이 모인 사람들에게 연설했다.

 「아테나이의 시민들이여! 나의 사랑하는 백성들이여!」 늙은 왕의 목소리가 떨렸다. 「끔찍한 날이 도래했습니다. 지상의 모든 사람은 봄을 즐겁게 기다리건만 우리 아테나이 사람들은 끔찍하게 봄을 맞이하고 있소. 추첨을 하기 전에 두 팔을 들어 올려 우리의 수호자인 여신에게 기도합시다.

 오, 성녀 아테나여! 힘과 지혜의 여신이여! 우리의 기도를 들어주시옵소서. 당신이 사랑하는 도시는 크레테 왕의 노예입니다. 오, 여신이여, 당신의 창을 높이 들어 우리를 해방시켜 주시옵소서!」

왕이 선창을 하자 사람들은 한목소리로 우렁차게 말했다. 「오, 아테나여! 우리를 해방시켜 주시옵소서!」

기도가 끝나고 원로들 중 지위가 가장 높은 사람이 일어나 명령했다. 「청년들과 처녀들은 앞으로 나오시오!」

군중이 자리를 터주자 아테나이에서 가장 아름다운 청년들이 앞으로 걸어 나왔다. 왕의 외아들인 잘생기고 건장한 테세우스가 맨 앞에 섰다. 청년들은 짧은 키톤[1]을 입고 있었고 그들의 구릿빛 몸은 아침 햇살을 받아 유연하면서도 강인해 보였다.

청년들을 따라 처녀들이 긴 베일을 쓰고 당당하면서도 우아하게 걸어 나왔다. 땋은 머리는 봄에 맨 먼저 피는 꽃으로 장식되어 있었다. 저 운명 지어진 아름다움에 대한 슬픈 찬사의 중얼거림이 군중으로부터 흘러나왔다.

청년들과 처녀들은 계단 앞에 섰다. 지위가 가장 높은 원로가 그들에게 인사를 했다. 「어서 오시오, 우리의 고귀한 젊은이들! 그대들 중 열네 명은 우리 국가를 위해 목숨을 바쳐야 하오. 여러분 스스로 선택하겠습니까?」

「네!」 그들 모두는 한목소리로 우렁차게 대답했다.

「그렇다면 시작합시다!」 왕이 옥좌에서 일어나며 명령했다.

제비가 준비되었다. 청년과 처녀들의 이름이 각각 새겨진 마흔 개의 작은 나뭇조각이 청동 투구 안에 들어 있었다.

첫 제비뽑기를 하려고 할 때 왕이 앞으로 걸어 나왔다. 그는 기다란 왕홀을 짚고 잠시 침묵을 지켰다. 순간 젊은이들 사이에 서 있는 아들과 눈이 마주치자 재빨리 딴 곳을 쳐다보았다. 「부탁이

---

[1] 고대 그리스의 헐거운 가운.

하나 있소.」 그의 목소리가 떨렸다. 「제비뽑기의 결과에 관계없이 내 아들을 일곱 명에 포함시키시오!」

군중에서 탄식의 소리가 터져 나왔다. 왕은 그의 외동아들이 제물로 희생되기를 요청했다. 원로들이 경악하며 일어섰다.

「전하, 제비뽑기와 상관없이 왕자님을 보낼 수는 없습니다. 왕자님은 외동아들이신지라 전하에겐 달리 후계자가 없습니다.」

「그렇게 할 수밖에 없소!」 왕이 대답했다.

「무슨 이유라도 있사옵니까?」

「크레테의 왕으로부터 명령을 받았소.」 늙은 아이게우스는 크레테 왕의 칙령을 사람들에게 읽어 주었다. 칙령의 내용은 마치 날카로운 칼이 머리 위에 매달려 있는 것처럼 위협적이었다.

젊은이들 사이에서 동요가 일었다. 테세우스가 앞으로 걸어 나와 큰 소리로 외쳤다. 「아테나이의 시민들이여! 난 기꺼이 크레테로 갈 것이오! 가야 할 시간이 왔소! 크레테 왕으로부터 명령이 없었더라도 난 자발적으로 가려고 생각하고 있었소!」

군중 속에서 울부짖는 소리가 들려왔다. 「가면 죽을 것입니다!」

「난 죽기 위해 크레테로 가지 않소! 난 죽이기 위해 떠나는 것이오!」

「미노타우로스를? 그 끔찍한 괴물을!」 사람들은 왕자와 그들 조국의 안전에 몸을 떨었다.

테세우스는 목소리를 더욱 높여 외쳤다. 「아테나의 도움으로, 난 미노타우로스를 죽일 것입니다!」

늙은 아이게우스는 눈물이 가득한 눈으로 아들을 자랑스럽게 내려다보았다. 아고라 광장 한가운데에 서 있는 잘생긴 왕자는 아침 햇살을 받아 신처럼 빛났다. 군중 앞줄에 서 있던 하리스는 왕자에 대한 존경심으로 심장이 터질 것만 같았다. 「무사하시기를!」 그는 환호성을 지르는 군중과 함께 열렬히 소리쳤다.

왕은 원로들에게 고개를 돌리고 명령했다. 「제비뽑기를 시작하시오!」

원로들은 머리를 가로저으며 중얼거렸다. 「전하의 의지대로 하시옵소서.」

한 소년이 군중 속에서 걸어 나오자 제비가 들어 있는 투구가 그 앞에 놓였다. 그는 투구에서 제비 하나를 뽑아 원로에게 주었다.

「안드로클레스! 티모크라테스의 아들!」 계급이 가장 높은 원로가 소리쳤다.

「네!」 한 청년이 큰 소리로 대답하고 서 있던 줄에서 뛰어나와 테세우스 옆에 섰다.

그 소년은 두 번째 제비를 뽑았다.

「데모크리토스! 테아게네스의 아들!」 원로가 제비를 읽었다.

「네!」 눈동자가 갈색이고 머리카락이 검은 청년이 앞으로 나와 안드로클레스와 테세우스 옆에 섰다.

그 소년은 세 번째 청년의 이름을 불렀고, 이어 네 번째, 다섯 번째…… 마침내 일곱 명의 청년이 결정되었다. 곧이어 같은 방식으로 일곱 명의 처녀도 선발되었다. 마지막 이름이 불린 후 늙은 왕은 일어서 열네 명의 젊은이에게 연설을 했다.

「내 그대들의 가족과 친구들에게 작별 인사를 할 사흘간의 시간을 주겠다. 궁전의 창고를 열어 둘 것이니 궁전 정원으로 와 마음대로 먹고 마시기 바란다. 또 원하는 게 있으면 모두 말하라. 그대들은 우리 조국을 위해 목숨을 바칠 것이니 그대들이 원하는 것을 모두 들어주겠노라.」 늙은 왕의 눈가에 다시 이슬이 맺혔다. 왕은 밀려오는 감정을 필사적으로 억누르며 계속 말했다. 「사흘 뒤 검은 돛을 단 배가 와 그대들을 태우고 갈 것이다. 위대한 여신의 은총으로 그대들이 조국을 다시 볼 수 있기를 간절히 바라노라!」

왕이 연설을 마치자 그 슬픈 의식은 끝이 났다.

젊은이들은 뒤로 물러나고 왕홀을 짚고 옥좌에 앉아 있던 왕은 일어서서 계단을 내려왔다. 왕은 후들후들 떨리는 두 다리를 제대로 가누지 못해 쓰러질 듯했다. 테세우스가 옆에 서서 왕의 팔을 부축했다.

「아들아.」 왕은 왕자의 팔을 잡고 다른 사람들이 거의 들을 수 없을 정도의 낮은 목소리로 말했다. 「나와 함께 가자. 내 너한테 할 말이 있다.」

아버지와 아들은 궁전을 향해 천천히 걸었다. 왕좌의 방에는 그들 둘만 있었다. 늙은 아이게우스는 힘없이 옥좌에 앉았다. 「이리 가까이 오너라. 누가 들어선 안 된다.」 그는 쭈글쭈글한 손을 흔들며 테세우스가 자신의 발밑에 앉도록 했다. 그의 가슴은 참을 수 없을 정도로 무겁고 침울했다. 그의 유일한 희망이요 즐거움인 아들이 멀리 떠나 어쩌면 다시는 볼 수 없을지도 모른다. 잠시 동안 그는 아무 말도 하지 않고 그저 궁전의 벽을 이루고 있는 커다란 둥근 돌만 쳐다보았다.

왕은 아들의 머리를 쓰다듬으며 말하기 시작했다. 「네 할아버지께선 거인이셨다. 그분은 손수 바위 덩어리를 들어 올려 벽을 쌓아 이 궁전을 지으셨다. 그분이 전쟁에 나가시거나 사냥을 떠나시면 모든 것이 그를 무서워했다. 숲 속의 짐승과 전쟁터의 군인들은 그분의 대검 앞에서 벌벌 떨었다.」

「알고 있습니다.」 테세우스가 말했다.

「그래, 세상 사람들이 모두 알고 있지. 그러나 내가 지금 너에게 해줄 이야기는 아무도 모르고 있다.」

「잘 듣겠습니다, 아바마마.」

「아크로폴리스 언덕 위 아테나 여신의 동상 앞에 엄청나게 큰 바위가 하나 있다.」

「알고 있습니다.」

「그 바위 밑에 네 할아버지가 사용하셨던 대검이 묻혀 있는 것을 아느냐?」

「모르옵니다. 들어 보지 못했습니다.」 왕자가 말했다.

「이제 비밀을 말하겠다.」 왕은 목소리를 낮추었다. 「오래된 신탁에 따르면 그 바위를 들어 올려 검을 가져가는 자는 천하 무적이 될 거라는 것이다.」

「제가 그 바위를 들어 보겠습니다!」 테세우스가 벌떡 일어서며 말했다.

「장정 열 명도 그것을 들 수가 없어!」

「그러나 저는 할 수 있습니다. 아테나의 도움으로 들어 올리겠습니다.」

왕은 용감한 아들을 쳐다보았다. 그의 지친 늙은 눈에서 빛이 반짝거렸다. 「할 수 있겠느냐, 나의 아들아?」 그가 조용히 물었다.

「할 수 있습니다! 지금 가시지요!」 왕자는 빨리 그곳으로 가고 싶어 문으로 걸어가면서 말했다.

「지금은 안 돼!」 왕은 테세우스를 말렸다. 「누가 봐서는 절대 안 돼. 자정에 다시 오너라, 어두워야 하니까. 이제 내 말을 잘 들어라.」 조바심을 내는 아들이 아버지의 발밑에 다시 앉았다. 「너는 사흘 후면 이곳을 떠난다. 관습에 따르면 네가 탄 배는 검은 돛을 달 것이다. 아테나의 힘으로 네가 승리해서 돌아온다면 돌아오는 배에는 흰 돛을 펼쳐야 한다. 난 높은 언덕에 올라가 너를 기다리며 망망대해를 바라볼 것이다. 저 멀리 다가오는 돛을 보며 내가 기뻐해야 할지 아니면 바다에 몸을 던질지 알고 싶으니……」 그는 흐느끼며 말을 잇지 못했다.

왕자는 아버지의 무릎을 감싸며 말했다. 「승리할 것입니다. 아바마마께서는 멀리서 펄럭이는 흰 돛을 꼭 보시게 될 것입니다.」

「아테나의 여신이여! 은총을 내려주소서! 그리고 내 아들아, 친구들에게 가보거라. 궁전에 상이 차려져 있으니 친구들을 초대해 마음껏 먹고 마셔라. 그리고 자정이 되면 나에게 오너라.」 왕이 말했다.

테세우스는 아버지의 손에 입을 맞추고 방에서 나왔다.

하리스는 문간에서 그가 나오기를 기다렸다. 「아버지가 보냈어요. 아버지가 왕자님을 꼭 뵙고 싶어 해요.」

「지금 당장 가보자.」 테세우스가 말했다. 그 또한 중요한 문제를 상의하기 위해 아리스티데스를 만나고 싶었는지라 하리스와 함께 궁전의 지하 작업장으로 이어지는 계단을 내려갔다.

그들은 대장장이의 망치 소리를 듣고 화덕에서 이글거리며 타오르는 불꽃을 볼 수 있었다. 불 옆에 서서 대장장이가 뭔가를 계속 두드리고 있었다. 두 사람이 다가오는 것을 보고 대장장이는 가죽 앞치마를 벗으면서 풀무질을 하고 있는 흑인에게 말했다. 「오후에 다시 와.」 흑인이 테세우스와 하리스가 나타난 어두운 통로로 사라졌다.

왕자는 가까이 다가가 시꺼먼 문간을 넘어 안으로 들어갔다. 「나 왔소! 나를 보자고 했소?」 그가 아리스티데스에게 유쾌하게 소리쳤다.

「왕자님!」 대장장이는 그를 따뜻하게 맞이했다.

「왕자님께 보여 드릴 게 있어서……」

테세우스가 웃었다. 「추측해 볼까요? 쇠로 만든 단도…… 양날 도끼……」

「그렇기도 하고 안 그렇기도 합니다.」 대장장이는 벽에 감추어져 있는 비밀 상자로 가서 칼날이 넓은 양날 단도를 꺼냈다.

「그래, 내 말이 맞는군.」 테세우스는 칼날이 넓은 단검을 보며 소리쳤다. 「내 말이 분명히 맞아!」

「천만에요.」 대장장이는 무기를 앞으로 내밀며 웃었다. 「이 단검이 무엇으로 만들어졌는지 짐작이 가십니까?」

「물론, 철이겠지.」

「철보다 더 강한 것으로 만들었습니다. 그게 제 기술의 비밀입니다. 처음 시작할 때는 순수한 철이지만 작업을 계속한 뒤에는 몇 배나 더 단단한 강철이 되죠.」 그는 계속 설명했다. 「하얀색으로 변할 때까지 철을 불에 달구었다가 물에 집어넣고, 이 과정을 반복하면 강도가 훨씬 세집니다. 이 단도를 지니고 계시면 이 세상의 어떤 괴물도 두려워하실 필요가 없습니다. 이것을 가지십시오. 그리고 아테나의 힘으로 이 단도를 미노타우로스의 목 깊숙이 꽂으십시오.」

테세우스는 단도를 받아 은으로 만들어진 허리띠에 매달았다. 그는 대장장이의 손을 굳게 잡고 기쁜 마음으로 말했다. 「이제 내가 그대에게 무엇을 베풀면 좋겠소?」

「아무것도 없습니다. 당당히 가셔서 인간을 잡아먹는 괴물을 물리치고 오십시오. 전 여기에 남아 큰 전쟁을 위해 강철로 된 단검과 대검을 준비하겠습니다.」

「큰 전쟁?」 테세우스는 짐짓 모른 체하면서 물었다.

「왕자님께서도 잘 알고 계시지 않으십니까?」 대장장이는 한쪽 눈을 찡긋했다. 「그것 때문에 왕자님이 저를 크레테에서 이곳으로 데려오지 않았습니까?」

「자네 말이 맞네.」 테세우스는 대답을 하고 그의 충성스러운 동지의 손을 다시 굳게 잡았다. 그러고는 하리스에게 몸을 돌리며 말했다. 「가자, 친구들이 기다리고 있다.」

얼마쯤 걸어가자 테세우스는 그 옆에서 걷고 있는 하리스를 내려다보며 말했다. 「나한테 부탁할 거라도 있어?」

하리스는 얼굴을 붉혔다.

「아, 부탁할 게 있는 모양이구나.」

하리스는 부끄러운 듯 테세우스를 올려다보며 몇 마디 말을 하다가 곧 그만두었다.

「말해 보렴, 겁내지 말고.」

소년을 용기를 내 말했다. 「저도 왕자님과 함께 크레테로 가고 싶어요.」

테세우스는 소년의 머리를 쓰다듬었다.

「저를 데려가 주세요.」

「내가 어떻게 거절할 수 있겠느냐!」

하리스는 기뻐 탄성을 질렀다. 이제 그는 크리노를 다시 볼 수 있을 것이다. 크리노와 이카로스를 다시 볼 것이다! 그는 기쁜 마음을 억누르지 못하고 환호성을 질렀다.

테세우스는 미소 지었다. 그 또한 아름다운 공주를 다시 볼 수 있을 것이다.

그들은 한 번에 계단을 두 칸씩 올라 주연이 준비된 궁전의 뜰로 갔다. 그를 기다리고 있던 청년들과 처녀들은 그가 오는 것을 보고 팔을 흔들며 환영의 표시를 했다. 「우리의 영웅! 환영합니다, 우리의 위대한 영웅!」

「좀 늦었소!」 테세우스가 하리스와 함께 식탁 앞에 자리를 잡고 앉으며 말했다. 「나는 우선 미노타우로스부터 죽일 것입니다!」 말을 마친 뒤 그는 허리에 찬 새로운 단도 손잡이를 만지작거렸다.

그들은 밤늦게까지 먹고 마셨다. 그러나 자정이 다가오자 테세우스는 주연에 방해가 되지 않도록 자리에서 살그머니 일어나 자리를 떴다. 그는 왕이 기다리고 있는 방으로 달려갔다.

「준비되었느냐?」 늙은 왕이 문 앞에 서 있었다.

「네, 아바마마.」

그들은 궁전의 뒷문을 빠져나와 아크로폴리스 언덕으로 올라갔다. 언덕 꼭대기에 서 있는 아테나의 거대한 동상이 달빛을 받아 부드럽게 빛났다. 늙은 아이게우스 왕은 여신의 발밑으로 가 손으로 거대한 돌을 가리켰다. 「저기 있다.」 왕이 나직하게 말했다.

테세우스는 허리를 굽혀 돌을 조심스럽게 보았다.

「네가 들 수 있는지 살펴보아라!」

테세우스는 허리띠를 졸라매고 몸을 다시 숙여 돌 중앙에 붙어 있는 큼지막한 청동 고리를 잡았다.

「힘을 내!」 왕이 중얼거렸다.

테세우스가 고리를 끌어당기자 돌의 가장자리가 들썩거리며 약간 움직였다.

「넌 할 수 있어!」 왕이 용기를 주었다.

테세우스는 두 발을 넓게 벌려 땅에 단단히 고정시키고, 있는 힘을 다해 고리를 잡아당겼다. 그의 팔뚝에 핏줄이 시퍼렇게 돋아 오르고 피가 머리 위로 솟구쳐 올랐다. 돌이 삐걱거리더니 조금 올라갔다.

「조금 더!」 무릎을 꿇고 앉아 있던 왕이 돌을 유심히 쳐다보며 소리쳤다.

테세우스는 젖 먹던 힘까지 다 쏟아 부었다. 순간적으로 아테나의 동상이 움직이는 듯하더니 마지막 있는 힘을 다해 잡아당기자 그 거대한 돌이 마침내 들어 올려졌다.

늙은 왕은 벌떡 일어났다. 「장하다, 내 아들아! 네 할아버지가 부활하셨다!」

테세우스는 이마에 흐르는 땀을 닦으며 거친 숨을 가다듬었다.

「이제 대검을 찾아라! 대검을 찾아야 한다!」 왕이 소리쳤다.

테세우스는 손으로 땅을 더듬으며 손톱으로 흙을 팠다. 단단한 물체가 그의 손에 잡혔다. 「찾았습니다!」 그는 소리를 지르고 땅에서 납으로 만든 칼집 속에 들어 있는 커다란 칼을 끄집어냈다. 그가 칼집에서 칼을 빼내자 청동 칼날이 번쩍이며 빛을 냈다.

「넌 이제 무적이다, 내 아들아!」 기쁨에 젖은 왕은 아들을 껴안으며 외쳤다. 「이제 난 겁나는 게 아무것도 없어, 아무것도!」 그의 두 눈에서 눈물이 하염없이 흘러내렸다.

24

 갈색 나무들에는 꽃이 만발해 있고 아침 공기는 봄의 향기로 훈훈했다.
 따스한 햇살이 그녀 머리 위 닫아 놓은 창을 통해 방 안으로 들어온 지 오래되었지만 아리아드네는 아직 아침잠에서 깨지 않았다. 그녀는 봄의 공기가 훈훈해 달콤한 잠에 빠져 있었다. 시원한 바다 미풍과 머나먼 항해에 대한 꿈을 꾸면서 그녀의 얼굴엔 미소가 감돌았다. 그녀는 인어가 되어 질주하는 배의 앞부분에 서 있었다. 불어오는 바람은 그녀의 머리카락을 흩날리게 했으며 물살은 그녀 앞에서 두 갈래로 갈라졌다. 그녀가 탄 배는 물살을 일으키며 쏜살같이 나아갔다…….
 「공주님! 공주님!」 크리노가 조그만 파피루스 두루마리를 들고 공주의 얼굴 위에 고개를 숙이고 나직이 불렀다. 그러나 공주는 금빛 머리카락을 하얀 베개에 흩뜨리고 부드러운 이마는 꿈에 젖은 채 계속 잠에 빠져 있었다.
 「공주님!」 크리노는 공주를 살며시 깨우며 다시 불렀다.
 아리아드네가 눈을 뜨자 크리노가 내려다보고 있었다. 그녀는 마지못해 일어났다. 「네가 내 꿈을 방해했구나.」 그녀는 잠이 덜 깬 상태로 중얼거렸다. 「여행을 하고 있었는데……」

크리노는 웃으며 공주에게 편지를 건네주었다. 「공주님의 꿈이 실현되려나 봐요!」

아리아드네는 파피루스 종이를 받아 재빨리 펼쳤다. 하리스에게서 온 편지였다! 그녀는 마음이 들떠 큰 소리로 읽기 시작했다.

나, 대장장이 아리스티데스의 아들 하리스가 누나 크리노에게.
어디서부터 시작할까? 모든 것이 꿈인 것 같아. 아버지를 찾았어! 그리고 지난여름에 궁전에 오셨던 그 잘생긴 이방인도 만났어…….

공주의 목소리가 떨렸다.

……누난 그 이방인이 누군지 모를 거야! 바로 아테나이 왕의 아들이셔!

「가엾은 하리스. 우리가 모른다고 생각하나 봐.」
아리아드네는 계속 읽었다.

그분이 얼마나 멋진 분인지는 말로 다 표현할 수 없지만 그분에 대해 걱정되는 게 있어. 테세우스 왕자님(그분의 이름이야)이 내년 봄 미노타우로스의 제물로 바쳐질 열네 명의 젊은 이들과 함께 크레테로 가고 싶어 하셔…….

편지가 아리아드네의 손에서 떨어졌다.
크리노는 걱정이 되어 공주를 쳐다보았다. 「걱정하지 마세요,

공주님. 아테나이의 왕은 아들을 위험한 곳에 절대 보내지 않으실 겁니다.」

「그러나 그분 스스로 오겠다고 하면 어떻게 하지?」 아리아드네의 얼굴은 창백하고 목소리는 떨렸다.

「그분이 왜 그렇게 하겠어요?」

「지긋지긋하게 예속되어 있는 조국을 구하려고……. 미노타우로스에게 희생당할 젊은이들을 구하기 위해!」

「하지만 누구도 그 괴물과 대적할 수 없어요!」 크리노가 소리쳤다.

「그런 이유 때문에 그분이 그 괴물과 싸우려는 걸 거야!」 공주가 대답했다. 그녀는 침대에서 일어나 창가로 갔다. 하늘은 푸르고 구름 한 점 없었다. 따뜻한 남쪽에서 겨울을 보낸 제비가 나타나 공중을 선회했다. 궁전의 나무들에는 이미 꽃이 활짝 피어 있었다. 봄이 온 것이다. 며칠 있으면 검은 돛을 단 슬픔에 잠긴 배가 수평선에 보일 것이다. 일곱 청년과 일곱 처녀를 싣고서……. 〈신이시여! 그분도 포함되어 있다면 어떻게 해야 합니까! 오지 말라고 편지를 띄워야겠어!〉

그녀는 창가에서 몸을 돌렸다. 「이카로스를 찾아 데려와!」 그녀는 크리노에게 소리쳤다.

크리노가 급히 나가고 아리아드네는 봄에 벌어질 끔찍한 일에 몸부림치며 창가에서 천천히 움직였다. 그녀는 벽감 안에 놓아둔 조그만 여신상으로 눈길을 돌렸다. 「위대한 여신이여, 그분이 오지 못하도록 해주소서! 그래도 온다면, 그를 구해 주소서!」 그녀는 두 팔을 포개 가슴에 올려놓고 있는 조그만 여신상 앞에 오랫동안 서 있었다. 마침내 문이 열리고 크리노와 이카로스가 들어왔다.

「항구로 가서 아테나이에서 온 배가 있는지 찾아보고 나한테 보고해라!」 그녀는 이카로스에게 급히 말했다.

　이카로스는 즉시 항구로 뛰어가고 아리아드네는 정신이 나간 사람처럼 바닥을 다시 응시했다. 이번에 그분을 볼 수 있을까? 편지가 제때 그분에게 도착할까? 그녀는 방 맞은편 구석에 서 있는 크리노를 보았다. 크리노는 여전히 걱정스럽게 공주를 쳐다보고 있었다. 「문에 있는 경비병에게 누구도 방에 들여보내지 말라고 해.」 공주는 크리노에게 말하고 길고 낮은 의자에 앉아 뭔가를 쓰기 시작했다.

　크리노는 문가에 서서 통로 쪽을 바라보며 누가 오는지 살펴보았다. 긴 방의 양쪽에 나 있는 문이 열리고 닫히며 노예들이 들락날락했다. 공주의 아침 식사를 준비하는 것이었다. 문 하나가 열리더니 파이드라 공주가 목욕을 끝내고 솜털같이 포근한 긴 겉옷으로 몸을 감싼 채 나타났다.

　「네 주인은 아직 안 일어났느냐?」 크리노를 보고 물었다.

　「네, 공주님.」

　「내가 좀 보잔다고 말해.」 파이드라는 자기 방으로 사라졌다.

　크리노는 파이드라 공주가 참 아름답다고 생각했다. 그러나 자신의 주인은 그녀만큼 아름답진 않지만 더 훌륭한 분이라고 확신했다. 크리노는 문간에 서서 계속 망을 보았다. 5분, 10분이 흘렀다. 바로 옆에 있는 문이 열렸다. 크리노가 공주의 방으로 급히 뛰어가 공주에게 손짓을 하며 속삭였다. 「파이드라 공주님이에요!」

　아리아드네는 벌떡 일어서 쓰고 있던 편지를 재빨리 숨기고 거울을 손에 들었다.

　「자고 있었구나!」 파이드라가 말했다. 방 안으로 훈훈한 공기가 들어왔다. 「옷 안 입니? 너한테 좋은 소식 하나 전하려고 왔어.」

아리아드네는 거울을 들고 머리카락을 만지는 시늉을 했다. 「무슨 소식?」 그녀는 대수롭지 않은 듯 말했다. 파이드라의 소식에는 별로 흥미가 없었다. 새로 지은 치마라든지 모자에 대한 이야기일 것이다.

「봄이 왔구나.」 파이드라는 근엄한 표정을 지으며 말했다.

「알고 있어. 그것이 새 소식이야? 봄이 도래했다고?」

파이드라는 기분이 좋은 듯 미소를 지었다. 「넌 봄이 오면 누가 이곳에 올지 알고 있어.」

「제비.」 아리아드네는 쓰던 편지를 끝마칠 수 있도록 언니가 제발 나가 주었으면 하는 바람으로 냉큼 말했다.

「그래, 열네 마리의 제비지. 너도 그들에 대해 알고 있지?」

아리아드네는 언니를 날카롭게 쏘아보았다. 「알고 있어. 야만적인 관습이지. 정말 수치스러워!」

파이드라는 웃었다. 「아직 가장 중요한 소식을 너한테 아직 말 안 했어. 지난밤에 아버지한테 들은 이야기야. 일곱 명의 청년 중에 누가 포함되어 있는지 한번 맞혀 봐.」

「누가?」 아리아드네의 가슴이 철렁했다.

「아테나이 왕의 아들!」

아리아드네는 침대에 몸을 기댔다.

「괜찮아? 창백해 보여.」 파이드라는 동생에게 팔을 내밀었다.

「괜찮아.」 아리아드네는 중얼거리며 거울을 집어 들어 머리카락을 다시 매만지는 체했다.

「그래, 그럼 이만 가야겠어.」 파이드라는 동생을 껴안으며 말했다. 「오늘 아침 바느질하는 노예를 보기로 했거든.」 그녀는 동생에게 입맞춤을 하고 방에서 나갔다.

파이드라가 나가자 아리아드네는 거울을 내려놓고 크리노를 불렀다.「어떻게 하지? 어떻게? 그분이 와! 미노타우로스에게 잡아먹히기 위해!」

크리노는 깜짝 놀라며 공주를 쳐다보았다. 그분이 미노타우로스와 싸우기 위해 이곳에 온다!「공주님!」크리노는 공주의 발밑에 무릎을 꿇고 두 다리를 잡았다.「그분을 도와주십시오!」

「어떻게?」

「모릅니다. 그분을 도와주십시오!」

아리아드네는 절망에 빠져 있는 소녀를 내려다보았다. 어떻게? 어떻게 하면 그분을 도울 수 있을까? 누구도 궁전의 미궁에 들어갈 수 없으며 또 들어간들 살아서 나올 수 없다!

문을 두드리는 소리가 나직이 들렸다. 크리노가 문을 열었다. 이카로스였다. 숨을 헐떡이며 항구에서 달려오는 길이었다.

아리아드네는 문 쪽으로 몇 걸음 다가갔다. 그녀는 이카로스가 들어오기를 기다렸다.

「공주님, 검은 돛을 단 배가 보였습니다!」

25

새 소식을 알리는 나팔 소리가 망루에서 울려 퍼졌다.

북쪽을 향해 나 있는 가장 높은 테라스에서 왕은 나팔 소리를 듣고 미소를 머금었다. 〈검은 돛을 단 배가 들어오는군!〉「근위대를 중앙 뜰에 도열시키고 파발병을 항구로 보내 아테나이의 왕자가 일곱 명 중에 포함되어 있는지 알아보도록 하라!」 그는 두 손을 모아 비비댔다. 연약해 보이는 두 눈은 기대감에 반짝거렸다. 「의전실을 정돈하고 의전복을 가져오너라!」 그의 명령을 받들기 위해 노예들이 분주히 오가고 왕은 의전복을 입기 위해 침실로 들어갔다.

두 공주 또한 옷을 차려입었다. 파이드라가 새로 만든 치마를 입고 테라스에 나타났다. 두 명의 노예가 햇빛을 가려 주기 위해 그녀 머리 위에 깃털을 들고 있었다. 왕의 해몽가도 나타났다. 그는 깨끗이 면도하고 콧수염을 산뜻하게 다듬고 머리엔 머릿기름을 바르고 몸엔 향수를 뿌려 흰 황소처럼 햇빛에 번들거렸다. 「두 공주님께서는 좋은 꿈이라도 꾸셨습니까?」 그가 다정하게 미소 지으며 말했다.

파이드라는 대답을 하기 전에 진주와 황금으로 장식하고 통로에 모습을 나타낸 동생에게 눈길을 돌렸다. 「꿈을 꾸었어요. 아테나이의 왕자가 이곳으로 오는 꿈을 꾸었어요.」 그녀는 늙고 뚱뚱한 조신(朝臣)에게 고개를 돌리며 대답했다.

「저는 우리의 미노타우로스가 피범벅이 되는 꿈을 꾸었답니다.」 아리아드네가 가까이 다가오며 말했다. 화장한 두 뺨이 불그스레했다. 파이드라는 이처럼 아름다운 아리아드네를 일찍이 본 적이 없었다.

「미노타우로스가 피를 흘린 거야, 아니면 왕자가 피를 흘린 거야?」 파이드라가 조롱 섞인 말을 했다.

「그건 모르겠어.」

그녀의 언니는 빈정거리듯 말했다. 「모른다고? 네가 생각하고 있는 것은…….」 그녀는 아리아드네를 심술궂게 쳐다보았다.

「아무 생각도 안 나. 곧 알게 되겠지!」

교활한 해몽가는 웃으며 두 자매가 논쟁을 벌이는 것을 듣고 있었다. 그는 그들이 무척 다르다는 것을 알고 있었다. 검은 머리의 파이드라는 열정적이고 매혹적인 반면, 금발의 아리아드네는 겉으로 표출되지 않는 내면적 근심에 가득 차 있었다. 그녀는 먼 곳을 여행하며 모험적이고 영웅적인 일들을 해보고 싶어 했다.

한편 왕은 침실에서 옷을 입고 있었다. 노예들이 그의 목에 푸른빛이 감도는 조가비를 달아 주고, 은으로 만든 백합과 일곱 개의 공작 깃털이 달린 왕관을 머리카락이 없는 머리에 씌워 주었다. 또 발에는 붉은 샌들을 신겨 주고 세 송이의 황금 백합이 새겨져 있는 왕홀을 손에 쥐어 주었다.

왕은 미소를 지었다. 「그들이 도착하는 즉시 데려오도록 하라.」 그는 명령을 내리고 근위대장이었던 말리스에게 고개를 돌렸다. 「아테나이인들이 오면 넌 내 곁에 있거라. 왕자가 맞는지 봐야 하니까. 작년에 네가 어리석게도 도망치도록 내버려 두었던 그 왕자인지 확인해야 하니까 말이야.」

「알겠사옵니다.」 모욕감에 사로잡힌 전 근위대장은 대답을 하고 방의 구석으로 가 기다렸다.

바깥 도로에서는 기대감에 들뜬 환호성이 공기를 가득 메웠다. 작업장의 문은 다 닫혀 있고 크노소스의 모든 사람이 이 중요한 행사를 준비하고 있었다. 모든 집은 꽃으로 장식되어 있고, 도시는 크레테의 옛 승리를 축하하기 위해 거리로 뛰쳐나와 질러 대는 사람들의 환호성으로 떠들썩했다. 여러 날 동안 사람들은 굶주린 미노타우로스가 궁전이 들썩거릴 정도로 크게 울부짖는 소리 때문에 잠을 잘 수가 없었다. 「괴물이 배고픈 거야!」 그들은 공포에 질려 중얼거리며 땅에 귀를 갖다 대고 들었다. 「저 울부짖는 소리 좀 들어 봐!」

많은 사람들이 배가 들어오는 것을 보기 위해, 그리고 무엇보다 배고픈 저 끔찍한 괴물에게 먹이가 될 열네 명의 남녀를 보기 위해 항구로 달려갔다. 사람들은 모두 집에서 나와 항구에서 궁전으로 이르는 대로에 운집해 기다렸다.

이카로스 또한 아테나이 배가 들어오는 것을 보기 위해 항구로 달려갔다. 선창에 서서 검은 돛이 다가오는 것을 바라보고 있는데 어떤 불길한 예감이 스쳐 지나갔다. 그가 잘 알고 있는 사람을 만나기라도 할 것 같은 느낌이 들었다.

배가 항구에 들어와 돛과 닻을 내리자, 테세우스가 땅으로 뛰어내렸다.

이카로스는 소리를 질렀다. 「그 이방인이야!」

옆에 서 있던 한 노파가 조용히 이웃에게 말했다. 「그래…… 저렇게 잘생긴 청년이 괴물의 먹이가 되다니 참 가엾기도 하지.」

「쉿! 누가 듣겠어. 큰 소리로 말했다간 구덩이에 갇히는 신세가 될 거야.」

호위병들이 나타났다. 청년들과 처녀들은 배에서 내렸다. 나팔 소리가 나고 젊은이들이 걸음을 내딛자 행진이 시작되었다.

이카로스도 항구에서 그들 뒤를 따라갔다. 그는 그 이방인과 함께 걸으며 찬사의 말을 하고 싶었다. 그러나 그가 선창에서 군중 속에 파묻혀 따라가고 있을 때, 그를 알아본 한 선원이 검은 돛을 단 배에서 뛰어내려 달려와 그의 팔을 잡았다. 그는 샌들을 신고 아테나이인들이 주로 입는 짧은 키톤을 입고 있었으며 턱수염과 콧수염을 기르고 있었다. 이카로스는 당황한 눈빛으로 그를 보았다. 「나를 아시오? 누구요?」 그러나 그 선원은 웃기만 할 뿐 말없이 그의 팔을 붙들고 배 쪽으로 데려가려 했다. 「왜 나를 데려가는 거요?」 이카로스가 그의 팔을 뿌리치며 물었다. 그는 행렬을 따라가고 싶었던 것이다. 그래서 궁전으로 향하는 행렬을 다시 쫓아가기 위해 선원으로부터 몸을 돌렸다.

「이카로스!」 그제야 선원이 그의 이름을 나직이 불렀다.

이카로스는 갑자기 멈추었다. 귀에 익은 목소리였다! 분명 전에 들어 본 목소리인데! 그러나 어디에서?

「이카로스!」 선원은 그의 팔을 홱 잡으며 다시 속삭였다. 「나와 함께 가자!」

이카로스는 머뭇거렸다. 그는 알지 못하는 선원을 호기심 어리게 쳐다보았다. 〈이자가 나한테 무슨 비밀을 말하려는 게 분명해. 어쩌면 하리스가 보낸 편지 같은 것을……〉 그는 자신의 본능을 믿으며 그 선원을 따라 배로 갔다. 선원들은 모두 갑판에 나와 끝없이 늘어져 있는 선창과 창고, 높다란 봉우리 위에서 햇빛을 받아 반짝거리고 있는 청동 양날 도끼, 항구 양쪽에 솟아 있는 망루 등을 구경하고 있었다.

선원은 배로 뛰어올랐다. 이카로스도 뒤를 따랐다. 두 사람은 갑판 밑 아무도 없는 선실로 들어갔다. 어두컴컴한 방에서 그 선원이 이카로스에게 몸을 돌렸다. 「나를 못 알아보겠어?」 그가 턱수염과 콧수염을 떼어 내며 말했다.

「하리스!」 순간 이카로스는 못 믿겠다는 듯이 눈을 크게 떴다. 「하리스!」 그가 친구에게 달려가 말할 수 없는 기쁨으로 껴안으며 소리쳤다.

「쉿!」 하리스가 재빨리 턱수염과 콧수염을 다시 붙이며 나직이 말했다. 「들키면 안 돼!」 그는 주위를 조심스럽게 둘러보았다. 「이제 갑판으로 올라가서 이야기하자.」 그는 크리노에 대해 궁금한 것이 너무 많았다. 잘 있었을까? 편지는 받았을까?

이카로스는 여전히 못 믿겠다는 듯이 친구를 보며 크리노가 잘 있다고 그를 안심시켜 주었다. 「그리고 네 아버지는?」

하리스 또한 아버지가 잘 있다고 말했다. 아버진 아테나이에서 철로 된 무기를 만들고 계시다고 말했다. 두 친구는 갑판에 앉아 서로의 소식을 묻고 상대방이 하는 말 한 마디 한 마디를 귀담아들었다. 하리스가 놀라움을 감추지 못하고 중얼거리는 이카로스에게 귓속말로 말했다. 「우리 군대가 곧 크레테로 올 거야. 조국을 해방시키기 위해……」

이카로스는 조용히 앉아 이야기를 들었다.

「그러나 지금으로선 내가 여기 있다는 사실을 아무에게도 말하면 안 돼.」

「크리노한테도?」

「크리노한테는 돼. 난 숨어 있으려고 해. 언제까지냐면……」 그가 머뭇거렸다.

「언제까지?」이카로스가 끼어들었다.

하리스는 이카로스에게 가까이 몸을 붙였다. 그는 흥분을 진정시킬 수 없었다.「우리 테세우스 왕자님이 미노타우로스를 죽일 때까지!」

이카로스는 도저히 믿을 수 없다는 듯 소리를 질렀다.「그러나 아무도…….」

「확신을 가져!」하리스가 미소를 띠며 말했다.「우리 아버지가 그분에게 가장 무서운 괴물도 해치울 수 있는 강철 단검을 주셨어.」그는 일어섰다. 이제 크노소스 궁전에 들어가는 것이 급선무였다.「저들을 따라가자.」그는 지금쯤 꽤 멀리 가 대로에 접어들었을 행렬을 바라보며 이카로스를 재촉했다.

이카로스는 벌떡 일어섰다. 두 친구는 배에서 뛰어내려 아무도 없는 선창을 내달렸다. 그들은 수많은 자재들이 흩어져 있는 조선소를 쏜살같이 지나고, 머나먼 나라에서 가져온 거대한 보물이 쌓여 있는 창고를 거쳐, 크노소스의 시장이 서는 시끄러운 중앙 광장을 가로질러 마침내 행렬이 앞서가는 대로에 당도했다.

일곱 청년과 일곱 처녀는 나란히 주변의 푸른 들판을 감상하며 활기차게 걸어갔다. 봄철의 들판은 얼마나 아름다운가! 기름진 땅에서 새싹이 나기 시작했다. 희고 노란 데이지꽃이 화사한 햇빛을 받아 황금빛을 발산했다. 땅에서 살포시 솟아 나온 연약한 제비꽃과 빨간 아네모네는 미풍의 부드러운 애무에 하늘거렸다.

선두에 선 테세우스는 호기심 어린 군중을 뒤로하고 의기양양하게 성큼성큼 발걸음을 내디뎠다. 수많은 사람들이 아테나이에서 온 젊은이들을 보기 위해 대로 양쪽에 서서 이리저리 서로 밀쳐 댔다. 이 광경을 보고 측은히 여기는 몇몇 사람들은 고개를 옆으로 흔들었다.「……저 순진무구한 사람들이 무슨 죄가 있어?」

여기저기에서 중얼거리는 듯한 소리가 들려왔다. 「……이것은 온당치 못해, 저 어여쁜 젊은이들을 죽이다니……. 그러나 미노타우로스에게 먹이를 주지 않으면, 그놈은 우리 궁전을 파괴할 거야!」

「……그렇다면 누가 미노타우로스를 죽인단 말인가!」

「누가?」

이 질문에 아무도 대답을 하지 못했다.

드디어 궁전의 탑과 테라스가 눈에 들어왔다. 그들은 검은 기둥 꼭대기에 걸려 있는 청동 양날 도끼가 햇빛 속에서 번쩍이는 것을 보았다. 「신화에 나오는 궁전과 똑같아.」 안드로클레스가 옆에서 걷고 있던 클레오에게 속삭였다. 청년들과 처녀들은 멈춰서서 대리석의 화려함을 보고는 입을 다물지 못했다.

테세우스가 고개를 돌려 말했다. 「갑시다, 친구들. 걸음을 멈추지 말고 계속 갑시다.」

그들은 다시 행진을 시작했다. 테세우스는 힘차게 발걸음을 내디뎠다. 그는 확인이라도 하듯 이따금씩 허리 밑에 찬 단검을 만져 보았다.

마침내 궁전이 그들 앞에 펼쳐졌다. 좀 더 걸어가 궁전의 북문에 이르렀다. 그들은 북문을 지나고 커다란 돌계단을 올라 큼지막한 뿔이 제단 위에 뾰족 솟아 있는 넓은 안뜰로 들어갔다.

왕이 원로들과 귀족들에 둘러싸여 제단 옆 옥좌에 앉아 있었다. 황금으로 치장된 옷을 입고 있는 그의 얼굴에는 악의에 찬 미소가 감돌고 있었다. 그 옆에 두 공주가 공작새처럼 앉아 있고, 궁전의 귀족 부인들이 화려한 옷을 입고 뜰이 내려다보이는 커다란 궁전의 창문 주위에 앉아 있었다. 그들은 다가오는 청년들과 처녀들을 보기 위해 창가로 몸을 기울였다.

테세우스는 짧은 푸른색 키톤을 입고 허리띠를 단단히 졸라맨 차림으로 맨 먼저 안으로 들어갔다. 그가 붉은색 머리띠로 묶은 머리를 꼿꼿이 세우고 앞으로 성큼성큼 다가가자 놀라는 소리가 터져 나왔다.

아리아드네는 감정이 격해져 얼굴이 새빨개졌다.

왕은 눈살을 찌푸리며 말리스에게 확인하라고 손짓했다. 말리스가 보고는 왕 앞에 다가갔다. 「저자가 맞사옵니다.」 그는 늙은 왕의 발밑에 무릎을 꿇고 중얼거렸다.

파이드라는 걱정에 사로잡혀 있는 아리아드네를 쳐다보았다. 「너 저 사람을 좋아하니?」 그녀가 조롱하듯 물었다.

동생은 딴 곳으로 눈을 돌렸다. 「누구?」 그녀는 무관심한 체하면서 중얼거렸다. 그러나 가슴이 콩닥거려 아무 말도 할 수가 없었다.

파이드라는 재미있다는 듯 웃었다. 「시치미 떼지 마. 넌 지금 양귀비처럼 얼굴이 빨개졌어. 난 저 사람이 들어오는 순간 네 얼굴을 보았어.」

「괜한 소리 하지 마. 화장 때문이야.」 아리아드네는 응수하고는 더 이상 말을 하지 않으려고 등을 돌렸다.

왕이 손을 들어 조용히 하라는 신호를 했다. 그의 갈라진 목소리가 사방이 트인 안뜰에 가냘프게 울려 퍼졌다. 「네가 나의 신하인 아테나이 왕의 아들이냐?」

「제가 아테나이 왕의 아들입니다!」 왕자가 의기양양하게 앞으로 걸어 나오며 대답했다. 그는 인사로 오른손을 치켜들었다. 커다란 금반지가 그의 손가락에 끼어져 있었다.

아리아드네의 가슴은 더욱 세게 쿵쿵거렸다. 〈내가 준 반지를 끼고 있어!〉

「나의 신하!」왕은 테세우스가 대답을 하지 않자 분노가 끓어올라 발을 구르며 재차 물었다.「말하라!」

테세우스는 계속 대답이 없었다.

「말하라! 왜 말을 하지 않는 거냐? 넌 나의 신하가 아니더냐?」

「우리는 자유민입니다!」테세우스가 말했다.

「그렇다면 너희는 왜 나에게 매년 제물로 일곱 명의 청년과 일곱 명의 처녀를 바치고 있느냐?」

테세우스는 얼굴이 붉어졌다. 그는 조용히 생각했다. 〈정신을 바짝 차려야 해. 나의 수호신인 아테나께서 나에게 용감하라고 할 뿐 아니라 신중하라고 하신다.〉

아리아드네는 늠름한 젊은이를 감탄스럽게 쳐다보며 조용히 맹세했다. 〈난 저분이 죽도록 내버려 두지 않을 거야……. 저분을 도울 테야……. 그러나 어떻게?〉

「우리 왕국의 힘은 막강하다!」왕이 겁을 주었다.「모든 사람이 나에게 복종한다! 고개를 쳐드는 자에겐 불행만 있을 뿐이다. 나의 신의 양날 도끼가 내리칠 것이다.」그는 한 장교에게 고개를 돌려 명령했다.「저들을 궁전으로 데려가 머리에 죽음의 노란 왕관을 씌우게 하라! 그러나 우선 목욕부터 시키고 먹고 마시게 하라. 사흘 후에 건강한 모습으로 미노타우로스 앞에 나아갈 것이다. 명령하노라!」

옥좌 뒤에 서 있던 한 덕망 높은 늙은 귀족이 머리를 흔들었다. 〈저 젊은이는 정말 용감하도다! 우리에게도 저런 계승자가 있다면!〉

「너!」아테나이의 젊은이들이 하나 둘 옥좌 앞을 걸어가고 있을 때, 왕이 왕홀을 뻗어 테세우스를 찌르며 말했다.「넌 여기 남아 있어!」

그는 뜰에서 다른 사람들에게 고개를 돌렸다. 「모두 물러가시오! 이 무례한 젊은이와 단둘이 있고 싶소!」

안뜰은 순식간에 텅 비었다.

아리아드네는 여전히 자리에 앉아 그녀 아버지에게 고개를 돌렸다. 「제가 있어도 되겠사옵니까?」 그녀는 왕에게 호소하는 듯한 표정으로 속삭였다.

왕은 불쾌한 표정을 지었다. 「안 돼! 모두 물러가거라!」

아리아드네는 일어서며 테세우스를 무감각하게 쳐다보았다. 왕은 의심을 하지 않았다.

테세우스도 얼굴에 어떤 표정도 드러내지 않고 그녀를 쳐다보았다. 순간 그는 알았다는 듯 눈을 깜빡거렸다. 그는 손을 들어올려 금반지에 입술을 부드럽게 갖다 댔다.

타조 깃털 부채가 아리아드네 손에서 미끄러져 땅에 떨어졌다.

테세우스는 허리를 굽혀 그것을 집었다. 공주 또한 그것을 집으려 몸을 숙였다. 그들의 얼굴이 마주쳤다. 테세우스는 그녀의 손가락을 가볍게 스치며 부채를 건네주었다.

「아리아드네!」 왕이 바닥에 왕홀을 두드리며 짜증스럽게 말했다.

「이제 우리 둘만 남았군. 그렇지 않느냐?」 왕이 의기양양한 젊은이의 얼굴을 정면으로 바라보며 말했다.

테세우스는 대답이 없었다.

「내 궁전에 대해 어떻게 생각하느냐?」 왕이 조롱 섞인 어조로 물었다.

「큽니다. 크고 훌륭합니다.」

「네가 이 궁전을 본 것이 처음이냐?」

테세우스는 침묵을 지켰다.

「네가 감히 나에게 진실을 말하지 않으려 드느냐?」 늙은 왕이 비웃듯 물었다.

「전에 온 적이 있습니다.」

「언제?」

「지난여름에.」

「왜 왔었느냐?」

「여행 중이었는데, 내 조국의 꽃다운 젊은이들을 죽이는 이 궁전을 보려고 왔었습니다.」

「궁전 안으로 들어왔었느냐?」

「네.」

「누구와 이야기를 나누었느냐?」

「그렇습니다.」

「누구와?」

침묵이 흘렀다.

「말하라! 네 입을 열게 만들 것이다!」

「저에게 아무 짓도 할 수 없을 겁니다. 전 이미 제 생명을 의탁했습니다. 그래서 더 이상 두려울 게 없습니다. 전하께서 하실 수 있는 일은 저를 괴물에게 바치는 것뿐입니다. 그렇게 해주십시오.」 테세우스가 말했다.

「그래 너를 괴물에게 던져 줄 것이다. 너희 뜻이 그렇지만 당장은 아니야. 너한테 물어볼 게 한 가지 더 있어. 내 대장장이는 어떻게 했느냐?」

「제가 데리고 갔습니다. 그는 지금 아테나이 궁전에서 일을 하고 있습니다.」

「무기를 만들고 있느냐?」 왕의 목소리가 떨렸다.

「네.」

「그 무기를 가지고 무엇을 하려고?」

「할 수만 있다면 제 조국을 해방시키려고요.」

왕은 웃음을 터뜨렸다. 「누구도 나를 이길 수 없어. 그것도 몰라?」 왕은 으르렁거렸다.

「전하는 늙으셨습니다. 이렇게 말하는 걸 용서하십시오. 전하께서 돌아가시면 누가 왕위를 계승하겠습니까? 공주? 그들은 여자입니다. 저의 경쟁 상대가 못 됩니다. 사위? 그들은 서로 다툴 것입니다. 그러니 저는 편안히 기다리기만 하면 됩니다.」

「내가 죽는다고?」

「네.」

「넌 한 가지 사실을 잊고 있다.」

「무엇입니까?」

「네가 나보다 먼저 죽는다는 것이다. 사흘 후에.」

「어쩌면 그럴지도 모릅니다. 그러나 한 가지 부탁의 말씀이 있습니다.」

「말하라.」

「제가 미노타우로스를 죽인다면, 나를 죽이지 않겠다고 약속해 주실 수 있습니까?」

「약속하지. 하지만 넌 미노타우로스를 죽이지 못해. 설사 그렇게 하더라도 미로에서 빠져나올 수 없을 것이다.」

「두고 보면 알 것입니다.」

왕은 대답이 없었다. 그는 뭔가를 골똘히 생각했다. 〈이 겁 없는 왕자는 위험해. 아테나이 사람들이 철로 만든 무기로 무장하기 전에 대장장이를 다시 데려와야 해. 수를 내야겠어. 이놈을 구슬려서 대장장이를 다시 데려와야 해……. 그런 다음에 죽여도 늦지 않아.〉

「들어라, 젊은 친구. 네 목숨을 구하고 싶지 않느냐?」 왕은 목소리를 바꾸고 부드러운 표정을 지으며 말했다.

「저에게 제안을 하시는 겁니까?」

「대장장이를 나한테 데려오너라. 그러면 널 살려 주겠다.」

테세우스는 말이 없었다.

「어떠냐? 그렇게 하겠느냐 말겠느냐?」

「그렇게 못하겠습니다.」

「무엇이라고? 넌 스스로 무덤을 파고 있어!」

「전 아테나 여신을 믿고 있습니다.」 테세우스가 대답했다.

왕이 옥좌에서 일어섰다. 「근위병! 저자를 독방으로 데려가 다른 사람과 격리해 놓아라! 보초병을 세워 근처에 아무도 얼씬거리지 못하게 해!」 왕은 분노한 얼굴로 테세우스를 노려보았다. 젊은이는 그의 눈길을 당당한 표정으로 맞받았다.

「이제 만족하느냐?」 왕이 비웃으며 물었다.

「그렇습니다.」 왕자는 대답을 하고 근위병을 따라 궁전으로 들어갔다.

26

아리아드네는 창가에 서서 땅거미가 내리는 것을 지켜보았다. 그녀의 머릿속엔 온통 어떻게 하면 테세우스를 도와줄 수 있을까 하는 생각뿐이었다. 「생각해 봐, 크리노. 나를 도와줄 방법 없니?」 그녀는 그녀 발밑에 조용히 앉아 있는 크리노에게 중얼거렸다.

낙심하고 있는 노예는 고개를 들어 주인을 바라보았다. 「공주님, 오늘 그분이 계시는 곳에 두 번이나 갔었는데 근위병이 왕의 명령이라면서 저를 쫓아냈습니다.」

아리아드네는 계속 창문 밖을 쳐다보았다. 해가 서산에 지기 시작해 서편 하늘은 저녁노을로 물들고 있었다. 시원한 미풍이 불어오고 강둑의 나무숲에 모여 있는 새들은 술에 취한 듯 요란하게 지저귀었다. 〈세상은 참 아름답구나! 그분을 구해 낼 방법을 찾아야 해! 미노타우로스를 죽인다 해도, 미로를 어떻게 빠져나온단 말인가? 그분에게 말해야 해…… 그분에게 말해야 해……〉 그녀는 크리노를 다시 불렀다. 「나를 도와줘, 크리노. 방법을 찾아야 해!」

「한 가지 이상한 일이 있어요.」 크리노가 검은 곱슬머리를 흔들며 이야기했다. 「제가 테세우스 왕자님을 보려고 갔다가 돌아오는 길에 통로에서 이카로스를 만났습니다. 이카로스는 어둠 속에서 저한테 다가와 오늘 밤 즐거운 일이 있을 거라고 말했습니다. 그러나 그때 말리스가 나타나는 바람에 이카로스는 깜짝 놀라 급히 가버렸습니다.」

「즐거운 어떤 것? 나에게 노래를 불러 다오. 내 마음을 가라앉힐 노래를.」 공주는 소파에 앉아 눈을 감았다.

「어떤 노래를 부를까요, 공주님?」

「새로운 노래를 불러라…… 북쪽에서 온 배가 전해 준 그 투박한 노래 말이다.」

「지상을 헤매다가 괴물들을 죽인 영웅 헤라클레스의 노래 말씀이신가요?」

「그래.」

크리노가 가냘픈 목을 세워 노래를 부르기 시작했다. 그녀는 원시적 가사와 낮은 선율로 노래를 단순하게 불렀다.

「야만스러운 노래지만 마음에 들어.」 크리노가 노래를 마치자 공주가 말했다.

크리노는 대답을 하지 않았다. 그녀는 갑자기 귀를 쫑긋거리며 뭔가를 들으려고 했다.

「왜 그래?」

「밖에 누가 왔어요.」 소녀가 속삭였다.

「난 아무 소리도 들리지 않는데…….」

「어떤 사람이 문밖에 왔습니다.」 크리노가 대답을 하고 문간으로 살금살금 갔다. 그녀는 문 옆에 서서 귀를 기울였다. 누군가의 숨소리를 들을 수 있었다. 크리노가 조심스럽게 문을 열자 턱수염을 기르고 이상한 옷을 입은 사람이 문간에 서 있었다. 그녀가 말도 하기 전에 그 사람은 방 안으로 들어온 뒤 재빨리 문을 닫았다.

「누구세요? 아무도 이곳에 들어올 수 없어요!」 크리노가 놀라며 소리쳤다.

젊은이는 웃었다. 「난 들어갈 수 있어!」 그는 얼굴에서 턱수염과 콧수염을 떼어 냈다.

순간 크리노는 소리를 지르며 동생의 두 손을 잡았다. 「하리스!」

아리아드네는 서 있었다.

「쉿!」 하리스는 누나를 따뜻하게 껴안으며 말했다. 「들키면 안 돼! 내가 이곳에 있다는 걸 아무도 알아선 안 돼! 만약 왕이나 말리스가 안다면 난 끝장이야!」

「크리노가 잠자는 옆방에 숨겨 주마!」 아리아드네가 재빨리 말했다.

하리스는 크리노를 놓아주고 방으로 들어와 공주의 발밑에 무릎을 꿇었다.

「이리 와 앉아.」 아리아드네는 하리스의 손을 잡으며 말했다. 「의자에 앉아 자세히 말해 보렴! 이곳에 어떻게 왔니?」

하리스는 의자에 앉아 그동안 있었던 모든 것을 이야기했다.

「그리고 테세우스 왕자님은?」 하리스가 말을 서둘러 마치자 아리아드네가 말했다. 「그분은 어떻게 되었어?」

「제가 이곳에 온 후로 왕자님을 뵙지 못했습니다. 그러나 우리가 크노소스에 도착하기 전에 공주님께 이것을 전해 주라고 하셨습니다.」 그는 가슴속에서 붉은 천으로 감싼 조그만 물건을 꺼내 아리아드네에게 건네주었다.

공주는 그것을 조심스럽게 받아 들고 천을 풀었다. 그녀는 작은 탄성을 질렀다.

「무엇입니까?」 크리노가 염려스러운 듯 물었다.

「내가 그분께 주었던 반지를 찍은 밀랍이야.」 아리아드네는 떨리는 목소리로 말했다. 「나의 도움이 필요하면 반지를 찍은 밀랍을 보내 달라고 말했거든.」 그녀의 두 눈에 눈물이 가득 고였다. 「지금, 난 그분을 위해 아무것도 할 수 없어. 그분을 만날 수조차 없어!」 그녀는 일어서서 바닥을 응시했다. 「오, 어떻게 하지? 어떻게 하면 그분을 구할 수 있지?」

「전하께 가서 사정을 해보시는 게……」 크리노가 말했다.

「그렇게 하면 사태만 악화될 뿐이야!」 공주가 신음하듯 말했다. 그녀는 하리스 앞에 잠시 서 있었다. 「넌 총명하니까 방법 좀 생각해 봐!」

하리스는 그녀를 쳐다보고 공주에게 말해 줄 어떤 좋은 방법이 없는지 곰곰이 생각했다.

크리노도 걱정스러운 눈빛으로 하리스를 쳐다보았다.

소년이 갑자기 벌떡 일어서며 말했다. 「제게 좋은 아이디어가 있습니다! 주방에서 일하는 친구가 하나 있습니다. 그는 귀족들과 귀족 부인들, 궁전을 방문한 외국인들에게 음식을 날라다 주는 일을 하고 있습니다. 오늘 밤 제가 그분에게 음식을 날라다 주겠다고 그에게 부탁해 보겠습니다. 그는 기꺼이 제 부탁을 들어줄 것입니다.」

아리아드네의 눈에 한 줄기 희망의 빛이 서렸다.

「……제가 친구의 흰 모자를 쓰고 앞치마를 입고 테세우스 왕자님께 음식을 갖다 드리겠습니다. 보초병들도 외국 손님에게 음식을 가져가는 주방 조수를 막지는 못할 것입니다.」

크리노는 환호성을 질렀다. 「훌륭해!」 그리고 동생의 팔을 잡고 껴안았다. 「넌 참 똑똑해! 너무 훌륭해!」

공주 또한 하리스를 부드럽게 껴안았다. 「넌 참으로 영리한 소녀이야!」 그녀는 한 줄기 솟아오른 희망에 부풀어 그를 쳐다보며 말했다.

하리스는 얼굴을 붉혔다. 「그분을 만나면 무슨 이야기를 할까요?」

「내가 그분을 생각하고 있고 또 만나고 싶어 한다고 말해. 미로를 빠져나올 방법이 있는지도 물어보거라. 아무튼 내가 꼭 만나고 싶어 한다고 전해.」

「꼭 전하겠습니다! 이만 물러가 주방으로 가보겠습니다. 벌써 저녁때가 되어 친구는 식사 준비를 하고 있을 겁니다.」

그 순간 크리노가 그의 팔을 잡았다. 「넌 영리하고 용감해!」 그녀는 그를 자랑스럽게 바라보며 속삭였다.

「조심해. 행운을 빈다! 빨리 돌아와!」 공주가 말했다.

「30분 안에!」 소년은 그녀를 안심시켜 주고 방에서 급히 나갔다.

잠시 후 흰 모자를 쓰고 앞치마를 두른 요리사의 조수가 음식이 든 커다란 쟁반을 들고 테세우스가 갇혀 있는 방문 앞에 나타났다.

「문을 여시오! 식사를 가져왔습니다!」 그가 보초병에게 소리쳤다.

「알았어! 큰 소리 칠 필요 없잖아!」 문을 지키고 있던 두 보초병이 투덜대더니 문을 열고 그를 안으로 들여보내 주었다.

하리스는 안으로 들어갔다. 등불이 없어 컴컴했다. 테세우스는 구석에 앉아 있다가 문이 열리는 소리를 듣고 벌떡 일어섰다.

「누구요?」

「식사를 가져왔습니다!」 하리스가 목소리를 바꾸어 말했다.

「먹기 싫다! 가져가!」 어두컴컴한 구석에서 테세우스가 말했다.

「당신의 식사입니다.」하리스가 가까이 다가가며 말했다.

「말하지 않았소, 안 먹는다고!」테세우스의 목소리는 화가 난 듯 더 커졌다.

하리스는 더 가까이 다가갔다. 「왕자님, 접니다. 하리스!」그는 쟁반을 내려놓으며 거의 들리지 않을 정도로 말했다.

잠시 침묵이 흘렀다. 테세우스가 어둠 속에서 하리스를 보기 위해 눈을 똑바로 떴다. 「고얀 녀석! 네가 나를 속였구나!」그는 조용히 웃으며 소년의 손을 잡았다.

하리스도 웃었다. 「이야기할 시간이 없어요.」그는 목소리를 낮게 깔며 급히 말했다. 「공주님께서 왕자님을 만나고 싶어 해요. 미로를 빠져나올 방법이 있는지도 물어보라고 했습니다. 미노타우로스를 죽이더라도 결코 밖으로 나올 수 없다고 말씀하셨어요.」

「나 또한 공주님을 보고 싶구나. 그러나 어떻게?」

「잘 궁리해 보십시오. 내일 밤 다시 오겠습니다. 그때까지 저희도 생각을 해보겠습니다.」

「야, 거기! 그렇게 오랫동안 뭐 하는 거야!」문을 지키고 있던 보초병이 안을 들여다보며 소리쳤다.

「불 밝힐 등을 찾을 수 없어요.」하리스가 소리쳤다.

「신경 쓰지 마, 우리가 가져다줄 테니까! 당장 나와!」보초들은 무뚝뚝하게 대꾸했다.

하리스는 빈 쟁반을 들고 급히 빠져나왔다.

공주 방에서 두 여자는 초조하게 하리스를 기다리고 있었다.

「어떻게 되었어? 잘했어?」그들은 하리스가 돌아오자 다급하게 물었다.

「잘했습니다!」 하리스가 웃었다.

「그분을 보았어?」

「네. 처음엔 저를 못 알아보고 나가라고 명령했습니다.」

「너에게 뭐하고 말하든?」

「그분 역시 공주님을 뵙고 싶다고 말했습니다. 그러나 방법을 몰라 고심하고 있습니다. 묘안을 생각해 내일 밤 말하겠다고 했습니다.」

「무척 걱정하고 계시더냐?」

「모르겠습니다, 공주님. 목소리로 봐서는 왕에게 화가 나 있는 것 같았습니다.」

「피곤하겠구나. 이제 그만 가서 자려무나. 내일 밤 그분에게 다시 음식을 갖다줘야 할 테니.」 그녀는 크리노에게 고개를 돌려 말했다. 「나도 피곤하구나. 잠자리를 준비해라. 그리고 너도 잠을 좀 자두어라. 어쩌면 위대한 여신께서 꿈속에서 우리에게 좋은 충고라도 해줄지 모르니.」

27

그녀는 길고 어둑어둑한 홀, 궁전 어딘가의 끝없는 통로를 오랫동안 걸었다. 그녀는 깊은 곳에서 들리는 노래와 웃음소리를 쫓아 맨발로 걸어갔다. 소리는 문 쪽에서 들려왔다. 그러나 거기엔 두 명의 보초병이 지키고 있었다. 그들은 큼지막한 술잔을 들고 술을 마시고 있었다. 그들은 마시고 또 마시며 노래를 불렀다. 갑자기 문이 열리고 한 소년이 나왔다. 그가 보초병을 보고 입가에 미소를 띠며 한 대 갈기자 그들은 고꾸라졌다.「아리아드네! 아리아드네!」그가 소리쳐 불렀다.

아리아드네는 깜짝 놀라 잠에서 깼다. 누군가가 그녀를 불렀다. 그녀는 일어나 앉아 주변을 살펴보았다. 아무도 없었다. 촛불은 조그만 위대한 여신상 앞에서 조용히 불타고 있었다. 그녀는 귀를 기울였다. 잠에 빠진 궁전엔 정적이 감돌았다.

그녀는 침대에서 일어나 촛불 앞에 놓여 있는 탁자로 갔다.「위대한 여신이여, 나의 고통을 알아주소서! 나를 도와주소서!」그녀는 나직이 중얼거렸다. 가물거리며 타고 있는 촛불 앞에서 여신상은 그녀에게 미소를 짓고 있는 것 같았다.

그녀는 창가로 가 밖을 내다보았다. 정원과 테라스가 달빛을 받아 파리한 빛을 띠고 있었다. 「자정이 지났어. 날이 새면!」 그녀는 중얼거렸다. 그녀는 다시 침대로 가 누웠지만 잠을 이룰 수 없었다. 오랫동안 그녀는 생각에 잠겨 있었다. 〈그분을 만날 방법을 생각해 내야 한다! 어떻게 하면 그분을 만날 수 있을까?〉 그녀는 계곡에서 울어 대는 나이팅게일 소리에 귀를 기울이며 밤새도록 생각에 잠겨 있었다.

동쪽 하늘이 서서히 밝아 오고 별들은 점점 희미해지더니 금세 사라져 갔다. 수탉들이 울기 시작하고 동쪽 하늘이 붉게 물들더니 마침내 날이 밝았다!

그녀는 일어났다. 오늘 그녀는 그를 만날 방법을 찾을 것이다!

크리노가 다가왔다. 「일어나셨군요, 공주님?」

「난 잠을 자지 못했어. 어떤 사람이 내 이름을 부르는 바람에 잠을 깼어.」

「꿈이었군요.」

「그래, 꿈을 꾸었나 보구나. 어두운 통로를 걷고 있었어……. 거기에 문이 하나 있었고 문을 지키고 있는 두 명의 병사가 술을 마시고 있었어……. 그리고 젊은 사람이 문을 열고 나타났어. 그가 웃으며 병사들을 때려눕히고 내 이름을 불러 그만 잠에서 깨고 말았어.」

「바로 그거예요, 공주님! 바로 그거예요!」 크리노가 손뼉을 치며 소리쳤다. 「위대한 여신께서 공주님에게 꿈을 꾸게 해 방법을 가르쳐 주셨어요!」

「무슨 말을 하는 거야?」

「제가요? 아니에요, 공주님. 꿈이 모든 걸 말하고 있어요. 우리가 보초병에게 술을 먹일 방법을 찾으라고 말이에요……. 그러면 테세우스 왕자님이 문을 열고 나와 공주님을 만날 수 있을 거예요.」

아리아드네는 깜짝 놀라며 그 아이디어를 생각해 보았다. 〈그래! 이 애의 말이 옳다. 위대한 여신이 내가 꿈을 꾸도록 만들어 주셨다……. 그래서 지난밤 가물거리며 타고 있는 촛불 뒤 여신상이 나에게 미소를 지었구나!〉 그녀는 흐뭇하게 미소를 지으며 크리노를 껴안았다.

「하리스는 아직 안 일어났니?」 그녀가 즉시 물었다.

「네, 아직 자고 있습니다, 공주님!」

「일어나는 즉시 나한테 데려와.」 〈하리스는 영리하니까 보초병을 술 취하게 할 방법을 찾아내겠지.〉

문을 두드리는 소리가 났다. 이카로스가 하리스를 만나러 왔다.

「하리스는 아직 자고 있구나.」 그가 방에 들어와 공주에게 인사를 하자 아리아드네가 말했다.

「하리스를 만나야 해요. 깨워도 되겠습니까?」 이카로스는 하리스가 숨어 있는 방문을 유심히 바라보며 말했다.

「무엇 때문에 하리스를 보려고 하지?」 아리아드네의 눈은 즐겁게 춤을 추고 있었다. 그녀의 기분은 한껏 고조되어 있었는데 모든 게 잘될 것만 같았다.

이카로스는 머뭇거렸다. 「용서하세요, 공주님! 중요한 일입니다.」

「오, 비밀이냐! 그렇다면, 중요한 일이라면, 들어가 깨워 보거라.」

이카로스는 조그만 문을 열고 안으로 들어갔다. 크리노의 방은 소박하고 깨끗했다. 작은 정원이 내려다보이는 조그만 창문이 하나 있고 창턱에는 도기로 만든 아름다운 주전자가 하나 놓여 있었다. 주전자엔 온통 촉수로 뒤덮인 커다란 검은 문어가 장식되어 있었다. 벽에도 커다란 흰 백합과 나비가 그려져 있었다. 조그만 검은 고양이 한 마리가 방 한구석 멍석에 누워 있었다.

이카로스는 하리스가 누워 있는 침대 곁으로 가 친구의 몸을 부드럽게 흔들며 급하게 말했다. 「하리스!」

하리스가 눈을 뜨며 놀라 중얼거렸다. 「무슨 일이야? 이렇게 일찍 웬일이야?」

「일찍? 해 뜬 지가 언젠데. 일어나! 소식이 있단 말이야.」

「무슨 소식?」 하리스는 다시 누우며 눈을 비볐다.

「실험이 끝났어!」

「실험? 무슨 실험인지 모르겠는데.」

「벌써 잊었어? 전에 말했잖아, 우리 아버지가······.」

「아······ 날개.」

「그래, 날개! 아버지가 지난밤에 드디어 완성하셨어! 아버지는 궁전에서 언덕까지 날았어! 이제 이해하겠어?」 이카로스는 의기양양하게 친구를 쳐다보았다. 「우린 이제 자유를 찾아 날아갈 수 있어!」

하리스는 하품을 했다.

「넌 흥미가 없나 보구나.」

「잘 들어 봐, 이번 여행은 나를 바꾸어 놓았어. 이 여행을 계기로 난 다른 시각을 갖게 되었어. 다른 방법으로 자유를 획득하려고 해.」

「어떤 방법?」 이카로스는 친구가 자기의 놀랄 만한 소식에 무관심한 반응을 보이는 것에 섭섭해하는 투로 말했다. 그는 하리스를 화난 듯 쳐다보았다. 그는 여행을 한 후 많이 변해 있었던 것이다. 그는 밤사이 훌쩍 커버린 사람처럼 자신에 대해 새로운 태도를 갖게 되었던 것이다.

하리스는 일어서서 진지하게 말했다. 「난 날개를 달아 이곳의 폭정으로부터 멀리 도망치지 않을 거야. 이곳에 남아 투쟁할 거야!」

「혼자서! 어떻게? 너 혼자서 말이야?」

「혼자가 아니야. 나와 같은 생각을 하는 사람들이 많아. 우리는 모두 힘을 모아 맞서 싸울 거야.」

「무엇을 가지고? 따르는 무리라도 있어? 또 지도자도 있니?」 이카로스가 냉소적으로 물었다.

「우리는 무기를 가지고 있어. 아버지가 지금 아테나이에서 만들고 계셔. 그리고 지도자도 있지. 너도 그분을 알고 있어.」

「아테나이의 왕자?」

「그래. 왕자님은 강하고 현명하고 정의로운 분이야. 이카로스, 너도 아테나이로 가서 그곳 사람들이 어떤 삶을 살고 있는지 봐야 해.」

「그들에게도 왕이 있어?」

「물론이지. 하지만 그곳 사람들은 왕의 노예가 아니고 자유 시민이야. 그들은 자유롭게 살고 일하고 생각해.」

「그럴 수도 있겠지. 하지만 난 기다릴 수 없어.」

「다른 사람들을 모두 노예로 남겨 두고 너만 멀리 날아갈 생각이야?」 그는 머리를 옆으로 흔들었다. 「그건 옳은 방법이 아니야, 이카로스. 조금 비겁하다고 생각되지 않아?」

이카로스는 얼굴을 붉혔다. 친구의 말이 옳다는 것을 알고 있지만 그의 가슴은 자유를 찾아 이미 훨훨 날고 있었으며 어떠한 것도 그의 목적을 흔들지는 못했다. 「이제 가야겠어. 아버지를 도와야 해.」 그가 하리스의 눈을 피하며 말했다.

하리스는 손을 뻗어 친구의 손을 잡았다. 「이카로스, 너한테 부탁할 게 있어.」 그는 친한 친구를 다정하게 바라보며 말했다.

「말해 봐.」

「이곳 궁전에서 무슨 일이 일어나면 우리를 도와줄 수 있겠니?」

「무슨 일이 일어나는데?」

「아직은 잘 몰라. 그러나 어떤 일이 일어난다면, 네가 우리를 도와줄 수 있을지 알고 싶어.」

이카로스는 말이 없었다.「그런 일이 일어난다면, 너를 도와줄게. 하지만 너무 오래 걸린다면…….」

「급하니?」

「그래.」

하리스는 생각에 잠긴 듯 그를 쳐다보았다. 그도 이해한 지 얼마 되지 않은 것을 친구에게 어떻게 이해시킨단 말인가? 그가 아테나이에서 본 것을 그에게 보여 줄 수만 있다면! 거기에선 모든 사람이 왕을 아버지처럼, 서로를 형제나 가족처럼 대하며 열심히 일하는 모습을 어떻게 보여 준단 말인가!「우린 날개가 필요 없어, 이카로스. 우리에겐 영혼에 달 날개가 필요해.」그가 부드럽게 말했다.

「좋아, 나중에 이야기하자.」이카로스가 문으로 걸어갔다.

「언제 돌아올래?」

「일이 끝나는 대로.」

「이곳에 있을게.」

28

 이카로스를 배웅을 하고 나니 하리스는 공주와 크리노가 자기를 기다리고 있을 것이라는 생각이 들었다.
「우린 네가 잠에서 깨길 새벽부터 기다리고 있었어. 잠은 잘 잤어?」하리스를 보자 그들이 말했다.
「곯아떨어졌습니다.」하리스가 웃으며 대답했다.
「이리 와 앉아. 네 생각을 듣고 싶어. 우린 문제를 반쯤 풀었어. 네가 그 나머지를 풀었으면 해.」공주는 꿈 이야기와 크리노가 한 말을 모두 이야기했다.
「……그래서, 보초병을 취하게 만들 방법을 알아내야 해. 그러나 묘안이 없어.」
「그건 간단하죠. 공주님이 주방에다 큰 항아리에 오래된 좋은 술을 가득 담아 고기 요리와 함께 가져오라고 분부를 내리시면, 나머지는 제가 다 알아서 하겠습니다.」
「무엇을 하려고?」
「테세우스 왕자님에게 식사를 갖다 드리기 전에 술과 고기를 보초병들에게 먼저 가져다주며 공주님께서 생신을 자축하는 뜻에서 술과 고기를 그대들에게 베푸시는 것이라고 말하는 겁니다.

그런 다음 제가 테세우스 왕자님께 음식을 갖다 드리며 계획을 말하는 거죠. 보초병들이 술에 취해 곯아떨어지면 문을 열고 조용히 나올 것입니다……. 그리고 제가 근처에 숨어 있다가 이곳으로 모셔 오겠습니다.」

「그러니 지금 주무세요, 공주님. 오늘 밤 공주님도 밤을 지새우셔야 하니까요.」 크리노가 공주에게 말했다.

「내가 어떻게 잠을 잘 수 있겠니? 내 마음은 오직 그 생각뿐이야. 오늘 밤 그분이 온다면 무슨 말을 해야 좋을까? 거미줄처럼 얽힌 미로를 빠져나올 방법이 없을까?」 그녀는 소파에 몸을 뉘고 베개를 베었다. 「방법을 찾아야 해. 방법을……」 그녀는 초조한 마음을 달랠 길 없어 천장을 응시하며 멍하니 누워 있었다.

크리노는 뜨개질 바구니를 들고 돗자리에 앉아 수를 놓기 시작했다. 두 여자는 말이 없었다. 각자의 생각에 빠져 있었다. 빠끔 열려 있는 문을 통해 작은 고양이 한 마리가 꼬리를 치켜들고 푸른 눈을 반짝이며 안으로 들어와 크리노의 품에 안겨 코를 비볐다.

「어서 오너라!」 크리노가 웃으며 자기 품에 안겨 만족한 듯 가르랑거리는 고양이를 쓰다듬으려 하다가 실타래를 바닥에 떨어뜨렸다. 그녀가 푸른 실타래를 다시 주우려는 순간 고양이가 그것을 발견하고 바닥으로 내려가 발로 실타래를 이리저리 굴리며 장난을 쳤다.

크리노는 킬킬 웃으며 즐겁게 놀고 있는 고양이를 잡으려고 손을 뻗었지만 놈은 조그만 발톱으로 실타래를 움켜쥐고 달리기 시작했다. 「안 돼! 안 돼!」 크리노는 장난 섞인 투로 말하고 실타래를 다시 줍기 위해 몸을 숙였다.

아리아드네는 소파에 누워 고개를 앞으로 내밀며 고양이와 크리노를 즐겁게 쳐다보고 있었다. 고양이는 푸른 실타래를 가지고 까불며 놀고 있었는데 실이 점점 헝클어지더니 네 발에 이리저리 마구 감겨 고양이는 오도 가도 못하는 신세가 되어 버렸다. 「헝클어진 실에서 고양이를 어떻게 빼내겠니?」 그녀는 몸부림치는 고양이를 잡고 발에 엉망으로 감겨 있는 실을 걷어 내고 있는 크리노에게 웃으며 말했다.

「정말 미로처럼 뒤얽혔어!」 크리노는 말썽꾸러기 고양이를 찰싹 때리는 시늉을 하면서 중얼거렸다.

아리아드네는 일어나 앉았다. 「크리노! 바로 그거야! 네가 나한테 답을 주었어!」

크리노는 무슨 영문인지 얼떨떨해하면서 공주를 쳐다보았다. 아리아드네는 소파에서 바닥으로 뛰어내리더니 팔짝팔짝 뛰었다. 「이제 오늘 밤 테세우스 왕자님께 해줄 말이 생각났어!」 그녀는 소리를 질렀다. 그녀의 얼굴은 흥분에 차 불그스레했다. 「이제 그분을 도와줄 방법을 찾았어! 그분께 실타래를 주고 한쪽 끝을 미로 입구에 묶어 놓고 실을 풀면서 구불구불한 지하 동굴로 들어가게 하는 거야. 그러면 미노타우로스를 죽이고 난 뒤 풀어 놓은 그 실을 따라 다시 입구로 나올 수 있지!」

크리노는 경외심에 사로잡혀 공주를 쳐다보았다. 「정말 간단하군요! ……너무 간단합니다, 정말로.」 그녀는 중얼거렸다.

공주는 고개를 끄덕거렸다. 「위대한 것은 모두 간단하지. ……위대한 것은 모두!」 그녀는 빙그레 미소를 지었다.

29

 궁전에 어둠이 내려앉아 통로가 어두컴컴해지자 흰 요리사 복장을 한 하리스가 고기 접시와 포도주가 든 큰 항아리를 들고 테세우스의 방을 지키고 있는 두 명의 보초병에게 갔다.
 「당신들은 행운이군요, 친구들! 멋진 밤이 되길!」 하리스가 보초병들 앞에 접시를 내밀며 말했다.
 보초병들이 그를 노려보았다. 「물러가라!」 그들은 고기를 힐끗 보며 외쳤다. 「상관에게 갖다 드릴 거면서 우리 코밑에서 냄새 풍기지 마.」
 「오늘 밤은 당신들이 상관이죠, 친구들.」 하리스가 접시를 그들의 발밑에 놓으며 웃었다. 「이 냄새 좋은 요리들은 모두 그대들 것입니다.」
 「농담하지 마! 괜히 우리 마음을 들뜨게 하지 말라고.」 키가 작은 병사가 하리스의 팔을 잡으며 위협했다.
 「당신들 거라니까요, 용감한 동지들! 이 음식 전부 다!」 하리스가 짐짓 놀란 체하면서 외쳤다. 「공주님께서 여러분의 노고를 치하하기 위해 이것들을 보냈소. 공주님의 건강을 위해 건배! 오늘이 공주님의 생신이어서 공주님이 특별히 그대들을 생각하신 거요.」

보초병들은 믿지 못하겠다는 듯 눈을 끔벅거렸다. 서서히 만족스러운 표정이 그들의 어리석은 얼굴에 퍼지기 시작했다.

「이리로…… 문 옆으로 와 앉으시오.」하리스가 재촉했다. 「보는 사람은 아무도 없습니다. 맛있는 양고기도 뜯고…… 항아리의 술도 마시세요……. 그리고 공주님의 건강을 위해 축배합시다.」

보초병들은 조심스럽게 다가왔다. 키 작은 보초병이 술항아리를 잡았다. 「그렇다면, 공주님의 건강을 위해!」그가 웃으며 한 잔 쭉 들이켰다.

「그리고 당신의 건강을 위해, 젊은 친구!」다른 보초병이 웃었다. 이제 그의 얼굴에는 미소가 가득했다. 「또 한 번 당신의 건강을 위해!」

하리스는 껄껄 웃고 발걸음을 돌려 테세우스의 식사를 가져오기 위해 주방으로 달려갔다.

그가 쟁반을 들고 돌아왔을 때 보초병들은 테세우스가 갇혀 있는 방 바깥 바닥에 편안히 주저앉아 고기와 술을 열심히 먹고 마시고 있었다.

「가엾은 외국인의 식사도 가져왔소. 내일 미노타우로스가 집어삼키기 전 마지막 식사가 될 거요……. 그도 뭔가 먹어야 할 것이오. 잘 먹여 하데스[1]에게 보내야 되지 않겠소.」

보초병들은 콧수염을 쓱 닦고 일어나 웃으며 문을 열어 주었다.

하리스는 안으로 들어갔다. 재빨리 그는 테세우스가 어둠 속에 서 있는 곳으로 갔다. 「왜 그렇게 슬퍼하세요? 용기를 가지세요!」그가 웃으며 부드럽게 말했다.

테세우스는 낙담하고 있는 것처럼 보였다. 「어떤 묘안도 떠오

---

[1] 그리스 신화에 나오는 명부(冥府)의 왕.

르지 않는구나.」 그는 슬픔에 잠겨 나직이 말했다. 「……보초병을 죽이고…….」

「아닙니다. 그런 식으론 빠져나갈 수 없습니다. 걱정하지 마세요. 우리가 방법을 찾았어요.」 하리스가 재빨리 테세우스에게 계획을 말했다.

왕자는 하리스의 손을 잡았다. 「내가 미노타우로스를 죽이고 조국으로 돌아간다면 너를 내 궁전의 근위대장으로 임명할 것이다.」 그는 감정에 사로잡혀 속삭였다.

「제 걱정은 하지 마세요. 우리 조국을 해방시켜 주세요.」 그가 말하고 난 뒤 신경을 곤두세워 문 쪽을 쳐다보았다. 「보초병들이 의심하기 전에 지금 나가 봐야 해요.」

테세우스는 그의 손을 꽉 잡았다. 「자정에 너를 기다리마.」

「그때 올게요.」 하리스는 쟁반을 들고 급히 문을 나왔다. 「맛있겠습니다, 친구들!」 그는 고기와 술을 정신없이 먹어 대는 보초병들에게 기쁘게 소리쳤다. 「마음껏 드세요! 공주님의 건강을 위해!」

「공주님의 건강을 위해!」 두 병사가 술잔을 들어 입술에 갖다 대며 말했다

〈계속 마셔라!〉 하리스는 미소를 지으며 긴 통로를 급히 내려갔다. 〈자정쯤엔 모두 뻗어 있겠지.〉

그는 주방에 쟁반을 갖다 놓고 두 여자가 초조하게 기다리고 있는 공주의 방으로 서둘러 갔다.

「모든 게 잘되어 갑니다. 곧 있으면 보초병들이 술에 취해 곯아떨어질 것입니다!」

시간은 흘러 밤은 점점 깊어 갔다. 이따금씩 하리스는 방을 빠져나와 보초병들의 동태를 살폈다. 그런 뒤 다시 돌아와 보고했다. 「이제 완전히 취했군!」 그는 만족스러운 듯 중얼거렸다. 「이

제 한 걸음도 움직이지 못할 거야.」 마침내 자정이 가까워 오자 그는 방에서 서둘러 나와 테세우스가 갇혀 있는 방 맞은편 기둥 뒤에 자리를 잡았다.

보초병들은 완전히 취해 문간 옆에 아무렇게나 뻗어 자고 있었다. 여전히 흰 요리사복을 입은 하리스는 기둥 뒤에 몸을 숨기고 기다렸다. 〈테세우스 왕자님께서 보초들이 코고는 소리를 들으면 문을 열고 나오시겠지.〉 그는 홀 아래쪽을 조심스럽게 엿보면서 테세우스가 갇혀 있는 문을 뚫어지게 쳐다보았다. 보초병들은 신나게 코를 골았다. 그는 시간을 재며 기다렸다. 순간 그는 피가 얼어붙는 듯했다. 통로 저쪽 아래에 켜놓은 등불 밑에서 걸어오는 말리스의 모습이 보였다. 전 근위대장이 이쪽으로 오고 있지 않은가! 〈저자가 이쪽으로 와 술에 취해 뻗어 있는 보초병들을 본다면 모든 게 끝장이다!〉 하리스는 공포에 사로잡혀 몸을 기둥 뒤로 움츠리고 테세우스가 빨리 나오길 간절히 바라며 문을 쳐다보았다. 어떻게 하지? 순간 그는 하얀 모자를 이마까지 푹 눌러쓰고 몸을 숨기고 있던 기둥에서 뛰쳐나와 걸어오고 있는 말리스 쪽으로 필사적으로 뛰어갔다.

전 근위대장이 놀라 올려다보았다.

「불이야! 불이야!」 하리스가 말리스 옆을 스치며 외쳤다.

「불? 어디에서?」 말리스가 가던 길을 갑자기 멈추고 외쳤다.

「창고 뒤요!」 하리스가 통로 아래로 뛰어가며 외쳤다.

말리스는 무서운 소리를 내지르며 발길을 돌려 그를 따라 저장실로 달려갔다.

이때 테세우스는 문을 열고 조용히 나와 문을 다시 닫았다. 그때 하리스가 뒤쫓아 오던 말리스를 따돌리고 숨을 헐떡거리며 다시 돌아왔다. 「서두르세요!」 그는 테세우스의 손을 잡으며 가쁜

숨을 몰아쉬었다. 말리스가 돌아오기 전에 두 사람은 있는 힘을 다해 통로를 달려서 규방으로 향하는 계단을 나는 듯 뛰어올라 몇 분 후 공주의 방 앞에 도착했다.

아리아드네는 자줏빛 숄을 어깨에 걸치고 문에서 기다리고 있었다.

「어서 오세요, 아테나이의 왕자님.」 아리아드네의 목소리가 떨렸다.

「만나서 반갑습니다, 공주님.」 테세우스는 머리를 숙여 그녀의 손에 입을 맞추며 말했다.

「서둘러야 해요. 말리스가 통로에서 서성거리고 있어요!」 하리스가 속삭였다.

「공주님, 그대의 도움이 필요해 그대 반지를 찍은 밀랍을 보냈습니다.」 테세우스가 요점만 간단히 말했다.

「알고 있어요. 그리고 전 약속을 지킵니다. 저 역시 왕자님의 도움이 필요해요.」 아리아드네가 대답했다.

「말해 보십시오, 공주님. 어떤 부탁이라도 들어 드리겠습니다.」

아리아드네는 미소를 지었다. 「나중에 말씀드리지요. 미노타우로스를 죽이고 미로를 빠져나온 후에.」

「저를 도와주십시오. 미로에서 빠져나올 수 있게 도와주십시오. 그런 뒤 그대가 원하는 모든 걸 말씀해 주십시오.」

아리아드네는 크리노의 바느질 바구니 안에 손을 넣어 큼지막한 실타래를 집었다. 「이것을 받으세요. 이것이 왕자님에게 방법을 말해 줄 것입니다.」

테세우스는 놀라며 실을 바라보았다.

「이것을 받으세요. 미로에 들어갈 때 이 실의 한쪽 끝을 입구에 묶고 풀면서 들어가세요.」

왕자의 얼굴에 미소가 감돌았다.「저를 구원해 주신 그대의 손에 입을 맞추도록 허락해 주십시오!」그의 얼굴에는 모든 걸 알았다는 듯 따뜻한 빛이 감돌았다.

아리아드네는 그에게 손을 내밀었다.「승리하고 돌아오세요!」

테세우스는 조그만 하얀 손을 잡았다.

「이제 떠날 시간입니다. 서두르세요! 말리스가 눈치 채기 전에!」하리스가 문에서 급하게 소리쳤다.

왕자는 아리아드네의 손을 계속 잡고 있었다.「꼭 이기고 돌아오겠습니다!」그는 그의 입술에 그녀의 손을 갖다 대며 말했다.「그런 후…… 약속을 지키겠습니다. 저에게 부탁하는 모든 걸 들어 드리겠습니다.」

「어서 돌아가세요!」그동안 쿵쿵거렸던 아리아드네의 가슴은 한껏 부풀어 올랐다.

30

 다음 날 아침, 왕은 대신들에 둘러싸여 옥좌에 앉았다. 그는 원로들을 불러 모아 최근의 소식들을 심각하게 전했다. 요 며칠 사이 먼 곳으로 떠났던 배들이 모두 좋지 못한 소식을 갖고 들어왔던 것이다. 그의 식민지들이 반역을 일으킬 움직임을 보이고 있었다. 에게 해의 섬들에서부터 아나톨리아 지방, 팔레스타인까지, 그리고 서쪽으로는 이베리아 반도에 이르기까지 그의 선조 때부터 지속되었던 충성스러운 속국들이 반란을 일으키기 시작했다.

 크레테 왕들이 속국들에게 가혹한 법을 적용해 수백 년 동안 불평등한 교역을 함으로써 크레테는 점점 부를 축적해 강대한 국가가 되었다. 그리고 지금, 역사상 처음으로 식민지 국가들이 크레테 왕에게 도전을 하고 자유를 찾기 위한 반란을 일으키고 있는 것이었다. 그들은 노예 상태에서 벗어나 스스로의 국가를 만들고 싶어 했다. 그들은 자신에게 이익이 남는 자신의 상업을 원했다.

 「우리가 그것을 허용한다면 크레테는 어떻게 되겠소?」 원로들이 진지하게 말했다.

한 늙은 대신이 일어나 의견을 피력했다. 「이제 우리의 사치스러움을 포기할 때가 왔습니다. 그들은 우리처럼 배를 만들고 군대를 조직하고 있습니다. 그들은 점점 강해지고 있습니다. 언제까지 그들을 억압할 수 있겠습니까?」 그가 다시 앉자 몇몇 원로들이 동의한다는 표시로 고개를 끄덕거렸다.

그러나 다른 원로들이 화를 내며 중얼거리기 시작했다. 「그럼 우리는 어떻게 살아야 하오?」 바다를 누비며 해외 식민지로부터 진귀한 물건들을 실어 오는 수많은 배를 거느린 부유한 상인의 소리가 가장 컸다. 「우린 어떻게 살아야 한단 말이오?」 그가 화를 버럭 내며 소리쳤다.

「우린 우리의 섬에 의존해서 살면 될 것이오. 우리를 먹여 살릴 만큼 충분히 큰 섬이오. 나무를 심고 들판을 경작하고 앞 바다에서 고기를 잡을 수도 있소.」

「혼자서는 살 수 없소! 우리는 키프로스에서 청동, 아랍에서 상아, 이집트에서 원숭이를 들여와야 하고 또 크레테에서 재배할 수 없는 진귀한 과일 같은 것들이 필요하오.」 그 부유한 상인이 소리쳤다.

「그런 과일이나 원숭이 없이도 얼마든지 살아 나갈 수 있소!」 늙은 대신이 화를 내며 맞받아쳤다.

「그만들 하시오!」 왕이 홀을 바닥에 내리치며 말했다. 「난 의견을 듣기 위해 그대들을 불렀소. 들어 보니 의견이 둘로 갈라져 있는 것 같소. 군대와 선단을 보내 속국들을 굴복시키느냐, 아니면 그들에게 자유를 주고 우린 우리의 섬에서만 나름대로 삶을 가꾸어 가자는 의견으로 말이오.」

「섬으로 돌아와 평화롭게 삽시다!」 원로들의 반이 외쳤다.

「선단을 무장시켜 반란을 진압합시다!」 다른 반이 외쳤다.

그때까지 아무 말도 하지 않고 있었던 존경받는 한 원로가 일어서서 말하기 시작했다. 「전하, 아시다시피 저희의 의견은 둘로 갈라져 있사옵니다. 전하의 의견을 듣고 싶습니다. 저희는 전하의 결정을 따르겠습니다.」

왕은 화를 내며 그를 노려보았다. 「당신은 수석 대신이오. 난 대신들의 의견을 들었소. 그러나 그대는 아직 의견을 피력하지 않았소. 당신 생각은 어떠하오?」

「전하께 제 의견을 아뢴다면 전하께서 저를 내버려 두지 않으실 것입니다.」 그는 머리를 흔들며 응답했다.

「반드시 말해야 하오. 말하시오! 우리에게 좋은 의견을 내보시오.」

그 원로는 마지못해 일어서서 말했다. 「두 의견 중 어느 것도 옳지 않사옵니다, 전하. 만약 우리가 우리 섬으로 물러난다면 우리는 살아남을 수 없을 것이며 전쟁을 일으킨다면 우리는 승리하지 못할 것입니다. 해결책이 있긴 하옵니다만……」 원로는 머뭇거렸다.

「그래? 해결책이 무엇이냐?」 왕이 끼어들었다.

원로는 꾸물거렸다.

「말하시오! 당신은 지각 있는 원로요. 당장 말하시오! 그대를 비난하지 못하도록 하겠소.」

「그게 아닙니다. 전하께서 저를 꾸짖지 않겠다고 약속해 주실 수 있사옵니까?」

「약속하오. 그대에게 명령을 내리노니 당장 말하시오!」

「그럼 제 의견을 말씀드리겠습니다. 아테나이와 화해를 하는 것입니다! 크레테와 아테나이가 동맹을 해 하나의 왕국이 되어야 합니다. 전하께서는 연로하셨고 왕위를 계승할 왕자가 없습니다.

전하께서 돌아가시기라도 한다면 무슨 일이 벌어지겠습니까? 아테나이와 동맹을 하면 전하의 뒤를 이을 유능한 젊은이를 얻게 될 것입니다……」

왕은 그를 노려보았다.

원로들 사이에서 수군거리는 소리가 들려왔다.

「……아테나이의 왕자는 강하고 현명합니다. 전쟁을 벌여 승리할 만큼 용감합니다. 그는 우리의 쇠퇴하는 왕국에 예전의 영광과 부귀를 다시 가져다줄 것입니다.」 그가 말했다.

왕은 못마땅한 듯 웃었다. 「이방인을? 그대는 이방인에게 내 왕관을 물려주라고 제의하는 거요?」

「그를 사위로 삼으십시오. 그에게 두 따님 중 한 분을 아내로 주십시오.」

「그건 절대로 안 돼! 내일 그를 미노타우로스의 밥으로 던져버릴 거요!」 왕이 노발대발하며 말했다.

「전하께서 제 의견을 물어보셨기에 대답을 하였사옵니다. 우리 왕국은 위험에 빠져 있사오며 대신들은 그중 가장 심각한 위험은 전하께 말하려고도 하지 않사옵니다. 북쪽 금발의 야만족인 도리아인들이 힘을 합쳐 우리 쪽으로 내려오고 있사옵니다. 그들은 트라키아와 마케도니아를 장악했으며 테살리아의 평원으로 물밀듯 밀려오고 있사옵니다. 그들의 선단이 남쪽으로 내려와 섬들을 차례차례 장악하고 있으며 크레테로 진격해 오고 있사옵니다. 당장 내일이라도 엄청난 배와 군대를 이끌고 크레테로 쳐들어온다면 우리는 어떻게 대처할 것이옵니까? 어떤 왕이 선두에 서서 백성들을 독려해 그들을 물리칠 수 있겠습니까?」

「그만 하시오! 그만하면 충분하오!」 왕이 분노로 턱을 떨며 외쳤다.

「소신은 모든 걸 사실대로 말했사옵니다. 전하께서 소신이 말한 대로 하시지 않으신다면 우리 크레테는 끝이옵니다.」

「그만 하시오! 내가 약속만 하지 않았다면 그대를 당장 나의 왕국에서 쫓아냈을 것이오!」 왕이 노해서 소리쳤다.

「스스로 떠나겠습니다. 다른 곳으로 가 살겠습니다. 이곳에는 대참사가 다가오고 있사옵니다!」

「흉조로다! 운명의 장난이야! 그대는 이제 예언자의 역할까지 하려고 해!」 늙은 왕이 날카롭게 소리 질렀다.

「네, 전하. 올바른 인간은 예언을 할 수 있사옵니다.」 원로가 대답했다. 「그리고 전하께 아뢰옵건대, 전하의 궁전이 잿더미가 될 날이 머지않았사옵니다.」

왕은 왕홀을 위협적으로 들었다. 「가라! 내 눈앞에서 당장 물러나 두 번 다시 내 앞에 나타나지 마!」

「떠나겠습니다.」 원로는 공손히 대답했다. 「자식들과 손자들을 데리고 내일 떠나겠습니다. 배를 타고 멀리 떠나겠습니다.」 그는 늙은 왕을 마지막으로 쳐다보았다. 「안녕히 계십시오, 전하! 제 예언이 잘못된 것이길 빌겠습니다. 그러나 제가 말한 것이 곧 일어나지 않을까 두렵습니다.」

31

밤이 흘러갔다. 마지막 날인 사흘째 밤이 지나가고 있었다.

어둠 속에서 이카로스와 하리스는 궁전을 빠져나와 강둑으로 갔다. 그들은 강둑을 따라 흐드러지게 피어 있는 수많은 도금양 사이에 몸을 숨기고 이야기를 나누었다. 그 운명의 날 전날 밤이었다. 하리스는 걱정을 잠재울 수 없었다. 몇 시간만 지나면 테세우스를 비롯한 열네 명의 젊은이는 미로 안으로 들어가야 한다. 그가 어떻게 살아 나올 수 있단 말인가? 하리스는 이카로스에게 몹시 걱정스럽다고 말했다. 「테세우스 왕자님이 정말로 괴물을 물리칠 수 있을까? 미로를 빠져나오는 길을 찾을 수 있을까? 그리고 미로를 빠져나오더라도 군중이 몰려와 그분을 갈기갈기 찢어 놓지나 않을까?」 두 친구는 이런 것들을 염려했다. 그때 그들이 숨어 있는 곳에서 멀지 않은 플라타너스 뒤에서 소곤거리는 소리가 들려왔다.

「백성들이 반기를 들고 있습니다······.」 어떤 남자의 굵은 목소리가 들렸다. 「······그들은 오늘 아침 어르신이 원로 회의에서 전하께 말씀드린 것을 다 알고 있습니다. 그들은······.」

「말리스! 저 목소리를 알아!」 하리스가 숨을 죽이며 소리쳤다.

「쉿…… 들어 보자!」이카로스가 귓속말로 말했다.

나이 든 사람이 대답했다. 「백성들이 뭐라고 말하던가?」

「어르신이 테세우스에게 뇌물을 받아 조국을 배반했다고 말하고 있습니다.」

「난 테세우스하고 말 한마디 나눠 본 적이 없어. 그들이 도착했을 때 한 번 보았을 뿐이지. 그는 나에게 강한 인상을 남겼네. 난 그의 자부심과 고귀한 태도에 반했다네. 우리에게도 그 같은 훌륭한 왕위 계승자가 있었으면 하고 생각했지. 그리고 다시 한 번 말하지만 테세우스와 같은 왕이 있다면 위험에 빠진 우리 왕국을 구할 수 있네. 그게 내 생각이야.」

「제 의견도 같습니다, 어르신. 어떻게 하면 좋겠습니까?」

「말하지 않았나. 나는 내일 자식들과 손자들을 데리고 떠날 것이네. 자네도 떠나게. 특히 왕이 자네를 천대하고 있으니…….」

침묵이 흘렀다. 얼마 후 말리스의 음성이 다시 들렸다. 「먼저 테세우스를 만나야 하지 않겠습니까?」

「안 돼. 사람들은 우리가 매수당해 그와 반란을 일으킬 준비를 하고 있다고 말할 걸세.」

「그러나 그것이 조국을 구할 수 있는 유일한 방법이라고 전적으로 믿는다면……?」

플라타너스 뒤에서 한참 동안 침묵이 흘렀다.

마침내 늙은이의 목소리가 다시 들렸다. 「우리 조국을 위한 최선은 내가 오늘 아침 왕에게 말한 그대로야. 두 딸 중 한 명을 테세우스에게 주는 것 말이야…….」

두 사람은 플라타너스에서 움직이기 시작했다. 그들의 발소리가 들리다가 차츰 멀어지더니 이내 강둑 너머로 사라졌다.

「듣고 있었니?」하리스가 떨리는 목소리로 말했다.

「다 들었어!」

그들은 몸을 일으켜 세웠다. 「돌아가는 게 좋겠어. 테세우스 왕자님께 식사를 갖다 드려야 할 시간이야.」 하리스가 속삭였다.

「들은 이야기를 그분에게 말씀드릴 거야?」

「그래.」

「그리고 공주님에게도?」

「넌 공주님이 그런 생각을 안 하고 계실 거라고 생각해?」 하리스가 웃으며 말했다.

두 친구는 말없이 그들이 들은 것을 생각하며 서둘러 돌아갔다. 「넌 믿을 수 있어? 무서운 말리스가 우리의 친구라고 여길 수 있는 날이 올 거라고 믿니?」 이카로스가 중얼거렸다.

그들은 궁전에 도착한 뒤 헤어졌다. 하리스는 흰 모자를 쓰고 앞치마를 두르고 주방으로 내려갔다. 그는 몇 분 후 테세우스가 갇힌 방의 문 앞에 쟁반을 가지고 서 있었다.

두 보초병이 그를 반갑게 맞이했다. 「이봐, 자네!」 그들이 웃었다. 「어젯밤에 우리에게 어떻게 했지? 우리가 술 취한 모습을 본 사람이 없어 천만다행이야!」

「무엇이라고요?」 하리스가 모른 체했다.

「자네가 가져온 술 말이야. 사람을 녹초로 만들 정도였어.」

「왜요? 술에 취해 코라도 골았나요?」 하리스가 껄껄 웃었다.

「누구, 우리가 취했었나?」 그들은 콧수염을 만지작거리며 콧방귀를 뀌듯 말했다. 「자넨 잘 모르고 있군! 우리는 끄떡도 하지 않고 서 있었다네.」

하리스는 웃었다. 「좋아요. 안에 들어가도록 문 좀 열어 주세요. 불쌍한 사람에게 줄 마지막 식사를 가져왔어요.」

보초병들이 문을 열자, 그는 안으로 들어갔다.

테세우스는 조그만 창가에 서서 밤하늘을 바라보고 있었다. 하리스가 방에 들어오는 소리를 듣고 그는 몸을 돌려 하리스가 가까이 오도록 기다렸다. 「마지막 식사구나.」 그는 하리스의 손을 잡으며 말했다. 「내일 우리가 어디에서 식사를 하게 될지 누가 알겠니?」

「배에서요. 흰 돛을 올린 왕자님의 배에서요!」

「나 또한 그렇게 생각한단다. 그리고 넌 나의 오른쪽에 앉아 있겠지.」

「왕자님의 왼쪽에.」 하리스가 농담조로 고쳐 말했다. 「다른 한 분이 왕자님의 오른쪽에 앉으실 겁니다. 공주님 말이에요!」

테세우스는 얼굴을 붉혔다. 「어쩌면.」 그가 중얼거렸다.

하리스는 쟁반을 바닥에 내려놓고 이카로스와 함께 강둑에서 들은 것들을 이야기했다.

「공주의 아버지가 결코 동의하지 않을 거야.」 하리스의 이야기가 끝나자 테세우스가 말했다.

방의 문이 열리고 어떤 사람이 성큼성큼 들어왔다. 「나가지 못해! 쟁반을 들고 썩 나가!」 위협적인 목소리가 들려왔다.

〈말리스!〉 하리스는 얼굴을 가리기 위해 빈 쟁반을 머리 쪽으로 치켜들고 서둘러 방에서 빠져나갔다.

전 근위대장은 문을 닫고 테세우스 앞에 섰다. 「저는 궁전의 근위대장입니다. 왕자님과 상의할 게 있습니다.」

「듣고 있소.」 테세우스가 근엄한 태도로 말했다.

「제가 제안하는 것은 왕자님을 좋아해서가 아니고 제 조국을 사랑하기 때문입니다.」

「잘되었소. 난 당신이 진실을 말하리라고 확신하고 있소.」

말리스는 테세우스에게 가까이 다가가 목소리를 낮추었다. 「우리의 왕국은 쇠퇴하고 있습니다.」 그는 테세우스를 조심스럽게 바라보며 말했다. 「우리의 속국들은 반란을 일으키고 있고요…… 도리아인들이 우리나라를 향해 진격해 오고 있습니다. 부와 사치에 빠져 있는 우리 백성들은 싸우는 방법을 잊었습니다. 우리 왕은 늙었고 아들도 없으니…….」

「모든 걸 알고 있소. 요점이 무엇이오?」

「우리 왕국과 아테나이가 서로 동맹 맺기를 제안합니다. 그리고 왕자님께서 왕의 두 따님 중 한 분과 결혼을 하시고 합법적으로 크레테 왕에 오르십시오.」

「늙은 왕이 거절할 것이오. 누가 나를 도와주겠소?」

「왕자님은 궁전과 도시에 친구들이 있습니다.」 말리스가 대답했다.

테세우스는 대답하지 않았다. 한참 동안 그는 침묵을 지키며 말리스의 제안을 곰곰이 생각해 보았다. 마침내 그가 입을 열었다. 「지금으로선 그럴 수 없소. 우선 내 의무부터 수행해야 하오. 괴물과 싸워야 한단 말이오. 만약 내가 이긴다면 신께서 나와 함께 있다는 뜻이 될 것이오. 그런 다음 봅시다.」

「그러나 괴물을 죽인다 해도, 미로를 어떻게 빠져나오시겠습니까?」

「염려 마시오, 친구. 수호신인 아테나께서 나를 인도해 주실 것이오.」

32

 날이 밝았다. 테세우스는 강철 단도를 허리춤에 단단히 꽂아 넣고 큼지막한 실타래를 품에 넣은 뒤 방에서 나와 열세 명의 청년과 처녀가 기다리고 있는 넓은 뜰을 향해 성큼성큼 걸어갔다.
 청년들은 이른 아침의 햇살을 받아 핼쑥했으며, 처녀들의 얼굴은 창백했다. 운명의 새날이 영광스러운 환희로 그들 앞에 펼쳐져 있었다. 그들의 가슴은 저마다 살고 싶은 소망을 외치고 있었다.
 테세우스는 비장한 각오로 그들 앞에 나타났다. 그는 엄숙하게 말했다. 「우리는 두려움을 버리고 죽을 각오를 해야 합니다! 두려움보다 더 큰 부끄러움은 없을 것이오.」 처녀들은 얼굴을 붉히며 그의 손에 입을 맞추었다. 그들 모두 그의 주변으로 모여들었다.
 안뜰은 사람들로 가득 차기 시작했다. 이카로스와 하리스를 포함해 몇몇 사람은 아까부터 나와 있었다. 궁전의 귀족들 또한 죽으러 가는 아테나이의 젊은이들을 보기 위해 새벽부터 일어났다. 안뜰을 내려다보고 있는 큰 창문들이 점차로 열리고 귀족들과 귀부인들이 창가에 앉아 그 광경을 내려다보기 시작했다. 공주 처소의 금으로 장식된 높다란 창문에 몸이 가냘픈 여자의 모습이 보였다.

테세우스는 고개를 들었다. 순간적으로 그는 그 창가에 서 있는 희미한 형체를 보았지만 어떤 표정도 짓지 않고 즉시 동료들 쪽으로 고개를 돌렸다. 「우리의 용감한 기백을 보여 줄 때가 왔습니다. 용감하게 행동해 조국의 명예를 드높입시다!」

청년들과 처녀들의 눈에서 자부심 넘치는 광채가 빛났다. 「우린 죽는 게 겁나지 않습니다!」 그들이 말했다. 「가까이 모이시오. 우리 조국을 보호하는 여신께 기도합시다.」 테세우스가 말했다.

열세 명의 젊은이는 그의 주변에 모여 무기를 하늘 높이 치켜들었다.

테세우스가 큰 소리로 외쳤다. 「힘과 지혜의 여신인 아테나여! 우린 크레테 궁전에 있습니다! 우리는 인간을 잡아먹는 괴물 미노타우로스를 물리치기 위해 지하로 내려갑니다. 아테나여! 창을 들어 올리시어 우리를 도와주소서!」

궁전 근위병들이 다가왔다. 말리스가 이끌고 있었다. 그들은 열네 명의 젊은이를 둘러쌌다. 근위대장 직에서 쫓겨나 미노타우로스를 지키는 임무를 떠맡은 말리스가 아무도 눈치 채지 못하게 테세우스를 쳐다보았다.

「시간이 되었소?」 테세우스가 말리스의 눈빛을 무시하며 물었다.

말리스가 더 가까이 다가와 소곤거렸다. 「그것이 왕자님의 결정입니까?」

「그렇소.」

말리스의 눈에는 증오의 빛이 번쩍거렸다. 더 이상 말을 하지 않고 그는 들고 있던 양날 도끼를 치켜들며 명령을 내렸다. 「출발!」 그는 소리를 지른 뒤 미로를 향해 행진했다.

테세우스와 친구들이 뒤따랐다. 군중 또한 물밀듯 그들의 뒤를 바싹 따라갔다. 아테나이의 젊은이들은 미로를 향해 흐트러짐 없이 걸어가며 아테나의 찬가를 감미롭게 부르기 시작했다.

입구에 도착하자 말리스는 멈추어 섰다. 「모두 제자리에 서!」 그가 소리를 지르고 뒤따라오는 군중에게 손짓을 했다. 「너희!」 그가 열네 명에게 명령했다. 「앞으로 나와 횃불을 받아!」

군중은 모두 입을 다물었다. 으르렁거리며 울부짖는 소리가 궁전의 지하에서 울려 퍼졌다.

「괴물이 음식 냄새를 맡았나 보군!」 한 늙은이가 아내에게 중얼거렸다.

늙은 아내는 뒤로 물러나며 속삭였다. 「그만 갑시다. 겁이 나요.」
「그놈은 사슬에 묶여 있어. 결코 풀지 못해…….」
「그래도 겁이 나요.」 아내는 어깨를 벌벌 떨며 남편의 팔을 잡아당겼다.

말리스는 입술을 비틀고 냉소적인 미소를 띠며 테세우스를 쳐다보았다. 그러곤 문 안으로 고개를 들이밀고 웃으며 말했다. 「모두 왕자님이 원해서 하는 일이오! 들어가시죠!」

테세우스는 친구들에게 고개를 돌렸다. 「아테나의 도움으로! 출발!」 그는 단호하게 말하고 오른발을 문지방 안으로 넣어 미로 속으로 들어갔다. 창백한 표정으로 열세 명의 젊은이가 말없이 그 뒤를 따랐다.

그들이 지하로 들어서자 문이 닫혔다. 열네 명은 칠흑 같은 어둠 속에 서 있었다. 그 순간을 기다렸다는 듯 테세우스는 정신을 가다듬고 외쳤다. 「횃불을 밝히시오!」

횃불에 불을 붙이자 그들은 희미한 불빛 속에서 동굴이 자신들 앞에 끝없이 뻗어 있는 것을 볼 수 있었고 또 저쪽 끝 깊은 곳에 검은 돌계단이 놓여 있는 것이 가물가물 보였다.

테세우스는 가슴에 넣어 두었던 실타래를 꺼내 한쪽 끝을 동굴 입구의 바위 끝에 묶었다. 단단히 묶고 난 뒤 그는 실타래를 천천히 풀면서 동굴로 들어가며 친구들을 따라오게 했다.

친구들은 그 뒤를 조심스럽게 따라갔다. 발밑의 땅이 미끄러워 서로를 붙잡으며 조심스럽게 나아갔다. 아무도 말이 없었다. 그들은 쥐 죽은 듯한 정적 속에서 테세우스의 뒤를 따랐다. 모두 가슴이 쿵쿵거렸다. 테세우스는 맨 앞에서 실을 풀면서 걸었다. 드디어 돌계단에 도착한 그들은 내려가기 시작했다. 그곳에서부터 미끄러운 길을 따라 계속 빙글빙글 내려갔는데 나선형의 통로가 끊임없이 이어져 결국 길을 완전히 잃고 말았다.

테세우스는 실타래를 조심스럽게 풀면서 계속 전진했다. 깊은 곳에서 울부짖는 소리가 점점 크게 들려와 동굴 벽에 부딪혀 울려 퍼지는가 싶더니 곧이어 쇠사슬 끌리는 소리가 들려 젊은이들은 엄청난 공포에 빠져 들었다.「용기를 내.」청년들은 떨고 있는 처녀들의 손을 잡고 외치며 계속 전진했다. 그들은 꼬불꼬불한 통로를 따라 미로 속으로 점점 빠져 들어갔다.

마치 외양간에라도 들어온 것처럼 갑자기 코를 찌르는 역한 냄새가 나기 시작했다. 테세우스가 한 걸음을 성큼 떼었다. 그는 칼집에서 단도를 조용히 빼내 들고 친구들과 거리를 유지한 채 조심스럽게 걸어 들어갔다. 그는 공기 중에 퍼져 있는 역겨운 냄새로 보아 이 근방 어딘가에 있을 괴물의 은신처를 찾으며 나아갔다. 그때 갑자기 뜨겁고 역한 숨결이 그의 얼굴에 확 퍼졌다. 횃불을 치켜들고 괴물을 쳐다보는 순간 그는 공포감에 휩싸여 얼어붙는 듯했다. 바로 괴물 미노타우로스가 그 앞에서 입을 크게 벌리고 서 있었다.

테세우스는 겁에 질려 뒤로 몇 걸음 물러났다. 「움직이지 마!」 그는 괴물에서 눈을 떼지 않고 친구들에게 소리쳤다. 그 괴물은 새빨간 눈으로 그를 내려다보고 있었다. 가물거리며 타고 있던 그의 횃불은 이제 거의 꺼져 가고 있었다. 그는 괴물의 머리털 위로 솟아오른 번들거리는 두 개의 뿔을 보았다. 인간의 형상을 하고 있는 거대한 푸른 몸뚱이는 부풀어 올라 있고, 두 개의 굵직한 쇠사슬이 불룩한 두 다리에 매어 있었다. 테세우스는 노려보다가 순간 머뭇거렸다. 그의 칼날이 공중을 가리켰다. 〈이 가엾은 것은 동물도 아니고 인간도 아니다! 이것이 무시무시한 괴물이란 말인가? 이 병든 생명체가?〉 괴물을 노려보자 그의 마음속에서 일종의 동정심이 솟구쳐 올랐다.

그때 안드로클레스가 앞으로 걸어 나오며 걱정스럽게 불렀다. 「테세우스! 도움이 필요해!」

테세우스는 미노타우로스를 계속 살폈다. 「뒤로 물러나!」 그가 괴물에게서 눈을 떼지 않고 날카롭게 대답했다.

안드로클레스는 뒤로 물러나 친구들 사이에 다시 섰다. 치직거리며 타고 있는 테세우스의 횃불이 거의 꺼져 가고 있었다. 싸우는 소리는 들리지 않았다. 그는 무엇을 하고 있는 것일까? 그들은 축축한 벽에 몸을 기댄 채 귀를 곤두세웠다.

「괴물과 이야기하고 있어!」 클레오가 말했다.

그러자 곧이어 〈오 무서운 괴물아! 말할 수 있느냐?〉라고 테세우스가 말했다.

낮고 깊은 신음 소리가 괴물의 입에서 터져 나왔다. 구슬프고 처량한 소리였다. 이빨을 가는 듯한 소리도 들려왔다.

「말해라! 말해라! 아무 말이라도…… 부담 갖지 말고 안심해라!」 테세우스는 미노타우로스를 부드럽게 달랬다.

다시 한 번 슬픔에 잠긴 처량한 신음 소리가 났다.

안드로클레스는 숨을 죽인 채 듣고 있었다. 「이야기를 마쳤어! 죽이세요!」 그가 제정신이 아닌 듯 외쳤다.

「조용히 해!」 테세우스가 다시 말했다. 화가 난 목소리였다.

친구들은 조용히 했다. 벽에 바싹 기대어 초조하게 기다렸다. 그들은 테세우스의 횃불이 치직거리며 타는 마지막 소리를 들었다. 침묵이 흘렀다. 불꽃이 사라져 갔다. 그들은 귀를 벽에 바싹 붙이고 웅크리고 앉아 있었다. 그때 갑자기 쇠사슬이 철거덕거리는 소리와 턱뼈가 부딪치는 소리가 나더니 싸움하는 소리가 들려왔다. 「아테나여! 그를 도와주소서!」 그들은 나직이 울부짖었다. 그들은 피가 얼어붙는 듯했다.

동굴은 이제 격렬하게 싸움하는 소리로 가득했다

동굴이 흔들거리고 필사적으로 울부짖는 괴물의 신음 소리가 메아리쳤다. 그때 갑자기 무거운 몸뚱이가 쿵하고 넘어지는 둔탁한 소리가 들려왔다.

안드로클레스가 다시 앞으로 튀어나와 괴물이 있는 곳으로 뛰어갔다. 겁에 질린 다른 친구들도 뒤따라갔다. 그들의 입에서 환호성이 터져 나왔다. 테세우스는 창백한 얼굴로 어둑한 빛 속에 당당히 서 있었다. 그의 단도에서는 검붉은 피가 뚝뚝 떨어졌다. 청년들과 처녀들은 그에게 달려갔다. 승리감과 안도감에 들떠 그들은 그를 부둥켜안고 매달리며 기쁨의 눈물을 흘렸다. 땀과 범벅이 된 피가 그의 가슴에서 흘러내렸다. 「다친 데는 없으세요?」 그들은 모두 그의 벌렁거리는 가슴을 더듬으며 걱정스럽게 외쳤다.

지친 왕자는 숨을 거칠게 몰아쉬며 땀을 닦아 냈다. 「갑시다!」

그는 다시 힘을 내 말했다.「허비할 시간이 없어요.」그는 실타래를 다시 집어 들고 앞장서 걸었다.

그들은 발걸음을 돌려 실을 잡고 꼬불꼬불하게 얽혀 있는 미끄러운 통로를 걸어 나와 검은 돌계단을 올라가 마침내 문에 도착했다. 저 멀리 안뜰에 모여 있는 엄청난 군중은 바다의 거대한 물결처럼 일렁이고 있었다.

거의 정오가 다 되었다. 새벽부터 모여 있던 군중이 초조한 듯 술렁이기 시작했다. 왕 또한 내려와 기대에 찬 군중과 함께 기다리고 있었다. 매년 의식은 똑같았다. 예정된 시간에 왕이 미로 밖에서 기다리고 있다가 정오가 되어도 문을 열고 나오는 사람이 없으면 왕은 크레테의 여신에게 제물을 바치고 축제는 그것으로 끝나게 된다.

「뭣 하러 기다리는 거야? 그들은 이미 미노타우로스의 밥이 되었을 텐데.」어떤 사람이 군중 속에서 중얼거렸다.

아리아드네는 창백한 얼굴을 하고 왕 옆에 서 있었다. 하리스, 이카로스, 크리노 또한 군중 속에 섞여 있었다. 그들은 기둥에 몸을 기댄 채 초조한 눈빛으로 그 문제의 문을 뚫어져라 쳐다보았다.

「늦는 것 같아.」하리스가 누나에게 걱정스럽게 말했다.

그러나 크리노는 대답이 없었다. 그녀는 왕에게서 살짝 벗어나 문가에 기대 귀를 기울이고 있는 공주를 보고 있었다.

근처에 서 있는 말리스는 속으로 웃고 있었다.「우리의 공주님께서 과부가 되었군.」그는 사악한 미소를 띠며 혼잣말로 중얼거렸다.「……혼례를 치르기도 전에 과부가 되다니…….」

군중이 술렁거렸다. 모든 사람이 깜짝 놀라며 일어섰다. 문이 움직이기 시작했다! 왕 또한 옥좌에서 일어나 눈을 휘둥그레 뜨고 문을 응시했다. 그의 얼굴이 창백해졌다. 미로의 문이 열리고 테세우스가 피를 뚝뚝 흘리며 당당하게 걸어 나왔다!

아리아드네는 기쁨의 눈물을 흘리며 영웅의 손을 움켜쥐었다. 그러나 어느새 왕이 다가와 그녀를 옆으로 밀쳤다.

「네가 미노타우로스를 죽였느냐?」 왕이 분노를 억제하며 물었다.

「제가 죽였습니다.」

군중 속에서 함성이 터져 나왔다. 왕은 군중을 향해 몸을 돌렸다.

「저자를 죽여라!」

사람들이 그를 잡으러 달려들었다. 그러나 아리아드네가 재빨리 앞으로 나아가 그들 사이를 막았다. 「아바마마! 약속을 하지 않았사옵니까!」 그녀가 외쳤다.

왕은 그녀를 날카롭게 노려보았다.

「그가 미노타우로스를 죽인다면 해치지 않겠다고 맹세하지 않으셨는지요?」

왕은 말이 없었다.

「맹세를 했사옵니까, 하지 않았사옵니까?」 아리아드네가 집요하게 물었다.

왕은 계속 아무 말도 하지 않았다.

「아바마마! 왕은 맹세를 저버리는 법이 아닙니다!」

왕은 고개를 떨어뜨리고 사람들에게 다시 몸을 돌렸다. 「그를 풀어 주어라! 난 약속을 지킨다.」 이렇게 말하고 옆에 서 있던 말리스에게 고개를 돌려 명령했다. 「군중을 해산시켜! 근위병을 데리고 물러가라!」

군중이 해산하고 근위병들도 말리스와 함께 안뜰에서 물러났다.

왕은 다시 옥좌에 앉아 테세우스에게 가까이 오라고 손짓을 했다. 그는 몸을 부르르 떨었다. 끓어오르는 분노를 겨우 참으며 말했다. 「난 약속을 지킨다. 그러나 이곳을 떠나! 배를 타고 떠나라!」

「제가 원하던 바입니다.」 테세우스는 이렇게 말하고 떠나기 위해 친구들에게 몸을 돌렸다.

그러나 왕은 그의 손을 들면서 외쳤다. 「기다려! 이 창을 너희 아버지한테 주거라. 아테나이와 전쟁을 선포한다. 여름이 지나기 전에 내가 너희 도시로 쳐들어가 궁전을 잿더미로 만들어 그 재를 바람에 날리겠다. 내가 말했노라!」

테세우스는 창을 받아 들었다. 「전하의 전쟁을 받아들이겠습니다. 전하를 기다리겠습니다!」 테세우스는 입가에 미소를 띠며 냉소적인 눈길로 왕을 쳐다보았다.

「나를 비웃고 있는 것이냐?」 왕이 사납게 노려보며 물었다.

「안녕히 계십시오, 연로하신 전하. 제가 먼저 와 전하의 궁전을 잿더미로 만들지 모르니 조심하십시오.」

왕은 아무런 대답이 없었다. 현기증이 일어 옥좌에 털썩 주저앉았다. 왕은 아리아드네에게 고개를 돌려 힘없는 목소리로 말했다. 「근위병을 불러. 궁전으로 돌아가야겠다.」

근위병들이 도착했다. 그들은 늙은 왕을 부축해 궁전으로 데려가 침대에 눕혔다. 파이드라와 아리아드네는 걱정스럽게 뒤를 따랐다. 그들은 왕이 누워 있는 침대 옆에 서서 그에게 베개를 받쳐주고 노쇠한 얼굴에 부채질을 해주었다.

한편 안뜰에서 테세우스는 친구들에게 몸을 돌려 말했다. 「난 궁전에서 아직 처리하지 못한 일이 하나 있어. 먼저 항구로 내려가 출항 준비를 하게. 곧 뒤따라갈 테니.」

젊은이들은 불안한 듯 그를 쳐다보았다. 그들은 먼저 항구로 떠나고 싶은 마음이 없었다.

「어두워지기 전에 가겠소. 자 가시오.」 테세우스가 젊은이들을 설득했다.

젊은이들이 먼저 떠나고 테세우스는 안뜰을 가로질러 궁전 안으로 들어갔다. 통로를 지키고 있던 근위병들이 경외심과 증오의 눈빛으로 그를 바라보며 길을 비켜 주었다. 궁전 지하의 무시무시한 괴물이 죽었기 때문에 궁전을 지탱하던 거대한 기둥 하나가 무너진 것처럼 보였다. 바다의 주인인 크레테가 흔들려 붕괴하고 있는 것 같았다.

테세우스가 규방에 이르는 계단 입구에 다다랐을 때 통로 모퉁이에서 말리스가 나타났다. 그는 테세우스가 오기를 기다리고 있었다. 그는 한편으로는 시기하고 다른 한편으로는 존경의 눈빛으로 테세우스를 쳐다보았다. 「아직 시간은 있습니다.」 그는 테세우스가 다가오자 차갑게 말했다. 그러나 테세우스는 빠른 걸음으로 지나쳐 갔다. 기꺼이 내놓지 않는 것은 무력으로라도 얻어야 한다.

계단 끝에서 그는 뛰어오는 하리스를 만났다. 소년은 그의 손을 잡으며 급하게 속삭였다. 「공주님이 왕자님을 찾아오라고 저를 보냈어요! 어서 오세요!」

그들은 규방의 향기 나는 좁은 통로를 재빨리 지나쳐 흰 백합이 장식되어 있는 사이프러스 문 안으로 들어갔다.

아리아드네는 기다리고 있었다. 공주는 테세우스를 보자 입이 떨어지지 않았다. 너무나 용감했던 그녀가 그 앞에 창백한 얼굴로 아무 말도 하지 못한 채 서 있었다.

테세우스는 가까이 다가갔다. 「공주님이 저한테 어떤 부탁을 하실지 듣기 위해 왔습니다.」 왕자는 이렇게 말하고 머리를 숙여 그녀 손에 입을 맞추었다. 「전 공주님이 제 생명을 구해 준 사실을 잊지 않고 있습니다.」

공주는 눈길을 아래로 떨어뜨렸다. 크리노가 그녀 발밑에 엎드려 울고 있었다. 하리스는 문가에 서서 슬프게 쳐다보고 있었다. 「무슨 부탁입니까, 공주님? 말해 보십시오. 전 배를 타고 어둠이 내리기 전에 출항해야 합니다.」

아리아드네는 눈을 다시 치켜뜨고 그를 똑바로 쳐다보았다. 「저를 데려가 주세요.」 그녀가 차분하게 말했다.

테세우스는 그녀의 손을 잡았다. 그의 가슴은 격렬하게 요동쳤다. 「물론이고말고요! 이보다 더 큰 영광은 없습니다!」

「어둠이 내리면 몰래 빠져나가 왕자님의 배로 가겠습니다. 저를 기다려 주세요.」

「기다리겠습니다, 나의 왕비!」 테세우스가 따뜻하게 말했다. 「공주님을 도와주도록 하리스를 공주님께 남겨 두겠습니다. 그럼 오늘 밤에!」 그는 그녀의 손에 다시 입을 맞추고 방에서 나왔다.

그의 가슴은 부풀어 올랐다. 그는 밖으로 나와 안뜰과 테라스와 망루와 작업장과 세계의 엄청난 부가 쌓여 있는 창고를 지나갔다. 궁에서 어느 정도 멀어지자 그는 다시 뒤로 돌아 화려한 궁전을 바라보았다. 〈이 크레테 제국은 할 수 있는 모든 것을 이룩했어. 위대한 업적을 쌓았고, 세상의 구석구석까지 도시를 건설했고, 선단과 상업으로 전 세계를 정복했고, 웅장한 궁전을 건설하고 위대한 문명을 창조했어……. 그러나 이 제국은 갈 데까지 갔어. 더 이상 이룩할 것이 없어. 이 제국은 젊은 국가의 성장을 가로막고, 위대한 업적의 창조를 방해하고 있어. 이 제국은 붕괴되어야만 해. 아테나의 도움으로 내가 이 제국을 멸할 것이다!〉

「다시 만날 때까지! 다시 만날 여름까지!」 그는 작별을 하며 중얼거렸다. 그는 발걸음을 성큼성큼 떼면서 대로에 접어들어 서둘러 항구로 향했다.

33

두 딸과 함께 있던 왕은 베개에서 머리를 일으켜 세웠다.「그자는 떠났느냐?」그가 쉰 목소리로 말했다.

「준비하고 있사옵니다. 오늘 밤에 출항할 것입니다.」아리아드네가 말했다.

왕의 눈에 눈물이 가득 고였다. 그는 반쯤 일어나 앉아 주변을 둘러보았다.「우리뿐이냐?」

「이곳엔 아무도 없습니다, 아바마마.」

「내 너희에게 해줄 비밀이 하나 있다.」그는 방을 둘러보며 속삭였다.「그러나 우선 아무한테도 말하지 않겠다고 맹세해야 한다. 만약 비밀이 새어 나간다면, 나의 군대는 힘을 잃을 것이며 백성들은 나를 버릴 것이다.」

「맹세하겠나이다. 비밀을 말해 주십시오, 아바마마. 마음을 가라앉히십시오.」두 공주가 아버지를 위로했다.

늙은 왕은 가까이 오라고 손짓했다. 그의 얼굴은 잿빛으로 변해 있었고 목소리는 떨렸다.「신탁이 하나 있단다, 얘들아…… 아무도 모르는 오래된 신탁이란다.」

파이드라는 아버지의 이마를 쓰다듬었다.「어떤 신탁입니까,

아바마마?」 그녀는 위로하듯 나직이 말했다.

「미노타우로스를 죽이는 자가 이 왕국을 지배할 것이라는 신탁이다.」 늙은 왕은 더 이상 말을 잇지 못하고 다시 누웠다.

두 공주는 서로의 얼굴을 쳐다보았다. 분노의 빛이 파이드라의 얼굴에 서리기 시작했다. 그녀는 이마를 찌푸리며 아리아드네의 귀에 대고 조용히 말했다. 「배신자!」

「그렇게 쓰여 있었어, 언니. 그건 운명의 뜻이었어······.」

「조용히 해!」 파이드라가 그녀의 말을 가로막았다. 「난 다 알고 있어!」

「하지만 언니······.」

「조용히 하라니까!」

동생은 아무 말도 하지 않았다.

늙은 왕은 눈을 뜨고 겨우 일어나 앉았다. 「난 저항할 것이다! 내가 크레테의 마지막 왕이 될 것이라고 쓰여 있지만, 난 내 민족을 부끄럽게 하지 않을 것이다. 끝까지 싸우다 칼을 잡고 죽을 것이다!」 그는 갑작스럽게 힘이 솟아나는 것처럼 목소리를 높였다. 「원로들을 소집하라! 말리스와 장군들과 선장들을 모조리 불러들이라! 할 말이 있다!」

아리아드네가 일어서 문으로 가려 하자 파이드라가 그녀의 어깨를 잡고 말했다. 「내가 가겠다!」 그녀는 사람들을 불러들이기 위해 급히 나갔다.

아리아드네는 아버지를 내려다보았다. 커다란 두 눈에서 눈물이 흘러내렸다. 늙은 왕은 손을 들어 그녀의 뺨을 어루만졌다. 「애야, 왜 그런 눈으로 나를 쳐다보느냐? 작별이라도 하려는 것처럼.」

아리아드네는 대답하지 않고 몸을 숙여 아버지 손에 입을 맞추었다.

「울고 있구나.」 늙은 아버지가 중얼거렸다.

공주는 말없이 아버지를 내려다보았다. 〈전 떠납니다, 아버지.〉 그녀는 목 놓아 울고 싶었다. 〈이제 떠나면 아버지를 못 뵈올 것입니다!〉

늙은 아버지는 고개를 흔들었다. 「우리 인간들은 언젠가는 다 죽지. 인간들은 운명이 가지고 노는 장난감에 불과할 뿐이야.」

파이드라가 돌아왔다. 「신료들이 오고 있습니다.」

「이제 물러가라! 중대한 일을 결정해야 하니, 그만 나가거라.」 왕이 일어나 앉았다.

대신들이 들어왔다. 그들은 왕 주변에 앉았고 두 공주는 물러났다.

통로 바깥에서 아리아드네는 언니의 손을 잡았다. 「파이드라 언니, 할 말이 있어.」

「날 괴롭히지 마!」 파이드라의 눈에 분노의 빛이 감돌았다.

「언니, 내 잘못이 아니야.」

파이드라는 쌀쌀맞게 고개를 돌렸다.

아리아드네는 간절한 눈빛으로 언니를 쳐다보았다. 「언니, 내 말 좀 들어 봐……. 내가 하려는 말 좀 들어 줘. 아버지를 부탁해. 아버지 곁에 있어 줘……. 아버진 늙으셨어…….」 그녀는 더 이상 말을 잇지 못했다.

파이드라는 고개를 돌렸다. 그녀의 입술이 떨리고 있었다. 「떠나려는 거야?」

「그래.」

「그와 함께?」

「응.」

파이드라는 말없이 아리아드네를 쳐다보았다. 얼마 동안 두 자매는 말이 없었다. 마침내 파이드라가 어깨를 으쓱거리며 말했다. 「잘되었어! 넌 이곳에서 더 이상 설 자리가 없어. 넌 조국을 배반했어. 가버려!」

아리아드네는 아무 말도 하지 못하고 몸을 돌려 방으로 돌아왔다. 크리노는 조용히 앉아 그녀를 기다리고 있었다. 「짐을 챙겨. 치마와 보석과 내 물건을 모두 챙겨라.」

충실한 노예는 눈물을 닦았다. 「이미 다 챙겨 놓았습니다, 공주님.」 그녀가 다소곳이 말하고 짐을 챙겨 넣은 두 개의 커다란 상자를 가리키며 말했다.

「하리스는 어디 있지?」

「상자를 배까지 가지고 갈 노예를 데리러 갔습니다. 그리고 이카로스에게 작별 인사도 하고요.」

아리아드네는 마지막으로 방을 둘러보았다. 그녀 가슴은 조용히 울부짖고 있었다. 그녀는 문, 창문, 벽감에 있는 조그만 여신상을 비롯해 눈에 익은 물건들을 쳐다보았다. 그녀는 여신상을 집어 가슴에 껴안았다. 〈나와 함께 가요, 사랑스러운 신이여.〉 그녀는 사랑했던 물건들을 하나하나 어루만졌다. 〈안녕, 안녕……〉 그녀는 오랫동안 이들을 쳐다보며 마지막으로 방을 둘러보았다. 크리노가 측은한 표정으로 그녀를 쳐다보았다. 〈사랑하는 공주님께서 이제 떠나시는구나……. 영원히 보지 못하겠지!〉 아리아드네는 방을 서성거리다가 울고 있는 노예의 손을 잡았다. 「크리노, 나와 함께 가고 싶니?」

궁전의 노예는 아리아드네의 발밑에 엎드려 흐느껴 울었다. 「공주님! 죽을 때까지, 영원히……..」

어둠이 내리기 시작했다. 저녁별이 나타났다.

문이 열리고 하리스가 네 명의 노예를 데리고 들어왔다. 노예들이 상자를 들고 방 밖으로 나갔다. 소년은 누나를 쳐다보며 눈빛으로 물었다.「나도 가!」크리노가 기뻐하며 말했다.

노예들이 문을 열었다.「준비되었습니다, 공주님!」

아리아드네는 문지방을 넘었다. 충실한 노예와 하리스가 그 뒤를 바싹 따랐다. 들판에서 그녀는 마지막으로 궁전을 뒤돌아보았다.「안녕히 계십시오, 아바마마!」그녀는 부드럽게 외쳤다.

「다시 만날 때까지! 여름에 다시 만날 때까지!」하리스도 중얼거렸다.

34

 부드러운 미풍이 불어 배는 물살을 가르며 유유히 나아가고, 파도는 즐겁게 넘실거렸다. 북쪽으로 힘차게 노를 젓는 열세 명의 아테나이인의 가슴에는 저마다 비둘기처럼 빨리 조국으로 날아가고 싶은 생각뿐이었다. 아리아드네는 뱃머리에 기대어 뱃전에 부딪혀 생겨나는 거품을 바라보았다. 크리노는 그녀 옆에 앉아서 아버지의 따뜻한 품에 안길 즐거운 생각을 했다. 갑판에 나와 있는 하리스는 끔찍한 궁전에 남겨 두고 온 친구 이카로스를 생각했다. 그리고 키를 잡고 있는 테세우스는 군대를 어떻게 조직하고 배를 어떻게 구할지에 대해 고심하고 있었다. 그가 무시무시한 괴물로부터 조국을 해방시킨 것만으로는 충분치 않았다. 〈나는 국가를 확장시키고 국가에 영광을 가져다줄 것이다.〉 그것이 그의 의무였다. 그는 하늘을 올려다보았다. 금성이 반짝거렸다. 더 큰 별들도 차츰 나타났다. 새하얀 목성이 다이아몬드처럼 빛나고, 화성은 붉게 빛을 냈다. 그는 키를 잡고 똑바로 서서 밤이 펼쳐지는 것을 보며 상념에 잠겼다.
 밤이 깊어 갔다. 하늘에는 무수한 별들이 반짝거렸고 젊은이들과 처녀들은 잠이 들었다. 공주는 크리노기 준비한 잠자리에 누워 쉬었다. 그녀는 오늘 하루 동안 너무 많은 일을 겪었다. 그녀는 더할 나위 없는 기쁨과 슬픔을 동시에 맛보아 극도로 피곤했다.

키를 잡고 선 테세우스는 그녀가 잠자는 모습을 지켜보았다. 잠에 빠진 공주를 내려다보자 그녀에 대한 깊은 감정이 가슴속에서 용솟음쳤다. 〈그대는 내 생명의 은인이야. 아테나이에 도착하면 아내로 맞이할 것이다……. 내 그대를 왕비로 삼을 것이다.〉

날이 밝아 오기 시작했다. 태양이 수평선에서 떠올랐다. 청년들과 처녀들이 깨어났다. 그 순간 바다는 마치 거대한 장미처럼 진홍색으로 물들기 시작했다. 솟아오르는 태양을 찬미하는 흥겨운 노랫소리가 물결에 울려 퍼졌다.

그날 아침 크레테에선 늙은 왕이 붉게 물든 바다를 응시하고 있었다. 그는 궁전의 가장 높은 테라스에 올라가 북쪽 바다를 바라보았다. 왕을 보살피고 있는 파이드라가 왕 옆에 서 있었다.

「그 애가 떠났어. 그 애가 갔어……」 왕이 한탄하며 말했다.

「원하신다면 멈추게 할 수 있사옵니다. 배를 보내 붙잡을 수 있습니다.」 그녀가 말했다.

늙은 왕은 머리를 흔들었다. 「운명을 거스를 수는 없어. 미노타우로스는 죽었어. 왕국은 무너졌어.」

「그런데 어제 아바마마는 군대를 동원해서 아테나이와 전쟁을 하시겠다고 선포했습니다.」 파이드라가 상기시켜 주었다.

「그래.」 늙은 왕의 눈이 번쩍거렸다. 「그렇게 해야 한다! 우리가 죽을 운명이지만 우리는 남자답게 싸워야 한다! 우리는 싸울 것이다! 우리의 명예를 지키고 우리 조상들을 부끄럽게 하지 않기 위해!」 그는 바다를 바라보고 있었다. 「목숨보다 더 중한 어떤 것이 있단다, 나의 딸 파이드라야.」 그가 나직이 말했다. 「명예라는 것이다!」 그는 바다를 계속 응시하며 하던 말을 잠깐 멈추었다. 〈바다는 우리의 부였지. 수천 척의 크레테 배들이 세상 끝까지 항해했었지. 그들은 세계의 부를 우리 항구로 가져왔다. 우리 크레테의 깃발이 세계 모든 항구에 펄럭거렸어. 나의 제국은 바다의 제왕이었다. 과거에 그랬었다고?〉 왕은 슬픈 마음으로 회고해 보았다. 〈……지금 나의 제국은 너무 지쳐 있어……. 속국들은 반란을 일으키고…… 보잘것없는 나라에서 온 젊은이가 미노타우로스를 죽이고…….〉 그는 한숨을 쉬었다. 「우리는 이제 끝이야!」 왕은 중얼거렸다.

35

 크레테의 늙은 왕이 그의 왕국에 대해 한숨짓고 슬픔을 토해 내는 동안 테세우스의 배는 북쪽 항로를 따라 아테나이로 빠르게 질주해 갔다.

 이틀째 되는 날 아침 푸른 섬이 시야에 들어왔다. 섬의 산기슭에서 자라고 있는 소나무와 유향나무와 백리향의 향기가 섬에서 불어오는 상쾌한 바람을 타고 배에까지 풍겨 왔다. 갑판 위 테세우스 옆에 서 있던 아리아드네는 그 달콤한 향기를 맡으며 섬을 바라보았다.

「참으로 아름다워 보이는군요! 섬의 이름이 뭐예요?」 공주가 물었다.

「낙소스 섬이오, 공주.」 테세우스가 대답했다.

「그 섬에 잠시 상륙할 수 있나요?」 하루 동안 배를 탄 아리아드네는 땅을 밟아 보고 싶었다.

「벌써 바다 여행에 지쳤소?」 테세우스가 빙그레 웃었다.

「네. 잠시 동안만이라도 저 섬에 들렀으면 좋겠어요.」

 테세우스가 동료들에게 고개를 돌렸다. 「돛을 내려라! 항구로 들어간다!」

그들은 돛을 내리고 항구를 향해 노를 저었다. 아리아드네는 뱃머리에 몸을 기대고 서서 조그만 섬이 점점 커지는 것을 지켜보았다. 그녀는 배가 점점 가까이 다가가자 나무와 절벽, 하얀 작은 집들을 보았다. 「꿈만 같아요!」 그녀가 환희에 젖어 섬을 바라보며 중얼거렸다. 햇볕에 그을린 어부들 몇 명이 모래사장에 앉아 그물을 수선하고 있었다. 그들은 다가오는 배를 향해 팔을 흔들며 환영했다. 아리아드네 또한 답례로 손을 흔들었다.

일행은 해안가에 도착해 닻을 내리고 정박했다. 친절한 섬사람들이 그들을 맞이하기 위해 부두로 나왔다. 그들은 테세우스 일행을 맞이하고 소나무 숲으로 안내해 밀빵, 올리브, 생선, 포도주 등을 대접했다.

그들이 음식을 다 먹자 촌장으로 보이는 한 친절한 늙은이가 그들에게 어디서 왔는지, 그리고 어디로 가고 있는지 물어보았다.

「우린 아테나이 사람들이고 크레테에서 돌아가는 중입니다.」 테세우스가 대답했다.

「상인들이오?」

「아닙니다. 여행자들이오. 우리는 세계를 돌아다니고 있습니다. 새로운 땅을 보고 사람들을 만나고 호기심을 충족시키기 위해.」 테세우스가 웃으며 말했다.

늙은이는 머리를 흔들며 빙그레 웃었다. 「인간은 결코 호기심을 충족시킬 수 없소. 왜 여행을 하는 거요? 자기 나라보다 더 좋은 곳은 없소.」

그는 올리브나무 밑에 앉아 있는 늙은 장님에게 고개를 돌렸다. 그 사람은 주변에서 들리는 이야기를 듣기 위해 햇볕에 그을린 이마를 앞으로 쑥 내밀고 있었다. 「이보게, 음유 시인.」 촌장이 그에게 말했다. 「손님들이 우리 섬에 오셔서 음식을 대접했으니 이제 자네가 가지고 있는 것을 보여 드려야 하지 않겠나. 리라를 퉁기며 노래나 한 곡조 뽑아 보게나.」

늙은 시인은 나뭇가지에 걸어 놓은 리라를 잡기 위해 손을 뻗었다. 즉시 그는 칠현금을 부드럽게 귀에 붙이고 퉁기기 시작했다. 「무슨 노래를 부를까요?」 그가 손님들 쪽으로 고개를 돌리며 물었다.

「그대가 부르고 싶은 걸로 부르시오.」 테세우스가 말했다.

「세계를 돌아다녔으나 자기 조국에서 유일한 안식처를 발견한 가장 영웅적인 여행자에 대한 노래를 부르겠습니다. 저 유명한 오디세우스의 노래입니다!」 그는 리라를 퉁기며 백발의 머리를 들어 노래를 부르기 시작했다.

> 말해 주오, 여신이여, 트로이의 철벽의 성을 무찌른 후
> 수년 동안 방랑한 가장 영웅적인 여행자에 대해,
> 여러 나라를 방문하고 많은 사람들을 만나고,
> 병사들을 조국으로 안전하게 데려가기 위해
> 바닷길을 찾으려고 수많은 역경을 헤친 그 영웅에 대해,
> 하지만 그는 그들을 구해 주지 못했네, 그의 노력에도 불구하고.
> 그들은 자신들의 죄악 때문에 죽었다네, 불경스러운 죄악 때문에,
> 태양신이 사냥하는 가축을 잡아먹었다네,
> 신이 노여워해 그들의 귀향을 막아 버렸네.
> 우리를 위해, 여신을 위해, 제우스의 딸들을 위해 다른 곳에서 노래를 불러라.

그들은 그 유명한 노래를 들으며 오랫동안 앉아 있었다. 그들은 먹고 마시는 것을 잠깐 중단하고 노래에 흠뻑 빠졌다. 신화에서처럼 오디세우스가 그들 앞에 나타나고 전설적인 여러 섬들이 눈에 보이는 것 같았다. 그들은 모두 이 이야기를 잘 알고 있었다. 아주 어릴 때부터 어머니와 할머니들이 이 방랑자의 무용담을 조용히 노래 불러 주며 잠을 재워 주곤 했다. 그들은 결코 이 모험담에 싫증 나는 법이 없었다. 오디세우스가 이타카에 어떻게 도착했으며…… 거지처럼 누더기 옷을 입고 어떻게 궁전으로 돌아와 아내 페넬로페에게 집적대던 구혼자들을 어떻게 죽였는가를…….

「난 많은 사람들이 오디세우스의 여행을 노래하는 것을 들어 왔소. 그러나 당신의 노래야말로 최고입니다. 보답으로 선물을 드리고 싶습니다.」 테세우스가 늙은 음유 시인이 올리브나무에 칠현금을 다시 걸 때 말했다.

「당신께서는 이미 하셨습니다. 나에게 찬사의 말을 하지 않았습니까.」

「아, 하지만 그것만으론 충분치 않소.」 테세우스가 미소 지었다. 「당신의 손으로 쥘 수 있는 선물 하나를 드릴 테니 나를 기억하기 바라오.」 그는 친구 안드로클레스에게 고개를 돌려 말했다. 「배에 가서 내 황금 잔을 가져오게.」

안드로클레스가 배로 뛰어가 풍경화가 정교하게 새겨진 큼지막한 술잔을 가지고 곧장 돌아왔다.

테세우스는 잔을 받아들고 장님에게 다가갔다. 「음유 시인, 포도주를 따라 마실 수 있는 황금 잔을 드리겠소. 우리 나라의 유명한 금세공사가 만들었소.」 그는 늙은이의 손을 잡고 잔을 그의 손에 쥐여 주며 말했다. 「이곳의 돋을새김은 바다의 넘실거리는 물결을 나타냅니다. 물결 위 하늘에는 짙은 구름이 있고 또 거대한 삼지창이 구름 속에서 튀어나와 물결을 겨누고 주변엔 번개가 번쩍이고 있소. 그리고 태양과 하늘 사이에 찢어진 돛을 달고 용감히 항해하는 조그만 배가 새겨져 있고, 조그만 배 안에 한 사나이가 당당한 모습으로 키를 잡고 있습니다. 바로 오디세우스입니다.」

늙은이는 황금 잔을 손에 쥐었다. 그는 손가락으로 잔을 조심스럽게 더듬어 보았다. 그는 바다를 느꼈고, 삼지창과 조그만 배를 찾았다. 그의 얼굴이 상기되었다. 「알았습니다! 알았습니다!」 늙은이는 기뻐 잔을 내밀었다. 사람들이 그 잔에 포도주를 채우자 늙은이는 잔을 높이 들며 말했다. 「당신의 건강을 위해, 존경스러운 젊은이! 그대가 조국의 영광을 위해 큰일을 하기를 진심으로 바랍니다! 그리고 세월이 흐른 뒤에도 나 같은 음유 시인들이 올리브나무 밑에 앉아 그대에게 노래를 불러 주기를 간절히 바랍니다!」

날이 어두워지자 젊은 여행자들은 배로 돌아가 잠을 잤다. 다음 날 아침 깨어나니 물결이 거세게 일고 하늘엔 시꺼먼 구름이 잔뜩 끼어 있고 천둥소리가 울리고 번개가 번쩍거렸다.

젊은이들은 바다와 하늘을 쳐다보며 낙심했다. 아테나이의 해변을 하루라도 빨리 보고 싶은 하리스도 실망감에 사로잡혔다. 언제 돛을 다시 올릴지는 아무도 몰랐다.

그러나 아리아드네는 오히려 기뻤다. 처음부터 이 섬의 아름다운 매력에 흠뻑 빠진 그녀는 출발이 늦어지자 기뻐하며 크리노와 함께 백사장을 맨발로 뛰어다니며 즐거워했다. 그녀가 바닷가에서 즐겁게 놀며 내지르는 웃음소리가 공중으로 퍼져 나갔다. 그녀는 밀려가는 파도를 뒤쫓으며 물속으로 뛰어들었다가 다시 거품을 일으키며 밀려오는 파도에 비명을 지르며 소나무 숲을 향해 뒷걸음치기도 했다. 아침 내내 그녀는 넘실거리는 파도와 놀며 새로 얻은 자유를 만끽했다.

정오 무렵에야 구름이 걷히기 시작했다. 젊은이들은 어둠이 걷히자 안도의 한숨을 내쉬며 바다를 다시 쳐다보았다. 테세우스 또한 성난 파도가 계속 넘실대는 바다를 응시하고 있었다. 보통 때 같으면 그는 파도가 이렇게 쳐도 배를 띄웠을 것이다. 그러나 그는 이제 혼자가 아니었다. 공주를 생각해야 했다. 그녀는 그에게 달려와 웃으며 얼굴을 붉혔다.

「하루 더 기다립시다. 내일 떠납시다.」 그가 말했다.

아리아드네는 즐거워 춤을 추었다. 〈이 아름다운 섬에서 하루를 더 보낸다!〉 그녀의 머리에는 이미 새로운 모험심이 싹트고 있었다. 「왕자님, 허락해 주세요! 하리스와 크리노를 데리고 백사장 저 끝까지 가보고 싶어요.」 그녀는 뺨을 붉히며 하소연하는 듯한 눈빛으로 그를 쳐다보며 말했다.

「그러십시오.」 그는 남아서 배를 수리하겠다고 말했다. 그는 그녀가 즐거워하며 백사장을 뛰어가는 뒷모습을 보며 말했다. 「재미나게 놀고 오시오! 그러나 너무 멀리는 가지 마시오!」

「그렇게 할게요! 어두워지기 전에 돌아올게요!」

그는 하리스와 크리노를 데리고 즐겁게 뛰어가는 그녀의 뒷모습을 보며 미소 지었다. 곶을 지나 백사장을 따라 계속 가던 그들의 모습은 점점 작아져 결국 그의 시야에서 사라졌다.

세 명의 탐험가는 눈처럼 하얀 백사장을 따라 계속 달려갔다. 그들의 가슴은 새처럼 부풀어 올랐다. 모래 위에는 파도에 밀려온 조그만 조가비들로 가득했다. 「조가비를 줍자.」 아리아드네가 허리를 굽혀 하나를 주우면서 말했다. 그들은 조가비를 한 움큼 주웠다. 그들은 그들 앞에 한없이 펼쳐진 눈부신 백사장을 계속 뛰어다니며 놀았다. 이내 작은 오두막이 눈에 들어왔다. 늙은 어부가 문으로 나와 그들을 바라보았다. 그는 성게를 잡는 데 사용하는 긴 작살을 들고 있었다. 그는 그들의 노는 모습을 바라보다가 그들이 다가가자 어디로 가느냐고 물었다.

「그냥 산책 나왔어요!」 아리아드네가 즐겁게 응답했다.

늙은 어부는 문에서 걸어 나오며 말했다. 「멀리 가진 마시오! 낯선 배 한 척이 저 앞 곶 뒤에 닻을 내리고 있소. 이상하게 생긴 사람들을 싣고 오늘 아침에 정박하고 있었소. 모두 노란 턱수염과 노란 콧수염을 기르고 있었는데 별로 마음에 들지 않는 인상이었소!」

「우린 그들이 마음에 들 거예요!」 아리아드네가 웃으며 말했다.

늙은 어부는 어깨를 으쓱거렸다. 「그렇다면 마음대로 하시오. 당신들에게 당부의 말을 했으니 나로선 더 이상 어쩔 수 없군요.」 그는 이렇게 말하고 오두막 안으로 다시 들어갔다.

「가자! 뭐가 그리 겁나!」 아리아드네가 말했다.

「돌아가시는 게 좋겠어요, 공주님.」 하리스가 걱정스럽게 말했다.

그러나 아리아드네는 앞으로 뛰어갔다. 「겁나?」 그녀는 웃으며 말했다.

「물론 무섭진 않습니다!」 하리스가 대답하고는 그녀 뒤를 따라갔다.

크리노도 공주의 행복한 얼굴을 보니 기쁨에 넘쳐 함께 뛰어갔다. 크리노는 공주가 화려한 크레테 궁전에서 이처럼 마음껏 뛰어다니는 모습을 한 번도 본 적이 없었다. 궁전에서 그녀는 황금 새장에 갇힌 새와 같은 존재였다. 그런데 지금 그녀를 보라! 활짝 열린 새장 문에서 나와 노래 부르며 공중으로 자유롭게 날아다니고 있지 않은가!

아리아드네는 크리노와 하리스와 함께 달렸다. 그들은 늙은 어부가 조심하라고 했던 곳에 다다랐다. 거기서 그들이 본 것은 무엇인가? 세 개의 돛대가 있는 배 한 척이 파도가 치지 않는 잔잔한 만에 정박해 있었다. 각 돛대는 포도 덩굴과 잎사귀로 장식되어 있고 뱃머리에는 잘생긴 청년 한 명이 널찍한 옥좌에 앉아 있었다. 그 청년은 금발이며 포도 덩굴로 만든 화관을 머리에 쓰고 있었다. 그리고 그의 발밑에는 길들인 표범 한 마리가 앉아 있었다. 그 옆에는 비어 있는 또 다른 옥좌가 하나 있었다.

아리아드네는 갑자기 걸음을 멈추고 놀라움에 숨을 죽이며 지켜보았다. 그녀의 황금빛 머리카락이 바람에 흩날리며 어깨 위에서 춤을 추었다. 그녀의 뺨이 붉게 물들었다.

그녀를 보자 청년은 자리에서 일어나 미소를 지으며 정중하게 인사를 했다. 「제 배에 오르십시오! 제 배에서 음료를 대접해 드리고 싶습니다. 우리는 먼 북쪽의 아나톨리아에서 왔으며 진귀한 과일들이 배에 많이 있습니다.」

그가 말하고 있을 때 금발에다 붉은 피부를 한 일곱 남자가 갑판에 나타났다.

「작은 배를 띄워 숙녀 분을 모셔 오도록 해라.」 왕자처럼 보이는 청년이 명령했다.

아리아드네는 똑바로 쳐다보며 눈을 비볐다. 그녀는 옆에 서 있는 크리노에게 고개를 돌려 조용히 말했다. 「너도 보이니, 크리노? 아니면 내가 꿈을 꾸고 있는 걸까?」

「저도 보여요!」 크리노가 입을 크게 벌린 채 배를 쳐다보았다.

「우리 둘 다 꿈을 꾸고 있는 걸까? 우리가 크레테를 떠나 어느 섬의 해변을 거닐며 조가비를 줍고, 또 저처럼 멋있는 배 앞에 서 있는 것이 모두 꿈 아닐까?」아리아드네가 중얼거렸다.

조그만 배가 다가왔다. 배에 탄 두 명의 남자가 노를 힘차게 저었다. 배가 백사장에 닿자 그들이 뛰어내려 공주에게 다가와 팔뚝을 내밀었다. 「저희가 들어 올리겠습니다, 존경하옵는 아가씨. ……파도에 젖지 않도록 말입니다.」 그들이 말했다.

생각할 여유도 없이, 한순간의 망설임도 없이, 마치 최면에 걸린 듯 공주는 그들에게 다가갔다. 두 남자는 강인한 팔로 그녀를 깃털처럼 가볍게 들어 올려 배로 데려갔다.

「공주님!」 크리노의 목소리가 그녀 뒤에서 세차게 울려 퍼졌다.

「공주님! 어디로 가십니까!」 하리스가 소리쳐 불렀다.

「걱정하지 마! 다시 돌아올게.」 공주는 그들에게 고개를 돌리며 부드럽게 미소를 지었다.

「공주님!」 크리노의 목소리가 떨렸다.

〈큰소리 지르지 마, 귀여운 크리노…… 이것은 꿈이야…… 아름다운 꿈이야…… 소리치지 마, 나를 깨우지 마!〉

작은 배는 포도 덩굴로 장식된 배에 도달했다. 배 안에 있던 황금빛 청년이 팔을 뻗어 그녀를 들어 올렸다. 「어서 오십시오, 공주님.」 그는 그녀의 손을 잡고 비어 있는 옥좌로 안내했다. 「이 옥좌는 그대의 자리입니다.」 그는 미소 지으며 말하고는 선원들에게 고개를 끄덕거렸다. 그들은 닻을 들어 올리고 세 개의 커다란 삼각형 붉은 돛을 돛대 위로 펼쳤다. 「출발!」 왕자처럼 생긴 그 청년이 명령했다. 「아리아드네 공주가 오셨다. 목적을 달성했다.」

「공주님!!」 가슴이 터질 것 같은 외침 소리가 해변에서 공중으로 울려 퍼졌다.

「공주님!!」

그러나 세찬 바람이 불어 닥쳐 그들의 외침 소리는 사방으로 흩어져 버리고 배는 바다 한복판으로 점점 멀어져 갔다. 마침내 그 배는 활짝 핀 거대한 장미 한 송이처럼 물결 위에서 반짝거리더니 이내 사라져 버렸다.

36

 테세우스는 배 중간에 꼼짝 않고 서서 하염없이 눈물을 흘리며 바다를 바라보았다. 비탄과 공포에 사로잡혀 아무 말도 하지 못한 채 크리노와 하리스는 그의 발밑에 엎드려 있었다. 아무도 말이 없었다. 테세우스는 어둠이 파도 위에 깔리고 있는 저 먼 바다만 응시하고 있을 뿐이었다.
 하리스가 머뭇거리며 숨을 죽여 말했다.「왕자님.」
 테세우스는 그를 내려다보았다. 그는 두 사람이 자기 발밑에서 소리 없이 흐느끼고 있는 것을 잊어버렸었다.「일어나라.」그는 허리를 굽혀 그들에게 손을 내밀었다.
 가엾은 소년과 소녀는 떨며 일어나 어쩔 줄 몰라 머리를 숙였다.「울지 마라. 너희 책임이 아니다. 너희도 어떻게 할 수 없었을 것이다.」그의 목소리는 떨렸다. 그는 눈물을 감추기 위해 먼 바다를 다시 응시했다.「너희가 말했듯이 아리아드네를 데려간 사람은 틀림없이 새로운 신 디오니소스일 거야. 그 신은 배를 포도 덩굴로 장식하고 붉은 돛을 달고, 표범을 데리고 섬 주변을 돌아다닌단다.」그는 바다를 보며 말을 잇지 못했다.〈정신을 차려야 해!〉
 바람이 잠잠해졌다. 동료들은 테세우스 옆에 말없이 서서 명령을 기다리고 있었다. 그는 그들에게 고개를 돌려 명령했다. 「출항 준비를 하라!」 그가 명령했다.

그들은 닻을 올리고 돛을 펼쳐 바다로 향했다.

테세우스는 뱃머리에 서서 밤바다를 응시하고 있었다. 그의 가슴은 칼로 도려내는 듯 아팠다. 두 눈에선 눈물이 하염없이 흘러내렸다. 그는 말없이 서서 키를 꽉 움켜쥐었다. 배는 물살을 가르며 망망대해로 나아가고 있었다. 산들거리는 바다 미풍이 그의 얼굴로 불어왔다. 그는 숨을 깊게 쉬며 신선한 저녁 공기를 들이마셨다. 어둠이 내리고 있었다. 그는 다시 정신을 차렸다. 아픈 가슴과 고통도 점점 진정되었다. 〈난 아테나이 백성들의 지도자야……. 난 책임이 있어. 지금쯤 크레테의 왕이 아테나이로 쳐들어와 우리 국토를 유린하기 위한 준비를 하고 있을 거야. 그렇게 하도록 보고만 있을 수는 없어. 빨리 조국으로 돌아가 전쟁 준비를 해야 해!〉 그는 아버지를 생각했다. 늙은 아버지는 가슴을 졸이며 아들이 돌아오기만을 간절히 바라고 계실 것이다.

사실 아테나이의 왕은 아들에 대한 걱정으로 잠을 이룰 수가 없었다. 여러 날이 지나자 그는 괴물이 아들을 잡아먹었을지도 모른다는 불길한 생각이 들기 시작했다. 매일 아침 그는 바다가 한눈에 내려다보이는 바닷가 절벽 위로 올라가 수평선을 바라보았다. 그는 눈이 빠지게 바다를 응시하며 돛이 수평선 위에 나타나기만을 기다렸다. 그들이 흰 돛을 올리고 올까? 아니면 죽음을 뜻하는 검은 돛을 올리고 올까? 「아테나여, 아들이 살아서 돌아오도록 도와주소서. 내 그대를 위해 이 세상에서 가장 아름다운 대리석 신전을 세워 드리겠나이다!」

그것이 절벽 위에 앉아 한순간도 바다에서 눈을 떼지 않고 있는 늙은 아이게우스의 소원이자 약속이었다.

어느 날 그는 바위에 올라가 아들의 배를 보지 않고서는 산에서 내려오지 않겠노라고 맹세했다. 그날 밤 그는 꿈을 꾸었다. 「오늘 그는 반드시 돌아올 것이다.」 그는 다음 날 아침이 밝아 오자 중얼거렸다. 그는 남쪽 바다를 바라보며 꼼짝하지 않고 앉아 있었다. 시간이 흘러 태양은 이제 중천에 떠올랐다. 바다는 죽은 듯이 펼쳐져 있었다. 고요함과 침묵 속에서 늙은 왕은 고개를 숙이고 잠들었다. 그때 갑자기 꿈속에서 그를 부르는 소리가 들려왔다.

「눈을 뜨고 앞을 보아라!」 부드러운 목소리가 들렸다. 그는 깜짝 놀라 고개를 들었다. 해가 서쪽으로 기울어 히메토스 산에 장밋빛 저녁놀이 지기 시작했다. 「아테나여! 아테나여! 무엇이 보입니까?」 그가 외쳤다. 배 한 척이 검은 돛을 휘날리며 저 멀리에서 다가오고 있었다.

늙은 아이게우스 왕은 비틀거리며 일어섰다. 「내 아들이 죽었구나!」 그는 비명을 질렀다. 「그들이 내 아들을 죽였어!」 그는 절벽 끝에 비틀거리며 섰다. 절벽 아래에서는 파도가 바위를 세차게 때렸다. 「나의 아들, 테세우스! 나도 네 곁으로 간다!」 비탄에 잠긴 왕이 외쳤다.

배 위에서 테세우스는 절벽을 바라보았다. 그는 바위 위를 서성거리고 있는 한 남자를 보았다. 「아버님이 분명해.」 그는 키 큰 사람의 모습을 보고 중얼거렸다. 「아버님이 나를 기다리고 계셔.」

「아바마마!」 그가 뱃머리에 서서 큰 소리로 불러 보았지만 바람과 파도 소리가 그의 목소리를 집어삼켜 버렸다. 그는 그 사람이 바위 끝으로 와 무엇인가를 외치는 소리를 들었다. 〈나를 보셨어. 나에게 뭔가를 외치고 계셔.〉 그는 생각했다. 그러나 응답하려는 순간 그는 늙은 아버지가 두 팔을 벌리고 바다로 몸을 던지는 것을 보았다.

「아바마마!」 그는 목구멍이 찢어질 듯 큰 소리로 외쳤다. 그는 숨을 쉬지 못한 채 고개를 치켜들었다. 그 순간 그는 돛대에 펄럭이는 검은 천을 보았다. 기쁘고 급한 마음에 크레테 항구에서 출항할 때 검은 돛을 내리는 것을 그만 잊어버렸던 것이다!

37

 어두워진 후에야 배는 항구에 도착해 정박했다. 배가 항구에 들어왔다는 소식이 항구에서 대로로 이어지고 이 집에서 저 집으로, 이 작업장에서 저 작업장으로 전해져 아크로폴리스 언덕까지 뻗어 올라갔다. 그곳에서 아테나의 도움으로 테세우스 왕자가 도착했다는 사실을 알리기 위해 불을 피웠다.

 그리고 얼마 후 아티카의 모든 산 위와 아에갈레오스 산, 히메토스 산, 펜텔리코스 산, 파르니타 산 위에서도 불길이 치솟았다. 얼마나 장엄한 광경인가?

 이 소식은 아테나이 전역에 퍼졌다. 〈테세우스 왕자님이 돌아오셨다!〉

 사람들이 도로로 뛰쳐나왔다. 아들딸들을 미노타우로스의 밥이 되게 크레테로 보냈던 어머니들은 기쁨의 눈물을 흘리며 춤을 추었다. 도시의 원로들이 머리에 장미 화관을 쓰고 백성들과 함께 왕자를 맞이하러 나갔다.

 그들은 횃불을 들고 항구로 경쾌하게 걸어갔다. 잠시 후 그들은 항구에서 대로로 걸어오는 테세우스를 만났다. 테세우스는 하얀 키톤을 입고 양날 단도를 허리에 차고 의기양양한 동료들을 대동하고 걸어왔다.

원로들은 두 팔을 치켜들고 환호하며 그를 맞이했다. 「영웅의 귀환을 환영합니다!」 그들이 소리쳤다.

그리고 어머니들이 달려들어 그의 손에 입을 맞추었다.

그러나 테세우스는 말없이 서 있었다. 그는 입술을 굳게 깨물었다. 아버지가 아들을 보지 못하고 돌아가셨던 것이다. 그는 비통하고 슬픈 마음을 억누를 수가 없었다.

도시로 접어들자 그는 곧장 궁전으로 향했다. 원로들이 뒤따르며 그를 옥좌로 안내했다. 거기서 그는 무거운 가슴으로 왕홀을 집어 들고 아버지의 옥좌에 앉았다. 「전하께서 승하하셨다! 전하께서 승하하셨다! 편히 쉬소서!」 원로들이 엄숙하게 합창을 하고 한 사람 한 사람 옥좌 앞에 나와 머리를 숙이며 새로운 왕에게 경의를 표했다.

다음 날 이른 아침 테세우스는 아크로폴리스 언덕에 올라가 아테나 여신에게 승리에 대한 사의를 표했다. 그는 신전의 기둥 사이에 서서 굳은 결의를 하며 백성들을 쳐다보았다. 테세우스의 승리와 왕위 계승을 축하하기 위해 이날은 경축일로 공표되었다. 군중이 새벽부터 아크로폴리스 언덕 위로 몰려들어 여신에게 감사의 기도를 올렸다. 월계수 가지로 머리를 장식하고 멋있는 말을 탄 밝은 얼굴의 젊은이들이 여신에게 바칠 소를 몰고, 처녀들은 과일과 꽃이 가득 담긴 바구니를 들고 있었다. 다른 사람들도 비둘기를 안고 있거나 젖과 꿀이 가득 담긴 항아리를 들고 있었다. 모든 사람이 나름대로 여신에게 제물을 바치기 위해 서둘러 언덕 위로 올라갔다.

신전은 붉은 기둥으로 되어 있는 단순한 건물이었다. 신전 중앙에 청동으로 만든 아테나의 상이 서 있을 뿐이었다. 보석으로 만든 여신의 눈은 그녀가 사랑하는 도시를 향하고 있었다. 오른손에는 커다란 창을 들고 왼손에는 메두사의 머리가 새겨진 방패를 들고 있었다.

조상(彫像) 옆에 움직이지 않고 서 있는 테세우스의 모습은 사람들의 눈에 마치 신과 같이 보였다. 그는 사람들이 모여들자 연설을 하기 시작했다.

「아테나의 남성과 여성들이여! 내가 이룬 것은 모두 아테나의 도움에 의한 것이었소. 인간은 아테나의 힘과 지혜 없이는 아무것도 성취할 수 없소. 지혜 없는 힘은 파괴적이고 야만적인 것에 불과하오. 힘없는 지혜 역시 아무 소용 없소. 우리의 위대한 여신 아테나는 이 두 덕목을 모두 가지고 있소.」

그는 잠시 말을 멈추고 엄숙한 눈길로 사람들을 쳐다보았다. 「오늘 괴물을 무찌른 인간의 승리를 축하합시다. 인간을 괴롭혀 온 괴물을 물리친 테세우스를 여러분 각자의 마음속에 간직해 둡시다. 그래야만 내 승리가 진정한 가치를 가질 수 있으며, 또한 여러분도 자유로운 인간이 되었다고 말할 수 있을 것입니다.」

사람들은 감동하며 계속 듣고 있었다. 그들은 테세우스의 목소리가 그 어느 때보다 우렁차고 활기참을 느낄 수 있었다. 그들의 마음은 한껏 부풀어 올랐다. 그들은 이제 여신의 가치와 왜 그들이 여신을 숭배해야 하는지를 처음으로 이해하게 되었다. 비로소 인간의 가치를 깨닫게 된 것이었다.

테세우스의 목소리는 다시 울려 퍼졌다. 「제물을 바치시오! 먹고 마시고 즐기시오. 오늘은 즐거운 날이오. 언젠가 여러분을 다시 초대해 부탁의 말을 하겠소!」 그는 말을 마치고 신전 계단을 내려와 사람들의 환호를 받으며 다시 궁전으로 돌아왔다.

결정을 내려야 할 어려운 문제들과 처리해야 할 일들이 많이 쌓여 있어 그는 혼자 조용히 생각할 시간이 필요했다. 무엇보다 그의 계획을 완성하기 위해서는 아리스티데스의 도움이 절대적으로 필요했다.

그는 궁전에 도착한 즉시 대장장이의 작업장으로 갔다. 크리노와 하리스가 아버지와 재회의 기쁨을 나누고 있었다. 잠시 동안 테세우스는 문에 서서 이 기쁜 장면을 바라보았다. 크리노와 하리스가 아버지 무릎에 앉아 크레테에서 일어났던 모든 일을 이야기하고 있었다. 우선 테세우스가 어떻게 미로에서 빠져나왔는지를 설명하고…… 어떻게 배를 탔으며…… 공주가 어떻게 납치되었는지를 설명했다. 크리노의 목소리는 떨리고 눈에서는 눈물이 흘러내렸다.

테세우스는 작업장 안으로 들어갔다. 「안녕하시오?」 그가 유쾌하게 말했다.

「감사하옵니다, 전하! 전하의 은총에 감사드립니다.」 아리스티데스가 재빨리 일어서며 소리쳤다.

「난 축제를 그만두고 당신을 만나러 왔소. 우리는 머리를 맞대고 힘을 합쳐야 하오.」 테세우스가 말했다.

「명령만 내리십시오, 전하! 살아 있을 때나 죽어 있을 때나 전하와 같은 길을 걷겠습니다.」 대장장이가 소리쳤다.

「살아 있을 때! 살아 있을 때!」 테세우스가 웃으며 말했다. 「죽는다는 것은 잊어버리시오! 죽음이란 언젠가 오게 마련이오. 우선 우리는 하던 일을 마쳐야 하오!」 그는 일어서서 인사를 하는 하리스를 쳐다보았다. 「나의 친구, 하리스!」

「저도 전하와 같은 길을 걷겠습니다!」 소년이 아버지가 한 말을 다시 한 번 외쳤다.

테세우스 왕은 그를 내려다보며 웃었다. 「오늘부터 너는 항상 나와 함께 있을 것이다. 평화로울 때나 전쟁을 할 때 항상 내 옆에 있어라. 너를 작전 참모로 임명한다. 받아들이겠느냐?」

소년은 테세우스의 손을 움켜쥐었다. 「목숨을 다 바치겠습니다, 전하!」 그는 맹세를 하고 왕의 손에 입을 맞추었다.

「그리고 크리노, 크리노에게는 무얼 시키지?」 테세우스가 웃으며 말했다.

크리노는 얼굴을 붉히며 눈을 바닥으로 내리깔았다. 「명령 내리시는 것은 무엇이든지……, 전하.」 그녀가 머뭇거렸다.

「마음속에 생각해 둔 것이 있긴 하지만 나중에 이야기하겠다.」 테세우스는 소녀의 머리를 쓰다듬으며 대장장이에게로 고개를 돌렸다.

「갑시다, 일을 시작합시다.」 테세우스가 말했다.

다음 날 테세우스는 그가 신임하는 선장들을 불러 배를 준비하라고 명령했다. 즉시 북쪽으로 항해해 철을 실어 오고 철을 다룰 수 있는 기술자들을 모두 모아 아테나이로 데려오라는 명령이었다. 설득도 하고 또 필요하다면 강제로라도 데려오라는 것이었다.

「그들을 데려오겠습니다.」 선장들이 믿음직스럽게 말하고 명령을 수행하기 위해 급히 떠났다.

그들이 떠나자 테세우스는 또 다른 선장 한 명을 불러들였다. 그는 영리하고 모험심이 강하며 진짜 이름은 누구에게도 알려지지 않고 그저 〈여우 선장〉이라는 별명으로 불리는 사람이었다. 그는 키가 작고 피부가 검고 몸은 깡말랐지만 눈매만은 불같이 날카로웠다. 테세우스는 그가 용감하고 모험심 강하며 악마도 속아 넘어갈 정도로 꾀가 많음을 잘 알고 있었다. 그는 왕의 임무를 수행할 모든 자질을 갖추고 있었다.

「여우 선장, 그대의 배에 물건을 가득 싣고 크레테가 있는 남쪽으로 가시오. 크레테에 도착하면 상인 행세를 하시오. 항구에 있는 사람들과 이야기를 나누고 선장이나 군인들을 친구로 사귀시오. 그들에게 선물을 나누어 주며 접근해 친해지시오. 그들의 해군력이 얼마나 되는지 알아보시오. 얼마나 많은 배를 보유하고 있으며 어떤 무기를 가지고 있는지 알아보시오. 그리고 궁전으로 가 군대를 훈련시키고 있는지도 살펴보시오. 크레테 군대의 규모가 얼마나 되는지…… 어떻게 무장되어 있는지…… 최대한 많은 정보를 캐내시오. 내 말 이해하겠소?」

「잘 알겠사옵니다. 정탐해 오라는 분부로 받아들이겠사옵니다.」

「그렇소, 정탐을 하는 일이오. 우리 나라는 위험에 처해 있소.」

「포도주를 싣고 가겠습니다. 전하께서 명령하신 임무를 수행하기 위해서는 포도주 장사만큼 좋은 것이 없습니다.」

「역시 여우 선장답소!」 테세우스가 웃으며 소리쳤다. 「즉시 떠날 준비를 하시오! 그대 배에 포도주를 가득 실어 주리다. 함께 갈 사람도 몇 명 선발하시오. 서둘러야 하오!」

선장은 움직이지 않았다. 그는 머리를 긁적이며 머뭇거렸다.

「무엇이오?」 테세우스가 그를 초조한 듯 바라보았다.

「제가 알기로 크레테 궁전 지하에는 돌로 만든 상자가 여러 개 숨겨져 있다고…….」 선장이 기억을 되살리려는 듯 머리를 긁적이며 말했다.

「그래서?」

「그래서 전하, 전하께서 크레테 궁전을 함락하신다면 그 상자 중 하나를 저에게 주실 수 없겠사옵니까?」

「그대가 성공한다면, 내 그대에게 상자 세 개를 주겠소! 그것이면 충분하겠소?」

「충분하옵니다, 전하!」 선장은 싱글벙글하며 모자를 삐딱하게 쓰고 서둘러 나갔다.

다시 혼자가 된 테세우스는 문에서 대기하고 있던 하리스를 불렀다. 「채벌꾼들은 아직 오지 않았느냐?」

「밖에서 대기하고 있습니다.」 하리스가 보고했다.

「들게 하라.」

거인 세 명이 방에 들어와 절을 했다.

테세우스는 그들을 훑어보았다. 굵직한 팔뚝은 강인해 보였으며 얼굴은 사나워 보였다. 「많이 모았느냐?」 그가 그들에게 물어보았다.

「2백 명 정도 됩니다, 전하. 모두 숲에서 태어나고 자란 자들이옵니다.」

「좋아! 이제 파르니타스 산과 펜텔리코스 산으로 가거라……. 보이는 나무는 모두 잘라 쌓아 놓도록 해라. 항구로 나르는 일을 할 사람들을 따로 보내겠다. 자, 서둘러라. 하루빨리 배를 만들어야 한다.」

「해안이 목재로 뒤덮이도록 하겠습니다.」 그들이 씩씩하게 말했다.

다음, 테세우스는 배를 건조할 기술자들을 보냈다. 직조공들도 보내 돛을 짜도록 했다. 또한 그는 항구로 달려가 선박 건조 기술자들과 협의를 하고 선박에 필요한 장비를 만들고 있는 기술자들을 감독했다.

며칠이 지나자 도시의 분위기는 확 달라졌다. 이제 사람들은 더 이상 거리를 빈둥빈둥 돌아다니거나 아고라 광장에 모여 무료한 대화를 나누지 않았다. 모든 사람이 배를 만들거나 무기를 만들거나 훈련을 받으며 철저한 준비를 했다. 광장이나 들판에 나가 보면 젊은이나 나이 든 사람 할 것 없이 모두 모여 행진을 하고 창던지기와 격투 연습을 하는 등 군사 훈련에 여념이 없었다.

여자들과 아이들도 마찬가지였다. 그들도 나름대로 부대를 형성하고 자신들을 방어할 훈련을 받았다. 아테나이는 더 이상 도시가 아니고 훈련소 같아 보였다.

「이것이 우리를 구할 수 있는 유일한 방법이오!」 테세우스가 돌아다니며 사람들을 독려했다. 「그렇지 않으면 적들이 와서 아테나이를 잿더미로 만들 것이오.」

「우리의 피를 끓게 만들었으니 오히려 그들에게 감사해야겠군요!」 어느 날 한 늙은이가 그에게 말했다.

「적이 친구보다 더 유용할 때가 있소. 그들 때문에 우리는 강해지고 있소.」

시간은 흘러 테세우스가 북쪽으로 보낸 선장들이 돌아왔다. 그들의 배에는 철이 가득 실려 있었다. 그들은 또한 야만인의 말을 타는 노란 수염을 기른 기술자 스무 명을 데려왔다. 그들은 땅을 밟자마자 일을 하기 시작했다.

몇 주가 지나갔다. 때는 한여름이었다. 마침내 여우 선장도 크레테에서 정탐 활동을 완수하고 돌아왔다. 사실 테세우스는 여러 주가 지나도 여우 선장이 돌아오지 않자 크레테가 정탐 활동을 하는 여우 선장을 잡아 죽였을지도 모른다는 생각이 들어 걱정이 태산같이 들던 참이었다. 그러던 어느 날 영리한 여우 선장이 마침내 돌아온 것이다.

테세우스는 조선소에서 일꾼들을 독려하던 중 항해를 마치고 돌아오는 선장을 보았다.

「어서 오시오, 선장! 언제 도착한 거요?」 테세우스가 그를 보고 안도의 한숨을 내쉬며 말했다.

「지금 막 도착했습니다, 전하! 저는 좋은 값으로 물건들을 모조리 팔았습니다!」

「어서 계산해 봅시다.」 테세우스가 그를 옆으로 데려가 웃으며 말했다. 그는 선장이 임무를 잘 수행했음을 알아차렸다.

「요점만 간단하게 말씀드리겠습니다. 전하의 명령대로 제가 크레테에 도착하자마자 포도주를 내리고 항구에서 사람들에게 공짜로 나눠 주기 시작했습니다. 다가와 구경하는 군인들에게도 주었습니다. 그들은 제가 준 술을 마셨으며 저는 계속 따르고 그들은 계속 마셔 댔습니다.」

「그래 무엇을 알아냈소?」

「그들은 전쟁 준비를 하고 있었습니다. 그들의 왕은 분노로 치를 떨고 있었습니다. 사람들은 아테나이인들이 미노타우로스를 죽였기 때문에 왕이 복수심에 사로잡혀 있다고 말했습니다. 그들은 배를 수리하고 다른 나라 선원들을 불러 모으고 있었습니다. 크레테인들은 싸우는 데 지쳐 자신들을 대신해 싸워 줄 사람들이 있으면 그 대가를 쳐주려 하고 있습니다. 그자들을 용병이라고들 합니다.」

「알고 있소. 또 무엇을 알아냈소?」 테세우스는 초조한 듯 고개를 끄덕거렸다.

「다음 날 궁전으로 올라가 옛 친구인 늙은 장교와 귀족들을 만났습니다. 정보를 캐기 위해 그들에게도 술을 먹였습니다, 전하. 술은 얼마든지 있다고 말하자 그들은 귀가 번쩍 뜨이는 듯했습니다. 그래서 며칠 동안 술잔치를 벌여 그들을 대접했지요. 또 그들은 보답으로 저를 초대해 함께 먹고 마시고 놀았습니다. 마치 제가 의도적으로 접근한 것이 아닌 것처럼 말입니다……」

「무엇을 알아냈소, 여우 선장? 내가 알고 싶은 것은 그 점이오.」

「그 점을 말씀드리려고 왔습니다, 전하. 지금 말씀드리겠습니다. 그들은 3백여 척의 배를 모았으며 각 배에는 50여 명의 군사를 실을 수 있다고 합니다. 초가을에 출항해 우리 항구에 도착하는 것이 아니고 뒤에 있는 마라톤에 도착할 것이라 합니다. 그들은 속임수를 쓰려 하고 있습니다. 이곳에 50여 척의 배를 보내 우리와 싸움을 하는 동안 아테나이의 반대쪽을 치려는 계획을 가지고 있습니다. 그들의 교활한 전략을 이해하시겠습니까?」

「이해하오. 그 밖에 다른 소식은?」

「더 이상 무엇을 원하십니까, 전하? 모든 것을 이야기했사옵니다. 배의 숫자와 군대의 규모, 그리고 언제 어디를 칠 것인가에 관해서도 말입니다. 더 알고 싶은 것이 있사옵니까?」

테세우스는 미소를 지었다. 「아니요, 만족하오.」

「그러면…… 세 개의 상자는 제 것이 되는 것입니까?」

「당신 것이오.」

「그러면 되었습니다. 그렇다면, 훨씬 더 중요한 것을 말씀드리겠습니다.」 선장은 만족한 눈빛으로 말했다.

「더 중요한 것?」 테세우스가 그를 쳐다보며 말했다.

「들어 보시면 아실 것입니다, 전하! 그러나 우선 전하와 새로운 계약을 하고 싶습니다.」

「말하시오.」

「전하께서 제가 가지고 온 다른 정보를 듣고 싶다면 저한테 크레테 지하에 묻혀 있는 상자 세 개를 더 주시겠습니까? 왜냐하면 이 정보는 최초의 계약에는 포함되어 있지 않았기 때문이옵니다.」

「좋소, 들어 봅시다.」

선장은 양손을 비비며 새로운 사실을 말하기 시작했다. 「어느 날 아침 저는 약간 취해 배로 돌아오고 있었습니다. 그때 북쪽 출신인 제 옛 친구를 만났습니다. 그는 괴물처럼 덩치가 크며 손도 엄청나게 큰 사람입니다. 그리고 얼굴은 온통 턱수염과 콧수염으로 덮여 있습니다. 저는 그를 배로 데려가 술병의 뚜껑을 열고 함께 마셨습니다……. 오, 술이란 얼마나 강한 힘을 가졌습니까! 술은 모든 마음을 열게 만듭니다. 제 친구가 무엇을 말했는지 짐작이 가십니까? 북해 바다 한 항구에 5백여 척의 크고 작은 배들이 모여 있다고 합니다. 굶주린 금발의 북쪽 사람들이 아내와 자식들을 데리고 그 배에 타고 있다고 합니다. 그들이 거기에서 무엇을 하고 있는지 물어보았습니다. 친구는 그들이 남쪽으로 내려와 곡식을 심을 들판을 원하고 있다고 말했습니다. 확실하진 않지만 크레테까지 내려올지도 모르는 일이라고 말했습니다.」

테세우스는 자리에서 벌떡 일어났다. 선장은 두 손을 비비며 웃고 있었다. 「전하, 방금 말씀드린 정보에 놀라셨습니까? 상자 세 개의 가치가 있습니까?」

「열세 개의 가치가 있소, 여우 선장! 축복의 시간이 오면 열세 개의 상자는 그대의 것이오!」

「열세 개에다 세 개를 더, 전하. 전하께서 약속한 세 개와 지금 말씀하신 열세 개를 더하면 합이 열여섯 개입니다.」 영악한 선장이 고쳐 말했다.

「열세 개에 세 개라!」 테세우스가 웃었다. 그는 손을 뻗어 선장의 손을 잡았다. 그는 가슴이 뛰어 혼자 있고 싶었다. 여우 선장의 말을 듣고 난 뒤, 그는 궁전으로 달려가 마음을 진정시키고 선장으로부터 들은 정보를 조심스럽게 평가해 보았다.

38

 몇 달이 지나갔다. 여름이 끝나갈 무렵 모든 준비가 완료되었다. 아테나이의 병기고는 철로 만든 무기로 가득했다. 사로니코스 바다는 새로 만든 배들로 뒤덮여 있고 육지는 전쟁터로 향할 준비가 되어 있는 수많은 군사들로 들끓었다.
 테세우스는 아크로폴리스 언덕으로 올라갔다. 차가운 밤공기는 밤에 피는 꽃들의 향기로 그윽했다. 아테나이는 달빛 없는 푸르스름한 어둠 속에서 평온하게 잠을 자고 있었다. 도시 위 저쪽 갑옷을 입은 아테나의 동상이 우뚝 서서 사랑하는 아테나이를 보살피고 보호하고 있었다. 테세우스는 여신의 발밑에 앉아 깊은 상념에 빠졌다. 며칠 동안 그는 어떤 결정을 내려야 할지 깊이 생각하고 있었다. 가을이 다가왔으니 크레테인들이 배와 군대를 몰고 아티카로 쳐들어와 신성한 대지를 유린할 것이다. 그는 왕으로서의 책임감을 생각하니 마음이 무거웠다. 조국이 구원받느냐, 아니면 멸망하느냐 하는 국가의 생사가 그의 결정에 달려 있었다. 그는 앉아서 생각하고 또 생각했다. 그에겐 세 가지 방법이 있었다. 하나는 크레테가 쳐들어오기를 기다렸다가 아티카에서 싸우는 것이고, 둘째는 그들을 기다리지 않고 그들의 영토로 쳐들어가 선제공격을 하는 방법이다. 그리고 마지막 방법은 지금 북해에 모여 약탈할 섬을 찾고 있는 야만인들에게 도움을 청해 함께 크레테 궁전을 무너뜨리는 것이다.

테세우스는 각 방법의 장점과 단점을 비교하며 하나의 방법을 선택하려고 골몰했다. 그러다 이따금씩 여신에게 고개를 들어 말하곤 했다. 「아테나여, 저에게 명석함을 주소서. 어떤 방법을 택해야 할지 인도해 주소서……」

자정이 지났다. 몇몇 별들이 서편으로 사라지는가 하면 또 새로운 별들이 하늘에 나타났다. 그런데 테세우스는 여전히 생각에 잠겨 있었다. 그는 기둥에 몸을 기대서서 잠에 빠진 도시를 내려다보았다. 깊은 정적이 온 세상을 덮고 있었다. 멀리 올리브 숲에서 올빼미의 울음소리만 들려올 뿐이었다. 그는 눈을 위로 뜨고 아테나 동상의 잔잔한 얼굴을 바라보았다. 하지만 피곤에 지쳐 눈꺼풀이 무거웠다. 어쩌면 순간적으로 깜빡 졸았으리라. 여신의 청동 입술이 움직이는 듯했다. 고요함 속에서 그는 목소리를 들었다.

「테세우스……」

「여기 있습니다, 여신이여. 명령하시옵소서.」

「나 또한 여기 있다, 그대 위에. 나에게 물어보라. 대답해 줄 테니.」

「여신이여, 저는 결정을 내려야 합니다. 제게 명석함을 주시옵소서. 크레테 왕이 우리 영토에 오도록 기다린 후에 싸워야 하나이까?」

여신이 이마를 찡그리는 것처럼 보였다.

「난 적들이 내 영토에 들어오는 것을 원하지 않는다……. 난 나의 군대가 방어만 하는 것을 원치 않는다……. 공격하기를 원한다. 방어는 늙은이들의 전쟁 방식이다. 우리는 젊고 강하다!」

「그렇다면 진격을 해야 되겠습니다, 여신이여! 크레테로 진격할 수 있도록 우리를 인도하시옵소서.」

대답이 없었다. 여신은 깊은 생각을 하고 있는 것 같았다. 여신 또한 결정을 내리는 데 숙고하고 있었다.

「왜 대답이 없사옵니까?」

「그대도 알고 있듯이 나는 신중함이 가미된 힘을 사랑한다.」 근엄하지만 신중한 목소리가 다시 들렸다. 「나는 의식 없고 어리석은 용맹은 좋아하지 않는다. 크레테 궁전은 늙었다. 하지만 아무리 쇠약하다 해도 여전히 크고 부유하고 위험하다.」

「금발의 야만인 도리아인들에게 도움을 구해 함께 크레테를 공격해야 하나이까?」

다시 무거운 침묵이 흘렀다. 거의 알아볼 수 없을 정도로 천천히 여신의 창이 움직이기 시작했다. 창끝이 신전의 지붕 위로 솟아올랐다. 창끝은 밤하늘에 떠 있는 별처럼 반짝거렸다.

목소리가 다시 들렸다. 「그렇다. 그들이 지금은 야만인들이나 시간이 흐르면 그들의 자식들은 훌륭하게 자랄 것이고…… 그리고 그들의 손자들은 그리스인이 될 것이다. 그들과 손잡고 크레테를 공격하라. 내가 앞장서 그대의 길을 열어 줄 것이다!」

테세우스는 깜짝 놀라 정신이 들었다. 그는 기둥에서 몸을 떼고 눈을 비볐다. 잠을 잤단 말인가? 꿈을 꾸었단 말인가? 그가 들은 소리는 진정 여신의 목소리였나? 그는 여신을 올려다보았다. 여신은 돌로 만든 대좌에 꼼짝하지 않고 서 있었다. 귀중한 푸른 보석이 박혀 있는 두 눈은 별이 가득한 밤하늘을 응시하고 있었다. 그는 무릎을 꿇고 여신의 발에 입을 맞추며 중얼거렸다. 「제게 말씀을 해주셨습니다, 여신이여! 한순간 제가 잠을 잤다면 제가 꿈을 꾸도록 만드시어 저에게 길을 인도해 주신 분이 바로 당신이옵니다. 당신의 뜻대로 하겠나이다. 그것이 또한 제 뜻이기도 합니다. 이제야 알겠습니다.」

 어깨를 짓눌렀던 무거운 짐을 벗어 버린 것처럼 홀가분하고 가벼운 마음으로 테세우스는 언덕을 경쾌하게 내려왔다. 그는 이제 무엇을 어떻게 해야 할지를 알았다. 결정을 내리는 것은 언제나 어려운 일이었다. 그는 모든 경우를 신중히 검토하고, 모든 의견을 경청하고, 모든 결과를 예측해야 하므로 쉽게 결정을 내릴 수 없었다. 그러나 모든 것을 고려해서 일단 현명한 결정을 내리면 그는 사자처럼 무섭게 달려들어 그 결정을 실행에 옮겼다. 그를 막을 자는 아무도 없었다.
 그는 대신들을 소집했다. 「우리가 먼저 공격한다! 준비하라!」
 그는 군인들 사이로 걸어갔다. 「아테나의 이름으로!」 그는 우레와 같은 소리로 그들에게 외쳤다. 「우리는 전쟁을 시작한다! 적이 쳐들어와 우리 땅을 더럽히게 놔두지 않을 것이다. 우리가 먼저 공격할 것이다!」
 계속해서 테세우스는 정렬해 있는 군인들 사이를 누비며 외쳤다. 「이제 우리 조국을 위해 모든 것을 희생할 순간이 왔소! 잠, 편안함, 재산, 우리의 생명 등 모든 것을!」
 백성들은 환호성을 질렀다. 그가 가는 곳마다 사람들은 환호하며 외쳤다. 「만수무강하소서, 전하!」
 그는 한 바퀴 돌고 궁전으로 돌아와 여우 선장을 다시 불렀다.
 「내 그대에게 또 다른 임무를 부여하겠소. 이번 임무는 더 멀리 가는 것이지만 내 그대를 신뢰하니 성공하리라 믿소.」
 영리한 선장은 눈동자를 굴렸다. 〈이번에도 큰 이득이 있겠지.

열여섯 개의 상자가 더 불어나겠지!〉

「가까이 오게! 그대가 야만인들의 배가 정박해 있는 북해의 항구를 안다고 말했소!」 테세우스가 말했다.

「네, 전하. 어떤 명령을 내리시겠습니까?」

「그들에게 가 내 말을 전하시오. 아테나이의 왕이 그대를 보냈다고 말하시오. 왕은 젖과 꿀이 흐르는 땅을 알고 있는데 그대들과 힘을 합쳐 그 풍요로운 땅을 차지해 같이 나누자고 말하시오. 그리고 겨울이 되기 전에 오라고 전하시오! 내 말 아시겠소?」

「잘 알겠사옵니다, 전하!」

「어려운 임무요.」

「제 마음에 듭니다. 그들을 데려오겠습니다. 전 그들의 말을 알고 있습니다.」

「성공하면 우리 조국은 구원받을 것이오. 나아가 영광도 얻게 될 것이오.」

「알겠사옵니다.」

「보상으로 무엇을 원하시오?」

선장은 얼굴을 붉히며 머뭇거렸다. 그의 머릿속에서 심한 혼란이 일어나고 있는 것 같았다. 「아무것도 없습니다.」 그가 마침내 말했다.

「아무것도 없다고?」 테세우스가 놀라며 그를 바라보았다.

「저 또한 국가에 대한 자부심이 있습니다. 모든 사람이 국가를 위해 목숨을 바치려 하고 있는 이때 전하께서 저한테도 국가를 위해 할 일을 맡기셨습니다. 그런데 저는 대가를 요구했습니다. 부끄럽기 짝이 없사오며 더 이상 어떤 것도 원치 않습니다!」

테세우스는 그의 손을 잡으며 말했다. 「이제 떠나시오. 아테나가 그대를 지켜 줄 것이오!」

선장은 절을 하고 문으로 향했다. 문간에서 그는 걸음을 멈추었다. 새로운 갈등이 그의 머리를 혼란스럽게 만들었다. 그는 천천히 몸을 돌려 테세우스 왕을 다시 보았다. 「전하께서 열여섯 개의 상자가 필요하시다면…… 그것을 모두 가지십시오!」 그는 우렁찬 목소리로 말하고 재빨리 방을 나갔다.

39

선장이 출항하고 며칠 뒤 하리스와 크리노는 궁전의 높은 테라스에 함께 앉아 전쟁 준비 상황을 내려다보며 다가올 전쟁에 대해 이야기를 나누었다. 전날 밤 북쪽에 갔던 배가 항구에 도착해 중요한 소식을 전해 주었다. 야만인을 실은 선단이 북해를 출발해 아테나이로 향하고 있다는 내용이었다.

「이제 곧 크노소스 궁전이 우리 수중에 들어올 거야.」 하리스는 흥분해서 누나에게 말했다.

「야만인들이 무섭지 않아?」 크리노가 몸을 떨며 말했다.

「그래, 그들은 우리에게 새로운 활력을 가져다줄 거야. 그들은 우리 땅에 살 것이고, 그러다 보면 문명화되어 그리스인이 될 수 있을 거야.」 그는 도시를 쳐다보았다. 「5백 년 동안 살 수 있다면 아테나이의 영광을 볼 수 있을 텐데!」

오누이가 테라스에 앉아 이야기를 나누고 있는데 갑자기 저 아래 뜰에서 고함 소리가 났다. 사람들은 모두 하늘을 쳐다보았다. 크리노와 하리스도 사람들이 보고 있는 방향으로 고개를 돌렸다. 뭔가가 궁전으로 날아오고 있었다. 거대한 새 한 마리가 날개를 퍼덕거리며 그들 쪽으로 날아와 하강하고 있었다. 그들은 눈을 똑바로 뜨고 계속 쳐다보았다. 새는 흰 턱수염을 기른 늙은 사람의 얼굴을 하고 있었다. 두 팔이 보이고 날개를 아래위로 흔들고 있었다.

「다이달로스!」 하리스와 크리노는 비명을 지르고 이상한 새를 향해 손을 흔들었다. 그들은 늙은 기술자를 똑똑히 볼 수 있었다. 그는 궁전 위를 날며 그들 쪽으로 서서히 내려왔다. 크리노는 다이달로스가 다가오는 모습을 유심히 바라보다가 이카로스를 찾기 위해 주변 하늘을 살펴보았다. 이카로스는 어디 있을까? 그녀의 가슴은 터질 것 같았다. 하리스 또한 친구를 찾기 위해 위를 두리번거렸다. 식은땀이 그의 이마에서 흘러내렸다. 어쩌면 아직 크레테를 빠져나오지 못했을 것이라는 생각도 들었지만 불길한 예감이 그의 머리를 스쳐 지나갔다.

다이달로스가 착륙했다. 한 마리의 비둘기처럼 공중에서 날개를 퍼덕거리며 다이달로스는 테라스에 사뿐히 내려앉았다.

두 남매는 그에게 달려가 껴안고 그의 손에 입을 맞추었다.「이카로스는요?」 둘은 텅 빈 하늘을 바라보며 울부짖었다.

다이달로스는 날개를 접었다. 눈물이 그의 눈에서 주르륵 흘러내렸다.「이카로스는 익사했다……」 그는 목이 메어 더 이상 말을 하지 못했다.

온 세상이 캄캄해졌다.

늙은 다이달로스는 다시 말을 이었다.「그 애는 내 충고를 듣지 않았어.」 그가 비통하게 말했다.「우리는 하늘 아래 낮게 날고 있었어……. 그러나 그 애는 태양을 향해 올라가며 높이높이 날기를 원했지. 제발 높이 올라가지 말라고 사정했단다. 그러나 그 애는 내 말을 듣지 않았어. 그 애는 미친 사람처럼…… 태양에 닿을 만큼 점점 높이 올라가, 결국 날개에 발라 놓은 밀랍이 녹아 그만 바다에 추락했단다.」 슬픔에 잠긴 아버지는 날개를 걷어 그것들을 찢어 버렸다. 그의 목소리는 비통함에 잠겨 있었다. 「무엇 때문에 내가 날개를 만들려고 했을까! 난 아들을 잃었어!」 그는 슬픔에 못 이겨 비명을 지르며 그 저주스러운 날개를 가리가리 찢어 짓밟아 버렸다.

인간이 날개를 달고 아테나이에 도착했다는 소식이 전해지자 아테나이 사람들은 모두 야단법석이었다. 그가 신이며 테세우스를 돕기 위해 하늘에서 내려왔다고 이야기하는 사람들이 있는가 하면, 마술사라고 말하는 사람들도 있으며, 또 어떤 사람들은 그가 늙은이 형상을 한 이상한 새라고 말하기도 했다.

하리스가 그들에게, 그는 위대한 건축가인 다이달로스이며 인간에게 날개를 만들어 줄 수 있는 비범한 능력을 지닌 사람이라고 말해 주어도 헛수고였다. 어느 누구도 그의 말을 믿으려 하지 않았다. 흔히 그렇듯이 인간들은 동화 같은 것을 믿기를 더 좋아하는 것이다.

테세우스는 다이달로스를 궁전으로 데려와 극진히 대접했다. 실제로 테세우스는 비범한 두뇌를 소유하고 있는 자가 왕이나 다름없다고 생각했다. 왕은 그에게 노예도 딸려 주고 필요한 모든 것을 제공해 주었다. 왕은 위대한 계획을 가지고 있었다. 그는 다이달로스에게 아테나이의 젊은이들에게 날개를 만들어 줄 것을 부탁했다. 젊은이들로 구성된 뛰어난 정예 부대를 만들어 하늘을 날도록 훈련시켜 세계를 정복할 수 있는 원대한 계획을 세웠던 것이다.

그러나 왕이 계획을 가지고 다이달로스에게 왔을 때 늙은 장인은 부탁을 거절했다. 「절대로 안 됩니다!」 그가 맹세했다. 「신들이 저에게 벌을 내렸습니다. 저는 너무 오만했습니다. 인간의 한

계를 넘어 인간을 날게 하려고 했습니다. 그런데 보십시오. 신은 제 아들을 빼앗아 갔습니다!」

테세우스가 그의 마음을 돌리려고 시도해 보았지만 헛수고였다. 늙은이는 단호했다. 「원하신다면 전하를 위한 궁전을 지어 드리겠습니다. 크레테 궁전보다 훨씬 웅장한 궁전을 짓겠습니다. 세상 사람들이 찬탄할 만한 아름다운 신전도 지어 드리겠습니다. 걷고 말할 수 있는 살아 있는 조각상을 만들겠습니다. 그러나 날개는 절대 만들지 않겠습니다!」

테세우스는 하루 종일 다이달로스에게 간청했지만 결국 그날 저녁 포기했다. 그것보다 더 큰 문제가 있었다. 친구를 잃은 슬픔에 비통해하고 있는 하리스가 중요한 소식을 가지고 왕에게 뛰어왔다. 「바다가 온통 배들로 꽉 찼습니다! 붉은 등불을 단 배들이 다가오고 있습니다.」

테세우스 왕은 하리스와 함께 두 필의 말이 대기하고 있는 뜰로 급히 내려갔다. 둘은 말에 올라타고 항구로 달렸다.

바다는 그야말로 배들로 가득 차 있었다. 하나의 돛대에 하얀 사각형 돛을 단 엄청나게 많은 조그만 배들이 저 멀리에서 항구를 향해 들어오고 있었다. 돛에는 이상한 붉은 표시가 그려져 있었다. 각 배는 모두 뱃머리에 등불을 켜놓고 있어 바다는 온통 반짝거리는 도시 같았다.

테세우스는 말에서 내려 급히 망루로 올라갔다. 동이 틀 무렵이었다. 그는 거대한 선단이 다가오는 불빛을 볼 수 있었다. 세 개의 돛대가 있는 큰 배가 선두에 있었다.

「여우 선장이다! 드디어 야만인들을 데려오는구나!」 그는 삼각형의 붉은 돛을 보고 웃음을 지었다.

잔잔한 파도와 부드러운 미풍이 숲을 이룬 돛을 해안가로 천천히 밀어붙였다. 테세우스는 이제 다이달로스와 날개에 대한 생각을 하지 않았다. 그는 금발의 야만인들을 가졌던 것이다. 그것으로 충분했다. 그는 배들이 가까이 다가오는 것을 계속 지켜보았다. 그는 마음속으로 기도를 드렸다. 〈지혜와 힘의 여신인 아테나여! 저들을 그리스인으로 만들어 주소서!〉

해가 진홍빛을 드러내며 수평선 위로 둥글게 뜨기 시작했다. 바닷물은 포돗빛으로 물들었고 거대한 선단은 찬란한 아침 햇빛을 받아 눈부셨다. 이제 배에 탄 남자들과 여자들이 서로 구별될 정도로 가까이 다가왔다. 그들은 태양을 향해 얼굴을 들고 이상한 소리를 지르며 태양을 찬양했다.

테세우스와 하리스는 망루에서 급히 내려와 선창으로 달려가 배가 정박하기를 기다렸다. 여우 선장이 탄 배가 항구로 들어왔다. 「제가 이들을 데려왔습니다!」 그가 선창에 서 있는 테세우스 왕을 보며 소리쳤다. 야만인들을 태운 배 중 가장 큰 배가 그의 뒤를 따라 항구로 들어왔다. 뱃머리에는 검고 붉은 조각물들이 새겨져 있었다. 배가 선창에 닿자 거칠어 보이는 금발 거인 한 명이 배에서 훌쩍 뛰어내렸다. 그는 양가죽으로 만든 옷을 입고 손에는 쇠로 만든 손도끼를 들고 있었다.

「이자가 대장입니다! 그와 말씀을 나누어 보십시오.」 여우 선장이 말했다.

테세우스는 몇 걸음 앞으로 걸어가 손을 내밀었다. 「그대들을 환영하오! 나는 아테나이의 왕 테세우스요. 내 군대와 배는 선장이 그대에게 말한 그 풍요로운 땅으로 진격할 준비가 되어 있소. 우리가 그곳을 점령하면 같이 나누게 될 것이오. 내 제의를 받아들이겠소?」

금발의 대장은 넓은 손바닥을 내밀었다. 「물론입니다! 언제 떠납니까?」 그의 목소리는 우렁찼다.

「내일.」

거인은 중얼거리더니 배로 다시 뛰어올랐다. 얼마 동안 테세우스는 그가 수많은 배 위를 갈지자로 돌아다니며 부하들에게 소리쳐 명령을 내리는 모습을 지켜보았다.「무슨 말을 하고 있는가?」그가 여우 선장에게 물어보았다.

「배에 머물러 있으라는 명령을 내리고 있습니다. 또 이곳은 친구의 나라이니 누구에게도 해를 끼치지 말 것을 명령하고 있습니다.」선장이 대답했다.

테세우스는 하리스에게 고개를 돌렸다.「돌아가자, 낭비할 시간이 없다.」왕은 말에 올라타고 준비를 마무리하기 위해 궁전으로 달려갔다.

40

크레테 왕은 궁전의 북쪽 테라스에 앉아 푹신한 베개에 머리를 기대고 있었다. 노예들이 그에게 시원한 음료를 조심스럽게 날라다 주고 커다란 타조 깃털 부채로 부채질을 해주었다. 그는 얼굴이 창백하고 지쳐 보였다. 여러 날 동안 그는 악몽에 시달렸다. 그는 바다가 온통 갈매기로 가득 차 있는 꿈을 꾸었는데, 갈매기들이 바닷가에 내려앉자 모두 굶주린 까마귀로 변해 버렸던 것이다. 또 궁전이 사라지는 꿈도 꾸었다. 궁전이 뿌리째 뽑혀 종이로 만든 연처럼 구름 속으로 사라지는 꿈이었다.

해몽가가 옆에 앉아 그를 위로하려 애쓰고 있었다. 「꿈이란 걱정의 반영에 지나지 않습니다. 대낮의 걱정거리가 밤에 꿈으로 나타납니다.」 그가 왕에게 설명했다.

파이드라 공주가 나타났다. 큼지막한 황금빛 나뭇잎이 수놓인 새로 만든 검은 가을 옷을 입고 있어 무척 아름다워 보였다. 「아바마마, 언제 축제를 열도록 명령하시겠습니까? 보름이 가까워 옵니다. 왜 늦추고 계시옵니까?」 그녀는 누워 있는 아버지를 내려다보며 그의 손을 부드럽게 잡고 말했다.

왕은 짜증스럽게 고개를 딴 데로 돌리며 말했다. 「너희 여자들은 그저…… 축제만 생각하고 있구나.」

「그렇사옵니다. 인생이란 유희옵니다. 그것을 즐기는 것은 당연하옵니다.」

「옳으신 말씀입니다, 파이드라 공주님. 인생은 유희입니다. 인생은 잠깐입니다. 그런데 인간들은 왜 전쟁을 합니까? 그래서 제가 전하께 꿈을 믿지 마시라고 말씀드리던 중이었습니다.」

왕은 눈을 감고 베개에 머리를 깊숙이 파묻었다.

발소리가 테라스에 울려 퍼졌다. 늙은 왕은 몸을 거의 움직이지 않았다.

「전하!」

〈오, 귀찮구나! 왜 나를 혼자 있게 내버려 두지 않는가……?〉 왕은 얼굴을 찡그리며 베개 속에 머리를 더욱 깊이 파묻었다.

「전하! 백성들이 싸우러 가지 않으려고 합니다. 시장에 모여 무기를 던져 버리고 있사옵니다!」 말리스의 다급한 목소리였다.

늙은 왕은 눈을 떴다. 그는 말리스를 유심히 쳐다보았다. 「그놈들이 무슨 말을 하고 있는가?」

「전쟁에 나갈 필요가 없다고 말하고 있습니다. 아테나이의 왕자가 미노타우로스를 죽였기 때문에 아테나이인들과 싸울 필요가 없다고들 합니다……」

늙은 왕의 눈빛이 이글거렸다.

「……자기들에게 필요한 것은 미노타우로스가 아니라 상업과 안락함과 풍요로움이라며, 배고파 죽겠는데 왜 전쟁을 해야 하느냐고 했습니다.」

「굶주린 자들이 우리에게 전쟁을 걸어온다면? 우리의 들판과 배를 장악하고 우리의 창고를 약탈한다면? 너는 그들에게 이것을 말했느냐?」

「네, 그렇게 말했습니다.」

「그랬더니 그들이 뭐라고 말했느냐?」

「누구도 감히 이곳에 발을 들여놓지 못할 것이라고 말했습니다.」

왕은 다시 눈을 감고 베개에 머리를 붙였다. 「물러가라. 피곤하다.」 왕이 힘없이 말했다.

말리스가 물러나고 노예들이 다시 신선한 음료를 가져왔다. 파이드라는 장미 향기가 나는 차가운 음료수 한 잔을 누워 있는 왕에게 건네주었다.

「그들의 말에 신경 쓰지 마옵소서! 아바마마…… 아무 일도 없을 것이옵니다. 축제를 시작하도록 명령하십시오……. 저희의 기분을 풀어 주시옵소서.」

늙은 왕이 눈을 감고 누워 있을 때 어떤 사람이 테라스에 모습을 나타냈다. 하얀 수염을 길게 기른 구부정한 늙은이가 다가와 한쪽 구석으로 어정어정 걸어가 바닥에 책상다리를 하고 앉아 왕이 부르기만을 기다렸다. 왕은 눈을 반쯤 떴다. 「어서 오시오, 오르포스! 때마침 잘 왔소. 이곳 상황이 좋지 않소. 이리 와서 시간을 보낼 재미있는 이야기나 해보시오.」

늙은 이야기꾼이 가까이 다가갔다. 「명령하신 대로 전하, 전하의 마음을 달랠 이야기를 하나 하겠사옵니다.」

「더 가까이, 잘 들리지 않소.」 왕은 베개에 머리를 파묻으며 중얼거렸다.

늙은이는 더 가까이 다가가 왕의 머리 밑에 앉았다. 그는 입 주변이 심술궂게 생겼으며 목소리는 듣는 이의 가슴을 아프게 할 정도로 구슬폈다.

「좋은 밤입니다…….」 그는 마치 청중에게 말하는 것처럼 시작했다. 「이제 신화를 시작하겠습니다. 옛날 옛적에…….」

「밤이 아직 오지 않았어!」 왕이 갑자기 끼어들었다. 「무슨 말을 하려고 하는 거냐?」

〈밤이 오고 있어…… 밤이 오고 있어…….〉 늙은 오르포스는 머리를 옆으로 흔들며 속으로 말했다. 그는 다시 이야기를 하기 시작했다. 「옛날 옛적에, 바다 한가운데에 커다란 섬이 있었는데 그 섬에는 수천의 배와 수많은 군사들이 있었습니다. 그리고 어떠한 적도 공격할 엄두를 내지 않았기에 도시를 둘러쌀 성을 쌓지 않았습니다. 도시 중간에 유명한 궁전이 하나 있었는데 왕이 금으로 만든 옥좌에 앉아 있었습니다. 왕은 절대 권력을 휘둘렀습니다. 그야말로 전지전능하신 힘을 가지고 있었습니다. 그가 눈살을 한 번 찌푸리면 태양이 어두워지고 미소를 지으면 바다도 따라 웃었습니다. 이따금씩 왕은 산꼭대기에 올라가 신과 이야기를 나누었습니다. 왕과 신은 오랜 친구처럼 이야기를 나누었으며 들판에서 일하고 있는 백성들은 그들이 웃는 소리를 듣곤 했습니다. 한번은 그들이 언쟁을 벌였습니다. 그러자 산이 흔들리고 땅이 갈라졌습니다. 어느 날 왕이 말했습니다. 〈이 섬만으로는 부족하다. 세계를 지배할 것이다.〉 그는 군대를 소집하고 배를 무장시켜 출정했습니다. 수많은 배들의 돛대가 바다에 가득했습니다. 왕은 북쪽으로 출발해 서쪽과 남쪽으로 차례차례 나아갔습니다. 그가 섬에 돌아왔을 때 그의 배는 황금과 노예와 여자들로 가득 차 있었습니다. 그리고 선원들과 군인들은 모두 황금 훈장을 달고 다녔습니다…….」

잠자는 아기의 칭얼대는 소리처럼 나직하게 우는 소리가 들렸다. 늙은 이야기꾼은 이야기를 멈추었다. 왕은 눈을 감고 조용히 울고 있었다.

해가 서산으로 지고 있었다. 햇살이 이다 산의 봉우리에 높게 걸려 붉게 물들더니 이제 서서히 사라질 준비를 하고 있었다. 풀을 뜯던 양떼들은 돌아가고 공작새들은 귀에 거슬리는 소리를 지르며 테라스에 모여 졸린 눈으로 어둠이 내리는 것을 지켜보았다.

귀족들과 귀부인들은 창가에 앉아 해가 지는 것을 바라보며 테라스에 있는 그들의 왕을 즐거운 듯 쳐다보았다.「왕을 좀 봐. 옛날이야기를 듣고 계셔.」그들이 웃었다.「왕은 늙었어. 가엾기도 하지. 아무 이유도 없이 우리더러 전쟁에 나가라고 하니 말이야. 평화와 안락함과 유쾌한 대화를 버리고 칼과 창을 잡고 어떻게 전쟁에 나갈 수 있겠어! 노망이 드셨나 봐.」

귀부인들은 웃으며 겨울옷에 대해 이야기했다. 올해는 어떤 색깔이 유행할지, 어떤 모자가 어울릴지, 새의 깃털을 달면 얼마나 맵시가 있을지……「보세요, 혹시 파이드라 공주의 옷을 보았나요? 엄청난 옷이었어요! 검은 천에 순금으로 나뭇잎을 수놓았답니다!」

「당연하지요. 공주는 원하는 것은 무엇이든 가질 수 있으니까요! 특히 이제는 외동따님이 되었으니 왕은 그녀가 원하는 것을 모두 들어주지 않겠어요?」

「아, 그렇군요……. 그런데 아리아드네 공주는 어떻게 된 거지? 누구 아는 사람 없어?」

「누가 알 수 있겠어. 소문만 무성할 뿐이지. 해적한테 납치되어 아나톨리아 장터에 팔렸다는 소문도 있어!」

「난 그녀가 크레테를 떠난 것이 후회되어 바다에 몸을 던졌다는 소문을 들었어요.」

「아니, 아니야. 테세우스가 죽였다고 하더군!」

「망할 놈!」

궁전 저 아래 뜰에서는 늙은 선장들이 저녁 산책을 하고 있었다. 「일전에 키프로스에서 있었던 일을 기억하시오……?」 「시칠리아에서 일어난 일을 기억하시오……?」 그들은 과거의 일들을 들추어 내며 이야기를 나누는 데 지칠 줄 몰랐다. 그들은 현재의 일에는 하등의 관심이 없는 듯했다.

밤의 냉기가 스며들었다. 노예들이 나타나 창문을 닫고 등에 불을 밝혔다. 그들은 화려한 옷을 입고 있는 귀족과 귀부인들의 시중을 들었다. 그들이 식탁을 차리자 귀족들과 짙은 화장을 하고 향수를 뿌리고 머리에 두건을 쓴 귀부인들이 식탁에 둘러앉아 코를 킁킁거리며 식사를 하는 듯했다. 그러나 그들은 배가 고프지 않았다. 그들은 음식과 술을 오랫동안 먹고 마시지 않아도 결코 배가 고프거나 갈증을 느끼지 않을 것이다. 그러면 그들은 무엇을 한단 말인가? 그들은 음식을 가지고 장난치다가 싫증이 났는지 옆으로 밀치며 하품을 해댔다.

「창문을 열어라. 밖에 무슨 일이 일어났는지 보자.」 어떤 사람이 점잔 빼며 말했다. 뜰에서 말발굽 소리와 고함 소리와 문이 쾅 닫히는 소리가 났다.

「무슨 일이야? 노예들이겠지. 또 무슨 일을 하고 있는 게로군. 활력이 대단해! 짐승처럼 말이야……」

말발굽 소리가 궁전 뜰에서 요란하게 울리더니 땀에 흠뻑 젖은 기마병들이 말에서 내렸다. 「전하께서는 어디 계십니까?」 그들 중 상관인 듯한 사람이 큰 소리로 말했다.

「식사하고 계십니다.」 어떤 사람이 대답했다.

「주무시고 계십니다.」 다른 사람이 대답했다.

「식사를 하고 계신단 말입니까, 주무시고 계신단 말입니까?」

「둘 다 하고 계십니다!」 세 번째 사람이 비웃듯 말했다.

기마병이 매서운 눈초리로 그들을 노려보았다. 「웃으시오. 우리는 끝장인데 당신들은 웃고만 있소!」 그가 사납게 말했다.

그들은 기마병을 왕의 처소로 안내했다. 그는 문을 두드리고 초조하게 기다렸다. 문이 열리고 파이드라가 아름다운 가을 옷을 입고 나타났다.

「전하를 뵈러 왔습니다!」 기마병이 다급하게 외쳤다.

「조용히 해! 뭐가 그리 급해 이 늦은 시간에 말썽을 피우는 거냐?」 파이드라가 이마를 찌푸리며 말했다.

「공주님, 전하께 아뢰어야 합니다!」 사자(使者)는 어쩔 줄 몰라 하며 계속 말했다. 「위급합니다! 바다가 온통 배로……」

잠이 덜 깬 목소리가 왕의 침대에서 들려왔다. 「무슨 일이냐, 파이드라?」

「아무 일도 아니옵니다, 아바마마.」 파이드라는 걸어가 문을 닫으려 했지만 사자가 문을 필사적으로 열고 그녀를 밀어붙이며 방 안으로 들어왔다.

「전하! 큰일났습니다! 배들이 물밀듯 몰려옵니다!」

「어떤 배란 말이냐?」 왕이 일어나 앉았다.

「잘 모르겠사옵니다, 전하. 밤이라 분간을 할 수 없었습니다. 오직 불빛만 보았습니다. 수천의 불빛을!」

늙은 왕은 다시 누웠다. 「장미 향수를 가져오너라.」 그가 힘없이 말했다.

〈귀찮아 죽겠어…….〉 파이드라는 장미 향수를 가지러 방에서 나갔다. 〈이 귀찮은 일로 내일 있을 황소 축제를 망치지나 않았으면 좋겠어. 난 죽고 말 거야!〉 그녀는 아버지의 반짝거리는 대머리와 손목에 장미 향수를 뿌리고 관자놀이에는 그것을 문질러 발랐다.

늙은 왕은 기분이 좋은 듯 깊은 숨을 쉬었다.

「전하……」

〈아, 그래, 사자.〉「장교들을 소집하라.」왕이 명령했다.

사자는 급히 방에서 나갔다.

〈귀찮구나…… 정말 지겨워!〉왕은 다시 누워 눈을 감았다.

곧 문이 열리고 장교들과 선장들이 들어왔다. 장교들 중 대여섯 명은 잠옷을 입은 채로 들어왔으며 세 명의 선장은 모두 늙은이였다.

「사자가 배들이 우리 항구로 오고 있다는 보고를 했소. 내려가서 무슨 일인지 한번 알아보도록 하시오.」

선장이 주춤거리며 말했다.「저희 모두 말씀입니까?」

「모두 갈 필요는 없소.」왕이 힘없이 말했다.「젊은 사람들을 보내시오. 사태가 심각하면 돌아와 날 깨우고, 심각하지 않으면 날이 샐 때까지 기다리시오.」

거의 자정이 다 되어 갔다. 장교들은 항구로 내려가 망루에 올라 바다를 살펴보았다. 저 멀리 어두운 바다는 수많은 불빛으로 반짝거렸다. 등불을 단 수천의 배들이 파도에 흔들거리며 해안가로 다가왔다. 놀란 장교들은 눈이 휘둥그레졌다. 아테나이의 배들이 아니었다. 아테나이인들은 저런 배를 몰지 않는다! 「야만인들이다!」그들은 숨을 몰아쉬며 망루에서 내려와 말을 타고 쏜살같이 궁전으로 달려갔다.

장교들이 돌아왔을 때 파이드라는 잠에 빠져 있었다. 그녀는 황소 축제가 시작되어 황소 등에 올라타 황금 칠을 한 뿔을 쥐고 있는 꿈을 꾸었다. 황소는 바다를 향해 저돌적으로 달렸고 그녀는 뿔을 단단히 쥐었다. 황소가 바닷물로 뛰어들 때 그녀는 황소 등에 올라탄 채 소리쳐 웃었다.

옆방에서 겁에 질린 장교들이 왕을 흔들어 깨우며 말했다. 「바다가 온통 배들로 뒤덮였습니다! 어떻게 하면 좋겠습니까?」

늙은 왕은 그들을 못마땅하게 쳐다보았다. 〈우리 배는 항구에 있지만 선원들이 없다……. 군대가 준비되어 있지만 싸우려 하지 않는다…….〉

「내가 싸우러 나가라고 명령을 내리면 너희도 내 말을 듣지 않겠지.」 왕은 조소 어린 투로 말했다. 「너희는 영광을 위해 싸우고 싶어 하지 않았다. 이제 적이 우리 발밑에까지 와 우리 가옥을 유린하고 창고를 습격할 테지. 난 너희가 어떻게 싸우는지 두고 볼 것이다.」

장교들은 어리둥절해하며 서로의 얼굴을 쳐다보았다. 「저희가 무엇을 하면 좋겠사옵니까?」 그들이 머뭇거리며 말했다.

「군대를 동원해 즉시 항구로 내려가라! 그리고 죽기를 각오하고 싸워라!」

41

 배들은 점점 항구로 다가갔다. 수많은 배들이 육지를 향해 돌진했다. 아테나이 함대가 선두에 섰고 붉은 등을 단 야만인들의 배가 그 뒤를 따랐다.

 테세우스는 맨 앞의 배에 타고 다른 배들을 지휘했다. 그는 가슴이 부풀어 올랐다. 〈썩은 것은 모두 떨어질 것이다…… 떨어져야 한다! 우리가 통과할 수 있도록! 우리는 젊다…… 새로운 세계를 건설할 것이다.〉

 하리스는 테세우스 옆에 섰다. 그는 금발의 야만인 대장이 준 손도끼를 허리에 차고 가까이 다가오는 시꺼먼 크레테 해안선을 바라보았다. 그의 생각은 항구를 지나 깊은 잠에 빠진 궁전으로 달려가 이 순간 꿈인지 생시인지 우왕좌왕하며 허둥대는 크레테 왕의 모습으로까지 이어졌다.

 「모두 잠을 자고 있군. 귀족과 귀부인들도 모두 음식을 배불리 먹고 잠에 빠져 있어.」 테세우스는 미소를 지었다.

 「아닙니다, 전 그들을 잘 압니다. 그들은 저녁을 결코 먹지 않습니다. 그들은 식욕을 느끼지 못하고 밤새 잠도 잘 자지 못합니다.」 하리스가 웃었다.

테세우스는 뒤쪽으로 시선을 돌렸다. 남자 여자 할 것 없이 수많은 금발의 사람들을 태운 배들이 뒤를 따르고 있었다. 거의 벌거벗은 채 노를 젓는 근육질의 몸이 등불에 희미하게 비쳤다. 「저들을 보라!」 그가 웃으며 말했다. 「저들은 이제 먹고 잠자는 문제가 걱정 없을 것이다. 저들의 굶주린 배를 채워 주리라. 저들이 가져온 새로운 신을 보았느냐?」

「헤라클레스 말입니까?」

「그래. 그도 저들처럼 키가 큰 거인이지. 그는 야수를 죽이고 강물을 길들이고 지하 세계에서 돌아와 두 어깨로 대지를 받치고 있다고 한다.」

덩치가 큰 금발 남녀들이 함께 어울려 즐겁게 소리를 지르며 힘차게 노를 젓고 있었다. 그들이 질러 대는 소리와 노를 저을 때 첨벙거리는 물소리가 바다를 가득 메웠다. 그들은 곧 벌어질 약탈 행위에 고무되어 있는 힘을 다해 노를 저었다. 〈포도주…… 꿀…… 기름이 가득 담긴 사람 키보다 두 배나 큰 항아리들! 금…… 귀고리…… 팔찌가 가득 들어 있는 상자들! 값비싼 천들…….〉

항구의 불빛이 시야에 들어왔다. 그들은 항구의 높다란 망루 꼭대기에 켜놓은 등이 크레테 밤하늘을 배경으로 깜빡거리는 것을 볼 수 있었다. 희미한 망루 뒤로 도시는 어둠에 휩싸여 있었다.

「모두 자고 있군!」 푸른 눈의 거인들이 잠에 빠져 있는 섬을 바라보며 크게 웃음을 터뜨렸다. 「걱정하지 마라!」 그들이 손도끼를 만지작거리며 소리쳤다. 「저들을 잠에서 깨우자!」 배는 항구 쪽으로 미끄러지듯 쏜살같이 달려갔다.

「조용히 해, 친구들! 우리 말을 듣겠어!」

「우리를 아직 보지 못했습니다. 저들의 배가 보이지 않습니다.」 하리스가 항구를 조심스럽게 바라보며 말했다.

「잘되었군! 항구를 쉽게 공략할 수 있겠어……. 그런 다음 궁전을!」 테세우스가 중얼거렸다.

「늙은 왕을 죽이시렵니까?」 하리스가 물었다.

「아니, 왜 그를 죽이겠나? 그는 아무런 저항도 못 해. 왕의 자리에서 물러나는 순간부터 그는 아무것도 아니야. 그저 볼품없는 늙은이에 불과하지. 난 그에게 집과 약간의 땅을 주어 정원을 가꾸며 살게 할 것이야.」

「그에게 동정이 갑니다.」 하리스가 말했다.

「나 역시 그렇다. 그러나 내가 그에게 해줄 것은 더 이상 없다. 그는 더 이상 이 세상에서 필요한 존재가 아니야.」

「전하! 불을 놓으실 겁니까?」 여우 선장이 탄 돛대가 세 개인 배가 지휘함 옆으로 다가왔다.

테세우스는 그를 쳐다보았다. 「서두르지 마시오! 황금 상자가 모두 화염에 휩싸일 수 있다는 생각을 하지 못하오?」 그가 근엄하게 말했다.

「저희가 먼저 황금을 치우겠습니다!」 선장이 웃으며 말했다.

「두고 봅시다.」 테세우스가 말했다.

샛별이 하늘에 나타나 은은하게 빛났다. 날이 밝아 오기 시작하고 높다란 이다 산 너머의 지평선이 붉게 물들었다. 항구가 완전히 눈에 들어왔다. 망루, 거대한 창고, 넓은 선창, 모든 것이 선명히 보였다. 항구 너머 크노소스에서부터 이어지는 대로에 무언가 움직이는 물체가 보였다. 머리카락이 검고 다소 검은 피부의 병사들이 창과 조그만 방패를 움켜쥐고 들판과 포도밭을 지나 항구로 돌진해 오고 있었다. 말리스가 선두에서 달리며 소리를 지르고 있었다.

「전진!」 테세우스가 선원들을 향해 소리쳤다. 「전진!」

배들은 계속 전진해 새벽녘에는 항구에 닿았다.

크레테 병사들은 항구를 향해 달려오다가 바다가 온통 수많은 배들로 들어차 있는 것을 보고는 주춤거렸다. 말리스는 창을 휘두르며 병사들을 재촉했다. 그는 용감한 전사였다. 「진격!」 말리스가 소리쳤다. 「저들을 죽여라! 저들은 우리의 부를 약탈하려 한다!」 용기를 다시 얻은 검은 피부의 병사들은 다시 전진하기 시작했다.

테세우스는 이미 육지에 뛰어내려 끝이 철로 된 창을 땅에 꽂으며 소리쳤다. 「아테나의 이름으로! 내가 이곳을 점령한다!」

그 뒤에 아테나이 병사들이 배에서 내리고, 금발의 무리들이 그 뒤를 따랐다. 그들은 달려오는 검은 군대를 향해 무거운 방패를 가슴팍에 받치고 창을 들고 돌진했다. 도시로 들어가는 언덕 사면에서 두 군대는 격전을 벌였다.

야만인들은 〈헤라클레스! 헤라클레스!〉라고 소리를 지르며 아테나이 병사들의 뒤를 따라 물밀듯 진격했다. 금발의 거인들 또한 손도끼를 휘두르고 야수 같은 소리를 지르며 크레테 왕의 병사들에게 달려들었다.

키가 작은 크레테 병사들은 겁이 났다. 「저들은 인간이 아니야! 괴물이야! 우린 이제 끝장이야!」 대열 어딘가에서 외치는 소리가 나더니 후퇴하기 시작했다.

「죽여라! 죽여!」 말리스가 격렬하게 싸우면서 외쳤다. 그는 선두에서 공격하고 있는 테세우스를 보자 즉시 그에게 달려들었다. 그러나 그가 칼을 쥔 팔을 치켜드는 순간 테세우스의 창이 먼저 말리스의 심장에 꽂혔다. 말리스는 꼬꾸라졌다.

「궁전으로!」 테세우스가 병사들에게 소리쳤다. 그를 둘러싸고 있던 크레테 왕의 병사들이 흩어지기 시작했다. 사기가 저하된 크레테 군인들은 첫 전투에서 힘 한번 써보지 못하고 무기를 버린 채 도망쳤다. 언덕 위로 도망치는 군인들이 있는가 하면 강가의 숲으로 도망쳐 몸을 숨기는 이들도 많았다. 또 일부 병사들은 숨을 헐떡이며 왕이 기다리고 있는 궁전으로 달려갔다.

늙은 왕은 잠에서 깬 파이드라 공주와 함께 테라스에 앉아 전투가 벌어지고 있는 남쪽을 바라보고 있었다. 그는 뭐라고 중얼거리며 불안하게 귀를 기울였다. 금속 무기가 부딪치는 소리와 부상당한 군인들이 지르는 비명 소리가 들판 위에 울려 퍼졌. 〈나의 군대가 왜 저렇게 오래 끌고 있는 것일까? 말리스에게 전세를 보고하라고 명령했는데……. 무슨 일이 벌어진 걸까?〉

해는 구름 뒤로 사라지고 빗방울이 떨어지기 시작했다.

「안으로 들어가시지요, 아바마마.」 파이드라가 재촉했다.

「이렇게 끝이 나는 것 같구나.」 왕이 중얼거렸다.

두 명의 병사가 숨을 몰아쉬며 나타나 보고했다. 「우리 군대가 다 흩어졌습니다! 말리스도 죽었습니다! 적이 궁전을 포위하고 있습니다!」

「그들의 지휘자는 누구더냐?」 왕이 물었다.

「테세우스입니다.」

표정이 굳은 채 말없이 듣고 있던 파이드라는 갑자기 일어서서 자기 방으로 사라졌다. 그녀는 노예를 불러 가장 화려한 옷을 골라 오게 해 입었다.

늙은 왕은 정신이 나간 듯 테라스 기둥에 힘없이 기댄 채 안뜰을 물끄러미 내려다보았다. 뜰은 아수라장이었다. 귀족들과 노예들이 겁에 질려 이리저리 뛰어다니고, 개들이 요란스럽게 우짖고, 원숭이들은 찢어질 듯한 비명 소리를 질러 대고 있었다. 귀부인들은 창문가로 달려가 들판을 바라보았다. 「저들이 오고 있다!

저들이 오고 있다!」 그들은 비명을 지르며 하늘을 향해 구원해 달라는 눈길을 보냈다. 어떤 사람들은 보석함을 열어 팔찌와 값비싼 보석들을 가슴 속에 쑤셔 넣었다. 귀족들도 보물을 챙겨 말을 타고 도망치기 위해 마구간으로 달려갔다. 늙은 상인들은 문에 빗장을 걸고 점토 판을 땅에 파묻고 받을 돈의 액수가 적혀 있는 서류를 숨겼다. 지하 저장실에서 노예들은 포도주 항아리에 주전자를 넣어 포도주를 퍼내 그들로서는 상상도 할 수 없었던 술을 실컷 마셨다. 이 오래된 포도주를 얼마나 마시고 싶어 했던가! 이제 이 모든 것이 그들의 것이었다!

왕실의 처소에서 파이드라 공주는 옷을 화려하게 차려입고 나타났다. 노예들이 울면서 그녀 뒤를 따랐다. 「나가지 마세요, 공주님!」 노예들이 울부짖었다. 「저들이 공주님을 죽일 거예요!」 그들은 공주의 치맛자락을 붙잡고 그녀가 방에서 나가지 못하도록 했다. 그러나 공주는 말 한마디 하지 않고 그들의 손길을 뿌리쳤다. 〈내가 지금 겁먹고 있다는 것을 보여 준다면 모든 게 끝난다!〉 그녀는 온몸이 마비된 듯 계단을 천천히 내려갔다.

계단을 다 내려갔을 때쯤 그녀는 점점 커지는 함성을 들었다. 테세우스가 피를 뚝뚝 흘리며 안뜰로 들이닥쳤다. 그는 바닥 타일 사이의 맨땅에 창을 내리꽂고 궁전을 올려다보았다. 「이 궁전은 나의 것이다!」 그의 목소리는 함성 속에서 뚜렷하게 울려 퍼졌다.

빗장을 쳐놓은 문 뒤에서 부끄럽게 숨어 있던 몇몇 젊은 귀족들이 문을 열고 노예들과 함께 뛰어나와 궁전을 방어하려고 했다. 그러나 곧 그들은 아테나이 군사들과 야만인들에 의해 포위되어 죽음을 당했다.

「신이여, 살려 주세요!」 창문 쪽에서 울부짖는 소리가 들려왔다. 금발의 야만인들은 비명을 질러 대는 여자들을 흘겨보았다.

「밧줄! 밧줄을! 밧줄을 가져와!」 그들이 소리쳤다.

파이드라는 문간에 서 있었다.

「공주님, 안 돼요!」

파이드라가 문을 열고 나타났다. 그녀는 공주로서 아름다움의 극치를 보여 주고 있었다.

「저 여자한테도 올가미를 씌워라!」 어떤 사람이 으르렁거리며 외쳤다. 「올가미를 씌워라!」 목소리가 다시 울리더니 금발의 야만인 대장이 그녀 앞에 나타났다.

그 순간 파이드라는 뒤로 주춤거리더니 뜰을 휙 둘러보았다. 「테세우스!」 그녀가 날카롭게 소리를 질렀다.

테세우스가 몸을 돌렸다. 그는 자신에게 팔을 뻗으며 문가에 서있는 그녀를 보았다. 「테세우스! 살려 주세요!」 그녀의 목소리를 듣자마자 테세우스는 그녀에게 다가가 그녀를 붙잡기라도 하듯 손을 내밀었다.

「이 여자는 내 것이다.」 금발의 대장이 으르렁거리며 그녀의 목에 올가미를 씌우려 했다.

「이 여자는 내 것이오!」 테세우스가 그들 사이에 서며 말했다.

파이드라는 숨을 가다듬고 테세우스가 단검을 꺼내는 것을 보았다. 〈저자들이 서로를 죽였으면 좋겠어.〉 그녀는 속으로 생각했다.

그러나 그 야만인이 뒤로 물러나며 손도끼를 집어 드는 순간 손 하나가 그의 팔목을 잡았다. 테세우스는 여우 선장이 야만인 대장의 손목을 잡고 무어라고 날카롭게 외치는 것을 보았다.

야만인은 팔을 내려놓고 테세우스를 흘겨보았다. 「그 여자를 가지시오!」 그가 중얼거리더니 그들을 남겨 두고 궁전 안으로 들어갔다.

이때 파이드라는 재빨리 테세우스의 손을 잡으며 말했다. 「저희 아버지를 구해 주세요! 저와 궁전을 구해 주세요! 모든 게 당신 것이에요!」

「길을 안내하시오. 야만인들이 들이닥치기 전에!」

파이드라는 서둘러 테세우스를 궁전 안으로 데리고 들어갔다. 그녀는 비명 소리와 절규로 뒤범벅이 된 통로를 달려가 계단을 올라 왕좌의 방 앞에 도착했다. 늙은 왕은 의식 때 입는 옷으로 갈아입고 값진 진주와 깃털로 장식된 황금 왕관을 쓰고 파국을 기다리고 있었다.

테세우스가 다가갔다. 「크레테 왕, 내가 돌아왔소! 옥좌에서 내려오시오!」

「나를 죽여라. 내려가지 않겠다. 나는 왕으로 최후를 맞고 싶다!」 늙은 왕이 대답했다.

「당신은 늙었고 군대도 없소. 난 당신을 죽이고 싶지 않소.」

늙은 왕은 꼼짝하지 않고 앉아 있었다.

「내려오시오!」 테세우스가 그를 붙잡고 강제로 내려오게 했다.

「테세우스! 존경하는 테세우스, 당신은 아테나이인입니다. 야만인들처럼 행동하지 마세요.」 파이드라가 그에게 다가와 말했다.

테세우스는 늙은 왕을 붙잡고 있던 손을 놓았다.

파이드라가 테세우스의 손을 잡으며 부드럽게 말했다. 「존경하는 왕이여. ……신들은 당신이 내 동생을 아내로 맞이하는 것을 원치 않으셨습니다. 그러니 저를 가지세요. 제가 당신의 아내가 되면 야만인의 폭력 없이도 옥좌는 합법적으로 당신 것이 됩니다.」

테세우스는 그녀를 쳐다보았다.

「……아버진 퇴위하실 것이고, 그러면 당신이 합법적인 크레테의 왕이 됩니다.」 파이드라가 애원하며 말했다.

그는 머뭇거렸다. 〈그녀의 제안은 일리가 있다……. 만약 내가 그녀와 결혼한다면 난 피를 보지 합법적으로 왕위에 오를 수 있다…….〉

「당신 말이 맞소. 당신과 결혼하겠소!」 테세우스는 그녀의 손을 잡고 늙은 왕에게 몸을 돌렸다. 「내려오셔서 무거운 짐을 벗어 던지고 편히 쉬십시오. 이제 제가 옥좌에 올라갈 차례입니다.」

늙은 왕은 애처롭게 미소를 띠었다. 그는 옥좌에서 일어났다. 「머리를 숙여라, 나의 아들아.」 그가 모든 것을 체념한 듯 말했다. 그리고 왕관을 벗어 테세우스의 머리에 씌워 주었다.

왁자지껄한 외침과 비명 소리가 복도 밖에서 들려왔다. 문이 부서지는 소리, 여자들이 아우성치는 소리, 남자들이 욕하는 소리……. 광란에 사로잡힌 고함 소리가 연기를 뚫고 계단 끝에서 들려왔다. 「불이야! 불이야!」

「궁전! 내 남편이여, 궁전을 구하소서!」 파이드라가 테세우스의 손을 잡고 애원했다.

테세우스는 방에서 뛰쳐나와 연기가 자욱한 계단으로 달려갔다. 아래 지하 저장실에서 야만인들이 횃불을 들고 있었다. 화염이 여러 방으로 번져 통로는 온통 연기로 가득했다. 그 순간 테세우스는 다시 계단으로 가 파이드라에게 소리쳤다. 「아래로 내려가시오! 아버지를 모시고 내려가 뜰에서 기다리시오.」

화염이 벽을 타고 삽시간에 번졌다. 파이드라는 연로한 아버지를 부축하며 방에서 빠져나와 연기가 자욱한 복도를 지나 뜰로 나갔다. 연기와 소음이 가득한 가운데 그녀는 기둥에 기대서 궁전이 불타는 것을 지켜보았다.

벽이 갈라지고 새들이 질식해 죽었으며 야만인들은 문을 부수고 안에 들어가 귀족과 귀부인들을 밧줄로 포박해 뜰로 끌고 나와 기둥에 묶었다. 이제 이들은 노예로 전락할 것이다. 지하실에서 야만인들이 항아리를 깨뜨려 포도주와 기름과 꿀이 흘러나와 바닥이 질퍽하고…… 모든 것이 화염에 휩싸였다. 테세우스가 소방대원들과 함께 불길을 잡아 보려고 필사적으로 노력해 보았지만 헛수고였다. 그리고 궁전이 무자비하게 파괴되는 것을 구하기 위해 야만인들을 제지해 보았지만 그것도 헛수고였다.

「우리의 궁전이다! 파괴하지 마라!」테세우스가 그들에게 외쳤다. 그러나 궁전은 서서히 붕괴되고 있었다. 강풍이 불어 닥쳐 화염은 더욱 하늘로 치솟고 불길은 삽시간에 퍼져 나가더니 궁전 전체로 번졌다. 문과 창문은 마치 불을 밝혀 놓은 거대한 등불처럼 화염에 휩싸였다.

테세우스가 파이드라를 보호하라고 군인들과 함께 보낸 하리스가 그녀 옆에 서 있었다. 그는 눈물을 글썽거리며 궁전이 사라지는 모습을 보았다. 파이드라는 피가 날 정도로 입술을 꽉 깨물고 눈물은 흘리지 않은 채 지켜보기만 했다. 그녀는 그 웅장한 조각품들, 아름다운 벽화들, 화려하게 수놓은 옷감들, 이 모든 것이 화염 속에 휩싸여 잿더미가 되는 것을 격정에 사로잡힌 채 지켜볼 뿐이었다.

늙은 왕은 가슴팍에 머리를 떨어뜨리고 바닥에 앉아 아무것도 보지 않았다. 가끔 소음을 듣고 고개를 들어 말할 뿐이었다. 「파이드라, 무슨 소리지? 저 불길은 무엇이냐? 왜 불이 났어?」 그러곤 다시 웃기 시작했다. 〈모두 꿈이야…… 곧 닭이 울면 잠에서 깨어날 것이고 이 모든 것은 사라질 것이다. 해몽가를 불러 어떤 꿈인지 알아봐야겠어……〉

노예들은 뜰에 모여 밤새도록 먹고 마셨다. 그들은 야만인들과 함께 손도끼를 집어 들고 궁전을 약탈했다. 그들은 화염에 휩싸인 궁전에 들어가 보석 상자를 열고 반지와 팔찌 같은 보석을 몸에 주렁주렁 달고 연기 속을 헤치고 밖으로 나와 이상한 환호성을 지르며 웃어 댔다.

「노예들!」 파이드라가 혐오에 찬 목소리로 그들을 쳐다보았다.
「이제 그들의 차례입니다.」 하리스가 부드럽게 말했다.

테세우스가 돌아와 그들 옆에 섰다. 그의 머리는 온통 새까맣고 손은 심하게 멍들어 있었다. 그는 할 수 있는 노력을 다 했지만 궁전을 구할 수 없었다.

불길이 수그러들자 테세우스와 하리스는 폐허 속으로 걸어 들어갔다. 불에 탄 바닥 타일은 바싹 마른 낙엽처럼 뒤틀려 있었다. 몇몇의 벽은 까맣게 탄 채 여전히 서 있었지만 두꺼운 사이프러스 나무 기둥은 잿더미로 변하고 남은 것이라곤 땅 위에 서 있는 주춧돌뿐이었다. 그래도 몇 개의 벽화가 손상을 입지 않고 서 있었다. 깃털이 장식된 왕관을 쓴 젊은 왕자의 모습이 그려진 벽화, 깡충거리며 뛰어노는 자고새를 그린 벽화, 푸른 바다에서 헤엄치는 돌고래를 그린 벽화, 올리브나무에 매둔 황소를 그린 벽화……. 그리고 한 벽에 그려진 그림 하나가 온전하게 남아 있었다. 눈은 커다랗고 머리카락은 곱슬이며 리본을 머리에 단 파이드라를 닮은 소녀의 그림이었다. 커다란 항아리 몇 개도 숯검정이 많이 묻어 있을 뿐 파괴되지 않았다. 여기저기에 시체들이 뒹굴었다. 한 늙은이는 점토 판을 움켜쥐고 죽어 있었고 보석을 숨긴 점토 항아리를 가슴에 안고 죽은 여인도 보였다. 그리고 바닥에는 반지와 귀고리를 비롯한 금붙이들이 흩어져 있었다. 청동 양날 도끼와 조그만 점토로 만든 조상(彫像)들이 잿더미 속에서 뒹굴었고 정교하게 조각된 왕의 화려한 체스 판이 깨지지 않은 채 잡석 더

미에서 삐죽 드러나 있었다. 그것은 2층에서 떨어져 박살난 항아리 속에 처박혀 있었다.

하리스의 눈에 눈물이 가득 고였다. 〈인간들이 이렇게 아름다운 크레테를 언제 다시 건설할 수 있을까?〉 전에 제집처럼 드나들었던 궁전이 이렇게 잿더미로 변한 모습을 본 그의 두 눈에서 눈물이 주르륵 흘러내렸다.

테세우스 또한 가슴이 아팠지만 참으며 그의 팔을 잡았다. 「가자, 이곳에서 나가자. 맑은 공기를 좀 마실까?」

그들은 늙은 왕이 돌기둥에 몸을 기대고 누워 있는 안뜰로 돌아왔다. 왕 옆에서 파이드라가 잠들어 있었다. 늙은 왕은 깨어나 이제야 정신이 든 사람처럼 흐느끼며 울었다. 그는 궁전이 잿더미로 변한 것을 보며 쭈글쭈글한 뺨 아래로 하염없이 눈물을 흘렸다.

하리스의 아버지도 거기에 있었다. 대장장이는 궁전 지하 창고에서 철을 겨우 찾아내 노예들에게 그것들을 모두 뜰 한쪽 구석으로 옮기게 하고 항구까지 싣고 갈 수레를 구하고 있었다. 그는 또 자기가 쓰던 옛 연장도 찾아냈다.

테세우스는 잠을 자고 있는 아내와 그녀의 늙은 아버지 옆에 앉았다. 〈나는 이제 임무를 완수했다. 난 구세계를 파괴했어. 이제 새로운 세계를 건설할 것이다.〉 그는 궁전에서 아직 솟아오르는 하얀 연기를 바라보았다. 한 떼의 까마귀들이 궁전 위 하늘에서 원을 그리며 아직 열기가 남아 있는 잿더미 속에 파묻혀 있는 인간들의 시체로 달려들었다.

야만인 대장이 강둑에서 테세우스에게 걸어왔다. 야만인들은 강둑에서 두 다리를 쭉 뻗고 밤새도록 먹고 마시고 있었다. 〈이제 가장 어려운 평화를 다지는 일이 시작되었다.〉 테세우스는 생각했다. 〈파괴만 일삼는 인간은 슬픈 인간이로다!〉 야만인의 대장이 다가와 그 옆에 앉았다. 그의 눈은 지난밤의 술잔치로 아직 붉게 충혈되어 있었지만 머리만은 말짱해 보였다. 그의 두뇌는 단순하고 직선적이었다. 「전하, 이 나라가 마음에 듭니다. 포도밭과 올리브 숲은 기름져 보이고 곡식들이 잘 자랍니다. 이곳 사람들은 영리하고 열심히 일하는 것 같습니다. 그들을 노예로 삼아 농사를 짓게 할 것이고 우리는 우리의 임무인 전쟁을 하겠습니다. 그것이 우리 종족의 관습입니다.」

테세우스는 대장의 커다란 무릎 위에 손을 얹었다. 「이 땅은 나의 것이오. 내가 그대들을 이곳에 데려와 함께 이곳을 정복했소. 이제 난 조국으로 돌아갈 것이오. 우리 우호 조약을 체결합시다. 당신들은 이곳에 남고, 난 왕의 딸을 아내로 삼아 조국으로 돌아갈 것이오. 만약 이곳 크레테가 공격을 받을 경우 내가 그대를 도우러 올 것이오. 반대로 우리 아테나이가 공격을 받으면 그대가 나를 도우러 와야 할 것이오. 동의하시오?」

대장은 그의 큼지막한 손을 내밀었다. 「찬성이오!」 그는 큰 소리로 말한 뒤 일어나서 자기 종족들에게 전하기 위해 다시 강둑을 내려갔다.

두 남자가 나누는 이야기 소리에 파이드라는 잠에서 깨어났다. 그녀는 눈을 뜨자마자 마음이 혼란스러워 주위를 둘러보았다. 그녀의 아버지가 그녀 옆에 누워 있었다. 그의 눈꺼풀이 가볍게 감겨 있었다. 그의 얼굴은 여위고 누렇게 변해 있었다. 파리들이 그의 콧구멍 주위에서 윙윙거렸다. 「아바마마.」 그녀는 부드럽게 불러 보았다. 늙은 아버지는 움직이지 않았다. 「아버지!」 그녀가 걱정스럽게 그를 내려다보았다. 늙은 아버지는 꼼짝하지 않고 누워 있었다. 입술은 꽉 다물어져 있었다. 파이드라는 그의 손을 잡았다. 싸늘했다. 그녀는 그의 가슴에 손을 얹었다. 그의 심장이 멈추어 있었다. 「아버지!」 그녀는 아버지를 부둥켜안으며 울부짖었다.

테세우스는 그녀를 부드럽게 껴안으며 위로했다. 「그분은 편히 쉬고 계십니다. 그분은 살아생전에 더 이상 바랄 게 아무것도 없으셨소.」

그들은 그를 천에 싸서 조상들의 무덤이 있는 곳으로 옮겼다. 그곳은 어두컴컴한 둥근 천장이 있는 잘 지어진 건물이었다. 그들은 일곱 계단을 내려갔다. 수년 동안 제물로 바쳐졌던 황소와 양의 뼈가 건물 안 사방에 흩어져 있었다. 그들은 무릎과 턱이 서로 맞닿게 늙은 왕의 시신을 구부려서 둥글게 말아 땅 아래로 내렸다. 그것이 크레테의 장례 풍습이었다. 야만인들이 풀어 준 궁전의 귀족과 귀부인들이 장례식에 참석해 시신을 땅에 묻어 주었다. 우는 사람은 아무도 없었다. 파이드라만 슬피 울었다. 「아바마마! 아바마마! 어떻게 이렇게 가실 수 있사옵니까! 노예처럼 땅에 던져지고, 장송곡 하나 없이, 나팔 소리 하나 없이, 제물 하나 없이 이렇게 말입니다! 아바마마의 영혼이 마실 수 있도록 조그만 물병도 무덤가에 준비하지 않았습니다!」

테세우스는 그녀의 손을 잡았다. 「그만 하시오, 이제 떠날 시간입니다. 크레테와 작별을 하시오.」 그가 부드럽게 말했다.

파이드라는 이런 생각을 한 번도 심각하게 고려해 보지 않은 사람처럼 자신에게 들이닥친 현실을 실감할 수 없었다. 〈우리가 떠난다……. 내가 크레테를 떠난다!〉 그녀는 묘지에서 물러나 주변을 둘러보았다. 드디어 떠날 순간이 온 것이었다. 그녀의 영혼이 어떻게 그것을 막을 수 있겠는가! 그녀는 궁전 앞에 서서 작별 인사를 했다. 그녀는 궁전이 있던 자리를 굳은 표정으로 오랫동안 응시했다. 눈에서 눈물은 나오지 않았다. 그런 뒤 천천히 몸을 돌려 그녀가 태어난 전설의 땅을 마지막으로 보기 위해 언덕 위로 올라갔다. 죽타스 산은 생각에 잠긴 거인처럼 들판 위에서 흐릿한 하늘을 향해 솟아 있었다. 그 너머에 있는 이다 산의 봉우리들은 검은 구름에 뒤덮여 거의 보이지 않았다. 바람은 불지 않았으며 짙은 구름이 드리워져 있어 이따금씩 굵은 빗방울이 떨어졌다. 거대한 하늘은 그녀의 영혼을 달래듯 눈물로 뒤덮여 있는 것 같았다.

하리스 또한 크레테와 작별 인사를 하기 위해 서둘러 돌아다녔다. 그는 이카로스와 유년 시절을 보냈던 모든 장소를 찾아다니며 작별을 고했다. 하루 종일 이카로스에 대한 추억이 그의 머리에서 떠날질 않았다. 그는 그들이 함께 뛰어놀았고 함께 걸었고 함께 이야기를 나누었던 친숙한 장소들을 둘러보았다. 그들은 함께 계획을 짜고 궁리를 하면서 얼마나 많은 꿈을 키웠던가? 〈이카로스! 이카로스!〉 죽은 친구 생각으로 가슴을 에는 듯한 슬픔이 그에게 몰아쳤다.

「하리스!」

그가 몸을 돌렸다.

「서둘러 작별 인사를 하고 떠나자꾸나!」 테세우스가 말했다.

하리스는 주변을 다시 한 번 둘러보았다.

「뒤를 돌아보지 말고 이제는 앞을 보거라. 이곳에서의 우리 임무는 끝났다.」

「죄송합니다!」 하리스가 테세우스의 뒤를 급히 따르며 말했다.

42

아테나이인들은 배의 닻을 올리고 돛을 펼쳐 항구를 빠져나갔다.

파이드라 공주는 키를 잡고 있는 테세우스 옆에 서서 마지막으로 크레테를 보기 위해 해안가로 고개를 돌렸다. 그녀는 목구멍에서 끓어오르는 슬픔을 억누르는 듯 손으로 입을 막고 부드럽게 울부짖었다. 〈안녕…… 잘 있어…….〉

야만인 여자들은 아테나이인들의 배와 나란히 노를 저으며 항구 바깥까지 호위를 해주었다. 〈안녕〉이라는 작별의 말이 바다에 울려 퍼졌다.

「안녕!」 아테나이인들 또한 그들에게 답례로 외쳤다. 남자들은 기쁨에 들떠 환호성을 질렀는데 그 소리가 하늘에까지 닿는 듯했다. 그들은 황금 잔, 팔찌, 반지, 의류, 술 등 그 유명한 궁전에서 가져올 수 있는 모든 것을 배에 실었다. 약탈할 수 있는 모든 것을 배에 가득 싣고 자신들의 나라로 향했다.

테세우스의 배 또한 방패, 창, 황금 잔과 같은 보물을 가득 싣고 있었다. 키를 잡은 그는 고개를 돌려 항구가 점점 멀어지는 것을 지켜보았다. 짙은 먹구름이 크레테 하늘을 덮고 이내 산과 들판이 어두워졌다. 저 멀리에서 번갯불이 번쩍하더니 순간적으로 하늘이 밝아 왔다. 그러다 다시 어두워지기 시작했다.

파이드라는 남편 옆에 서서 흐느껴 울고만 있었다. 그녀의 섬은 꿈에서처럼 작아져 사라져 갔다. 그녀는 섬이 점점 작아지는 것을 애절하게 지켜보았다. 그러다 아무것도 보이지 않자 몸부림치며 통곡하기 시작했다.

테세우스는 파이드라의 검은 머리카락을 어루만졌다. 〈가엾어라······.〉

뱃머리에 앉은 하리스는 눈을 감았다. 그는 잿더미로 변해 버린 궁전에서의 기억을 지울 수가 없었다. 밧줄로 묶여 있던 귀족들, 진흙탕 속에서 끌려 나오던 사치스러운 귀부인들······. 그리고 요 며칠 동안 이카로스에 대한 생각이 머릿속에서 끊임없이 맴돌았다. 승리에 휩싸여 있을 때도 그의 가슴은 무거운 그림자에 눌려 있었다. 그는 테세우스의 말을 기억했다. 〈뒤를 돌아보지 말고 이제는 앞을 보거라!〉 영혼의 어둠이 서서히 밝아지는 느낌이었다.

하리스는 뱃머리에 그대로 누웠다. 바람이 불어와 파도가 거칠게 일었다. 그는 몸을 쭉 뻗고 누워 바다를 응시했다. 출렁거리는 파도의 물마루에 선 배는 거대한 갈매기처럼 보였다. 하얀 돛을 펄럭거리며 파도를 받아 앞뒤로 까딱거리는 배는 거대한 갈매기가 비상하려는 것처럼 보였다. 눈꺼풀이 점점 무거워지더니 마침내 잠이 들었다. 키가 크고 아름다운 한 소녀가 그의 손을 잡고 그를 대로로 데려갔다. 그들은 아테나이에 있었다. 그러나 그가 알고 있던 초라한 도시와는 전혀 다른 아테나이였다. 넓은 도로와 대리석으로 지어진 신전이 있었다. 신과 결투하는 티탄족과 괴물과 싸우는 고대 영웅들을 비롯해 정교하게 조각된 신과 영웅들의 조각물들이 신전에 가득 차 있었다. 소녀가 기둥 위 화려하게 조각된 프리즈를 손으로 가리켰다. 하리스는 그곳을 쳐다보고 무엇인지 즉시 알아차렸다. 트로이 전쟁에서 서로 싸우는 그리스군과 트로이군, 그리고 이들의 싸움을 올림포스 산에서 내려다보는 신들을 조각한 것들이었다. 헥토르를 죽이는 아킬레우스였다. 바다 요정을 뒤로한 채 배를 몰고 가는 오디세우스도 있었다. 그리고 또 다른 소벽 안에는 금발의 야만인들이 그리스로 가져온 새로운 영웅 헤라클레스도 있었다. 그는 양가죽으로 만든 옷을 입고 손에는 무거운 곤봉을 들고 열두 가지 임무를 수행할 준비를 하고 있었다.

그야말로 경이의 연속이었다. 소녀와 하리스는 웅장한 예술품으로 가득 찬 도로를 빠져나왔다. 이윽고 그들은 케라메이코스라고 알려진 궁전에 도착했다. 이곳에 수많은 군중이 모여 있었다. 아테나이의 수호신 아테나 여신을 숭배하는 큰 행사인 판아테나이아 축제가 거행되고 있었다. 수많은 사람들이 아크로폴리스로 가는 엄숙한 행렬에 참가하기 위해 모여 있었다. 남녀노소 할 것 없이 화려한 옷을 입은 수천의 사람들이 모여 있었다. 잘생긴 젊은이들과 아테나이 귀족의 자제들이 화려하게 장식된 말을 타고 있었다. 칼과 방패로 무장한 엄청난 수의 군인들이 그들 뒤를 따랐다. 월계관을 쓴 남자들이 전차를 몰고 왔다. 그들은 전차 경주에서 우승한 사람들이었다. 운동선수들, 음유 시인들, 음악가들이 뒤를 따랐다. 이들은 모두 판아테나이아 경기의 승리자들이었다. 또 그들 뒤에는 도시의 상류 가문 출신의 처녀들이 화려하게 수가 놓인 얇은 아테나의 신성한 페플로스[1]를 걸치고 걸어갔다. 그리

---

[1] 고대 그리스 여성들이 어깨에 걸쳐 입던 주름 잡힌 긴 상의.

고 행렬의 끝에는 여신에게 바칠 제물인 황소와 양이 뒤따랐다.

소녀는 하리스의 손을 잡고 행렬에 참가했다. 숭배자들은 성스러운 길을 따라 엄숙하게 걸어갔다. 그들은 아고라 광장을 지나 신성한 언덕을 올라가기 시작했다. 사제들은 찬가를 불렀다. 하리스와 소녀도 뒤를 따라 마침내 언덕 꼭대기에 도착해 아테나의 대리석 신전 앞에 섰다. 하리스는 탄성을 질렀다. 이 소리에 하리스는 그만 잠에서 깨어날 뻔했다.

「파르테논 신전이야!」 소녀가 미소를 지었다.

하리스는 고개를 들어 쳐다보았다. 그는 이런 신전은 결코 상상해 본 적도 없었다. 너무나 아름답고 완벽한 신전이었다. 기둥, 메토프, 박공, 이 모든 것이 우아함의 극치를 이루고 있었다. 쳐다보고 또 쳐다보아도 충분하지 않았다. 동쪽을 향해 있는 정면의 박공에는 아테나의 탄생을 말해 주는 조각물들이 있었다. 대리석 프리즈에는 근엄하게 앉아 있는 위대한 신 제우스의 이마를 황금 도끼로 내리치는 헤파이스토스의 모습이 보였으며 무장을 한 아테나가 그 옆에 솟아 있었다.

처녀들이 페플로스를 걸치고 신전에 도착해 아테나의 거대한 상이 서 있는 성역 안으로 들어갔다. 황금과 상아로 장식되어 있는 여신이 커다란 투구를 쓰고 한 손엔 창과 방패를 들고 다른 한 손엔 나이키를 들고 우뚝 서 있었다.

처녀들은 몸을 구부려 아테나의 발밑에 정교하게 수가 놓인 성스러운 페플로스를 내려놓았다.

황소와 양이 살육되고 제물이 바쳐졌다. 고기를 사람들에게 골고루 나누어 주었다. 하리스는 경이로운 대리석 앞에 넋을 잃고 서 있었다. 아름다운 소녀가 그의 어깨에 손을 짚고 그에게 포도주 한 잔을 주었다. 그가 받은 잔은 그가 여태까지 본 포도주 잔

중에서 가장 큰 것이었다.

「판아테나이의 술잔이에요. 오늘은 모든 사람이 이 잔으로 포도주를 마신답니다.」 그녀가 설명했다.

하리스는 한 모금 마셨다. 그는 술잔에 담긴 포도주를 보고 머뭇거렸다.

「전부 다 마시세요. 한 모금도 남기지 마세요. 그 술은 정신의 눈을 열게 해줄 거예요.」

술을 다 마시자 하리스는 갑자기 눈이 뜨이고 머리가 맑아지는 느낌이 들었다. 그는 그 소녀를 호기심 어린 눈으로 쳐다보았다. 그녀의 엄숙하고 사랑스러운 얼굴에서 마치 여신에게서처럼 한 줄기 빛이 쏟아져 나오는 것 같았다. 그녀는 누굴까?

「저는 아홉 명의 무사[2] 중 하나인 클리오예요.」 소녀가 미소를 지으며 말했다. 「역사를 관장하는 무사지요.」 그녀는 손을 내밀어 그의 눈꺼풀 위에 손을 얹었다. 「깨어나라!」 그녀가 부드럽게 명령했다.

하리스는 깜짝 놀라 잠에서 깨어났다. 날이 새기 시작하고 있었다. 바다는 달빛을 받아 반짝거렸다. 그는 배 측면에서 바다로 몸을 숙여 거품을 일으키는 차가운 바닷물에 손을 담갔다. 뱃머리 바로 맞은편에서 테세우스가 키를 잡고 서서 그를 보고는 빙그레 웃었다.

「꿈이 재미있었나 보구나.」

하리스는 차가운 물을 눈꺼풀에 뿌렸다. 「네, 전하!」 그의 목소리는 감정에 사로잡혀 떨렸다. 「정말 황홀한 꿈이었습니다!」

---

[2] Mousa. 아폴론 신에게 시중을 드는 신으로 시와 음악을 비롯한 학예 일반을 관장한다.

43

크리노는 아크로폴리스 언덕 높은 바위에 올라가 사로니코스 바다를 내려다보며 아테나이 배를 기다리고 있었다. 크레테로부터 아무런 소식도 못 들은 지 여러 날이 되었다. 그녀는 너무 걱정을 한 나머지 병이 나버렸다. 크레테에선 어떻게 되었을까? 테세우스와 동생, 아버지에게 무슨 일이 일어난 것은 아닐까?

다이달로스 또한 신성한 언덕으로 올라가 여신의 목재 신전 앞을 서성거렸다.

「아, 위대한 기술자님, 왜 우리에게 날개를 만들어 주지 않으시죠? 지금 당장 크레테로 날아가 상황을 알아보고 싶어요!」

「인간들이 날개를 만든다고?」 다이달로스는 머리를 옆으로 흔들며 말했다. 「먼저 인간들을 선하게 만들어야 해. 서로 사랑하는 법을 배워야 해. 날개가 있으면 서로를 쉽게 해치기만 할 거야.」 늙은 장인은 걸음을 멈추고 고개를 돌려 아침 햇살을 받아 반짝거리고 있는 아름다운 펜텔리코스 산을 바라보았다. 〈대리석으로 가득 찬 저 산은 무척 아름답구나! 정말 멋진 대리석이야! 저런 대리석으로 신전을 지으면 정말 좋을 거야!〉

해는 점점 높이 솟아올랐다. 사로니코스 바다에 떠 있는 살라

미스 섬과 아이기나 섬이 햇살을 받아 눈부실 정도로 반짝거렸다. 한 척의 긴 하얀 배가 멀리서 가물가물 나타나더니 점점 뚜렷이 보이기 시작했다. 세 개의 돛대에 각각 돛을 달고 배들은 항구를 향해 빠르게 다가왔다.

해는 거의 중천에 떠 있었다.

크리노가 일어나며 말했다.「이제 내려갈게요. 같이 가시겠어요?」

그러나 늙은 다이달로스는 신성한 바위에 앉아 그가 꿈꾸고 있는 미래의 대리석 신전에 대한 생각에 골몰해 있었다.「난 이곳에 좀 더 있겠다. 나중에 내려가마.」

크리노는 언덕을 내려왔다. 저 아래에서 고함 소리와 말발굽 소리가 들려왔다. 궁전에서 나온 기마병이 말에서 내렸다. 사람들이 그 주변에 몰려들어 즐거운 비명을 지르고 있었다.

갑자기 남녀노소 할 것 없이 수많은 사람들이 집에서 뛰쳐나와 거리를 가득 메웠다. 환호하는 군중이 과수원으로 달려가 올리브나무 가지를 꺾어 바다로 달려갔다.

해가 질 무렵, 도시의 전 시민은 항구에 모여 승리의 함대를 기다렸다.

테세우스는 배에 서서 점점 다가오는 아티카의 백사장을 쳐다보았다. 아크로폴리스 언덕의 신성한 바위가 지는 해의 마지막 광선을 받아 빛났다. 아크로폴리스 바로 맞은편 루카베토스 언덕에는 소나무가 빼곡히 들어차 있었다. 그리고 그 너머 히메토스 산은 진홍색에서 보랏빛으로 바뀌더니 다시 짙은 푸른색으로 변해 가고 있었다. 이토록 아름다운 조국의 모습을 바라보니 테세우스는 가슴이 뭉클했다. 가슴이 한껏 부풀어 올랐다가 다시 마음의 평온을 찾았다.

  항구에서는 아테나이 사람들이 모두 나와 영웅의 귀환을 환영하고 있었다. 기쁨에 들뜬 군중은 제방에 서서 올리브나무 가지를 흔들고 환호성을 지르며 승리의 함대가 항구로 다가오는 모습을 지켜보았다. 승리의 배들이 꼬리를 물고 해안가로 다가왔다. 테세우스가 탄 지휘함이 선두에 서 있고, 여우 선장이 탄 세 개의 돛대가 있는 배가 그 옆에서 호위를 하고 있었다. 그리고 함대가 그 뒤를 따랐다. 군인들은 모두 갑판에 나와 승리의 함성을 지르며 방패를 두드렸다. 군중도 우레 같은 환호성을 질렀다. 방패들이 서로 부딪쳐 쨍그랑 소리가 나고 사람들은 환호성을 지르고 배들은 항구로 질주해 들어왔다. 마침내 지휘함이 항구에 도착하자 테세우스가 창과 방패를 높이 들고 갑판에 서서 외쳤다. 「다시 만나서 반갑소! 우리는 승리했소!」 터질 듯한 환호 소리로 천지가 진동했다.

  군인들이 배에서 내리고 군중은 그들을 포옹하기 위해 달려갔다. 승리의 함성이 아티카 전역에 울려 퍼졌다.

  올리브나무와 월계수 가지로 장식된 아테나의 신전이 기다리고 있었다. 여신의 동상이 은빛 저녁 햇살을 받아 부드럽게 빛났다. 승리에 도취된 군인들과 기뻐하는 시민들이 여신에게 승리를 헌정하기 위해 아크로폴리스에 도착했을 때는 보름달이 언덕 위에 낮게 걸려 있었다.

  병사들은 노획물을 신전 계단에 올려놓고 땅에 늘어놓고, 기둥에 걸어 놓았다. 청동 크노소스 창, 투구, 섬세하게 제작된 칼, 황금 뿔을 가진 청동 황소 머리 등이었다. 그런 뒤 병사들은 가장 값진 보물들을 펼쳐 놓기 시작했다. 황금 술잔, 귀고리, 팔찌, 화려하게 수를 놓은 천……. 마침내 초라했던 신전은 빛을 내고 모든 돌이 즐거움으로 웃는 듯했다. 달빛 속에서 아테나 여신도 미소를 지어 보였다.

테세우스는 여신에게 다가가 그 무릎에 두 손을 얹었다. 「저희가 전쟁터에서 돌아왔습니다. 오, 여신이여.」 그의 말소리는 밤공기 속에 울려 퍼졌다. 「그대가 명령하신 모든 것을 수행했나이다. 우리는 썩어 가는 궁전을 무너뜨리고 그 땅을 야만인들과 나누어 가졌습니다. 우리는 나약한 핏줄에 새로운 피를 넣어 주었나이다. 이제 평화를 위한 일을 시작하겠나이다.」 그는 여신을 향해 두 팔을 높이 벌렸다. 「저희에게 빛을 주시옵소서, 인간 정신의 보호자이신 아테나여. 공정한 법을 세울 수 있도록 도와주소서. 저희의 땅을 일구도록 도와주소서. 청동, 철, 대리석을 가지고 아름다움을 빚어내는 일을 하도록 도와주소서. 그러면 그대의 것인 이 도시는 하나의 신전이 될 것이옵니다. 우리 나라에 평화가 깃들게 도와주소서. 오, 여신이여! 전쟁은 좋은 것이긴 하나 평화가 더욱더 좋은 것이옵니다.」

「평화! 평화!」 사람들은 여신을 향해 두 팔을 벌리며 합창했다.

테세우스는 신전에서 내려왔고 황소와 양이 끌려 나와 살육되어 제물로 바쳐졌다. 사람들은 승리를 축하했다.

하리스와 크리노는 그들의 아버지와 늙은 다이달로스와 함께 근처 바위 위에 앉았다. 대장장이가 두 팔로 자식들의 어깨를 감쌌다. 그 또한 이 광경을 지켜보며 기쁨의 눈물을 흘렸다. 새로운 길이 두 자식에게 열려 있었다. 그들은 이제 인간다운 삶을 살 것이다. 그의 가슴은 부풀어 올랐다. 그가 평생 가장 하고 싶었던 일, 즉 두 자식과 함께 자유롭게 살고자 했던 소망이 드디어 성취된 것이었다. 그는 칼과 창을 더 이상 만들지 않을 것이다. 그 대신 괭이와 쟁기를 만들 것이다. 그가 크레테에서 가져온 철은 모두 인간이 땅을 일구는 도구인 다른 종류의 무기로 변모할 것이다.

늙은 다이달로스도 그들을 바라보며 미소를 지었다. 늙은 장인이 이렇게 미소를 지은 것은 참으로 오랜만이었다. 며칠 동안 그는 신성한 언덕 꼭대기에 올라가 반대쪽 펜텔리코스 바위산을 바라보며 조사하고, 측정하고, 표시했다.

「저 산이 보이시오?」 그가 아름다운 달빛을 받아 반짝거리는 펜텔리코스 산을 손으로 가리켰다. 「대리석으로 뒤덮여 있소. 최고급 대리석이죠! 내가 젊다면 무슨 일인들 못하겠소! 이 아크로폴리스를 신전으로 가득 채우겠는데……. 기둥…… 조상…… 온 세상의 사람들이 이곳에 와 경탄할 신전을!」

크리노는 늙은 다이달로스를 쳐다보았다. 그녀의 눈가에 이슬이 맺혔다. 그녀는 생각했다. 〈어떤 사람은 영원히 죽지 말아야 해요……. 영원히 살아서 뭔가를 창조하고 일을 해야 해요. 그 사람이 죽으면 그의 머릿속에 들어 있는 모든 동상과 모든 신전도 없어지고 말지요…….〉

소녀의 생각을 알아차리기라도 한 듯 다이달로스는 빙그레 웃었다. 「맞아. 난 죽을 테지. 하지만 나를 능가하는 다른 사람들이 나타나 내가 지금 하고자 하는 일을 계속할 거야. 사람들은 죽지만 인류는 영원히 살아 있는 게지.」 그의 넓은 이마는 달빛을 받아 은은하게 빛나고, 그의 눈은 그의 머릿속에서 돋아나는 새로운 희망으로 불타올랐다.

「나는 아테나의 상을 만들겠다.」 그가 세 친구 옆으로 더 다가앉으며 말했다. 「펜텔리코스 산에서 대리석을 가져와 아테나의 상을 만들겠다.」 오랫동안 그는 말을 하지 않고 반대편 산을 응시하며 그의 머릿속에 떠오르는 계획을 곰곰이 생각했다. 「투구 없는 상을 만들겠어. 여신께서는 투구를 내려놓고 왼손에 승리의 상인 나이키를 들고 계실 거야.」

「승리의 상은 큰 날개가 있는데요?」 크리노가 외쳤다.

늙은 장인은 머리를 옆으로 흔들었다. 「아니야! 난 날개를 잘라 버릴 것이다! 날개 없는 승리의 상을 만들 거야……」

「다시는 날지 못할 거예요!」 하리스가 외쳤다. 그의 눈이 반짝거렸다. 「그렇습니다. 스승님, 날개 없는 나이키를 만들어 주세요. 그리스로부터 멀리 날아가지 못하도록 말이에요!」

옮긴이의 말
박경서

　현대 그리스 문학을 대표하는 니코스 카잔차키스의 『크노소스 궁전』은 아테나이 청소년 잡지에 연재되었다가 1981년에 무삭제본으로 출간된 장편소설이다. 이 소설은 그리스 고대 신화에 등장하는 크레테 섬의 크노소스 궁전에 얽힌 영웅적 서사를 충실하게 재현하고 있다. 다시 말해, 신화 속의 미노스 왕이 다스렸다고 하는 크레테의 미노스 왕조의 몰락과 그리스 본토의 새로운 문명의 형성 과정에서 벌어지는 영웅적인 모험담과 사랑 이야기가 흥미진진하게 그려져 있다. 미노스 왕의 부패한 절대 권력과 맞서 싸우는 아테나이의 왕자 테세우스의 남성적 모험 이야기, 테세우스와 적의 딸 아리아드네 공주 사이의 비극적 로맨스, 이 두 가지가 절묘하게 한데 어우러져 독자들의 가슴에 흥미와 재미를 잔잔히 전해 주고 있다.
　이 소설에 등장하는 인물과 줄거리는 그리스 신화에 들어 있는 것과 동일하다. 따라서 그리스 신화에 나오는 미노스 왕조에 대한 전설과 이 소설의 공간적 배경이 되는 크레테 섬의 역사에 대한 약간의 지식은 이 작품을 이해하는 데 적잖은 도움이 되리라 생각된다. 그런데 우리는 그리스 로마 신화를 어린 시절이나 학창 시절에 한두 번쯤 읽어 보았지만 신들이 워낙 많고 또 족보도 복잡해 평소에 관심을 가지지 않으면 소위 비중 있고 인기 있는 신들을 제외하고는 쉽게 잊어버리게 된다. 역자로서도 이 소설의 번역을 위해 그리스 신화의 책장을 다시 한 번 넘기며 옛 기억을 더듬어 보았고 또 우리에게 다소 생소한 크레테 섬의 역사를 조사해 보았다. 그리고 아래에 언급되는 신화의 내용이 이 소설의 줄거리와 동일하기 때문에 작품의 줄거리에 대해서는 별도로 언급하지 않겠다.

지중해의 에게 해 남부에 위치해 있는 그리스령 최대의 섬 크레테에 대략 기원전 3000년경부터 사람들이 살게 되어 문명이 형성되기 시작했다. 이후 크레테 섬은 기원전 1700년경에 크노소스를 중심으로 중앙 집권화가 이루어져, 미노스 왕조가 섬을 지배하게 되었다. 이때부터 크레테는 동부 지중해의 교역을 장악해 수도 크노소스를 중심으로 문명이 급속도로 발전하게 되었다. 기원전 2000년경에 최초로 축조되었다가 붕괴되었다고 추정되는 크노소스 궁전을 재건하고 그 뒤 약 2세기 동안 크레테 문화는 황금기를 맞았다. 정치, 경제, 문화의 중심지인 크노소스의 인구는 8만 명에 육박했으며, 특히 크노소스 궁전은 넓은 네모꼴의 안뜰을 중심으로 사방에 8백 개 이상의 방이 미로처럼 복잡하게 배치되어 있는 웅장하고 화려한 대건축물이었다. 화장실은 수세식이었고 화려한 목욕탕, 환기 장치, 하수도 시설까지 갖추어져 있었다고 하니 이 시대에 과연 이런 거대한 궁전의 건설이 가능했을까 하는 의심까지 들 정도다. 주변 상권을 장악한 크레테인들은 값비싼 올리브기름과 포도주를 수출해 금과 은을 비롯한 온갖 보석을 들여와 크노소스 궁전의 보물 창고에 가득 쌓아 놓고 그야말로 세련된 문화를 향유하며 사치스러운 생활을 영위했다고 한다.

장구한 세월 동안 잊혔던 화려한 이 크레테 문명은 19세기 말

독일의 고고학자 슐리만에 의해 발견되었으며, 20세기 초 영국의 고고학자 에번스에 의해 그 실체가 세상에 드러나게 되었다. 크노소스 궁전의 발굴로 그리스 문화보다 앞선 고도로 발전된 청동기 문명이 존재했음이 증명되었다. 그리고 미노스 왕이 건설했다고 하는 미궁(迷宮)과 미노타우로스는 그리스 신화에나 등장하는 이야기로 이것이 실제 궁전 지하에 있었다고 믿는 사람은 아무도 없을 테지만, 그 문명과 크노소스 궁전의 역사적 실체 때문에 이 궁전에 얽힌 전설을 하나의 역사적 사실로 받아들이고 싶은 충동마저 느껴진다.

미노스 문명은 기원전 1400년경 그리스 본토의 공격을 받아 멸망하였다. 그런데 이처럼 강대하고 화려했던 크노소스 궁전이 언제, 어떻게 갑자기 무너졌는가에 대해서는 여전히 미스터리로 남아 있다. 화산 폭발이나 지진과 같은 천재지변에 의한 것이라고 추정될 뿐이다. 미노스 왕조라는 용어도 그리스 신화에 등장하는 제우스의 아들 미노스 왕의 이름을 딴 것이며 크레테 섬의 문명은 미노아(〈미노스의〉라는 뜻) 문명, 크레테 문명 혹은 미노스 문명 등으로 불린다.

그리스 신화에 따르면, 제우스는 페니키아 왕의 딸인 에우로페의 아름다움에 반하게 된다. 그는 황소로 둔갑해 그녀를 유혹해 등에 태우고 온 유럽을 돌아다니다가 크레테 섬에 상륙해 사랑을 맺게 된다. 그들 사이에 아들이 태어나는데 그가 바로 크레테 왕국의 왕이 된 미노스이다. 미노스 왕은 바다의 신 포세이돈과의 중대한 약속을 하나 저버린다. 그래서 분노한 포세이돈은 미노스 왕의 아내 파시파에로 하여금 황소를 사랑하게 만든다. 그 결과 파시파에는 그 황소의 자식을 낳았는데, 머리는 황소의 형상이고 몸뚱이는 사람인 미노타우로스(미노스의 소)라는 괴물이었다.

이에 미노스 왕은 명장(名匠) 다이달로스에게 미궁을 만들게 해 그곳에 미노타우로스를 가두어 버린다. 이 미궁은 워낙 복잡하게 만들어져 한번 들어가면 누구도 살아 나올 수 없다. 한 여인의 부적절한 정욕이 낳은 이 괴물은 미노스 왕국의 속국 아테나이에서 매년 제물로 오는 열네 명의 청년과 처녀를 먹고 산다.

어느 해 아테나이의 왕자 테세우스가 열네 명에 포함되어 크레테로 오게 된다. 그는 괴물 미노타우로스를 죽이고 자기 조국을 크레테로부터 해방시키려는 집념에 불타는 인물이다. 크노소스 궁전에 도착한 그를 본 미노스의 딸 아리아드네 공주는 즉시 사랑의 포로가 되어 버린다. 미궁에 들어가면 무조건 죽고 말 것이기 때문에 아리아드네는 테세우스를 살리기 위해 온갖 방법을 생각하다가 미궁을 건설한 다이달로스로부터 해결책을 얻게 된다. 미궁에 들어간 테세우스는 미노타우로스를 죽이고 그곳에서 무사히 빠져나온다. 바로 아리아드네 공주가 그에게 실타래를 주면서 방법을 일러 주었던 것이다. 그는 미궁 입구에 실의 한쪽 끝을 묶고 실을 풀면서 미궁 안에 들어갔다가 그 실을 따라 빠져나온다. 무사히 빠져나온 테세우스는 아리아드네를 아내로 맞이해 함께 조국 아테나이로 가게 된다.

테세우스와 아리아드네를 태운 배가 아테나이를 향해 나아가다가 잠시 섬에 들른다. 이 섬에서 아리아드네는 그간의 피로로 깊은 잠에 빠진다. 그런데 잠에서 깨어나 보니 테세우스를 비롯한 일행이 아무도 없었다. 바닷가로 달려가 하염없이 눈물을 흘리며 테세우스를 불러 보지만 그의 배는 이미 섬을 떠나 아테나이로 가고 있는 중이었다. 테세우스가 아리아드네를 버린 것이었다. 결국 아리아드네는 이 섬에서 술의 신 디오니소스를 만나 그의 아내가 된다.

그런데 소설 속에서는 아리아드네가 해변을 산책 중 디오니소스의 유혹에 빠져 그를 따라가는 것으로 묘사되어 있다. 어찌 됐건 테세우스는 아리아드네와 헤어진다. 그는 크레테와의 전쟁에서 승리한 후 자기를 사랑했던 여인의 동생(소설에서는 언니로 묘사되어 있음) 파이드라 공주를 아내로 맞이하게 된다. 독자들은 모든 것을 버리고 사랑을 택한 가엾은 아리아드네가 테세우스의 아내가 되어 아테나이에서 영원히 사랑을 나누며 함께 살았으면 좋았을 것이라고 생각할 수도 있을 것이다. 소위 우리나라의 〈전설 따라 삼천리〉식으로 하자면 아들 딸 낳고 행복하게 잘살았다는 식으로 결론이 날 테지만, 서구의 서사시적 영웅 이야기는 그렇지 않다.

서사시적 영웅은 결코 한 사람의 개인이 아니다. 자기 자신만을 생각하고 고집하면서 방황하는 고독한 인격체의 산물이 아닌 것이다. 자신의 운명은 공동체에 묶여 있어 공동체의 운명이 바로 자신의 운명이 된다. 또한 서사시 세계에서의 주인공은 홀로 가는 법이 없이 항상 신에 의해 가야 할 길이 인도된다. 방황하고 좌절이 있을 때도 신이 이를 보호해 주는 것이다. 이 작품 역시 그 내용이 전적으로 신화에 바탕을 두고 있고 또 주인공도 신화 속의 인물이기 때문에 형식은 소설이지만 내용은 고대 서사시가 다루고 있는 영웅 이야기라 할 수 있다. 그렇게 본다면 크레테의 지배로부터 자신의 조국 아테나이를 해방시키기 위한 일념에 가득 찬 아테나이의 영웅 테세우스가 개인적 행복보다는 조국의 안위를 먼저 염두에 두는 것은 서사시적 영웅으로서 너무나 당연하다. 따라서 주인공이 괴물 미노타우로스를 물리치고 조국 아테나이를 구한 뒤 금의환향하는 결론을 쉽게 짐작할 수 있다.

이렇게 이 소설은 신화적 인물인 영웅 테세우스가 크레테의 미궁에 갇힌 미노타우로스를 죽이고 또 미노스 왕조를 붕괴시켜 조국을 구한다는 대의명분의 실천 과정이 전체 줄거리이다. 영웅 테세우스를 비롯해 붕괴되어 가는 크노소스 궁전의 절대 권력자 미노스 왕, 신의 분노에 의해 탄생한 괴물 미노타우로스, 늙은 아버지를 저버리고 아테나이 왕자 테세우스에게 모든 걸 바친 비운의 공주 아리아드네, 아리아드네의 언니로서 아버지 미노스 왕을 끝까지 돌보고 결국 테세우스와 정략 결혼을 한 파이드라 공주, 크노소스 미궁을 건설한 명장 다이달로스, 하늘을 높이 날다 바다에 추락하고 만 이카로스 등의 신화적 인물에다 크레테 왕국의 근위대장으로 붕괴되어 가는 크레테 왕국을 수호하려고 최후까지 노력하는 말리스, 개인의 자유를 찾아 크레테를 떠나려고 생각하는 이카로스와는 달리 조국 아테나이의 해방을 위해 투쟁하는 하리스, 주인에게 끝까지 충성하는 아리아드네의 노예 크리노 등 허구적 인물이 한데 섞여 영웅적 서사가 자아내는 모험과 사랑 이야기가 박진감 있게 묘사되어 있다.

『크노소스 궁전』은 조국 아테나이의 해방을 위한 테세우스의 영웅적 모험을 통해 인간의 삶이란 자유를 갈구하는 영원한 투쟁이라는 카잔차키스의 집약된 문학 사상을 보여 주고 있다. 복잡다단하고 다원화된 현대는 테세우스와 같은 한 명의 영웅이 국가의 운명을 좌지우지할 수 있는 시대는 분명 아니지만, 영웅은 불행한 시대에 등장한다고 하는 평범한 진리를 떠올려 볼 때 현대판 테세우스가 우리의 눈앞에 나타나기를 부질없이 기대해 본다. 끝으로 이 책은 Theodora Vasils와 Themi Vasils가 번역하고 1988년 미국 Ohio University Press가 출간한 *At the Palaces of Knossos*를 번역 대본으로 삼았음을 밝힌다.

니코스 카잔차키스 연보

1883년 2월 18일(구력)* 크레타 이라클리온에서 태어남. 당시 크레타는 오스만 제국의 영토였음. 아버지 미할리스는 바르바리(현재 카잔차키스 박물관이 있음) 출신으로, 곡물과 포도주 중개상을 함. 뒷날 미할리스는 소설 『미할리스 대장 *O Kapetán Mihális*』의 여러 모델 가운데 하나가 됨.

1889년(6세) 크레타에서 터키의 지배에 대항하는 반란이 일어났으나 실패함. 카잔차키스 일가는 그리스 본토로 피하여 6개월간 머무름.

1897~1898년(14~15세) 크레타에서 두 번째 반란이 일어남. 자치권을 얻는 데 성공함. 니코스는 안전을 위해 낙소스 섬으로 감. 프랑스 수도사들이 운영하는 학교에 등록. 여기서 프랑스어에 대한 그의 사랑이 시작됨.

1902년(19세) 이라클리온에서 중등 교육을 마치고 법학을 공부하기 위해 아테네 대학교에 진학함.

1906년(23세) 대학을 졸업하기도 전에 에세이 「병든 시대 I arrósteia tu aiónos」와 소설 「뱀과 백합 Ofis ke kríno」 출간함. 희곡 「동이 트면 Ksimerónei」을 집필함.

1907년(24세) 「동이 트면」이 희곡 상을 수상하며 아테네에서 공연됨. 커

---

*그리스는 구력인 율리우스력을 사용하다가, 1923년 대다수의 국가가 현재 사용하고 있는 그레고리우스력을 받아들이면서 그해 2월 16일을 3월 1일로 조정하였다. 구력의 날짜를 그레고리우스력으로 환산하려면 19세기일 때는 12일을, 20세기일 때는 13일을 더하면 된다.

다란 논란을 일으킴. 약관의 카잔차키스는 단번에 유명 인사가 됨. 언론계에 발을 들여놓음. 프리메이슨에 입회함. 10월 파리로 유학함. 이곳에서 작품 집필과 저널리즘 활동을 병행함.

1908년(25세) 앙리 베르그송의 강의를 듣고, 니체를 읽음. 소설 『부서진 영혼 Spasménes psihés』을 완성함.

1909년(26세) 니체에 관한 학위 논문을 완성하고 희곡 「도편수 O protomástoras」를 집필함. 이탈리아를 경유하여 크레타로 돌아감. 학위 논문과 단막극 「희극: 단막 비극 Komodía」과 에세이 「과학은 파산하였는가 I epistími ehreokópise?」를 출간함. 순수어 katharévusa를 폐기하고 학교에서 민중어 demotiki를 채용할 것을 주장하는 솔로모스 협회의 이라클리온 지부장이 됨. 언어 개혁을 촉구하는 선언문을 집필함. 이 글이 아테네의 한 정기 간행물에 실림.

1910년(27세) 민중어의 옹호자 이온 드라구미스를 찬양하는 에세이 「우리 젊음을 위하여 Ya tus néus mas」를 발표함. 고전 그리스 문화에 대한 추종을 극복해야만 한다고 역설하는 드라구미스가 그리스를 새로운 영광의 시기로 인도할 예언자라고 주장함. 이라클리온 출신의 작가이며 지식인인 갈라테아 알렉시우와 결혼식을 올리지 않은 채 아테네에서 동거에 들어감. 프랑스어, 독일어, 영어와 고전 그리스어를 번역하는 것으로 생계를 유지함. 민중어 사용 주창 단체들 중 가장 중요한 〈교육 협회〉의 창립 회원이 됨.

1911년(28세) 갈라테아 알렉시우와 결혼함.

1912년(29세) 교육 협회 회원을 대상으로 한 긴 강연에서 베르그송의 철학을 그리스 지식인들에게 소개함. 이 강연 내용이 협회보에 실림. 제1차 발칸 전쟁이 발발하자 육군에 자원하여 베니젤로스 총리 직속 사무실에 배속됨.

1914년(31세) 시인 앙겔로스 시켈리아노스와 함께 아토스 산을 여행함. 여러 수도원을 돌며 40일간 머무름. 이때 단테, 복음서, 불경을 읽음. 시켈리아노스와 함께 새로운 종교를 창시할 것을 몽상함. 생계를 위해 갈라테아와 함께 어린이 책을 집필함.

1915년(32세) 시켈리아노스와 함께 다시 그리스를 여행함. 〈나의 위대한 스승 세 명은 호메로스, 단테, 베르그송〉이라고 일기에 적음. 수도원에 은거하며 책을 한 권 썼으나 현재 전해지지 않음. 아마도 아토스 산에 대한 책인 듯함. 「오디세우스 Odisséas」, 「그리스도 Hristós」, 「니키포로스 포카스Nikifóros Fokás」의 초고를 씀. 10월 아토스 산의 벌목 계약을 위해 테살로니키로 여행함. 이곳에서 카잔차키스는 제1차 세계 대전 중 영국군과 프랑스군이 살로니카 전선에서 싸우기 위해 상륙하는 것을 목격함. 같은 달, 톨스토이를 읽고 문학보다 종교가 중요하다고 결심하며, 톨스토이가 멈춘 곳에서 시작하리라고 맹세함.

1917년(34세) 전쟁으로 석탄 연료가 부족해지자 기오르고스 조르바라는 일꾼을 고용하여 펠로폰네소스에서 갈탄을 캐려고 시도함. 이 경험은 1915년의 벌목 계획과 결합하여 뒷날 소설 『그리스인 조르바*Víos ke politía tu Aléksi Zorbá*』로 발전됨. 9월 스위스 여행. 취리히의 그리스 영사 이안니스 스타브리다키스의 거처에 손님으로 머무름.

1918년(35세) 스위스에서 니체의 발자취를 순례함. 그리스의 지식인 여성 엘리 람브리디를 사랑하게 됨.

1919년(36세) 베니젤로스 총리가 카잔차키스를 공공복지부 장관에 임명하고, 카프카스에서 볼셰비키에 의해 처형될 위기에 처한 15만 명의 그리스인들을 송환하라는 임무를 맡김. 7월 카잔차키스는 자신의 팀을 이끌고 출발. 여기에는 스타브리다키스와 조르바도 끼여 있었음. 8월 베니젤로스에게 보고하기 위해 베르사유로 감. 여기서 평화 조약 협상에 참여함. 피난민 정착을 감독하기 위해 마케도니아와 트라케로 감. 이때 겪은 일들은 뒷날 『수난 *O Hristós ksanastavrónetai*』에 사용됨.

1920년(37세) 8월 13일 드라구미스가 암살됨. 카잔차키스는 큰 충격에 휩싸임. 11월 베니젤로스가 이끄는 자유당이 선거에서 패배함. 카잔차키스는 공공복지부 장관을 사임하고 파리로 떠남.

1921년(38세) 독일을 여행함. 2월 그리스로 돌아옴.

1922년(39세) 아테네의 한 출판인과 일련의 교과서 집필을 계약하며 선불금을 받음. 이로써 해외여행이 가능해짐. 5월 19일부터 8월 말까지 빈에 체재함. 여기서 이단적 정신분석가 빌헬름 슈테켈이 〈성자의 병〉이라고 부른 안면 습진에 걸림. 전후 빈의 퇴폐적 분위기 속에서 카잔차키스는 불경을 연구하고 붓다의 생애를 다룬 희곡을 집필하기 시작함. 또한 프로이트를 연구하고 「신을 구하는 자 *Askitikí*」를 구상함. 9월 베를린에서 그리스가 터키에 참패했다는 소식을 들음. 이전의 민족주의를 버리고 공산주의 혁명가들에 동조함. 카잔차키스는 특히 라헬 리프슈타인이 이끄는 급진적 젊은 여성들의 세포 조직에서 영향을 받음. 미완의 희곡 『붓다 *Vúdas*』를 찢어 버리고 새로운 형태로 쓰기 시작함. 「신을 구하는 자」에 착수하면서 공산주의적인 행동주의와 불교적인 체념을 조화시키려 시도함. 소비에트 연방으로 이주할 것을 꿈꾸며 러시아어 수업을 들음.

1923년(40세) 빈과 베를린에서 보낸 시기에는 아테네에 남아 있던 갈라테아에게 보낸 편지를 통해 많은 자료를 남겼음. 4월 「신을 구하는 자」를 완성함. 다시 『붓다』 집필을 계속함. 6월 니체가 자란 나움부르크로 순례를 떠남.

1924년(41세) 이탈리아에서 3개월을 보냄. 이때 방문한 폼페이는 그가 떨쳐 버릴 수 없는 상징의 하나가 됨. 아시시에 도착함. 여기서 『붓다』를 완성하고, 성자 프란체스코에 대한 평생의 흠앙을 시작함. 아테네로 가서 엘레니 사미우를 만남. 이라클리온으로 돌아와, 망명자들과 소아시아 전투 참전자들로 이루어진 공산주의 세포의 정신적 지도자가 됨. 서사시 『오디세이아 Odíssia』를 구상하기 시작함. 아마 이때 「향연 Simposion」도 썼을 것으로 추정됨.

1925년(42세) 정치 활동으로 체포되었으나 24시간 뒤에 풀려남. 『오디세이아』 1~6편을 씀. 엘레니 사미우와의 관계가 깊어짐. 10월 아테네 일간지의 특파원 자격으로 소련으로 떠남. 그곳에서의 감상을 연재함.

1926년(43세) 갈라테아와 이혼. 갈라테아는 뒷날 재혼한 뒤에도 갈라테아 카잔차키라는 이름으로 활동함. 카잔차키스는 다시금 신문사 특파원 자격으로 팔레스타인과 키프로스로 여행함. 8월 스페인으로 여행함. 독재자 프리모 데 리베라와 인터뷰함. 10월 이탈리아 로마에서 무솔리니와 인터뷰함. 11월 뒷날 카잔차키스의 제자로서 문학 에이전트이자 친구이며 전기 작가가 되는 판델리스 프레벨라키스를 만남.

1927년(44세) 특파원 자격으로 이집트와 시나이를 방문함. 5월 『오디세이아』의 완성을 위해 아이기나에 홀로 머무름. 작업이 끝나자마자 생계를 위해 백과사전에 실릴 기사들을 서둘러 집필하고 『여행기 Taksidévondas』 첫 번째 권에 실릴 글을 모음. 디미트리오스 글리노스의 잡지 『아나예니시』에 「신을 구하는 자」가 발표됨. 10월 말 혁명 10주년을 맞이한 소련 정부의 초청으로 다시 러시아를 방문함. 앙리 바르뷔스와 조우함. 평화 심포지엄에서 호전적인 연설을 함. 11월 당시 프랑스에서 큰 인기를 얻고 있던 그리스계 루마니아 작가 파나이트 이스트라티를 만남. 이스트라티를 비롯한 몇몇 사람들과 함께 카프카스를 여행함. 친구가 된 이스트라티와 카잔차키스는 소련에서 정치적, 지적 활동을 함께하기로 맹세함. 12월 이스트라티를 아테네로 데리고 옴. 신문 논설을 통해 그를 그리스 대중에게 소개함.

1928년(45세) 1월 11일 카잔차키스와 이스트라티는 알람브라 극장에 모인 군중 앞에서 소련을 찬양하는 연설을 함. 이는 곧바로 가두시위로 이어짐. 당국은 연설회를 조직한 디미트리오스 글리노스와 카잔차키스를 사법 처리하고 이스트라티를 추방하겠다고 위협함. 4월 이스트라티와 카잔차키스는 러시아로 돌아옴. 키예프에서 카잔차키스는 러시아 혁명에 관한 영화 시나리오를 집필함. 6월 모스크바에서 이스트라티와 동행하여 고리키를 만남. 카잔차키스는 「신을 구하는 자」의 마지막 부분을 수정하고 〈침묵〉 장을 추가함. 『프라우다』에 그리스의 사회 상황에 대한 논설들을 기고함. 레닌의 생애를 다룬 또 다른 시나리오에 착수함. 이스트라티와 무르만스크로 여행함. 레닌그라드를 경유하면서 빅토르 세르주와 만남. 7월 바르뷔스의 잡지 『몽드』에 이스트라티가 쓴 카잔차키스 소개 기사가 실림. 이로써 유럽 독서계에 카잔차키스가 처음으로 알려짐. 8월 말 카잔차키스와 이스트라티는 엘레니 사미우와 이스트라티의 동반자 빌릴리 보드보비와 함께 남부 러시아로 긴 여행을 떠남. 여행의 목적은 〈붉은 별을 따라서〉라는 일련의 기사를 공동 집필하기 위해서였음. 두 친구의 사이가 점차 멀어짐. 12월 빅토르 세르주와 그의 장인 루사코프가 트로츠키주의자로 몰려 처벌된 〈루사코프 사건〉이 일어나 그들의 견해차는 마침내 극에 달함. 이스트라티가 소련 당국에 대한 분노와 완전한 환멸을 느낀 반면, 카잔차키스는 사건 하나로 체제의 정당성을 판단하기는 어렵다는 입장이었음. 아테네에서 카잔차키스의 러시아 여행기가 두 권으로 출간됨.

1929년(46세) 카잔차키스는 홀로 러시아의 구석구석을 여행함. 4월 베를린으로 가서 소련에 관한 강연을 함. 논설집을 출간하려 함. 5월 체코슬로바키아의 한적한 농촌으로 들어가 첫 번째 프랑스어 소설을 씀. 원래 〈모스크바는 외쳤다 *Moscou a crié*〉라는 제목이었으나 〈토다 라바 *Toda-Raba*〉로 바뀜. 이 소설은 작가의 변화한 러시아관을 별로 숨기지 않고 드러내고 있음. 역시 프랑스어로 〈엘리아스 대장 *Kapetán Élias*〉이라는 소설을 완성함. 이는 『미할리스 대장』의 선구가 되는 여러 작품 중 하나임. 프랑스어로 쓴 소설들은 서유럽에 자신의 존재를 드러내려는 최초의 시도였음. 동시에 소련에 대한 자신의 달라진 관점을 반영하기 위해 『오디세이아』의 근본적인 수정에 착수함.

1930년(47세) 돈을 벌기 위해 두 권짜리 『러시아 문학사 *Istoria tis rosikis logotehnias*』를 아테네에서 출간함. 그리스 당국은 「신을 구하는 자」에 나타난 무신론을 이유로 그를 재판에 회부하겠다고 위협함. 계속 외국에 머무름. 처음에는 파리에서 지내다가 니스로 옮긴 뒤, 아테네 출판사들의 의

뢰로 프랑스 어린이 책을 번역함.

1931년(48세) 그리스로 돌아와 아이기나에 머무름. 순수어와 민중어를 포괄하는 프랑스-그리스어 사전 편찬 작업에 착수함. 6월 파리에서 식민지 미술 전시회를 관람함. 여기서 『오디세이아』에 나오는 아프리카 장면의 아이디어를 얻음. 『오디세이아』의 제3고를 체코슬로바키아에서 은거하며 완성함.

1932년(49세) 재정적 어려움을 타개하기 위해 프레벨라키스와 공동 작업을 구상함. 여러 편의 영화 시나리오와 번역을 구상했으나 대체로 실패함. 카잔차키스는 단테의 『신곡』 전편을, 3운구법을 살려 45일 만에 번역함. 스페인으로 이주하여 그곳에서 작가로 살기로 하고 그 출발로서 선집에 수록될 스페인 시의 번역에 착수함.

1933년(50세) 스페인 인상기를 씀. 엘 그레코에 관한 3운구 시를 지음. 훗날 『영혼의 자서전 Anaforá ston Gréko』의 전신이 됨. 스페인에서 생계를 해결하지 못하고 아이기나로 돌아옴. 『오디세이아』 제4고에 착수함. 단테 번역을 수정하면서 몇 편의 3운구 시를 지음.

1934년(51세) 돈을 벌기 위해 2, 3학년을 위한 세 권의 교과서를 집필함. 이 중 한 권이 교육부에서 채택되어 재정 상태가 잠시 나아짐.

1935년(52세) 『오디세이아』 제5고를 완성한 뒤 여행기 집필을 위해 일본과 중국을 방문함. 돌아오는 길에 아이기나에서 약간의 땅을 매입함.

1936년(53세) 그리스 바깥에서 문명(文名)을 확립하려는 시도로서, 프랑스어로 소설 『돌의 정원 Le Jardin des rochers』을 집필함. 이 소설은 그가 동아시아에서 겪은 일들을 바탕으로 함. 또한 미할리스 대장 이야기의 새로운 원고를 완성함. 이를 〈나의 아버지 Mon père〉라고 부름. 돈을 벌기 위해 왕립 극장에서 공연 예정인 피란델로의 「오늘 밤은 즉흥극 Questa sera si recita a soggetto」을 번역함. 직후 피란델로풍의 희극 「돌아온 오셀로 O Othéllos ksanayirízei」를 썼는데 생전에는 이 작품의 존재가 알려지지 않았음. 괴테의 『파우스트』 제1부를 번역함. 10~11월 내전 중인 스페인에 특파원으로 감. 프랑코와 우나무노를 회견함. 아이기나에 집이 완성됨. 그가 장기 거주한 첫 번째 집임.

1937년(54세) 아이기나에서 『오디세이아』 제6고를 완성함. 『스페인 기행 Taksidévondas: Ispanía』이 출간됨. 9월 펠로폰네소스를 여행함. 여기서 얻은 감상을 신문 연재 기사 형식으로 발표함. 이 글들은 뒷날 『모레아 기행 Taksidévondas: O Morias』으로 묶어 펴냄. 왕립 극장의 의뢰로 비극

「멜리사 Mélissa」를 씀.

1938년(55세) 『오디세이아』 제7고와 최종고를 완성한 뒤 인쇄 과정을 점검함. 호화판으로 제작된 이 서사시의 발행일은 12월 말일임. 1922년 빈에서 걸렸던 것과 같은 안면 습진에 걸림.

1939년(56세) 〈아크리타스 Akritas〉라는 제목으로 3만 3,333행의 새로운 서사시를 쓸 계획을 세움. 7~11월 영국 문화원의 초청으로 영국을 방문함. 스트랫퍼드어폰에이번에 기거하며 비극 「배교자 율리아누스 Iulianós o paravátis」를 집필함.

1940년(57세) 『영국 기행 Taksidévondas: Anglia』을 쓰고 「아크리타스」의 구상과 「나의 아버지」의 수정 작업을 계속함. 청소년들을 위한 일련의 전기 소설을 씀(『알렉산드로스 대왕 Megas Aleksandros』, 『크노소스 궁전 Sta palatia tis Knosu』). 10월 하순 무솔리니가 그리스를 침공함. 카잔차키스는 그리스 민족주의에 대한 새로운 애증에 빠짐.

1941년(58세) 독일이 그리스를 점령함. 카잔차키스는 집필에 몰두하여 슬픔을 달램. 『붓다』의 초고를 완성함. 단테의 번역을 수정함. 〈조르바의 성스러운 삶〉이라는 제목의 새로운 소설을 시작함.

1942년(59세) 전쟁 기간 동안 아이기나를 벗어나지 못함. 다시 정치에 뛰어들기 위해 가능한 한 빨리 작품 집필을 포기하기로 결심함. 독일군 당국은 카잔차키스에게 며칠간의 아테네 체재를 허락함. 여기서 이안니스 카크리디스 교수를 만나 호메로스의 『일리아스』를 공동 번역하기로 합의함. 카잔차키스는 8월과 10월 사이에 초고를 끝냄. 〈그리스도의 회상〉이라는 제목으로 예수에 대한 소설을 쓸 계획을 세움. 이것은 뒷날 『최후의 유혹 O teleftaíos pirasmós』의 전신이 됨.

1943년(60세) 독일 점령 기간의 곤궁함에도 불구하고 정력적으로 작업을 계속함. 『그리스인 조르바』와 『붓다』의 두 번째 원고 및 『일리아스』의 번역을 완성함. 아이스킬로스의 〈프로메테우스〉 3부작을 모티프로 한 희곡 신판을 씀.

1944년(61세) 봄과 여름에 희곡 「카포디스트리아스 O Kapodístrias」와 「콘스탄티누스 팔라이올로구스 Konstandínos o Palaiológos」를 집필함. 〈프로메테우스〉 3부작과 함께 이들 희곡은 각각 고대, 비잔틴 시대, 현대 그리스를 다룸. 독일군이 철수함. 카잔차키스는 곧바로 아테네로 가서 테아 아네모이안니의 환대를 받고 그 집에서 머무름. 〈12월 사태〉로 알려진 내전을 목격함.

1945년(62세) 다시 정치에 뛰어들겠다는 결심에 따라, 흩어진 비공산주의 좌파의 통합을 목표로 하는 소수 세력인 사회당의 지도자가 됨. 단 두 표 차로 아테네 학술원의 입회가 거부됨. 정부는 독일군의 잔학 행위 입증 조사를 위해 그를 크레타로 파견함. 11월 오랜 동반자 엘레니 사미우와 결혼. 소풀리스의 연립 정부에서 정무 장관으로 입각함.

1946년(63세) 사회 민주주의 정당들의 통합이 실현되자 카잔차키스는 장관 직에서 물러남. 3월 25일 그리스 독립 기념일에 왕립 극장에서 그의 희곡 「카포디스트리아스」가 공연됨. 공연은 커다란 파문을 일으켰고, 우익 민족주의자들은 극장을 불태우겠다고 위협함. 그리스 작가 협회는 카잔차키스를 시켈리아노스와 함께 노벨 문학상 후보로 추천함. 6월 40일 간의 예정으로 해외여행을 떠남. 실제로는 남은 생을 해외에서 체류하게 되었음. 영국에서 지식인들에게 〈정신의 인터내셔널〉을 조직할 것을 호소하였으나 별 관심을 끌지 못함. 영국 문화원이 케임브리지에 방 하나를 제공하여, 이곳에서 여름을 보내며 〈오름길〉이라는 제목의 소설을 씀. 이 역시 『미할리스 대장』의 선구적 작품이 됨. 9월 프랑스 정부의 초청으로 파리에 감. 그리스의 정치 상황 때문에 해외 체재가 불가피해짐. 『그리스인 조르바』가 프랑스어로 번역되도록 준비함.

1947년(64세) 스웨덴의 지식인이자 정부 관리인 뵈리에 크뇌스가 『그리스인 조르바』를 번역함. 몇 차례의 줄다리기 끝에 카잔차키스는 유네스코에서 일하게 됨. 그의 일은 세계 고전의 번역을 촉진하여 서로 다른 문화, 특히 동양과 서양의 문화 사이에 다리를 놓는 것이었음. 스스로 자신의 희곡 「배교자 율리아누스」를 번역함. 『그리스인 조르바』가 파리에서 출간됨.

1948년(65세) 자신의 희곡들을 계속 번역함. 3월 창작에 전념하기 위해 유네스코에서 사임함. 「배교자 율리아누스」가 파리에서 공연됨(1회 공연으로 끝남). 카잔차키스와 엘레니는 앙티브로 이주함. 그곳에서 희곡 「소돔과 고모라 Sódoma ke Gómora」를 씀. 영국, 미국, 스웨덴, 체코슬로바키아의 출판사에서 『그리스인 조르바』 출간을 결정함. 카잔차키스는 『수난』의 초고를 3개월 만에 완성하고 2개월간 수정함.

1949년(66세) 격렬한 그리스 내전을 소재로 한 새로운 소설 『전쟁과 신부 I aderfofádes』에 착수함. 희곡 「쿠로스 Kúros」와 「크리스토퍼 콜럼버스 Hristóforos Kolómvos」를 씀. 안면 습진이 다시 찾아옴. 치료차 프랑스 비시의 온천에 감. 12월 『미할리스 대장』 집필에 착수함.

1950년(67세) 7월 말까지 『미할리스 대장』에만 몰두함. 11월 『최후의 유혹』에 착수함.『그리스인 조르바』와『수난』이 스웨덴에서 출간됨.

1951년(68세)『최후의 유혹』초고를 완성함.「콘스탄티누스 팔라이올로구스」의 개정을 마치고 이 초고를 수정하기 시작함.『수난』이 노르웨이와 독일에서 출간됨.

1952년(69세) 성공이 곤란을 야기함. 각국의 번역자들과 출판인들이 카잔차키스의 시간을 점점 더 많이 빼앗게 됨. 안면 습진 또한 그를 더 심하게 괴롭힘. 엘레니와 함께 이탈리아에서 여름을 보냄. 아시시의 성자 프란체스코에 대한 사랑이 더욱 깊어짐. 눈에 심한 감염이 일어나 네덜란드의 병원으로 감. 요양하면서 성자 프란체스코의 생애를 연구함. 영국, 노르웨이, 스웨덴, 네덜란드, 핀란드, 독일에서 그의 소설들이 계속적으로 출간됨. 그러나 그리스에서는 출간되지 않음.

1953년(70세) 눈의 세균 감염이 낫지 않아 파리의 병원에 입원함(결국 오른쪽 눈의 시력을 잃음). 검사 결과 수년 동안 그를 괴롭힌 안면 습진은 림프샘 이상이 원인인 것으로 나타남. 앙티브로 돌아가 수개월간 카크리디스 교수와 함께『일리아스』의 공역을 마무리함. 소설『성자 프란체스코 *O ftohúlis tu Theú*』를 씀.『미할리스 대장』이 출간됨.『미할리스 대장』일부와『최후의 유혹』전체에서 신성을 모독했다는 이유로 그리스 정교회가 카잔차키스를 맹렬히 비난함. 당시『최후의 유혹』은 그리스에서 출간되지도 않았음.『그리스인 조르바』가 뉴욕에서 출간됨.

1954년(71세) 교황이『최후의 유혹』을 가톨릭교회의 금서 목록에 올림. 카잔차키스는 교부 테르툴리아누스의 말을 인용하여 바티칸에 이런 전문을 보냄. 〈주여 당신에게 호소합니다.〉 같은 전문을 아테네의 정교회 본부에도 보내면서 이렇게 덧붙임. 〈성스러운 사제들이여, 여러분은 나를 저주하나 나는 여러분을 축복합니다. 여러분께서도 나만큼 양심이 깨끗하시기를, 그리고 나만큼 도덕적이고 종교적이시기를 기원합니다.〉 여름『오디세이아』를 영어로 번역하는 키먼 프라이어와 매일 공동 작업함. 12월「소돔과 고모라」의 초연에 참석하기 위해 독일 만하임으로 감. 공연 후 치료를 위해 병원에 입원함. 가벼운 림프성 백혈병으로 진단됨. 젊은 출판인 이안니스 구델리스가 아테네에서 카잔차키스 전집 출간에 착수함.

1955년(72세) 엘레니와 함께 스위스 루가노의 별장에서 한 달을 보냄. 여기서 그의 정신적 자서전인『영혼의 자서전』을 쓰기 시작함. 8월 카잔차키스와 엘레니는 군스바흐의 알베르트 슈바이처 박사를 방문함. 앙티브로 돌아온 뒤,『수난』의 영화 시나리오를 구상 중이던 줄스 다신의 조언